蜘蛛文库

得到的不仅仅是真相

吸血
久月の家

久月邸事件

[日] 二階堂黎人 著
罗亚星 译

浙江文艺出版社
Zhejiang Literature & Art Publishing House

版权合同登记号:图字:11-2024-380号

图书在版编目(CIP)数据

久月邸事件 /(日)二阶堂黎人著 ;罗亚星译.

杭州 :浙江文艺出版社, 2025. 7(2025. 11重印). -- ISBN 978-7-5339-7982-9

Ⅰ. I313. 45

中国国家版本馆CIP数据核字第20254XN807号

图书策划	邵 劼		封面插画	别卡工作室
责任编辑	邵 劼		责任校对	陈 玲
营销编辑	周 鑫		责任印制	吴春娟
装帧设计	王柿原		数字编辑	姜梦冉 诸婧琦

久月邸事件

[日]二阶堂黎人 著 罗亚星 译

出版发行	浙江文艺出版社
地 址	杭州市环城北路177号
邮 编	310003
电 话	0571-85176953(总编办)
	0571-85152727(市场部)
制 版	浙江新华图文制作有限公司
印 刷	浙江新华印刷技术有限公司
开 本	880毫米×1230毫米 1/32
字 数	314千字
印 张	14.625
插 页	2
版 次	2025年7月第1版
印 次	2025年11月第5次印刷
书 号	ISBN 978-7-5339-7982-9
定 价	69.00元

登场人物及非登场人物

〈被害者与嫌疑人〉

雅宫清乃——雅宫家上一代主人（1947年死亡）

雅宫秀太郎——清乃的丈夫（1940年死亡）

雅宫弦子——雅宫家长女（47岁）

雅宫琴子——二女儿（45岁）

雅宫笛子——三女儿（30岁）

雅宫冬子——弦子的长女（29岁）

小川清二——寄居于雅宫家的人（63岁）

小川滨——清二的妻子（64岁）

井原一郎——军人。弦子的恋人（1945年死亡）

橘大仁——弦子的丈夫（1942年死亡）

橘醍醐——橘大仁的弟弟。荒川神社的神主（48岁）

浅井重吉——琴子的第一任丈夫。贸易商（？）

泷川义明——琴子的前夫。音乐家（49岁）

大权寺瑛华——通灵者（52岁）

冲美、明美——双胞胎巫女（不到20岁？）

成濑正树——笛子的未婚夫。八王子成濑纺织的少东家（35岁）

麻田茂一——巴西的农场主（66岁）

〈配角〉

　　朱鹭泽康男——一桥大学教授

　　三峰光太郎——一桥大学助教

　　贝山公成——咖啡馆"紫烟"的店主

　　贝山玉绘——贝山公成的女儿

　　秋山豪介——陆军将校。清乃的后台（亡故）

　　九段晃一——《多摩日报》记者

〈警方〉

　　中村宽二郎——三多摩警署警官

　　村上郁夫——三多摩警署刑警

　　京本武司——昭和二十年（1945）时，三多摩警署的副警官

　　　　　　　　（已故）

　　波川六太郎——三多摩警署的法医

〈名侦探〉

　　二阶堂兰子——主人公

〈记述者〉

　　二阶堂黎人——我

目录

楔子　吸血姬传说

话说，这个故事发生在江户时代，有人说是文政[1]年间，也有人说是天保年间。

那时节，一位旗本[2]老爷触怒了将军大人，落得个家破人亡。他家有位千金小姐，可叹飞来横祸，一夜之间从云端沦落风尘。

那位小姐芳名翡翠，年方十七，生得花容月貌，不幸被卖到

---

[1] 文政，日本江户时代后期的年号，时间为1818年4月22日至1830年12月10日。后文的天保，也是日本江户时代后期的年号，时间为1830年12月10日至1844年12月2日，此间正值第11代幕府将军德川家齐、第12代幕府将军德川家庆在位，社会动荡不安，因"天保大饥荒"而闻名。——译者注

[2] 旗本，江户时代德川幕府的家臣。有资格觐见幕府将军。主要负责军事行政事务，也参与江户城的警备。——译者注

武州八王子①甲州街道上横山宿②的一家叫作"久月楼"的旅宿酒楼，成了卖笑的娼妓。她自叹命运多舛，却未自怨自艾，强作欢颜，举手投足仍不失往日优雅。

她出身名门，众人便唤她翡翠姬。她不光容貌端丽，还知书达理，琴棋书画样样精通。来到这久月楼后，不久便成了店里头牌的红倌人。久月楼的老板，将她打扮得如同吉原③的花魁一般华贵，开出天价，引得客人趋之若鹜，一时风头无两。

其他女郎，多是出身贫寒，为一握之粟，签下卖身文契。论及举止修养，自然相形见绌。故而翡翠姬与他人之身价，自始便可谓天差地别。

这久月楼里，有个二十岁的少东家，名唤千代太郎。此人素来游手好闲，惹是生非，十足的纨绔子弟。翡翠姬被卖来之际，父母早已把他打发到大坂④学生意，不在家中。待他学成归来，一见这闭月羞花的翡翠姬，顿时神魂颠倒，欲娶她为妻。

千代太郎此番言动，令父母至亲大为困扰。只因千代太郎年

---

① 武州八王子，位于日本旧令制国的武藏国(今东京西部及埼玉县一带)多摩地区，是江户时代重要的交通枢纽。八王子是位于该区域的一个"宿场"(即驿站)，作为重要中转站，八王子宿商旅云集，非常繁荣。——译者注

② 江户时代日本全境五大通往江户(今东京)的交通要道，称为"五街道"，甲州街道为其中之一。该要道自江户日本桥始，经新宿、八王子等地，最终抵达旧令制国甲斐国的甲府(今山梨县甲府市)。沿途有多个宿场，为旅客提供服务。横山宿，与周边几个宿场共同组成了广义上的"八王子宿"，通常被视为八王子宿的核心繁华区域。——译者注

③ 吉原，江户时代江户城著名的妓院集中区域。——译者注

④ 大坂，即大阪。在日本古代属旧令制国摄津国，是日本近畿地区的经济、文化中心。明治时代更名为大阪。——译者注

幼之际，家中已为他定下了一门亲事。无奈这千代太郎，自幼娇生惯养，无法无天惯了，只说非翡翠姬不娶，不能如愿，便要寻死觅活，闹得家中鸡犬不宁。

千代太郎的爹娘，还有一众亲眷，也被他搅得没法子，终于遂了千代太郎的愿，让他与翡翠姬结成夫妻。成亲之后，千代太郎竟真收敛了性子，帮助打理家中生意。一年之后，翡翠姬有了身孕。如此一来，本对千代太郎颇有微词的亲戚，也不得不暗自称奇：浪子回头金不换，此言不虚。

而这边厢，对这桩婚事怀恨在心的另有其人——那便是与千代太郎原有婚姻之约的八日市花街青宝楼千金，名曰嘉代。

青楼女间之业，素为世人所鄙，故而婚姻之约，媒妁之言，多在同业之间。嘉代比千代太郎年少一岁，这青宝楼也是当地有头有脸的旅宿酒楼，与久月楼门当户对，往年也有过秦晋之好。按说这桩婚事，对两家来说都是再合适不过。

话说那青宝楼的嘉代，虽说模样略带煞气，倒也是肤白胜雪，瓜子脸盘，颇有几分姿色。只是她那性子极是傲慢，又兼狠戾，简直如同曲亭马琴笔下《南总里见八犬传》里"船虫"那般①，是个执念深重的妒妇。嘉代对那夺了自己姻缘的翡翠姬是恨之入骨，妒火中烧。

自打翡翠姬怀有身孕，月份渐长，千代太郎便故态复萌，任

---

① 曲亭马琴(1767—1848)，日本江户时代后期著名小说家，本名泷泽兴邦。以长篇小说《南总里见八犬传》而闻名。《南总里见八犬传》，以日本战国时代为背景，讲述了安房国里见家公主优姬与神犬八房，以及八颗灵珠转世而成八个武士的故事。船虫，为该小说中的一个邪恶配角人物。——译者注

性妄为起来。他每晚在外和各色人等厮混，花天酒地，赌博耍钱。见此光景，嘉代暗自窃喜，她使出浑身解数，将其牢牢笼络在了手心。

嘉代不满足于此，她还暗中使了银子，叫一名久月楼里管事的遣手婆①，散布翡翠姬的风言风语。说起那遣手婆，负责的本是管理调教妓女的差事，都是由年老色衰、做满年期的妓女充当。而这位老婆子，本是青宝楼出身，与嘉代也算沾亲带故，自然对其言听计从。

"翡翠姬有一个相好，当红倌人时便勾勾搭搭。如今虽说嫁了人，暗中却没断了来往。既是如此，她肚里的孩子，可未必是千代太郎的骨血呢！"

妓楼里的其他女郎，眼见翡翠出身武家，貌美如花，本与自己一般沦落风尘，却又摇身一变，成了自家老板娘，心中自然又妒又恨。如今逮着机会，各种各样的恶言恶语便越发肆无忌惮。

嘉代趁热打铁，伺机在千代太郎耳边吹风：说是翡翠姬与当年的恩客——和服豪商"高砂屋"老掌柜暗通款曲，腹中孩儿之父是谁，恐怕还说不准云云。

内外流言四起，议论纷纷，千代太郎也不禁疑窦丛生。翡翠姬被夫君凭空猜疑，自是连连否认，哭诉自己清白。可千代太郎哪里听得进去？只当她是狡辩，三番五次逼问，甚至拳脚相加。随着产期临近，千代太郎对其越发疏远冷淡。

---

① 遣手婆，日本江户时代吉原等妓院中负责管理和监督妓女、安排客人、处理杂务的年长女性。——译者注

这般情形之下，翡翠姬诞下一名女婴。孩子生来个头不大，倒也啼哭响亮，健健康康，取名为小菊。翡翠姬却产后病弱，身子每况愈下，一直卧床不起。

嘉代变本加厉，暗中指使那遣手婆，竟在翡翠姬的饭食之中，悄悄混入了毒药。

可怜翡翠姬服食毒药之后，便觉五脏六腑如火烧一般，疼痛难忍。或许是毒药分量不够，抑或是药效不强，倒也没有即刻令其殒命。翡翠姬在生死边缘苦苦挣扎，整整三日三夜，总算熬了过来，没有一命呜呼。只是头发大把脱落，双乳溃烂不堪，身上皮肤更是片片剥落，真是凄惨无比，哪里还有半分女人的模样。

那千代太郎见翡翠姬如此情状，非但没有心生怜悯，反倒厌憎无比，命人将翡翠姬关进楼里的暗牢。转日他便迎娶嘉代，更将翡翠姬之女小菊，送去一户远亲家寄养。

这久月楼的地下暗牢，与其他妓楼一般无二，关着的也是得痨病的，还有染了花柳病的女郎。黑心的楼主巴不得这些无用的女人早些死掉，任由她们自生自灭，更别提请大夫诊治了。千代太郎和嘉代都料定，翡翠姬定然活不长久。

翡翠姬被关进暗牢后，饮食更为粗粝，病弱之躯更加虚弱不堪。暗无天日之中，蔽体仅有破烂单衣，铺盖则是湿硬的被褥。饥寒困苦之际，她对天发誓，定要向那些害她的人复仇。

"我断不能如此含恨而死，我定要将千代太郎和嘉代那对狗男女拉下黄泉，如此方消我心头之恨！"

翡翠姬在心中暗自发下毒誓。

为了活下去，翡翠姬竟也变得狠戾无情。暗牢里一旦有女人断气，她便趁着其尸骨未寒，扑上去啃噬其脖颈，吸食尚带余温的鲜血。这暗牢之中但凡有人咽气，多半是在极寒的拂晓时分，众人都在酣睡，她这骇人举动，竟也无人知晓。

翡翠姬在暗牢中如此苦熬了两年，方才死去。一日，遣手婆慌慌张张禀报，说翡翠姬眼看就要断气，千代太郎和嘉代便相伴前去查看。二人下到暗牢，只见那翡翠姬果真是奄奄一息，瘦得皮包骨头，仿佛一具骷髅。当她看见千代太郎和嘉代二人，却猛吐一口黑血，枯槁的手指在地板上乱抓，向着铁栅栏外的二人爬将过来。

"我死了倒也罢了，若是我女儿小菊身遭不幸，我定要诅咒你们不得善终！"

翡翠姬抬眼恶狠狠地盯住二人。

千代太郎不由一阵恶心，惊慌失措起来。只见翡翠姬美貌不再，丑陋的模样堪比恶鬼。头发掉得七零八落，牙齿残缺不全，脸上身上铅灰的皮肤，到处都是脓疮溃烂，只剩下一层脸皮紧紧地贴在那骷髅之上。在翡翠姬憎恶的瞪视之下，千代太郎吓得魂飞魄散。

翡翠姬使尽浑身力气，从栅栏的缝隙中伸出只剩一把骨头的手，一把抓住千代太郎的衣角。

"住手！不、不许碰我！"

千代太郎一脚将翡翠姬的手踢开。

他取下看守腰间长刀，闯入囚室，劈头便是一刀。翡翠姬一声惨呼，衣衫被斩作两截，黑红血液喷涌而出，雨点般溅洒在千代太郎与牢外的嘉代身上。

倒地的翡翠姬口中发出一声哀嚎，似悲鸣又似怒吼，她用尽最后气力，抬头恨声咒道：

"可恨哪！千代太郎！嘉代！有朝一日，我必叫尔等尝尝我今日之苦！给我记牢了！"

闻听此言，千代太郎恶向胆边生，下手越发狠毒，不知劈斩了多少刀，方才止息。只见地板四壁，红光一片，千代太郎与嘉代二人，也形同浴血一般。

可怜翡翠姬，就这般惨死在乱刀之下，尸首被草草埋在庭院一隅。

数日后，千代太郎与嘉代二人身上竟起了异变。凡是被翡翠姬血溅之处，皆瘙痒难耐。细看之下，那肌肤之上，竟现出赤黑色斑驳印记。二人在浴室中用力搓洗，可那血痕始终无法除去。

日复一日，那红黑印记化作青紫，因瘙痒抓挠之处，竟生成恶疮。由脸至胸，从臂到手，周身疮疡遍布。那疮疡如火燎一般灼热，先结痂，后破裂，脓血从中汩汩而出。

二人痛不欲生，辗转哀嚎：

"热煞我也！痒煞我也！……痛啊……痛啊……身子被烧坏了，谁来救救我……"

奇怪的是，任凭如何擦拭，脓血都流淌不绝。腐烂之处，则散发阵阵恶臭。这二人被这可怖的怪病折磨，惨叫之声，终日响彻屋中，扰得酒楼无法开业。家人毫无办法，便将二人移至地牢之中。最终，这千代太郎与嘉代，竟亲手将自己抓挠得体无完肤，全身血液自伤口中流尽，在地牢中双双毙命。

又过了些许时日，八王子的花街之中，竟闹起了瘟疫。

久月楼的女郎，一个接一个地染病倒下。更有甚者，竟有人说在后院角落，目睹翡翠姬身影。但凡见过那鬼影的，当晚便会咽气归西。

坊间议论纷纷，都说这夺命瘟疫，乃是"吸血姬"的诅咒。这"吸血姬"，说的便是那翡翠姬。不知何人走漏风声，说她在暗牢中曾吸食人血，便得了这么个诨名。

巧的是，就在这时，八日市一带花街的青宝楼突遭大火，竟将大半片八王子花街烧成一片白地。

面对此等灾厄，久月楼的老板慌了手脚，连忙从高尾山[①]延请来一位颇为灵验的高僧。那高僧向神佛诵经祈福，为解"吸血姬"之诅咒，作了几件开示。

头一件事，是将寄养在远亲家的千代太郎与翡翠姬之女小菊接回家中，继承断了后的久月楼；第二件事，便是在寺院墓地中为翡翠姬重修坟冢，好生供奉祭拜。说来也怪，这两件事办完，瘟疫竟真的云消雾散。

自此之后，八王子的花街又接连遭遇数次大火。直到如今，人们都还说：这是死不瞑目的"吸血姬"的怨念作祟……

---

① 高尾山，位于日本八王子市的一座山峰，海拔599米。江户时代作为受幕府保护的祈愿寺药王院所在地，以及天狗信仰的中心而闻名。——译者注

きゅうけつのいえ

第一滴血
银白魔法

"这正是银白魔法呀。"布朗神父喜不自胜地说道。

——G.K.切斯特顿《带翅膀的匕首》

第一章　雪中预言

昭和四十四年（1969）一月十日，星期五。

那封令我们回想起来都不寒而栗的可怕谋杀案的挑战书，就在这一天上午刚过十点，首次递到我们眼前。这一天，关东地区早上就下起了暴雪。狂风裹挟着雪片，一个神秘的人物飘然而至，造访了我们的友人。更准确地说，迎来那位不速之客的地方，是一间位于东京都国立市，名叫"紫烟"的咖啡馆。

国立市位于东京都的中西部，是个僻静的市街，四下里还残留着一些武藏野①的旧貌，坐拥国立一桥大学等诸多学府，堪称大

---

① 武藏野，广义上指关东平原西部，包括现在东京、埼玉县等地。江户时代，武藏野多为未开发的原野，景色开阔，散布着一些村落和新开发地区。——译者注

学城。国铁中央线①沿着市区北部横贯东西，据说车站的名字"国立"，是从两个相邻的车站"国分寺"和"立川"各借一字而成，而站名就此成为街区名，乃至市名。国立车站前的环岛衔接三条主要道路：旭大街，大学路，富士见大街。三条路分别朝东南、正南和西南方向延伸开去。"紫烟"正位于旭大街中途。

这家店的店主名叫贝山公成，五十多岁，心宽体胖。他个头不高，将军肚格外显眼。他头发修剪得短短的，下巴上一部胡须有如鬃刷。大家都亲切地喊他的绰号"船长"，因为他总穿一件海盗风格的马甲，同时还吊着两根防止裤子从肚皮上滑脱的背带。

大家都公认，船长是个堪称痴狂的侦探小说爱好者。故而店内的装修风格如同英式酒吧，古色古香。柱子上挂着一盏沾满煤灰的旧油灯，而烟灰缸则形同骷髅手掌，别具一格。仪态庄严地坐镇于店内正中央的，是一座煤炉。连"紫烟"这个店名，都是得名于福尔摩斯烟斗里袅袅升起的烟雾。

走进店门，右手边靠里的位置是一个带玻璃门的书橱，里面满满当当塞的都是侦探小说单行本，而二楼角落的房间里，还收藏着大量从二战前发行至今的侦探小说杂志。其中尤其值得一提的是杂志《新青年》❶，从创刊号到战后的终刊号一期都不缺，这套收藏是店长的宝贝，也令我等好事之徒垂涎不已。

"紫烟"的常客中，有众多一桥大学的教授和学生，络绎不绝。因为这家店刚好位于学校后门附近，用于打发上课之前、逃

---

① 国铁中央线，指日本国有铁道（现JR东日本及JR东海的前身）运营的中央总线。"国铁"是当时民众对国有铁道的普遍称呼。列车车厢多为橙色涂装。——译者注

课之后的无聊时光，正是再好不过。我名义上的妹妹兰子所属的同好会——"推理小说研究会"——的成员们，更是这里的老主顾。自然，他们每天在此必做的事，就是一边啜饮各自的饮料，一边分享各式推理故事。

如此这般，这家店里曾经上演过无数场关于推理小说的高谈阔论。比方说，我们"推理小说研究会"的成员就提出过如下这些话题。

尽管同为埃勒里·奎因❷爱好者，A君认为，《X的悲剧》是奎因的最佳杰作，而B君则力主"国名"系列的《荷兰鞋之谜》才是上佳之选。两人唯一达成的共识是，《Y的悲剧》这部作品并没有世间吹捧的那么高明。（谁能想到"圆形钝器"竟然和那个是同一个词？太牵强了！）至于其他话题，两个人则总达不成一致意见。此外还有些怪人，竟觉得《九尾怪猫》才是奎因的最佳作品。

艾德温·德鲁德❸究竟死于谁手？（甚至他到底死了没有？）夏洛克·福尔摩斯到底是哪所大学毕业的？❹年轻的阿加莎·克里斯蒂❺因何失踪？迪克森·卡尔的《犹大之窗》❻里出现的密室之门，为什么内外安装反了？善于破解不在场证明的名侦探鬼贯警部❼的全名到底叫什么？凡此种种，不一而足。

严寒的冬日，炉火烧得正旺，我们一面尽享融融暖意，一面在谈天说地中任思绪遨游。大家沉浸在无尽的愉悦中，时常会忘却时间的流逝。

——时间来到事发当天的早上。若将这天咖啡馆里遇上这件令人意外之怪事的所有人的证言串联起来，其详细过程大致如下所述。

和往常一样，上午十点整，船长按时将店招牌摆在了风雪飘摇的门口。旋即，在门口翘首以盼的两位"紫烟"老主顾，便急不可待地钻进店里，并排坐在了吧台前的椅子上。

"船长。快给我来杯美味的咖啡。可冻坏我了。要来一大杯热腾腾的咖啡。"

两人中先开口的，是资格最老的客人——朱鹭泽康男教授，他在一桥大学理工学部教数学。教授阅读量惊人，惯于睡前遍览新发售的推理小说，戏称其为"可代替安眠药"。他还兼任我们"推理小说研究会"的顾问。

朱鹭泽教授的头发灰白（他自称是"浪漫灰"），发质粗硬，略带卷曲，一丝不苟地梳成三七开。个子不高不矮，就是有点偏瘦。他的鼻梁瘦削，架着一副细框眼镜，显得略有些神经质。

教授年轻时，为了学术频繁出国。目的不外乎出席学会啦，寻访论文啦。每次出访，他都习惯在机场书店买几本平装悬疑小说。天长日久，他便逐渐沉迷于推理小说的世界，不可自拔了。

朱鹭泽教授的最爱毫无疑问是范·达因❸的菲洛·万斯系列。教授收集了菲洛·万斯"某某杀人事件"系列在美国首次刊载的杂志（*Scribner's Magazine*❹）在内的所有原版、翻译版书刊，而且全都是第一版，这是他最引以为傲的收藏。

"——朱鹭泽教授，范·达因的作品里面，您最喜欢的是哪一部？"

有一次，兰子向他抛出了这个问题。

朱鹭泽教授锐利的眼神在镜片后一闪。

"那自然是《主教杀人事件》⑩喽。我认为，你在其他任何地方都找不到比这更伟大的作品了。那种雄浑的、前所未有的动机，还有童谣和凄惨谋杀造成的诡异对比。"

兰子有一头堪比好莱坞演员的华丽波浪卷发，她伸出手指卷着额前刘海，说道："您说得太对了。我也同意，这是推理小说史上的一部伟大作品。但是，假若这部书里没有侦探菲洛·万斯登场，凶手在犯下第一起杀人案时就会被抓住，案件会更快破解。因为，就和'问题出在女人身上'①这句话一样，'怀疑案件的第一发现者'也是刑事侦查的最基本原则——"

听着他们的对话，我极力忍住笑意。

通常，朱鹭泽教授说话慢条斯理，与他绅士的外表很相配。然而，在我们遭遇暴雪的这一天，大家谈兴正浓，他一面说话，一面用指尖叩击吧台，笃笃作响。

他饮罢香浓的咖啡，心情舒畅，在高脚椅上调整成一个舒服的坐姿，点燃香烟。接着，面朝正站在吧台里用大抹布擦拭咖啡杯的店长，抛出了自己那老一套的高见。

"——最让我搞不懂的，是名侦探们实在太大方了，太会自我牺牲了。为什么名侦探这种人，这个也好那个也罢，总是把他们辛辛苦苦破解的案件的功劳，拱手让给傻了吧唧的警察？难道他

---

① 此句来自法语短语"Cherchez la femme"，字面意思是"寻找女人"，讽刺侦探小说中的俗套桥段，即线索往往和女性有关。这个表达最早见于大仲马的小说《巴黎的莫希干人》。——译者注

们真的无欲无求？"

船长的胖脸笑容可掬。

"哈哈哈哈哈，朱鹭泽教授，确实如此。不瞒您说，我私下里对这回事也不满好久了。"

"不过教授，这难道不是名侦探的宿命吗？"

插话的，正是坐在教授左边的三峰光太郎。

他高高的个子，身材颀长，为人谦和有礼，在大学里担任朱鹭泽的助教，协助教授的日常研究工作。他心里对恩师良善的正义感颇为自豪。

"就连夏洛克·福尔摩斯，不是也做过让雷斯垂德警长❶脸上添光的事儿吗？说起来，就连老师您最喜欢的菲洛·万斯，要不是小说家范·达因，我想他绝不会自行将案件记录公之于众。名侦探这类人，就是这么低调啊。"

"哼，话可不能这么说。在这一点上，菲洛·万斯绝对是狗屎不如。"

朱鹭泽教授仍固执己见。

店长的女儿玉绘，站在吧台里靠内位置，一边静静地听大家聊天，一边整理着收银机里的零钱。她刚满二十岁，一身围裙的打扮显得非常青涩。她扎着马尾辫，所以显得比实际年龄还要年轻一些。

可能因为玉绘扑哧一笑，朱鹭泽教授有点儿不好意思，他压低嗓门，继续说道：

"一般来说啊，大部分临时起意的盗窃案，或是恩怨纠葛，警察组织凭着自身的行动力和科技手段，很容易查清。但假若是精神异常者的随机犯案，或者是有点脑子的人策划的预谋犯罪，警方就只能乖乖缴械投降了，因为警察这个群体，是一帮既不会幻想，又不会想象的榆木脑袋。就算日本警察比较优秀，比外国警察的送检率高，那也不能对他们的说法照单全收啊！"

船长收拾完杯子，美美地抽了一口烟斗，说："教授啊，你这话说过头了。还好，今天二阶堂兄妹俩不在——他们的父亲，不正是警视厅的高级警督吗？"

朱鹭泽教授和我的父亲也是朋友，但这一点上他毫不松口。

"不错，他这个人呢，在警察里面算脑子比较好的了。但是说到底，他也不过是个职业官僚罢了，一样会贪恋权力的宝座。"

"同时呢，按照我的看法，他是一个无限接近于迈克罗夫特·福尔摩斯❶的人物。头脑非常聪明，但身份太高，从立场而言，也绝对无法亲自参与犯罪侦查工作。"

"迈克罗夫特·福尔摩斯？呵，有点那个意思啊。"三峰助教接茬道。

"总而言之，假如遇到阴险而巧妙的杀人事件，警察就仅能扮演被凶手戏耍和嘲弄的角色，这一点不管是推理小说还是现实世界，都相差无几。以前也曾经有过几个充满谜团的大案，这些典型的例子，无不生动地证明：浅薄的集体智慧，永远够不上一个真正的天才。"

船长闻听此言，朝天花板喷了一口烟雾。

"嗬嗬，那也就是说，'至于侦探本身，首先最好是一名业余侦探'^⑬喽，教授?"

"对，对。一点儿没错，船长。"

朱鹭泽教授露出了心满意足的神情。

正在这时——从教授他们的背后，传来一个陌生的声音。

"——这么说来，您几位，认识二阶堂家的人喽?"

说话的是一个低低的女声，声音沙哑，几乎难以听清。

店里的所有人都吓了一跳，向声音的来处望去。

"紫烟"的店门内侧安了一个铃铛，大小如牛脖子上挂着的铃一般，只要有来客，铃铛便会响起。可事后问起，在场的四个人谁都没有发觉这个陌生女子是何时进到店里来的。

教授惊疑不定，转身回望，女子正跨在门槛上，一只脚向前迈了进来。寒风自敞开的门缝中卷入，女子的脚下积了一小堆雪花。外面一派银装素裹，熠熠生辉，光线自闯入者的背后照进来，将那个人的脸笼罩在阴影之中，乍看之下，只能辨认出一个异样的轮廓。

女子身穿和服冬装，外面罩着一件出门用的和服外套，带着一股妖异气息。她头上还戴着一条宽大的紫色头巾，压得低低的，遮住了低垂的面庞。头上和肩上，沾着少许雪片。她的外套下边处露出了白色和服的下摆，几乎垂到地面。

那女子呼出一口气，犹疑不定地再次开口。她的声音缩在头巾里，让人无法推断其年纪。

"——冒昧造访，实在对不住。但这件事，我一定得弄明白。你们几位，认识二阶堂一家吗?"

朱鹭泽教授等人集体陷入僵直状态。因为他们感到，这个女人浑身散发着不祥之气，仿佛充斥着某种死亡的气息。

"请行行好，务必告诉我——"

首先开口回答她的，是朱鹭泽教授。他在椅子上转过身，面对女子，好不容易冒出了一句：

"……对，没错，我们认识的。那么，认识他们，便又如何？"

神秘女子似乎略抬了抬头。吊在柱子上的油灯被风吹动，摇晃不已，小小灯焰投射出的怪影在四壁与天花板上伸缩蠕动，张牙舞爪。

"我有一事相求。"女子的声音异常遥远，仿佛穿透墙壁而来，"过不了多久，某个地方，将要发生杀人案。所以，请务必将此事告知二阶堂家的人。"

朱鹭泽教授听到这句诡异的话，惊骇不已，不由咽了一口口水，反问道："你说，杀人？"

"是的。"女子小声答道，声音起伏不定。

"等等，你到底在说什么事情啊？"

船长目不转睛地盯着女子，问道。他一边说，一边朝自己女儿的方向挪动过去。

"要是真的会发生杀人案，那就别待在这儿了，最好是赶快去通知警察啊，对不对？"

女子缓缓地摇了摇头。大家仍旧看不清她的面庞，但船长感觉，她似乎微微地笑了一下。

"警察嘛，那可指望不上。"

女子说罢，便向身后的门口退去。她的肩头碰上半开的门扇。这回，门上的铃铛丁零一响，发出清脆而寂寥的音色。门外的大街上，可能是轮胎绑着防滑链的汽车，伴着一阵湿漉漉的金属声开了过去。

玉绘身上有点发冷——也可能是被吓得寒毛倒竖——感觉自己的身体微微颤抖。

"——过不了多久，"女子又开口了，"在八王子的'久月'，必定会有人被杀死。请务必把此事告诉二阶堂家。但是，这事情大概已经任由谁都阻止不了了。大约二十四年前，那栋房子里也发生过杀人案，和那个也有关系。我呢，就是来传达这件事而已……"

女子说罢，向后探出手，扶住了门扇。

"慢着！你到底是什么人？"

三峰慌忙离开椅子，冲到店门附近，捏住了作势要出门的女子的左腕。他奋力想将那女子拖住，只觉得自己抓住的那手腕冰冷僵硬，同时骨瘦如柴。

然而，他的这一感触只维持了电光石火的一瞬。

"我，是死者的……"

女子被握住手腕，仰起脸朝向三峰。

他瞥见头巾中的面庞，吓得几乎心脏骤停。

紧接着，也不知怎么回事，眨眼之间女子将左腕子一翻，挣脱了三峰的手。接着，三峰壮硕的身体轻飘飘飞到了半空，朝屋子中央的火炉直撞过去。

三峰的耳中只听见了玉绘的尖叫，他甚至都无暇感知疼痛。只听一声巨响，火炉翻倒了，炉子上的铁皮烟筒断开，煮着的开水壶滚落在地，溢出的开水碰上炉子，大量水蒸气喷薄而出，加上烟筒中扬起的灰烬，立即充满了整个屋子。三峰在地上打了几个滚儿，一直滚到了朱鹭泽的脚边。

"三峰君！"

"三峰先生！"

玉绘吓得脸色发白，向三峰跑去。朱鹭泽教授双膝跪在弟子身旁，想扶他起来。店主贝山则急着想从柜台里走出来。

"——三峰，你没事吗？"

朱鹭泽教授伸出胳膊托住三峰的上半身，查看他的面孔。烟尘滚滚，不断有煤灰落在众人的头顶，他们一面喘息，一面咳嗽不已。

"快灭火！玉绘，拿水来！"

船长大吼一声。玉绘赶忙回到柜台里，从父亲手中接过消防水桶。她将水倾倒在火炉肚里滚落出来的通红煤块上。顷刻之间，蒸汽和煤灰再次飞腾而起。

就这一会儿工夫，三峰被朱鹭泽教授搀扶着，好容易站了起来。

"畜生！"

三峰激愤不已，少见地骂了一句。他忍着背后的疼痛，一脸痛苦。

"教授，那、那个女人呢？"

神秘女子早已逃之夭夭。从半敞着的门口吹进来的，仅有卷着雪花的寒风。倒在地上的火炉，仍旧咻咻地响个不停。

三峰甩开朱鹭泽教授的手，猛地朝店门口冲了过去。

"等、等一下——三峰!"

朱鹭泽教授大惊，赶忙出声阻止，但说时迟那时快，三峰已经冲出了店门。

"这都是什么事嘛!"

教授终于抓住快关上的店门，也追了出去。刚一出门，一股冰冷猛烈的雪花向他的脸上横扫过来，教授不由抬手遮住了脸。

天空依旧晦暗，厚云低垂。不止店门口，举目四望，视野内的景色无不被积雪所覆盖，洁白无瑕。三峰就站在咫尺之外，他的脑袋和肩膀上已经覆上了一层薄薄的雪花。

"三峰! 去哪了? 那个女的去哪里了?!"

朱鹭泽教授朝自己学生的背影问道。他环顾左右，白雪覆盖的马路和人行道上，都没有那个女子的踪迹，也没有任何人的身影。

"不、不见了——"

三峰回过头，面无人色，用颤抖的手指着他们的脚下。朱鹭泽教授顺着他的手指看去，立刻明白了青年战栗不已的理由。

雪地上，有一行小小的足迹，从店铺入口处一直延伸过来。脚印圆润小巧，步幅相当小。

可那行足迹在一米开外的人行道边缘戛然而止。

那情状就好像一个人走得好好儿的，突然之间消失在了空气中，如烟散雾消……

作者原注

❶ 这就是孕育了早期日本侦探小说，并造就了江户川乱步的那本杂志。由博文馆发行，大正九年（1920）一月创刊，昭和二十五年（1950）七月停刊。

❷ 埃勒里·奎因及其作品，在此就不作赘述了。但关于《荷兰鞋之谜》，有必要多说一句。明明通过故事里最早获得的线索（也就是鞋子），已经可以判断犯人的性别，但主人公没有对相应性别的嫌疑人进行调查，也没有多加警惕，这是埃勒里的一大失误。

❸ 以《大卫·科波菲尔》《雾都孤儿》闻名的查尔斯·狄更斯之遗作《德鲁德疑案》（*The Mystery of Edwin Drood*，1870）的主人公。这本书因作者逝世未能完结，案件的解答部分成了一桩名副其实的谜案。狄更斯在历史小说《巴纳比·鲁吉》（*Barnaby Rudge*）中，比埃德加·爱伦坡更早想出了"被害人即凶手"的诡计。据说《德鲁德疑案》这部作品是他为了与好友柯林斯的《月亮宝石》（*The Moonstone*）一争高下而创作的。同时，有不少人，比如切斯特顿和迪克森·卡尔，都对本作的解答部分发表过自己的推理。兰子也自称有一套完美的推理，但还是留待以后再发表吧。

❹ 福尔摩斯的经典系列中，并未明确提及他毕业于哪所大学。仅在《"格洛里亚斯科特"号三桅帆船》（*The Adventure of the Gloria Scott*）和《墨氏家族的成人礼》（*The Adventure of the Musgrave Ritual*）中，存有少许自相矛盾的记述。

❺ 关于阿加莎·克里斯蒂，在此也恕不多加说明。

❻ 《犹大之窗》（*The Judas Window*，1938），卡尔以"卡特·迪克森"的名义发表的最高杰作。在这本书以前，他发表的几部作品和范·达因的"某某杀人事件（Murder Case）"、奎因的"某某之谜（Mystery）"系列一样，七本书标题都统一为"某某之谋杀（Murders）"，其 Murders 是复数，而《犹大之窗》中只发生了一桩杀人案，故而未能延续同款标题。

❼ 鲇川哲也笔下的名侦探，外号是"不在场证明破坏者鬼贯"。但作品中仅提及姓氏，不清楚其名字。鬼贯在《佩特罗夫事件》和《黑色天鹅》等长

篇杰作中大显身手。一般而言，他被归类为凡人型侦探，但在初期的短篇作品中，则带有浓厚的超人型侦探味道。

❽ 范·达因（S.S. Van Dine，1888—1939），美国作家。以推理小说史的角度来看，范·达因的一系列作品，奠定了现代侦探小说的雏形。同时，他引入了文化论与艺术论的观点，令当时被视为低俗读物的侦探小说有机会跻身于高尚读物行列。

❾ 海明威的《永别了武器》也发表于该杂志。

❿ 《主教杀人事件》（*The Bishop Murder Case*）于1929年出版，是范·达因的最佳之作。在范·达因的作品群中，本书的炫学色彩最为浓烈，同时凶手诡异的杀人动机也精致无比。

⓫ 常有人出言抨击雷斯垂德，但考虑到他曾多次为福尔摩斯带来罕见的案件，福尔摩斯的粉丝们理应感谢他才是。

⓬ 福尔摩斯的兄长。是哥哥哦。

⓭ 这句话出自 A.A. 米尔恩的《红屋之谜》（*The Mystery of the Red House*）序言。

第二章　兰子登场

1

如此这般，这桩奇异的杀人案，便如我们喜爱的约翰·迪克森·卡尔的《三口棺材》❶序章的怪事一般，揭开了帷幕。而且，这桩案子在名侦探二阶堂兰子破解的诸多凶案事件簿中也堪称少见，属于与"没有足迹的杀人"之谜的正面对决。

一般而言，在所谓的不可能犯罪中，存在"上锁的密室""人体或物体的消失""离奇的死亡"乃至"无影无踪的凶手"等难以破解的谜题。其中有一类谜题，即凶手在柔软的沙地，或是无瑕的雪地上不留痕迹地犯案，现象本身简单明快，却反而更令人困惑不已。

自然，这类谜题和其他形同魔法的不可能犯罪一样，借用兰子喜欢的菲尔博士①的名言来说，"此类事件之所以看起来如此神奇，不外乎是将某一事实从前后状况中抽离，单独检视造成的"。然而我们——听到兰子的推理之前的我们——正处于事件混沌的旋涡之中，在当时看来，发生的一切只能用"奇异"来描述，没有更恰当的形容词了。

这出惨剧，最终被称为"吸血之家事件"，而恰好在事情发生之前，我和兰子在谈论一个有关侦探小说的问题。即，到底是侦探在主动寻找罪案，还是罪案在寻求侦探？

我认为是后者，也就是案件会循着侦探的气息找上门来。但兰子的看法正相反。

于是，我对她说：

"就拿夏洛克·福尔摩斯的例子来说好了。不管哪个案子，都是委托人带来的吧？的确，他是一名非凡、优秀的侦探——在整个欧洲广为人知——但假使委托人不造访贝克街，那些大部分发生在乡下的事件❷，肯定都不会落入他的法眼。若要举出证据，那就是福尔摩斯开始吸食可卡因的时期，那时他因为长期无案可破，处于百无聊赖的状态。"

兰子听罢，摇了摇头。

"我可不那么想。我告诉你——这么说吧，就好比你学到了一个新名词。然后呢，你猜怎么着？你马上就会非常频繁地在报章

①菲尔博士，即基甸·菲尔。美国推理作家约翰·迪克森·卡尔笔下虚构的侦探角色。——译者注

杂志上看到这个词哦。换句话说，不妨认为是人类对该词语的认知本身，造就了这个词语的存在。侦探与案件的关系，也与此类似。侦探正是通过深入了解犯罪的悲剧性和残虐程度，逐渐磨炼出对案件的敏感度呢。"

"你的意思是说，平庸的侦探，就只能接接寻找离家出走人士这种案子喽？"

"那是当然。所以呢，所谓的大案子，从某种意义上说，可能都是侦探自己一手造就的呢。"

"展开说说？"

"菲洛·凡斯，还有金田一耕助❸都是再恰当不过的例子呀。他们惯于冲进案子里胡乱搅和一通，到头来没事儿人一样装傻充愣，说什么'哎呀，其实呢我最开始就知道凶手是谁了哦。但要是我一上来就说，你们肯定不会相信的吧？'

"埃勒里·奎因，也是一路货色嘛。一面纠结无聊的文字排列，一面任由凶手操控局面，甚至把警方的侦查引到错误的地方❹。"

"你是说，因为他们的存在，反而把某些普通案件搞成了大案子喽？"

"一点儿不错。"

"照你这么说，哲瑞·雷恩❺也该归到这类小丑中去了。要不是因为雷恩，当有人发现约克·哈特写下的杀人剧本，真凶就该立刻被警方绳之以法了吧。❻"

"奎因想在那个案子的结尾模仿范·达因的《主教杀人事件》，所以才毫无必要地将抓捕凶手的环节一拖再拖。考虑到整个故事，可以认为这是奎因对范·达因敬爱之情的流露。"

——如此这般，我们会从方方面面对推理小说进行剖析——尽管最后，总是会离题万里。

尽管如此，我们似乎还是大大缺乏先见之明。假若我们有那么一丁点儿先见之明，就不会卷入下面讲述的凄惨的杀人事件，就能提前察觉，我们这番议论中隐含的某些真知灼见。

2

话说回来，当天晚上，我才得知"紫烟"发生了上述怪事。我冒着鹅毛大雪，从学校回到家中，这件怪事早已恭候我多时了。

原来，兰子早上起床之后看到窗外的大雪，立刻以"恶灵馆事件"❼后身体一直抱恙为由，迅速钻回了被窝。我怀疑，这多半是装病。

我和她名义上是兄妹，可年纪一般大，上学也是同一年级。只不过因为生日比她稍微早那么一点儿，我才被叫作哥哥。兰子是我父亲的养女，在世上已经没有别的亲人。我们俩小时候就被当作双胞胎兄妹，一起养大。说不定，我们的关系比起有血缘关系的亲兄妹还要好些。❽

我们上的一桥大学，就在离家不远的地方。可门外大雪纷飞，就算有伞也不顶事。我回家进入玄关，脱下大衣和毛线帽子，掸去积雪，一屁股坐在走廊边缘，尝试解开湿漉漉的运动鞋鞋带。

正在这时，我忽然感觉背后有动静。

还没等我回头，只听见背后有人开口了：

"——你回来啦，黎人。"

我略微一惊，回过头，只见走廊这头站着一位身穿和服，美若天仙的中年女子。

我一时语塞，但也安下心来。因为她并非什么不速之客，而是雅宫弦子，说起来是我母亲镜子的远房亲戚。

"黎人，可有阵子没见啦——"

她那张敷着白粉，端庄秀丽的面庞上浮现出一抹和蔼的浅笑。一头乌黑的秀发整整齐齐地梳成圆形的发髻。她个头并不高，可能是因为穿着和服，气质凛然，完全不显矮，隐然生威。

"啊，您好！"我急忙站起身，低头行了个礼，"真是很久不见了，弦子姨妈。"

"外头怪冷的吧？赶紧把衣服换下来吧。"

"哎，我这就换。"我迈上走廊，问道，"我妈已经出门了吗？"

我这会儿才想起来，昨天母亲提过一句："明天，'久月'的弦子姨妈会来。"父亲因公出洋，母亲陪同前往，这段时间拜托她来照料我们的起居。

"没错。"弦子眨了眨清澈的眼眸，说，"镜子出门前给我打了电话，我中午才到这儿。"

二阶堂家与雅宫家渊源深厚。雅宫一家的谱系可追溯到江户时代，世代居住在东京的八王子，以经营旅馆为业。战前开了一家叫"久月"的知名料理旅馆。正因如此，雅宫家的女性熟谙各种仪礼，每当二阶堂家遇到婚丧嫁娶这类大事，母亲都要仰仗她们的帮衬。

"今天难得雪下这么大，赶过来一定很辛苦吧?"

我问话的当口儿，弦子侧过身，给我让出一条路。她身旁的窗台上放着一只插满鲜花的花瓶，显然她刚刚正忙着插花。

弦子平日里以教人弹奏古琴、茶道、插花为业，故而为人处世从容不迫，举手投足落落大方。因工作关系，她经常一身和服打扮，今天她穿着的这件深蓝色的大岛绸①面料和服，看来也是量身定做的，价值不菲。

"我到国立车站的时候，雪已经转小了，所以还好。"

弦子答道，眼中又浮出温和的笑意。

说老实话，我和她说话时，笼罩在她的美貌与香艳的气场之下，内心颇有些狼狈。

她出生于大正十年（1921），是一位时年四十七岁的寡妇，但全身散发着妖艳之美，外貌比真实年龄年轻十岁。皮肤光洁，妆容楚楚，目如点漆，坚毅的神情令人心折。弯若新月的纤眉，挺拔得恰到好处的鼻梁，红润小巧的嘴唇，五官无不透着精致。她竟有个二十九岁的女儿，说出来都没人相信。

她的年纪和我的母亲相若，为这样的女性容貌而心绪不宁，我都觉得自己有点犯蠢。讲得极端一点，她的美近乎非人，用绝美一词来形容再合适不过。其容貌仿佛某种完美无缺的玩偶之美——好比京都或博多的人偶之纤巧，又带有欧洲洋娃娃那种艺

---

① 大岛绸，日本鹿儿岛县出产的高级丝织品，得名于产地奄美大岛。以先染丝线、手工织造的精美几何图案著称。——译者注

术感——两者兼而有之。

"话说，黎人啊，一会儿就是晚饭时间，可以开始预备了吗？"

"好，当然没问题。我肚子已经饿得咕咕叫了。"

看我使劲地点头，弦子静静地露出微笑。小巧的双唇上仔细涂着朱色的口红。

"那等饭做好了，我叫你吧。你会待在二楼吗？"

"嗯，应该会在兰子的房间——那个，兰子在自己屋里老实待着呢？"

我忽然担忧起来，抬头望了一眼天花板。

"对。今天好像挺安分的呢。"

弦子答道，强忍着没笑出声——她早就见识过兰子那股惊人的活动力。

我和弦子道别，回了二楼自己的房间。首先换下打湿的衣服，然后去了兰子的屋。

兰子的房间装饰风格明快，我进去时，她正缩在被窝里。除了摆放书架的那面墙，其他的墙上都挂满了出自她笔下的水彩画。她在大学里同时参加了"推理小说研究会"和"美术俱乐部"两个社团。我想迈进房间里，不得不小心翼翼地跨过好几本素描簿。颜料盒与画架也胡乱堆放着，完全不像是年轻姑娘的房间。

一头媲美电影女明星的华丽卷发从被子的边缘探出，我转到床头一侧，打量了一下她的脸。只见兰子趴在被窝里，全神贯注地读着一册文库本①。原来是亨利·米勒的《南回归线》②。

"哎呀，你回来啦，黎人。"

她扬起脸笑了笑。还没等我开口，她就说道：

"比《北回归线》好看哦。——那个，雪下得如何了？还在下吧？"

"是啊。已经积了二十多厘米了。估计会一直下到深夜呢。学校的课，如你所料，都停了。没办法，我只好去社团活动室，做了点会报的油印工作。"

我从兰子的书桌边拉过来一张椅子，坐下向她解释了自己今天的行程。

"辛苦你了。都印完了？"

"快弄完了。这个月说不定能按期发刊，真是难得。"

房间中央摆着的圆柱形煤油炉子熊熊燃烧，上面还坐着一只水壶，房间里暖洋洋的。窗外上着套窗，红色厚重的窗帘拉得严严实实，密不透风。书桌上摊着一本朱鹭泽教授主讲的《群论》课本，看起来兰子还没有把课程论文抛诸脑后。

"——现在几点了？"兰子支起上身，问道。她合上书，将其放在了床头柜上。

---

① 文库本，指日本昭和时期开始普及的一种小开本且便于携带的书籍形态。——译者注

② 亨利·米勒（Henry Miller, 1891—1980），美国作家，于1930年代在法国出版自传性小说《南回归线》，是其继《北回归线》之后的"自传三部曲"之二，主要叙述和描写了亨利·米勒早年在纽约的生活经历，以及与此有关的种种感想、遐想和幻想。其作品因过于露骨，长期在美国被禁。——译者注

我把丢在床脚的蓝色针织开衫递给她。

"六点整。——是晚上六点哦。"

"哎，是吗？——对了黎人，有件很特别的事情要跟你讲。真的很离奇哦！不过，等到吃完饭再说吧，敬请期待。"

兰子穿上开衫，右手将头发自领口内拨出，意味深长地说道。

"很离奇？什么事情啊？"我问道。

"你在学校里没遇到朱鹭泽教授？"兰子没有正面回答，反问道。

"没有啊。"

"今天中午，他们从'紫烟'来我们家了。"

"谁啊？"

"朱鹭泽教授与三峰助教两个人。黎人，你在学校没碰上教授他们吧？"

"没碰上。"我毫无头绪，摇摇头，"教授他们来我们家里，有什么事？"

"——弦子姨妈在楼下吗？"兰子突然换了个话题。

我越发困惑，但还是答道："嗯，在啊。她说晚饭一会儿就好了。"

"那还是先吃饭吧！"

兰子没有进一步说明，我也打消了追问的念头。她的个性就是这样，一件事只要打定了主意，牛都拉不回来。

我俩下到一楼饭厅，享用了雅宫弦子预备的晚餐。餐桌上琳琅满目，排布着炖菜、烤鱼等日式料理，清爽可口。这些超越了家常菜的范畴，几乎可以媲美料亭的怀石料理了。不论是味道还是分量，都无可挑剔。

"——对了，弦子姨妈，冬子姐她身体还好吗？"

饭吃到一半，兰子忽然问坐在一边的弦子。

弦子一心一意照料我们，没有与我们一起进餐。

兰子问及的是弦子的独生女儿，雅宫冬子。

雅宫冬子体弱多病，自小就一直病恹恹的。她二十岁时曾结过一次婚，后来生下一个死婴，导致离婚，之后住回了娘家。她产后的恢复状况不大乐观，身子骨搞坏了，自此之后便无法再次怀孕了。

前阵子，母亲和我们提起，近来冬子好像又病倒了，兰子故有此问。听到女儿名字，弦子秀丽的脸庞蒙上了一层阴影。她微微摇头，答道：

"兰子，谢谢关心。老实讲，她的状况不太好，最近一段时间身体很差，家里人都很担心……"

"具体怎么不好？"兰子关切地问道。

"发低烧，大部分时间都卧床休养。为保险起见，我们前天把她送去清濑的结研❷住院，做进一步的详细检查。"

"这样啊……"

冬子之前也曾因轻度肺结核住过院。

弦子眉头紧锁，一脸愁容地补充道："而且，最近她'降神'的情形频发……我们家里人都提心吊胆的……"

弦子提到的"降神"，是她女儿冬子小时候就常常出现的特殊症状。只要冬子情绪激动、或是因为什么事亢奋起来，就会突然失去意识，或者陷入某种奇特的附身状态，开始说胡话。据医生诊断，这种病状是冬子的感受性太强，精神压抑导致的。

"……冬子最近连睡觉时都会被梦魇住，而且还说出一些很奇怪的话。"弦子说道。

我曾亲眼见过一次冬子发病时的景象——不过是很久以前的事了。我觉得那种状态有点像是梦游。

冬子清醒后，完全不记得"附身"时自己做过什么事情。尽管原因不详，但精神科医师诊断含糊其词地认为，冬子之所以会产生这样的症状，可能因为她过世的父亲是神社神主，对她的心理产生了某种微妙的影响。

"她都说些什么呢?"兰子继续关心地问道。

但弦子只是摇了摇头，敷衍道:

"不，没什么的……她肯定是烧糊涂了……"

这个雪夜，连对话的内容都有些阴郁。尽管如此，我们还是从弦子口中问到了一些雅宫家的事，譬如最近又有人来替三女儿笛子说媒啦，还有"久月"近期的活动安排，等等。

3

晚饭后，我与兰子来到玄关旁的会客室。会客室里摆着父亲的组合音响，谈话时可以听听音乐。我首先打着了煤气暖炉，将披头士的《白色专辑》①放进唱机。

兰子用托盘端来两杯热气腾腾的红茶。这是她最喜欢的伯爵红茶。

"——兰子，这下你可以把刚才的事讲完了吧？"

歇息片刻，我说道。

兰子深深地坐进长椅的靠背，回应道："那个嘛——"

她将茶杯放回膝上的茶托，将今天早上发生在"紫烟"的怪事一一道来。

听她讲到那个神秘女子逃之夭夭的场景，不知为何，我觉得脊背一阵发凉。

"——后来呢？"

"后来，教授与三峰老师就直奔我们家了，连伞都没顾得上打。也不知是冻坏了还是怎么的，两人脸上都毫无血色。"

"也可能是吓得脸色发白吧？"

"也说不定哦。三峰老师讲到他抓住那神秘女子手臂时，还瑟瑟发抖呢。"

"他还说，那女子的嘴角在滴血？"

"是啊，按他说的，那女子双眼如同骷髅，是两个空空的黑洞；皮肤煞白，好像涂了铅粉；鲜红的嘴角边挂着一道血迹……"

"太难以置信了，照他的形容，这就是个女鬼啊。那其他三个

---

① 《白色专辑》，指英国摇滚乐队披头士（The Beatles）1968 年发行的第九张录音室专辑，正式名称为 The Beatles，因其封面为纯白色，被乐迷们俗称为"白色专辑"。专辑包含30首风格迥异的歌曲。——译者注

人，都没看到她的脸吗？"

"都没有。"兰子点了点头，"说是因为头巾遮挡，没看到。"

"她居然提到了'久月'？还有什么二十四年前的事件？这也太久远了。真诡异……兰子，你知道她说的是什么事件吗？"

"不知道。我从来没听说过雅宫家以前发生过什么事。"

我脑中闪过了尚在厨房忙碌的雅宫弦子的身影。

"话说，那个怪瘆人的女鬼，提到杀人事件发生地的时候，说的是'雅宫家'，还是'久月'这个店名？"

"是店名哦。"

"雅宫家的料理旅馆都歇业好久了。那女子居然知道店名，我猜她应该和她们家有点牵连。"

"同感。我也这么觉得哦。"兰子点点头，柔软的卷发随之摇摆。

在我们家，提到雅宫家时习惯用"久月"这个称呼。也就是说，当我们提到雅宫家有什么事情，一般会说"久月"如何如何了。但这主要是因为我们家与雅宫家沾亲带故，一般人并不会如此称呼。

"还有，教授他们说，那女鬼一离开'紫烟'就消失不见了，真的假的啊？"

"不。"兰子抬起眼帘，否定道，"这个谜团没什么大不了的。她根本没有消失啊。"

"说来听听？"

"说穿了一文不值。店门外边，停了一辆没熄火的汽车而已。

她只不过是钻进汽车，飞速离开罢了。从门口延伸出去的脚印到人行道边缘，自然就消失了。"

"就这个啊！"我大失所望，"灵异怪谈一下子变得如此现实？"

"这种情形，停在外边的车可能有两种情况，一是那女子自己开来的，二是由别人驾驶，在外边候着的。若是后者，还得查一查，是私家车、出租车还是包车。"

"三峰助教没看见那辆车开走吗？"

"毕竟是汽车，只消十秒钟，就能开到三百米开外，差不多开离旭通，抵达站前的转盘了。三峰老师被那女鬼推了个大跟头，等他追上去，已经过了不少时间。他们中间还忙着浇熄火炉什么的。况且当时下着雪，估计视野很差，他一心搜寻的是穿和服的女子，而非汽车，跟丢了也正常咯。"

"言之有理啊——"

我看了看地图，起始于车站的旭大街，全长不到八百米。"紫烟"位于这条路的半道中，兰子的计算相当准确。

"然后呢，我已经打电话到出租车公司问过了。本市内只有两家出租车公司，我先问了平时用的那家，竟然被我蒙对了，果真有一台车载过一位穿和服的女子，司机记得此事。"

"司机有没有看到那个女子的脸？"

"没有。很可惜，据说被头巾挡住，所以没看到。"

"这么说，这个古怪女子是故意不以真面目示人喽——那她是在哪里上下出租车的？"

"据司机说，他在车站检票口外的出租车站台载上该女子，沿大学路开到桐朋学园那里的十字路口，接着向东拐，向三小路开去，顺三小路往北，最后在旭大街的'紫烟'门口停了下来。等她从'紫烟'出来，司机又依着她的指示，开回国立车站。司机说，她付了车费，朝售票处的方向走去了。"

我脑海中浮现出一幅国立市的地图，在其中描绘了一遍出租车的行驶路线。汽车从车站出发，向正南方行驶，折而向东，再往北开了一段，最后折向西北，回到车站。途中在"紫烟"停留了片刻。

但若是仅仅从车站前往"紫烟"，径直开上旭大街，眨眼就到，她故意兜了这么大一圈，恐怕别有他意。

"就算加上在'紫烟'发生的事，整趟路程从头到尾，顶多只有二十分钟，真是让人摸不着头脑。"

兰子将鬓角的卷发拨到耳后，说道：

"我后来还给车站打了电话——说不定有工作人员见到过那个穿和服的女子呢？但这次却扑了个空。虽然下着大雪，列车乘客却是丝毫不减。"

"说不定那女子根本没进检票口？出租车司机应该无法确认这一点吧？"我提出自己的意见。

"不错，的确有可能。"兰子也点点头，"说不定，她只是假装要搭乘电车，其实却上了别的汽车离开了……"

"然后呢？"

"没有什么然后了。朱鹭泽教授他们说，要是这件事有什么进展，记得要告诉他们，便告辞了。"

"假设，正如那个女鬼所宣称的，不久的将来'久月'真的发生了杀人案，那么，是谁要杀谁？又为什么要杀呢？"

"那只有——鬼知道咯。"兰子歪歪脑袋，"完全想象不出来——而且比起这个，我们不是更应该查查看那个神秘女子究竟是何方神圣吗？"

"雅宫家一共有五位女性。"我掰着手指头数了数，"弦子姨妈、琴子姨妈、笛子姨妈。还有冬子姐——还有就是滨太太。她有点上年纪就是了。"

雅宫家，是完完全全的女性家系。

雅宫弦子，雅宫冬子——这两人是母女。
雅宫琴子，雅宫笛子——这两人是弦子的妹妹。

这四名血亲，一同生活在那栋古旧的老宅里。

雅宫家的二女儿琴子，是大正十二年（1923）生人，今年四十五岁。三女儿笛子是昭和十四年（1939）生人，三十岁。弦子的女儿冬子，与她的小姨笛子同年出生，但因为出生月份较晚，现年二十九岁[①]——因为笛子与两个姐姐年纪相差甚远，倒是常被误会成自己外甥女的姐妹。

这几位女子和弦子一样拥有动人美貌。任谁瞧上一眼都能明白，雅宫家的女子们最显著的特征，就是那端丽而绝美的容貌。

然而，她们的人生之路偏偏全都曲折多艰。

弦子年纪轻轻就守了寡。二女儿琴子结了两次婚，又都离了。

三女儿笛子则曾被人毁过一桩婚，目前仍是单身。弦子的女儿冬子也被婆家抛弃，住回了娘家。

按照我父亲的说法，这些悲惨境遇无不是她们过分的美貌引来的祸事。

在"久月"的宅子里还住着一对老夫妇，老头叫小川清二，老太太叫小川滨。我曾听说他们是雅宫家的亲戚，但并不是很确定——他们有点像用人，又有点不像。

"——你刚才说，那个神秘女子是几点到'紫烟'的？"我抬头问兰子。

"早上十点半左右。"

穿着裙装的兰子，将跷着的二郎腿换了一只脚。

"弦子姨妈是几点到我们家的？"

"大概十二点多。"

"所以弦子姨妈也有可能是那神秘女子。她也穿着和服——你有没有问过她什么？"

"嗯，我稍微试探了一下。"兰子眯起一双美目，"她说自己九点多钟从八王子家中出发，看这雪势，大概的确花了那么久。"

"唔。"

坐公交车也好，打出租车也罢，从雅宫家出发去中央线的八王子车站，都必须搭车才行。

"弦子姨妈刚才说，冬子姐正在肺结核研究所住院，我打电话确认过了。不过，结核病房不管是患者还是访客，都能自由进出，所以就算偷偷跑出来，可能也没人知道。不知冬子姐的病情和身体情况如何，如果她在医院门口打一辆出租车，赶到国立市来也并非不可能。至于剩下的三人，似乎都在家。"

"是吗？她们之中随便谁，只要想来，就能随时过来，对吗？"

"一点不错。"

"话说回来，那个女鬼特地前来预告杀人事件，究竟有什么目的？"

兰子凝视着暖炉中的火焰，说："那可说不好。可能如她所说，真心想要阻止杀人事件，但也有可能，正在谋划犯罪的就是她自己。"

听到兰子的回答，我的心因为某些预感而打起鼓来，喃喃道："我们不能坐视不管啊！"

"是啊。"兰子说，"总之，后天是礼拜天，三多摩警署的中村警官会来我们家，在那之前，我们按兵不动。"

"中村警官？"我不禁发问，"他要来？来做什么？"

我这句话问得有点蠢。因为某些机缘，三多摩警署搜查一科的警官中村宽二郎，和我们成了老相识。对于兰子的犯罪事件调查，他抱有最大限度的理解，并提供了极大的方便。

"不是明摆着的吗？我请他来给我们讲讲，'紫烟'那女鬼提及的雅宫家二十四年前发生的事呀——我午饭后给三多摩警署拨了个电话。我想，如果'久月'真的发生过那种事，就地理位置而言，肯定是三多摩警局的辖区，或许会留下什么记录或资料。"

我思索片刻，然后说："二十四年前，也就是二战尾声时期喽……我记得弦子姨妈的母亲还是谁，好像就是在那段时间去世的，我还看过那个人的照片呢……那个，是叫什么名字来着……"

"是清乃。弦子姨妈她们的母亲，叫雅宫清乃——不过，我还是头次听说杀人案的事。"

"莫非，是爸爸帮他们把这事掩盖过去了？"

说话间，我想到了自己的父亲，二阶堂陵介。他现在能位居警视厅要职，全要归功于当年兰子那身为政治家的祖父的暗中保举。因此，不光是雅宫家，只要是二阶堂家的亲戚涉及的案子，都非常可能有父亲在其中刻意隐瞒。

然而，兰子却否定了我的说法。

"那时候爸爸才刚当上警察吧。再怎么说，都不可能那么神通广大。"

"啊，那倒也是——中村警官怎么回复你的？"

"这个嘛……"兰子凑过来，"我向他打探二十四年前在'久月'发生的事件时，你猜他怎么说？"

"我怎么知道……"

兰子这种故意卖关子的语气，让我觉得有些不安。

"中村警官似乎被我的问题吓了一大跳，我隔着电话，都听见他倒抽了一口冷气。我重复了一次问题，他沉默了好一会儿，才用低沉的声音冷冷地说——'关于那件事，我没什么可以和你说的，而且，我什么都不能说。'——这话一出口，我都没法往下接。"

兰子一对浓黑的眼眸直视着我。

作者原注

❶ 非常遗憾，关于卡尔的最高杰作《三口棺材》，不论是伴大矩的译本
（《魔棺杀人事件》），还是村崎敏郎和三田村裕的译本（早川口袋推理
文库），都不够完美。我建议读者去阅读原著。伴大矩的节译本自不必说，
即使是现在能够入手的三田村裕的文库本，在隐藏犯人身份的关键部分也
有严重的误译。总之，卡尔是一位被翻译耽误的作家。

❷ 在《福尔摩斯回忆录》之后，发生的都是一些他足不出户就能解决的普通
案件。

❸ 金田一耕助的人物形象设计，明显模仿了江户川乱步笔下初期的明智小五
郎。其风貌与《D坂杀人事件》中的明智小五郎一模一样。

❹ 指的大概是《十日惊奇》（Ten Days' Wonder）这部作品。

❺ 哲端·雷恩（Drury Lane）是推理小说"悲剧"系列四部曲的主角，该系
列小说由埃勒里·奎因以"巴纳比·罗斯（Barnaby Ross）"的笔名创作。
这四部作品中的前两部被誉为奎因作品中的佼佼者，尤其是第一部《X的
悲剧》更是逻辑推理小说的巅峰之作。《Y的悲剧》同样出色，拥有与之媲
美的精彩氛围。

❻ 可参考《X的悲剧》的续篇《Y的悲剧》。其结局如兰子所言，是对范·达
因的《主教杀人事件》的致敬。

❼ 指"恶灵公馆事件"，于昭和四十三年（1968）八月，在国分寺市的志摩
沼家发生的一桩噩梦般的连环杀人案。

❽ 兰子的生日比我晚一个月，她是我名义上的妹妹。我们都是昭和二十四年
（1949）出生，这起事件发生时，都是一桥大学的大一学生。她是我父亲
二阶堂陵介的养女，而我父亲又是兰子祖父的养子。明治初年，二阶堂家
通过进口西洋医药品，积累了巨额财产，跻身富豪之列。研究"兰学"出
身的二阶堂柳院，以及他的儿子、陆军军医二阶堂松院，连续两代出任贵
族院议员，登上政治舞台。这位二阶堂松院，就是兰子的祖父。然而煊赫
一时的二阶堂家，也因太平洋战争的影响日渐没落，战后则走向了完全的
衰败。那时，兰子双亲去世，于是父亲便收养了兰子。另外，兰子和我作
为一介学生，之所以能够介入警方调查，甚至侦破杀人事件，也是因为我
父亲二阶堂陵介这个强有力的后盾——他是日本的首任警视厅副总监（在
这起事件发生时，还只是警视正）。

❾ 结研，位于东京都清濑市的肺结核研究所。

⓾ 弦子出生于1921年（大正十年）五月十一日；琴子生于1923年（大正十二年）七月十八日；笛子生于1939年（昭和十四年）一月七日；冬子生于1939年（昭和十四年）十二月二十九日。[1]

---

[1]日本人多以周岁计算年龄。笛子与冬子虽都出生于1939年，但结合本作故事的时间，此时笛子已过生日，而冬子的生日未到。所以如前文所述，笛子此时30岁，而冬子则为29岁。——译者注

第三章　警官造访

1

房间里安静极了，只有火炉熊熊燃烧的声音哗剥作响，室内温暖如春。

兰子挑起一条纤细的秀眉，问道："怎么不作声了，黎人？你作何感想？"

我听到兰子转述中村警官的答话，正暗自吃惊，兰子间不容发地问道。我看了她一眼，只见她眼中闪着狡黠的光芒，显然，她还留了半截话没说完。

我说："感想没有，问题倒是有一个。你刚才说，中村警官讲他'什么都不能说'，这句话是什么意思？还请明示。"

兰子露出一抹倨傲的笑意，伸出左手，盘弄起一缕垂在肩头的卷发。

"你觉得是什么意思呢？我当时也追问了，但他闭口不谈，坚称'和你们没什么好说的'。"

"奇怪啊。就算中村警官本身不了解那起事件，也可以帮我们调阅一下以前的资料呀。"

"没错吧。"兰子表示同意，"所以我原原本本地将'紫烟'出现神秘女子的事说了一遍，还稍微吓唬了他一下，说如果那个人说的是事实，事情岂不是就闹大了？'"

我能轻易想象到兰子是如何软磨硬泡的。

"我说完这话，中村警官沉默了一会儿，总算答应帮我们找资料，并在后天晚上拿来我们家。他的言下之意，过去'久月'似乎确实发生过什么，而他会将那件事的根由告诉我们。"

"这真不像平常的他。"我想起中村警官平素的为人，觉得有些无法理解，"不过，二十四年前的'久月'，究竟发生过什么事呢？"

"杀人之因总在过去。"❶兰子的脸上浮现出一抹讽刺的笑容。

"阿加莎·克里斯蒂的名言？"我耸耸肩，"这种时候，你还是免了。特地顶风冒雪前来预告杀人事件的诡异女子，中村警官反常的暧昧态度，这些情况已经够吊诡的了。"

"的确，但是呢——"兰子忽然严肃起来，"我最担心的情况是，这其实是一场还没完全结束的犯罪。"

"还没结束的犯罪？"

"对，还没结束。"

"什么意思啊？难道说，还有所谓的持续犯罪？"

兰子抱起胳膊，沉思片刻后答道：

"二十四年前，'久月'，也就是雅宫家发生了某起事件。那正是战事行将结束、社会动荡的时代，而雅宫家作为历史悠久的大家族，人际关系复杂，发生一两起事件也不足为奇。当然，前提是那些事件当时就被解决了。

"然而，假若那是某种犯罪——抑或是杀人案，而凶手至今未被抓获，问题就大了哦。因为这就意味着，自事件发生至今的二十多年间，一种可怕的恶意始终躲藏在静谧的阴影之中，我们长期与恶魔为邻，却毫不知情。"

"潜藏在黑暗中的杀人魔——"

"没错。"兰子点点头，喃喃道。

的确如此。难道说，造访"紫烟"的和服女子真的是在向我们预示雅宫家即将发生的犯罪，就是过去事件的延续？

不得不承认，女人的第六感真的很准。我无须援引过去的例子，也明白兰子的直觉有多敏锐。正因如此，她那带有警示含义的话语，顿时让我心中充满不安，如阴云密布。

2

两天后，也就是一月十二日星期日傍晚，我们早早吃完晚餐，焦急地等待中村警官的来访。

还不到六点，警官就到了。他沉默不语，步伐拖沓，足以说明此行的非比寻常。

在警官莅临之前，我和兰子像前天一样，坐在客厅的暖炉旁烤着火。我拿来一份报纸，仔细翻阅，消磨时间。而兰子把唱机上一张她所钟爱的德沃夏克的第九号交响曲《自新大陆》①唱片放回架子，打开音响，调到 NHK②调频广播。正巧，赶上五点五十分开始播送的天气预报。

中村警官没有乘坐警车，而是开自己的车来的。我们窗外还没上挡雨板，看到汽车前灯透进窗内，便知道他进了后院的车库。他不是独自一人，还带着部下村上刑警。

我站起身，在房子玄关将两人迎了进来。中村警官一脸不高兴，看起来心绪不佳，大概受此影响，村上刑警也有点神色不安。

中村警官穿着一身褐色西装，大衣对折，挂在手臂上，另一只手紧紧提着一只褐色公文包。他体格壮实，个头不高，头发仅有两侧幸存，头顶光滑锃亮。这副尊容加上唇上蓄着的一道浓密的黑须，让人远远就能认出。

中村警官是大正十一年（1922）生人，今年四十六岁。战后，他一直隶属三多摩警署。他本想蓄须增添威严，很可惜未能如愿。不过，他那宽阔脸盘上两道锋锐凶猛、有如猎犬的眼神，已经足以说明他是一名经验丰富、千锤百炼的老警官。

---

① 《自新大陆》，指捷克作曲家安东·利奥波德·德沃夏克创作的《e 小调第九交响曲》，又名《自新世界》交响曲。——译者注

② NHK，日本广播协会，于 1925 年成立。——译者注

年轻的村上刑警是一位二十六岁的青年，身材颀长，活力十足。他穿着白色 V 领毛衣和藏青色休闲西装——这一身看起来像是他的新婚妻子给搭配的。一头短发梳得纹丝不乱，俨然是个朝气蓬勃的运动员。他去年刚刚成婚，看上去正是春风得意。

一番简单寒暄后，兰子请两位警官在沙发上落座。我调小收音机音量，坐在兰子对面的扶手椅上。

这时，雅宫弦子端着托盘进来，送来了茶和和式小点心。今天她穿着一件简素的蓝色大岛绸和服，浅色和服带上绑着红色腰绳，色彩夺目，搭配典雅。

猛然见到这位中年美妇，中村警官好像吓了一跳，啪的一下站起身，村上刑警也下意识跟着起立。中村警官向她致歉，说久疏问候，并深深鞠了一躬。

"——那一次，真是谢谢您了。"弦子轻声答道，恭恭敬敬回了一礼。

接着，弦子问兰子，两位警官的晚餐如何安排？中村警官赶忙说，他们已经吃过，婉言谢绝了。

弦子微微一笑，转向兰子：

"那么兰子，接下来就交给你了。若有什么需要，叫我一声便是，我就在厨房。"

"好，我知道了。"兰子应道。

弦子再次向两位警官鞠躬行礼，静静地退出了客厅。

村上刑警直愣愣地看着弦子的背影，喃喃道："世上竟有这么漂亮的人……"

兰子闻言，忍不住笑出声来。

"不、不是啦！我只是觉得她穿和服的样子，特别有那种，日本风韵。"村上刑警脸涨得通红，急忙解释。

"嘿嘿，村上先生，你猜猜弦子姨妈多大年纪了？她比中村警官还大一岁呢！"

"啊？"村上刑警惊讶地瞪大了眼睛，"真的吗？兰子，完全看不出来啊！"

"我可没骗你。村上先生，你该不会因为弦子姨妈是寡妇，被吸引了吧？"兰子笑道。

"啊？才不是呢！别、别乱说！"

村上刑警的脸更红了，仿佛旧式学校里害羞的女学生。

兰子笑得更厉害了，终于放了他一马。

"村上先生，你知道藤冈大山❷这位著名画家的《富士美人图》吗？"

"呃，嗯，我大概知道……啊，是说那张成为纪念邮票的油画吧？以富士山为背景，站着一位穿着和服、梳着发髻的年轻孕妇，手里还拿着一把团扇。"

"没错，那幅画的模特儿，就是刚才的弦子姨妈。"

村上刑警惊叹道："啊？不会吧？真是太震惊了！"

"听说当时，弦子姨妈才十六七岁，藤冈大山再三恳求，她才同意当模特儿。当然，姨妈的逸事可不止这些。过去提到雅宫家三姐妹，那可是远近闻名的美人姐妹。川端康成❸，还有谷崎润一郎❹的作品里，都有以年轻时的姨妈们为原型的故事，她们可是白桦派①——还是自然派②来着——的作家们心中的文学缪斯。"

听罢,村上刑警哑口无言,脸上露出由衷的钦服。

"战前,雅宫家在八王子市的郊区开了一间叫'久月'的酒楼,或许该说是料理旅馆吧。那家店当时远近驰名,据说很多学者、电影明星等名流都光顾过。"

"嗬……"

"村上先生应该知道,八王子一带过去曾是国道二十号线路——也就是甲州街道上繁盛的旅宿酒楼集中地。"兰子意有所指地说道,"雅宫家的祖上,世代在那里经营一间名叫'久月楼'的旅宿酒楼,明治时代开始,名字才改成了'贷座敷'……"

"贷座敷?"

"其实也就是妓院。"中村警官接过话头,"到了明治时代,政府将所有妓院集中到现在的八王子田町一带,打造了一个类似吉原的风化地区。"

"没错。听说自江户到大正时代,久月楼一直生意兴隆。不过,弦子姨妈的母亲清乃夫人对这种低贱、罪恶的生意非常反感——觉得是在贩卖人口——于是她在丈夫去世后,便关闭了贷座敷,将店铺迁到郊区的山麓,改行经营料亭。"

---

① 白桦派,日本大正时期兴起的文学流派。以杂志《白桦》为中心,提倡人道主义和理想主义,强调个性解放和自我实现。代表作家有武者小路实笃、志贺直哉等。对日本近代文学影响深远。——译者注

② 自然派,日本明治时代后期出现的文学流派,受法国自然主义文学影响。强调客观、如实地描写现实,暴露社会黑暗和人性丑恶。代表作家有岛崎藤村、田山花袋等。——译者注

"原来是这样。"村上刑警点点头，"那间料亭，现在已经不营业了吗?"

"是的。弦子姨妈的母亲去世后，就关店歇业了。现在她们家里主要靠教授茶道、琴艺等谋生。弦子姨妈可是里千家①茶道的老师呢。"

"嗬，真不简单。"

"说起来，姨妈她们容貌出众一事，也是其来有自。久月楼作为妓楼，经常要从全国各地挑选美女，妓楼的少东家往往会迎娶其中容貌姣好的女子为妻妾。同时，经营贷座敷的人家，多半会选择同业或是亲戚通婚。这样一来，依照遗传学的法则，后代当然个个天生丽质。"

"这……算是人类的良种交配吗?"

"那也太夸张了。不过，倒是和歌舞伎演员的世界非常相似啊。"

"咦……等等!"村上刑警忽然想起了什么，"说到美人三姐妹，我突然想起来，每年春天在八王子泷山公园举行的'樱之宴'❺上，总有三位女子登台抚琴，该不会就是她们吧?"

"你倒是所知甚详。"兰子微微一笑，说，"没错，那正是我们的三位姨妈。弦子姨妈是大姐，琴子姨妈是二姐，最小的三妹笛子姨妈，年纪与前两位相差较多，对我们来说，不像姨妈，倒更像姐姐。"

---

① 里千家，日本茶道的重要流派之一，由茶道宗师千利休的后代创立，和"表千家"相对。以精致典雅的仪式和对茶道精神"和敬清寂"的传承而闻名。——译者注

"这么说来，"村上刑警摸摸脸颊，说道，"你们的母亲也是容貌端丽，我总觉得，她与弦子小姐有几分神似。"

"说起来，家母与弦子姨妈其实是远房表姐妹。"我在一旁接口道，"家母的祖母，与弦子姨妈的祖母是亲姐妹，面容相似，也不算出奇。"

这个话题暂告一段落，中村警官用探询的目光望着我们，轻咳一声，正襟危坐，用低沉的嗓音开口道："——兰子，我有件事想先问清楚：今天雅宫弦子小姐在你们家，是否与前天你在电话中提到的、在'紫烟'发生的怪事有关？"

"完全没有。"兰子摇了摇头，卷发随之轻摆，"弦子姨妈是受家母所托，前来照顾我们。因为家父家母出国参加警察机构会议，要到五月份才会回来。"

"不过，那位帮佣千代子不在吗？"

"千代子每年元旦期间，都会回老家过半个月，去看望住在岩手的孙子。"

"这样啊……那应该没问题……"中村警官沉着声音说。

"对了，警官。"兰子话锋一转，反问道，"之前您在电话里对我说的那些话，到底是什么意思？二十四年前在雅宫家发生的事，为什么和我们没什么好说的？"

"不……我并不是要隐瞒什么。"中村警官面露困窘，含混地说道。

"您会遵守承诺，将雅宫家发生的事，原原本本地告诉我们吧？"

面对兰子的质问，中村警官缓缓抬起头："唉，真是没办法。——这些东西，请你们过目。"

说着，他从带来的公文包中取出几个资料袋。纸袋年代久远，泛着黄褐色。我赶紧将杯盘挪到暖炉上，整理出一块桌面。

"首先是这个——"中村警官从资料袋中抽出厚厚一叠文件，"这是一名士兵在雅宫家死亡的案情报告。"

"……是未解决案件？"兰子接过文件，瞥了一眼封面，随手翻了几页。

"这是一桩悬案吗？"旁边的村上刑警也问道。

"不，不是的。"中村警官答道，"村上君，你仔细看。这起事件最终是以意外事故的结论结案的。"

"意外事故？"

"对，是偶然发生的意外。"

中村警官的语调里仿佛含着一丝难以言喻的苦涩。

兰子收回视线，抬头望向中村警官："您能详细说明一下吗？虽然不知道这与星期五早上发生的怪事有没有关联，但此事时隔多年，我实在很难想象，这会对如今产生什么影响。这应该没什么可顾虑的吧？"

中村警官的双眼泛起了涟漪，仿佛映照着过往的时空。他的脑海似乎已经陷入了回忆，我们静静地坐着，等待他开口。

"……总之，我已经把相关资料都带来了，你们有时间再慢慢看吧。我先说结论。这起士兵死亡事件，最后被定性为一起意外事故。被杀的人名叫井原一郎，是一名陆军军人。"

说到这里，中村警官顿了一下，脸上浮现一抹自嘲的诡异笑容。

"其实吧，各位，对于这起罪案，我比谁都清楚，信息也掌握得最全面……"

"……"

"因为，整理这份报告的人就是我，而最先发现尸体的人——也是我——不，更准确地说，我恰好出现在了这具尸体被发现的地方。所以，作为这起事件最重要的证人，除了我，更无他人可以胜任这项工作。"

说罢，中村警官逐次环视我们，而我们听完他的这番话，全都惊愕不已，无人作声。

警官思索着，继续说道："那起事件发生于昭和十九年（1944）年底到昭和二十年（1945）之间。当时大战迎来尾声，日本国内满目疮痍。我当时是个刚当上刑警两年的毛头小伙。我因为患上肋膜炎，幸运地躲过兵役，当上了警察。现在回想起来，那时的日本民众生活贫困且悲惨，同时也是个人心荒芜且冷漠的时代。"

说罢，警官紧紧闭上双眼。房间陷入一片寂静。一时间，室外的寒意也仿佛在无声中渗了进来。

"废话就不多说了。"中村警官睁开眼睛，"——这个叫井原一郎的男子的死亡日期，是太平洋战争接近尾声的时候，也就是昭和二十年二月二十七日。死亡现场就在'久月'大门进去的前院，时间接近正午，那天从一早开始就飘着雪——没错，那场雪太古怪了，可以说它就是一切事情的罪魁祸首。要是当时没有下雪，这起事件或许会有不同结局……"

说到这里，中村警官稍微停了一下，端起已经冷透的茶。

"请你们记住，我会遭遇井原一郎的死亡现场，并非偶然。因为在这之前，我就已经对雅宫家抱有某种疑虑，这才严加戒备，暗中调查雅宫家的内部与周遭的情况。所以，那一天才会遇到发生在'久月'的那起奇怪的杀人案。"

"难道说，当时您正好在监视雅宫家的人？"兰子惊讶地问道。

"正是如此。"

"她们家发生了什么？"

"现在回想起来，这起案件并非无迹可寻——"中村警官将壮实的身体深深埋进沙发，"'久月'的宅邸位于荒川山脚下，紧邻八王子的伊泽村——也就是现在的伊泽町。大约半年多前，伊泽村接连发生了一系列奇怪的罪案。我怀疑，犯人是雅宫家的人，便暗中展开了调查。"

"是什么样的案件？"兰子一脸兴趣盎然。

中村警官望向我们，双眼布满血丝，浓须下的嘴角扭曲，仿佛带着一丝嘲讽。

"告诉你们也无妨。"他冷冷地说，"伊泽村里，躲着一个穷凶极恶的投毒犯❻。"

"投毒犯？"

我们三人异口同声地叫了出来。

"中村警官，您是说投毒犯吗？"

"一点不错，投毒犯。"中村警官一脸严肃地重复道，露出一个讽刺的笑容，指了指一叠较薄的旧文件，"关于那起事件，我提交了另外一份详细报告。"

"也就是说，昭和二十年，除了那位名叫井原的士兵被杀之外，还有其他人死于毒杀?"兰子正色问道。

中村警官却摇了摇头："不，并非如此。没有人被毒死。"

中村警官仿佛在打哑谜，最先按捺不住的，是村上刑警。

"警官，您就别卖关子了。究竟是怎么回事啊?"

"总而言之，被毒死的不是人，而是农家饲养的猫狗等宠物，以及家畜。有一匹马，几只鸡，连麻雀等鸟类，甚至沼泽和水田里的鱼都遭到了毒手。"

"毒杀家畜?"兰子说。

"没错，动物杀手——兰子，你应该知道，这代表什么意思吧?"中村警官凝视着兰子。

"是预演吧。"兰子毫不犹疑地回答，"杀人的预演。这一定是凶手为了毒害什么人，事先利用附近的动物做实验。"

"嗯，没错，我当时的推论与你一样。凶手一定是想在下手杀害目标对象之前，先用动物检验毒药的效果——"

作者原注

❶ 揶揄阿加莎·克里斯蒂晚期颇为自得的作品《啤酒谋杀案》（*Five Little Pigs*，又译《五只小猪》）。

❷ 藤冈大山，生于明治二十七年（1894），逝于昭和四十九年（1974），油画大师，与兰子的叔叔二阶堂桐生同属写实派画家，年轻时前往巴黎，在纽约首次因人物画获得认可。《富士美人图》绘制于昭和十三年（1938）夏天。

❸ 川端康成，生于明治三十二年（1899），逝于昭和四十七年（1972），新感觉派的代表作家，昭和四十三年获得诺贝尔文学奖，尤其擅长创作《雪国》《千羽鹤》《古都》《山之音》这类没有明确结局的小说。当然，也有像《睡美人》那样犀利的短篇作品。

❹ 谷崎润一郎，生于明治十九年（1886），逝于昭和四十年（1965），为世人留下了众多感官的、唯美而古典的作品。仅凭《细雪》这一部小说，就足以让他的名字和作品被永远铭记。

❺ "樱之宴"，于每年四月的第一个星期日，在以樱花名胜而闻名的八王子泷山公园举办。

❻ 有兴趣深入了解毒杀或者说是投毒犯的读者，请阅读迪克森·卡尔的《绿胶囊之谜》（*The Problem of the Green Capsule*）中的毒杀讲义章节，以及雷蒙德·T.邦德（Raymond T.Bond）编的《毒药推理杰作选》（*Handbook for Poisoners*）。如果时间特别充裕，也可以通读阿加莎·克里斯蒂的全部作品。

第四章　投毒疑案

1

中村警官稍稍松开领带，换了一个比较松弛的姿势。我、兰子与村上刑警则洗耳恭听。

"——今天村上也在，我就先说明一下'久月'所处的地理环境。

"沿着八王子市的国道十六号线路，往町田方向出发不久，就会遇到一片小丘陵，雅宫家就坐落其中。现在那一带盖了许多新兴住宅，当时的伊泽村周边，仅有杂木林、水田与桑田而已，至于住家，也全都是零星散布、被防风林包围的农家。

"首度被发现的毒杀事件，发生于昭和十九年十月。当时通报三多摩警署的，是一名驻守伊泽村的警员，通报内容是位于伊泽村山脚下的一户农家饲养的农耕马死亡。不过，值得庆幸的是，可能因为毒药剂量不够，马匹没有当即死亡，农夫在清晨发现时，它还奄奄一息。

　　"这位农夫尽管年纪很大，思想却并不落后，特地从八王子市内请了兽医赶来诊治。如果他没这么做，那匹马很可能会被认为是病死的，这起事件也就不会传进我们耳朵里了。

　　"那匹马几乎就在兽医抵达的那一刻断了气。兽医检查尸体之后，怀疑它很可能是遭到毒杀。得到农夫许可后，兽医解剖尸体，验出类似毒物的异常反应，然后立刻通报了村里的驻守警员。"

　　"是什么毒？"兰子一脸严肃地问。

　　中村警官说："这件案子，应该是金盏花毒素①之类的；其他事件，则是使用乌头碱②之类的毒物。总之，这名投毒犯的手法特征是几乎都利用植物性的物质下毒。你们也知道，乌头这种野生植物随处可见，当时的伊泽村被大自然环绕，只要具备一点知识，任谁都能轻易弄到手。"

　　"下毒的方式呢？"

　　"应该是将毒掺入马喝的水里。但马厩的水桶剩下的水中，并没有验出毒物残留，所以凶手一定是趁夜溜进马厩，让马喝下有毒的水后，又将水桶清洗干净了。"

_____

① 金盏花毒素（英语：adonitoxin），多含于侧金盏花（又称福寿草）中的一种生物性毒素。——译者注
② 乌头碱（英语：aconitine）是一种生物碱毒素，是常用中药乌头属所含有的一种化学物质，具强烈毒性。——译者注

"这么说来，凶手应该相当熟悉当地地理环境，以及附近居民的生活习惯。"兰子双手环抱胸前，沉吟道。

中村警官抚着浓黑的胡须，点点头："一点不错，这种手法实在不像随机犯罪。当时那附近入夜后，便人迹稀少。那个年代没有路灯，家家周围都栽了防风林，窗外上了挡雨板，路上便几乎见不到一丝光线。若不熟悉当地地形，根本无法接近目标。"

兰子拨了拨刘海，望向天花板："马厩里没有发现毒物，会不会是因为马误食了含有这种毒素的植物——譬如侧金盏花之类的野草？有没有可能是这种单纯的意外？"

"可解剖结果显示，马的胃里没有这类毒草的残留物。也就是说，凶手肯定是将毒物溶入水里，再喂马喝的。"

兰子点点头表示了解，催促道："后来怎么处理的？"

中村警官喝了一口茶，润润喉咙。

"当时这起案件由我负责，为了避免惹出风波，我采取低调隐秘的方式，立刻对伊泽村周边展开调查。八王子以产绢闻名，当时那附近几乎都是养蚕的农户，我花了好几天时间，搜遍了散落于桑田里的杂木林，查清楚了几个事实。原来在马匹中毒而死之前，那一带已经发生过两三起怪事。"

"什么怪事？"

"靠近村子的边缘，有一片叫嵩池的小沼泽，当地人都引那里的水来灌溉田地。有一天，有人发现嵩池水面上漂着大量翻白肚的死鱼；而附近的一片草地上，发现了十几只僵硬的小鸟尸体；发生马匹中毒事件的半个月前，一户人家养的狗猝死，原因不明。"

此外还接到报告说，曾有三只野狗倒毙在路边，尸体已经被某位农夫埋掉。我们将这一条家犬、三条野狗的尸体从地里刨出来做了检查。结果发现，这几只动物体内都含有微量生物碱①类的植物性毒素。"

"沼泽也调查过吗？"

"根据当时状况推测，很可能是被投入了氢氰酸，但是因为时间过去较久，没有发现确切的证据。"

"金盏花毒、生物碱、氢氰酸……"

我沉吟道。这时，兰子卖弄起她的学问来。

"氢氰酸其实是俗称，这种化学物质的正式名称是氰化氢，无色透明，带特有的杏仁味，可以是气体或液体。这种物质能从苦味扁桃等植物中提炼❶，其中含有糖苷的成分。我记得，迪克森·卡尔的《绿胶囊之谜》里面，就曾写到凶手从桃核中提炼出氢氰酸的情节。"

中村警官早已习惯兰子的饶舌，毫不在意，径自说下去。

"总之，情况非常明显：伊泽村里藏匿了一个心怀恶意的不法之徒。实际上，当我四下探查时，也能感知到一股看不见的疯狂气息，多次感到有人在监视我。

"我将大大小小几起事件的发生地标注在地图上，发现了一件很有趣的事——将几个事发地用线连起来，刚好可以形成一个圆圈，这个圆的圆心，就是'久月'。

---

① 生物碱（英语：alkaloid）是一种天然存在的含氮碱性化合物。一些人工合成但结构类似的化合物有时也被称作生物碱。——译者注

"此外，村民虽然没有明说，但似乎都很忌讳谈到'久月'——准确地说，有点畏惧她们，尽量绕道而行，避免与这家人打交道。在我想来，可能是因为'久月'曾做过贷座敷的生意，现在的主顾又都是军方高层，所以村民们才会对这户人家敬而远之。"

"原来如此。"兰子轻轻点头。

"然而，这些恶作剧似的投毒案，并未留下任何有力证据，对'久月'存疑的也只有我一人而已。我曾与上司商量，但他的态度非常消极。原因正如我刚才所说——军方高层都对'久月'关照有加。

"——想必你们也知道，昭和十九年初，战争阴云笼罩之下，酒楼茶肆等奢靡消费场所都禁止营业，但'久月'依然能在非公开的情况下继续营业，似乎正因为它是某些军方人士的秘密社交场所。

"因此，我便暗中监视'久月'，期望能等到凶手行动。"

兰子眼中闪耀着光芒，直视着中村警官。

"那么，警官，投毒犯的真面目，后来被揭开了吗？"

"没有。"中村警官悻悻地说，"接下来，那名叫井原一郎的士兵就被人用一把淬毒的短刀刺死了——也不知道，凶手与投毒犯是不是同一人。"

2

中村警官终于切入正题，准备说明二十四年前发生在"久月"的那起杀人悬案。

兰子在警官稍事歇息之际，提出了疑问："中村警官，当时雅宫家有哪些人？"

她对我使了个眼色，我立刻会意，拿出记事本准备做笔记。

中村警官抚着额头，目光投向远方：

"那时候，雅宫家当家的是三姐妹的母亲，雅宫清乃。清乃的丈夫是其表兄秀太郎，本想让他当个上门女婿，日后继承雅宫家业，不过，昭和十五年（1940），也就是士兵被杀一事发生的五年前，秀太郎就因缠身多年的肺病而死。

"当时的清乃已经四十还是四十一岁了，虽已人到中年，但她的美貌——该怎么形容呢？圣洁，甚至令人不敢接近。说来难为情，当时年纪尚轻的我，每次看到她都会被那美貌与艳丽迷倒。"

"与刚才那位弦子小姐比起来呢？"村上刑警热切地问。

"弦子小姐也很美，但她母亲更胜一筹。与女儿弦子相比，清乃的身材更娇小，五官也更细致。她的脸与肩颈总是涂着厚厚的白粉，几乎看不见原本的肤色，显得异常妖艳，让人一望即知她从事什么行业。

"身为'久月'的老板娘，清乃在业界也被人高看一眼，毕竟丈夫病倒后，全靠她一个人顽强地打理这间店，可以说是能力卓著。"

"类似于女中豪杰吗?"兰子兴致勃勃地问。

中村警官回忆道:"不,也不尽然。清乃确有个性刚烈的一面,但大部分时候,她都非常平易近人、端庄有礼。然而,她灵活的头脑、坚定的意志,与凛然的态度也不容小觑。听说家中发生杀人事件后,她浑然不显露惊惧之色,面对警方的执拗搜查,始终冷静应对,沉稳大度。"

"真叫人佩服。"

"她打心底深爱'久月'这间店与雅宫家族,一心希望'久月'繁盛,家人幸福。为了守护这些,她愿意付出任何代价,她就是这么个女人。"

从中村警官的描述中,我想象着雅宫清乃的形象:拥有无与伦比的美貌,用妖艳的外表与敏锐的知性作为武器,以一介女流之身,经营着这间高级料亭,勇敢地迎向时代的大浪……

"——另外,还有引人瞩目的雅宫三姐妹。"中村警官着重强调。

"是说弦子、琴子与笛子三位,对吧?"村上刑警面露喜色。

"没错。她们三人在大战期间,虽然年纪尚小,但已相当出众。或许因为长女弦子早婚,才二十二三岁就显露出沉静之美,令人无法想象她其实是有一个小孩的寡妇。

"二女儿琴子比姐姐还要抢眼。她的面庞与身材都与母亲清乃非常相似,两人并肩而立,远看根本分不出来谁是谁。

"三女儿笛子当时虽然只是个六岁的小女孩,却也美貌夺目,有如精致的人偶。再加上她们的母亲，这四人的典雅气质与美貌在世间名动一时，并成为军人与文人之间的谈资。"

"冬子姐呢？"兰子问。

"当时弦子的女儿冬子只有五岁。她身体不好，时常卧病在床，几乎足不出户。当然，也一样长得很漂亮。"

"那时候，小川夫妇已经在'久月'了吗？"

"嗯，他们早就住在家里帮佣了。关于清二与阿滨的背景，当时也交代得相当模糊。根据清乃的说法，'久月'迁出田町的红灯区时，他们刚好从伊豆迁来，成了雅宫家的一员。可根据我的调查，这个说法其实是半真半假。"

"怎么说呢？"

"他们的出身，其实就是八王子的田町，后来在伊豆经营一间小旅馆，却因清二欠下大笔赌债，旅馆开不下去了。至于被清乃收留，则是更晚的事了。他们来'久月'之后，清二负责厨房的采买，他的妻子阿滨则担任女佣的总管。"

"原来如此——啊！请稍等一下。"

兰子突然站起身，离开了客厅。她回来时，抱着几本百科全书与植物图鉴——原来她是到二楼的书柜拿书去了。她将书摊在桌上，开始逐页翻找。

"你在找什么？"中村警官狐疑地看着她。

兰子一门心思扑在书册上，专心寻找，喃喃道："果然是这样……"

接着，从外壳中抽出植物图鉴，快速翻动起来。

突然，她指着图鉴上的一张照片问道："——黎人，你有没有见过这种花？"

图中是一朵紫色的花，形状长得像人耳。

"没有。"我摇摇头。

"这个呢？"

兰子又指指另一张照片，里面的植物长着有如葡萄或桑椹的黑色果实，叶片很宽。最后，她又让我看一种略带红色，同时花苞很像百合的植物。

"我不记得在哪里见过。兰子，你见过这些花吗？"

"嗯，我见过。就在'久月'的后院。"兰子简洁地答毕，便坐回了椅子。

中村警官与村上刑警都一脸讶异地看向兰子。

我反问道："后院？这些植物和刚才的话有什么关系？"

"第一张照片里的，是乌头。第二张，叫美洲商陆，最后一张是颠茄——你明白了吧？这些都是有毒的药草。"

我们大吃一惊，不由得再次端详了一番图鉴上的照片。

我忐忑地问道："'久月'的后院真的种了这些？"

兰子断言道："有。而且不是天然的，是种在花坛里——阿滨太太打点的花坛。我现在回想起来，才知道她是在栽种药草。除此之外，她还种了不少奇奇怪怪的花草。"

"哎，且慢，兰子。"中村警官不禁激动起来，"这件事我也知道，因为小川滨在战争期间就开始种植药草了，她常用自制的药材和村民交换食物。所以一提到有关毒物的事，就有村民联想到她的药草，暗地里传她的坏话。"

"她也种有毒的药草？"我问道。

"按照品种来看，确实如此。"

听到这句话，我心中泛起一阵寒气。

"这么说，兰子，难道在伊泽村出没的投毒犯，就是阿滨？"

兰子却摇摇头："还不能这么快下结论，但是有必要将她列为重要关注对象。说白了，'久月'家的每个人，都能偷偷取用阿滨太太栽种的药草。"

我与中村警官恍然，不禁点头称是。

村上刑警将话题拉回："——那，中村警官，当时居住在'久月'的人就这些了吗？"

"不，还有一个人，是叫作浅井重吉的中年男子。他是琴子的第一任丈夫，那时他们结婚两年，还没有小孩。"

"浅井重吉？我没听说过这个人。"

兰子说罢转头望向我，征询意见，而我也没听过这个名字。

中村警官看看兰子，再看看我。

"浅井重吉，此人在日本桥①经营贸易，听说是个非常殷实的资产家。他一条腿有疾，拄着手杖，这才免了兵役。后来，他位于麹町的居所因空袭烧毁，这才在半年前与琴子一起搬到'久月'暂住。"

---

① 日本桥，东京中央区的一座桥梁，也代指其周边地区。江户时代五街道的起点，全国道路网的中心，亦是繁华的商业区。现存石桥为1911年所建。——译者注

"这个男人后来怎么样了?"兰子眯起眼问。

"战争结束没多久,浅井重吉便与琴子离婚了,之后浅井应该是独自一人去了巴西。"

"当时浅井大概几岁?"

"嗯,大概四十岁上下吧。"中村答道,"他体形相当胖,让人觉得很有威严。"

这么一算,浅井与琴子的年纪差了很多。昭和二十年时,琴子应该才二十或二十一岁。

这时,村上刑警插嘴道:"我可以问一下关于弦子的事吗?"

"好啊。"中村警官望向村上。

"弦子小姐婚后丧夫,姓氏的问题是怎么处理的?"

"弦子于昭和十四年,也就是十七岁时,嫁给了荒川山的荒川神社神主,名叫橘大仁的。结婚三年后,橘大仁病逝,所以弦子才二十岁,就成了一个年轻的寡妇。"

兰子在一旁补充:"村上先生,我听说,弦子姨妈在丈夫过世后,便将姓氏改回雅宫了。至于橘家,则由大仁的弟弟橘醍醐继承。橘家世代都是神社的神主,他们的神社就在'久月'所在的荒川山上,但神社的位置更靠后山。其实,过去整座荒川山都是橘家的土地。"

"琴子也是一样,与浅井离婚后,就将姓氏改回雅宫了。"中村警官也补充道。

"那么,这些人和这起士兵被害案有什么关系?"村上刑警热切地问道。

"唔，下面，我就对这起事件的始末进行一个详细的说明——"

中村警官的语调沉稳起来。虽然他脸上现出了倦容，眼神却依然冷静。他又喝了一口凉掉的茶，开始对我们讲起这桩不可思议的杀人事件。

作者原注

❶ 据说，从桃子以及梅子的核里，也可提炼出氢氰酸。

第五章　没有足迹的杀人案

1

"——当时，经过在伊泽村的多方调查，我一直对'久月'保持警惕，也考虑过最终还需进入内部，进行直接的查问。然而，或许是投毒犯察觉到了警方的行动，新年过后投毒事件就戛然而止了。

"最终，昭和二十年二月二十七日，我亲自拜访了'久月'。

"早上八点前后，我从位于立川的三多摩警署出发。由于警署的车辆全部被军方征用了，我只得搭乘电车前往，并做好了从八王子车站步行至雅宫家的心理准备。这段路程很长，需要先沿着国道十六号线向南走大约两公里，抵达伊泽村后，右转走上村道，再沿着荒川山的山路向上攀登，才能到达目的地。

"我离开警局时，天空中飘起了雪花。那天非常寒冷，寒风刺骨，仿佛刀割一般。幸好，我在八王子市近郊的一间派出所借到了一辆自行车，踩着这辆吱嘎作响的车奋力上路了。

"起初，路面积雪还不怎样，但行至半途，地面已被染成白色，车轮陷入积雪，已经无法继续骑行，我只好将自行车掩藏在路边树下，步行前往。这时雪越下越大，我扣紧了雨衣领子以抵御严寒。

"荒川山说是山，实际上只是一座小丘，'久月'就位于小丘山体的西南斜面上。半山腰上有一处呈阶梯状的凹陷，便是'久月'的所在了。我沿着森林中没有铺装的小路向山的右侧绕行半圈，便到了'久月'的大门，自拐上村道至此，已经走了接近一公里。

"大约上午十一点三十分，我终于到了'久月'——请记好这个时间，因为它在之后发生的事情中非常重要。

"当时，四周化为一片银白，无数雪花从铅灰色的天空中静静飘落，每走一步，都会在积雪上发出轻微声响，留下浅浅的脚印。

"山路的尽头，就是被高矮参差的白栎树篱环绕的'久月'领地了。正门前的道路向山谷方向略有拓宽，大约可以停放三辆汽车。当时那里停着一辆黑色厢型车。后来我才知道，前一天傍晚，有两名便装的陆军军人来此投宿。

"我从车旁走过，向五米开外的正门走去。宽阔的大门旁矗立着两根粗大的柱子，顶着铺着瓦片的'人'字形棚顶。我回头一看，只见身后的雪地上只有我自己的脚印。每走一步，积雪都咯吱作响，我口中呼出的气也化作一缕缕白烟。

"透过树篱，能望见建筑物的瓦房顶，屋顶上的积雪，使整栋建筑仿佛融入了后方银白色的山峦。这栋向后伸展的日式宅邸，就像一座建在山坳的温泉旅馆，整体都是木结构的。穿过上土门①，就是玄关前宽广的圆形前庭，庭院中造了景，修剪精致的松树和石灯笼上都覆了一层雪，仿佛戴着白色棉帽②。

"我穿过前庭，径直走向玄关。玄关左前方有一个石制洗手钵，钵中的水面结了一层薄冰。我拉开镶有玻璃的厚重拉门，走进去大声喊人。很快，就有一位年轻的和服女子从走廊另一端快步走来。

"——她就是当年的雅宫弦子。

"我表明自己的警察身份后，她面不改色，而我则因为她美丽的外貌，不由得屏住了呼吸。她化着淡妆，打扮得体，以当时的时局而言，其身上的冬季和服可以说华丽得过分。

"我当时年轻气盛，甚至不敢抬头直视她轻施粉黛的脸蛋。据说在经常出入'久月'的军人眼中，这位年轻的寡妇就像一朵高不可攀的花朵。

"弦子态度相当恭谨，但表情冷漠。她走在前面，客气地将我让到玄关左侧的会客室。会客室是西洋式的，六张榻榻米大小，

---

① 上土门，日本建筑中门的一种式样。古代门顶做成平面，铺上厚木板，再覆上土，故称上土门。后世也有用桧树皮等材料代替土的。——译者注

② 此处的棉帽是日本女子结婚礼服的一部分，纯白色，圆形高耸，本是防寒用具。——译者注

摆着一套豪华的进口布面椅子。她点燃火钵，便离开房间去准备茶水。我凑近火钵，温暖着冻僵的身体。

"弦子回来后，我立刻向她说明自己的来意，当然，言语中没有提及我对'久月'的怀疑，只是简单扼要地讲述了村子里发生的怪事，请求她的协助。弦子自始至终都保持着不卑不亢的态度，面色平静。

"她听我讲完，答道：'村里竟发生了如此可怕的事情，我却完全不知。您可以随意询问我们家的人，不必过虑。我也要就此向家母汇报，不过我想，不一定能帮上您的忙。'

"我观察弦子的表情，她那自信而沉着的态度，反而更令我在意。我总觉得，在她佯装好客的表情下，藏着一丝不易察觉的嘲讽。

"我向弦子请求：'没关系，那么，烦劳您先请家里人过来问话，一位一位来就好。'

"她点头离开，说母亲正在忙别的事不能走开，于是首先带来了小川滨。这位中年女子四五十岁，五官与雅宫家的其他女性一样精致端庄，但身材过于瘦弱，略微有损她的美貌。

"她大大的眼睛眼皮低垂，走进屋时脸上带着一丝不满。可能因为她穿着的蓝染面料和服有些凌乱，给人一种不够检点的印象。她一走近，我就闻到一股线香的味道。

"弦子向阿滨解释了我的来意，并问她是否发现过什么异常。阿滨说话声音极小，只是冷淡地否定道：什么都不知道。便微微一鞠躬，迅速离开了房间。

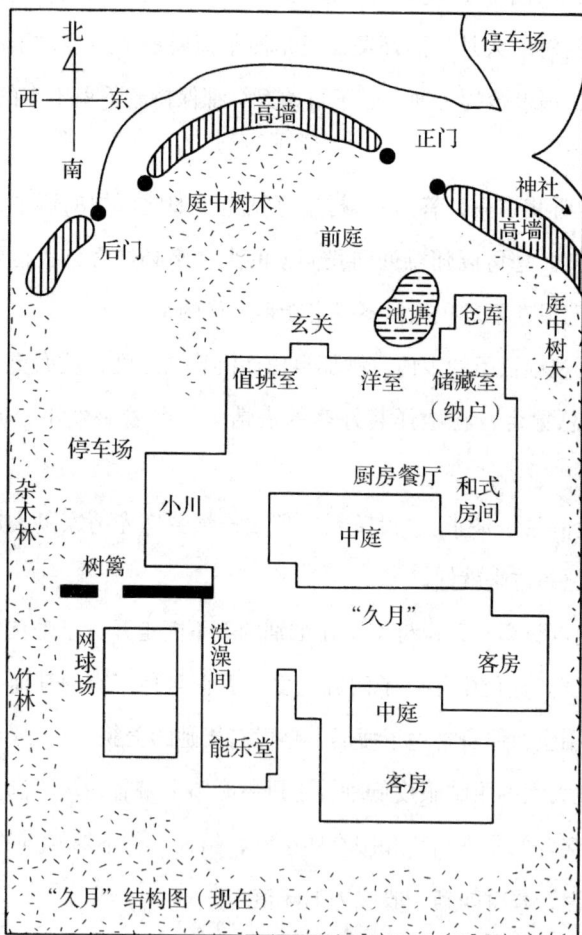

北
西　东
南

停车场

高墙　正门

庭中树木　前庭

后门

神社
庭中树木
高墙

玄关　池塘　仓库

值班室　洋室　储藏室（纳户）

停车场

杂木林

小川

厨房餐厅　和式房间

中庭

树篱

"久月"

竹林

网球场

洗澡间

能乐堂

客房

中庭

客房

"久月"结构图（现在）

"接着弦子说：'我再去请一下家母——'

"她还顺便邀请我一起用午餐。我当然谢绝了，但在那个食物匮乏的年代，说真心话，实在非常感激她的好意。

"她让我稍等片刻，随即离开，留我独自一人在会客室。这时，走廊上的挂钟正好敲响了正午报时的当当声。

"——不到三分钟，事情就发生了。

"走廊某处传来阿滨呼唤弦子的声音，语调迫切。我虽然隔墙听到了弦子惊慌的回应，却没听清楚她们在说什么。一阵沉默之后，隔着墙又传来了弦子低低的声音。

"我实在按捺不住好奇心，便走出房间，来到寒冷的走廊。只见阿滨浑身僵直，站在昏暗的走廊上，脸色苍白，脸朝玄关，目不转睛地望着外面。在她身后，有一个穿着一件红黑色和服和裤子的小女孩，紧紧地抓着她的袖子。

"我大声问阿滨：'发生什么事了？'

"阿滨对我的呼唤充耳不闻。这时，弦子出现在玄关，站在三和土①上，她看起来慌乱之极，大声喊道：'——够了，别让孩子看了！阿滨太太，请你快带她回后屋！'

"话音刚落，她发现我也站在近旁，脸色顿时大变。

"'怎么了？'

"我站在冷飕飕的走廊上，再次询问到底发生了什么事。

---

① 三和土，日本的一种传统建筑材料，由土、石灰和苦汁（盐溶液）混合夯实而成。常用于地面、墙壁，坚固耐用，可调节湿度，常见于传统日式住宅的入口换鞋处。——译者注

"阿滨也扭过头瞥了我一眼，随即拉着小女孩的手，慌忙走进了里屋。与此同时，弦子仿佛下定了决心，用极冷静的口吻说：

"'——刑警先生，有、有个男人倒在我们家前院，他身上好像流了很多血，请您赶快去看看！'

"我大吃一惊，立刻跑到弦子身边，问道：'是您认识的人吗？'

"她摇摇头，脸上血色尽失，说：'不、不认识。不是我们家的人。'

"此时此刻，我也顾不上打绑腿，正好玄关的三和土上摆着一双小孩的草鞋和一双女鞋，我套上那双女鞋，以最快的速度冲了出去。

"外面的雪已经小了不少。雪地上有一道清晰的脚印，从玄关延伸向正门方向，然后中途折返回来，是一双女式木屐踩出来的。我后来才知道，那是弦子去查看倒地男子，然后返回时留下的。剩下的就只有我来时留下的脚印，已经被雪掩去了一半。

"我抬起头，立刻发现前庭正中纯白无瑕的雪地上，赫然倒着一个被鲜血染红的黑色物体。我将呆若木鸡的弦子留在玄关，飞快奔向那个倒伏的人影。我的呼吸化作雾气，模糊了视线，积雪让我的脚步有些踉跄。

"走近后，我发现趴在积雪中的是一名穿着肮脏军服的士兵。他倒地的位置大概正好在前庭的中央，距玄关门口十米，距正门旁的树篱也是十米，而距门右侧的池塘、左侧的树丛各有五六米。

"距离那名男子还有两三米，我停下了脚步。很明显，他已经死了。积雪有五厘米深，尸体上已经积了一些雪花。男子的脸略微朝向我的方向，半边脸埋在雪中，一只眼半睁着，浑浊的眼珠茫然望着前方。

"男子颈部右侧露出一截小小的棒状物，似乎是一把短刀的刀柄，若是如此，刀刃应该已经深深地刺入了他的颈部。流出的大量鲜血以他的脖颈为中心，朝男子面前扩散，将雪地染成一片鲜红。

"看着那片血泊，我震惊不已，全身被强烈的恐惧感捆绑，无法动弹，呼吸困难，脑中一片空白——

2

"——那名男子的尸体一动不动地俯卧在雪地上，头部朝向玄关，微微歪向左侧。我第一眼看到他，直觉就告诉我，他已经死了。他的右手痛苦地前伸，手指抓着一把雪。一种只有死亡才能营造出的静寂笼罩着四周。

"我瞪大眼睛，仔细观察这具死状凄惨的尸体，越看越觉得有些不对劲，却又说不清这股疑惑从何而来。一阵模糊的不安在我心中涌动。

"即便如此，警察的本能依旧让我保持谨慎和头脑清醒。也许是由于心绪激动，我一点儿都不觉得冷，开始审慎且仔细观察起周遭情况。当时，雪即将止歇，空中仅有零星雪粉飘落。我回头望了一眼，只见弦子一手扶着玄关的拉门，一脸担忧地注视着这边。

"雪地上有一道足迹，始于玄关的门口，越过我所在的位置，一直延伸到尸体头部旁边，又折回玄关。这是刚才弦子查看男子状况时留下的，这道木屐踩出的脚印往返路线几乎完全重叠，形状清晰可辨，能看出是新踩出来的。

"从正门延伸至此的足迹，一道是死者的，还有一道则是不久前我到访'久月'，从正门走到玄关时留下的笔直脚印。雪一直在下，我的那道足迹已经快被雪覆盖了。

"男子死前似乎短暂挣扎过，使得四周的积雪有些凌乱，特别是上半身周围，留下了最后挣扎的痕迹。虽然我很快就观察到了这些，却仍未注意到这起事件的真正异乎寻常之处。

"我小心翼翼地靠近男子的尸体。他的背上已经覆上了一层薄雪，我俯视那张苍白的侧脸，只见他脸色青白，令人不寒而栗。扎在颈部的短刀，原来是一把没有护手的匕首，刀身完全没入颈中，只剩刀柄露在外面。看样子短刀不是被投掷扎进颈部，而一定是被凶手紧握着、用力刺入的。伤口处的出血已渐止。

"我蹲下身，拿起男子弯在身前的左手试脉，他的身体已经冰冷，没有脉搏，我的指尖只摸到了一片冰凉僵硬。

"综合以上情况，我判断这名男子已经死了一段时间。我进入'久月'大约过了三十分钟。由此推测，他的死亡时间应该超过二十分钟，所以肯定是在我抵达后没多久，便到达这里了。

"这名男子的死亡让我感到一阵战栗。说实话，我一直在努力压抑内心的恐惧。

"我站起身，再次俯视尸体，只见他身上那件棕黄色的军服破

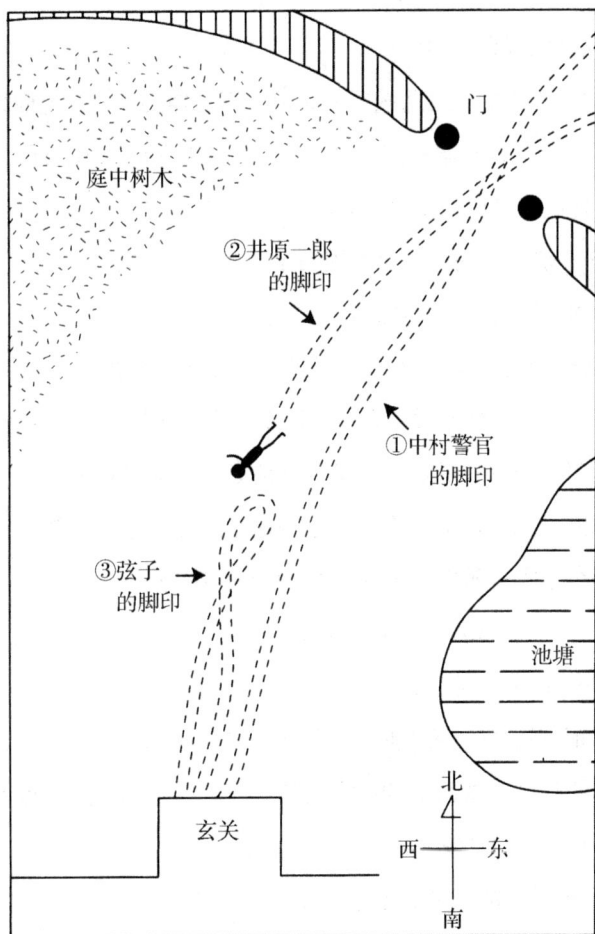

烂不堪，上下沾满污泥，几乎成了黑色。他一脸未经修剪的胡须，饿得两腮凹陷的脸颊——我不禁想到，这名男子很可能是一名逃兵。

"我开始观察四周。

"只见男子的足迹从敞开的大门一直延伸到此处，上面覆了一层薄薄的新雪，稍微有些模糊，但仍可看出脚印是笔直的。由此看来，他应该是遭到来自背后的袭击，被突然刺死的。

"——就在这时，我突然明白了让我感到不安的是什么，有如五雷轰顶，对自己的发现感到难以置信。

"前庭中的万物都覆上了一层白雪，庭院中的积雪，大约有五厘米深。从大门到玄关，有一道模糊足迹，那是我来访时留下的；而另一道追随着我的足迹，延伸到前庭中尸体脚边的足迹，是死者的；男子死亡现场差不多位于平坦庭院的正中，而弦子穿着木屐留下的足迹，则往返于玄关和尸体头部旁边……

"这铁一般的事实让我全身战栗——

"——这究竟是怎么回事!?

"我刚刚推测，凶手是手持短刀，从男子背后发起袭击，将刀刺入他的脖颈。然而，四周完全没有凶手留下的足迹，也看不见凶手离开现场的足迹。

"现场只有被害者的足迹，没有凶手的足迹。

"这怎么可能?

"现场留下的只有被害人的足迹，而没有凶手的足迹，一个都没有!

"我的大脑一瞬间完全停滞了——

3

"等到我终于回过神，立刻呼唤站在玄关发抖的弦子，叮嘱她在我回来之前，绝对不要随意走动，也不要让人进入前庭。

"我离开尸体，小心地避开那两道已经成为物证的足迹，绕道走向正门。我在大门口停下，观察前庭和外面的小路，确认两个方向的雪地上都没有其他人的脚印。

"连着正门的小路大概有一辆半汽车那么宽，是一条向下倾斜的缓坡。我在停车场留下的脚印已经被雪覆盖，几乎消失。而那辆黑色厢型车也几乎被白雪盖住，隆起有如一座雪屋。小路在停车场的边缘向左折去。死者的足迹沿着道路继续向下延伸，我沿着足迹回溯了大约一百米，再往前，脚印就被积雪掩盖了。

"我一时不知如何是好，抬头望天，厚重的云层低垂，虽说现在雪停了，但恐怕是说下就下。

"我回头望望'久月'，决定折返。走进大门，我沿着高高的树篱，循着庭院边缘走了一圈，没有发现任何足以解释这起奇妙的杀人事件的痕迹或证据。虽然树下或灌木丛下有几处裸露的泥地，但那些泥泞比积雪更容易留下足迹。

"我大致检查完毕，回到玄关，这时'久月'的一家之主雅宫清乃也来了，而一旁的弦子因为恐惧和忧心，整个人仍然木呆呆的。

"我简单向清乃说明了情况，并请求她让家里所有人暂时不要离开屋子。我向她借用电话，却得知一周前电话线在山脚某处断了，至今还未修复。

"我思忖片刻，请清乃取来两条毛毯，展开后盖在了尸体上。如此一来，在我去找警方增援的这段时间，就算又下了雪，也可以让现场尽可能保持原状。

"安排停当，我就独自下了山。当时，雅宫家里没有其他男性可供支使跑腿。

"我的担心成为现实：抵达山脚时，天又下起了雪。虽然并不大，我忧心忡忡，生怕存在于前庭的证据就此消失。

"我在借用自行车的派出所打了个电话回三多摩警署。最后，等到我和勘验人员一道乘车返回现场时，已经过了将近两个小时。

"那是我一生中最漫长的两个小时……"

第六章　来自过去的亡灵

1

中村警官一番话说罢，仿佛元气大伤，双拳紧握，面容苦涩地扭曲，那些话语有如一剂令人万分痛苦的毒药。

"——我呼叫了支援，再次回到雅宫家，覆盖在尸体上的毛毯已然被雪花覆盖。负责调查这起案件的总指挥是三多摩警署一位叫京本武司的副警官，此人留着八字胡，态度倨傲。返回雅宫家的路上，我已将案件的大致情况向他做了汇报。

"京本副警官首先进屋，将雅宫家所有人召集到一处，指示下属进行询问笔录。接着，便带着我一同去见证现场勘验工作。他要求我重现发现尸体后的行动，仔细核实死者、足迹和地形等信息。然而，由于案发后两个小时内又下了一场大雪，脚印都被积雪掩盖，无法辨认。我原本打算拍下脚印的照片，并用石膏取模，但为时已晚。"

兰子神情严肃，手指不自觉地缠绕着垂在领口旁的卷发。这是她集中注意力时的习惯动作。

"中村警官，"沉思片刻后，她开口道，"有没有可能，那名士兵是在其他地方被刺中，濒死之际走了几步，到前庭中央才气绝身亡？也就是说，他临死前竭力从门外走进来，最终倒在了那里。"

中村警官有气无力地摇了摇头。

"绝无可能。一个脖子上插着短刀的人，怎么可能走上十几米？而且这种情况下，脚步通常会非常凌乱，但他留下的足迹却很清晰。同时，从伤势判断，他几乎是当场毙命，警方验尸时，在刀刃上检测出了大量的乌头碱。仅凭这些毒素就足以致命。"

一旁的村上刑警也一脸凝重，插话道："说不定，凶手是从后面瞄准死者，将短刀投掷过来？当然，是从门外。"

"我刚才就说过，这同样是不可能的。短刀的刀刃完全没入死者的颈部，刀尖都穿透了喉咙。若是投掷，刀刃绝不可能刺得这么深。而且无论从哪里投掷，距离都太远了。尸体四周方圆十米，无论是前庭还是屋外，都没有凶手的立足之处。地面上除了死者和我的足迹，没有第三个人的。我们之后还仔细搜查过门柱、围墙和树木的枝杈，都没有发现可疑人员藏匿的迹象。现场的积雪也完好无损，没有丝毫痕迹。"

一片白皑皑的雪景中，死尸倒地，殷红的鲜血在新雪中蔓延开来。没有凶手足迹的杀人案——我在脑海中遥想这幅惨状，喉咙因恐惧而发干，额头冷汗涔涔而下。

"案发当天，雅宫家的人都在家吗?"兰子冷静地问道。

这个问题出乎中村警官的意料，他转身看向兰子。

"对……不对。当天小川清二好像是去镇上购物了，因此不在家。"

"琴子姨妈的丈夫，那个叫浅井重吉的在吗?"

"他在家。之后我见到他了。"

"那么，警官，您在玄关看到他的手杖了吗?"

兰子突然提了个怪问题，让中村警官有点摸不着头脑，反问道:"手杖? 很遗憾，我不记得了——手杖有什么问题吗?"

我和村上刑警也不解其意。

"不，没什么。我听说浅井不良于行，猜测他可能会使用手杖，就随便问问。因为这让我想起了切斯特顿的一篇短篇小说❶……"兰子露出一个略带自嘲的微笑，说道。

中村警官不知如何接茬，一脸疑惑。

"浅井走路时确实拄手杖，但我记不清手杖是否放在玄关了。"

"那就没事了。"兰子继续问道，"——凶器的来源查到了吗?"

"嗯，那把短刀，原来是一把古代武士家女子贴身携带的小型匕首。雅宫清乃看过之后，承认那是一把她们家祖上传下来的旧物。"

"验尸报告是哪一本?"

兰子扫了一眼桌上的资料。

"唔……是这一份。"

中村警官从资料堆中抽出一册带封面的薄薄文件。

兰子接过去，翻阅着："尸体解剖结果如何？"

"短刀的刀刃长度约为十厘米，薄而锋锐，刀尖从上向下斜斜刺入，造成的创口位于脖颈与耳朵的中间，和脖子的垂线相比，向右偏转约十度。换句话说，我们可以推测，有一个和被害者身高接近的人，站在他的身后，反手握住凶器，对准其脖颈向下挥动。同时，基本可以肯定，凶手是个右撇子。"

"的确，假如短刀是从被害者身后投掷而来，造成的伤口应该与地面几乎平行才对。"

"所言不差。"

"被害人会不会是自己刺中了自己的脖子？也就是说，属于自杀。这样，现场没有留下凶手足迹一事也就迎刃而解了。"兰子将资料放在膝头，说道。

"我和验尸的医官反复确认过，得到的回答都是绝无可能。"

"为什么呢？"

"这可以从伤口的位置，还有刀刃插入的方向得出结论。你可以模拟一下试试：自己握着短刀，刺入自己的右后颈——这样刀刃一定会平行于地面，而不是垂直方向。"

我依言握起拳头，尝试模拟了一下，果然如警官所言。

兰子见状，又继续问道："能判断凶手的性别吗？"

"这也办不到。短刀的刀刃锋锐，就连女性也能轻易完成刺杀。同时我刚才讲了，匕首的两刃涂满了乌头碱，也就是乌头提炼出来的毒质。所以他的死因，是中毒，以及颈动脉被割断导致的出血性休克。"

"这里也出现了植物性毒素啊……"兰子自语道，"那么，能判断被害人被刺后，活了多久吗？"

"基本是当场死亡，最长也挺不过五分钟。"

"死亡时间确定了吗？"

"负责现场勘验的人调查时，遗体的下颚部分开始出现尸僵。与解剖结果印证，基本上和我推定的一致：死于上午十一点三十分到四十分之间。我抵达'久月'时是上午十一点三十分，所以他肯定是在我后面十分钟内到达的。结合雪地上的足迹，这个推断可以说是不会错的。"

前庭的足迹，是按照中村警官、井原一郎、雅宫弦子这个顺序，先后踩出来的。

"健康人的尸僵现象，是不是在死后两到四小时就会出现？"兰子思索着，问道。

中村警官点点头，说："对，一般会从面颊或脖子开始。但是，在寒冷地带，会有一些延迟。"

"我再确认一次，足迹和尸体上，有没有做过手脚的痕迹？"

中村警官斩钉截铁地答道："完全没有。我的脚印，井原一郎的脚印，雅宫弦子的脚印，都毫无异常之处——在命案现场，唯一缺少的，就是凶手的脚印。"

"那么，被认为是死者留下的脚印，真的是井原一郎这名被害人留下的吗？"

"那是肯定的。脚印的大小和花纹，都与他穿的鞋子的底部一致。他脚上打着绑腿，穿着系鞋带的军靴，所以，旁人想要轻易将其脱下、穿上，万难办到。"

"现场附近，有没有非人类的足迹呢？"兰子穷追不舍地问道。

"你是说……？"

"就好比兔子的脚印，一个个小小的孔洞之类。"

"没有，完全没有类似的痕迹。"

"您刚才说，被害人的足迹完全没有凌乱，对吗？有没有可能，是倒退着踩出来的？"

"不可能。如果那是倒退着踩出来的，理应晃动不稳，这会在脚印中体现出来。"

"那，会不会是大脚印踩在小脚印上，后者被前者盖住了呢？"

"完全不可能。若是那样，脚印将显得很不自然，包括步幅等。在柔软的新雪上踩着那么多的脚印走路，并一个个盖住，简直难如登天。"

"那么，尸体有被挪动的痕迹吗？"

"没有。尸体上的尸斑显示，没有移动的痕迹。而且，兰子你忘记出血这回事了吧？死者脖颈处的出血量如此之多，如果挪动尸体，就会将血滴得到处都是。而现实是，现场除了尸体旁边，别处毫无血痕。"

"脚印的深浅呢？"

兰子仍然不依不饶。

中村警官耐着性子，回答道："深两三厘米，基本保持稳定。

自然，包括我在内的三人的脚印都是如此。"

"那就是说，若是成年人的体重，造成积雪下陷的深度基本一致喽。"

"对。当时的积雪量，也不足以产生深度的差异。"

"被害人的足迹，在雪上是怎么分布的？"

"用脚尖之间的距离测算，步幅大约是四十厘米，和以死者身高计算出的步幅相当。被害人身高是一米六五，体重约五十五千克。脚尖处的脚印略微深一点儿，那是因为行走的地面略有倾斜，而他在向高处行走吧。也有可能，他为遮蔽风雪，弓着腰走路。所以，并无任何不自然的地方。我的脚印，多多少少也有些类似的倾向——"

中村警官终于答完了兰子提出的所有疑问，但这杀人之谜不但没有解开，反倒变得更加扑朔迷离了。

"不过，警官。"村上刑警用沉痛的语调嚷道，"这种事情怎么可能？一个男人被人用短刀从背后捅死了，对吧？而现场下着雪，四周都是积雪，被害人的脚印清清楚楚地留在地上。可是，怎么可能会没有凶手的足迹呢？！"

"不可能发生的事情，自然是不可能的。"兰子半开玩笑地说，"村上先生，您先别急。我们必须通过逻辑推理，分步摸索出解决方法。"

"那你倒是说说看，可能存在什么杀人手法？"村上转向兰子，话里带刺，"若是你主张，凶手是个妖怪，或什么妖孽成精，来无影去无踪，说不定我还比较容易接受。"

兰子没接他的话茬，继续问道："——中村警官，能不能请您再详细介绍一下，警方抵达'久月'后，对事件进行的处理？我尤其想了解关于凶器的信息。行凶所用的短刀上，没有留下指纹吗？"

"没有验出指纹。凶手多半是戴着手套行凶的吧。"

中村警官答道，同时从上衣口袋里掏出香烟，但却没点燃，只是搁在了桌上。

"你刚才说，短刀是雅宫家里的东西，对吗？"

"对。是一柄没有护手的匕首。连着刀柄，全长二十厘米不到，我们拿给雅宫家里的人看了以后，清乃承认这是她家祖传之物。据说，还是一位名叫翡翠姬的武士之女的遗物。

"我们查明，'久月'家里还有好几把日本刀，据说是以前经营妓院时，无钱付账的武士抵押在那里的，他们并没有遵照军方命令将这些刀上缴。"

"这么说来，我们以前去'久月'玩的时候，琴子姨妈好像给我们看过一把很漂亮的武士刀。"

兰子瞥了我一眼，好像在征求我的同意。

中村警官摩挲着胡须，点头道："越是懂刀的人，越是想偷偷藏起好刀啊。"

"那把短刀的刀鞘找到了吗？"

"嗯，找到了。刀鞘也不大，漆面装饰，丢在后屋储藏室的阁楼上，用一块破布包着。我们是事发后第二天找到的。刀鞘表面似乎用布擦拭过，上面一个指纹都没验出来。"

"这样啊……"兰子略显失望。

"雅宫家的每个人,都有机会取出这把短刀,在里屋的桐木柜里,散乱地放着许多类似的武具,很久都没人整理过了。"

"井原一郎的尸体勘验完毕后,是怎么处置的?"

兰子又抛出一个新问题,中村警官摸了摸后颈,说道:"尸检和现场勘验结束后,我们把尸体移到了位于'久月'一角的储藏室。京本副警官把雅宫家的人都叫到那里,让他们辨认尸体,以确定死者身份。"

"都叫了哪些人?"

"雅宫清乃、弦子、琴子、小川滨、浅井重吉,还有从镇上回来的小川清二,一共六人。我们把井原一郎的尸体搬到储藏室时,清二刚好回来了。他们都被叫去辨认了尸体。"

"笛子姨妈和冬子姐呢?"

"她们没有去。她们当时大概才上小学一年级,无论如何也不能让孩子看到尸体的那种惨状。"

"案发时,这些人都有不在场证明吗?"

"案发时,弦子和我在一起,所以肯定没有嫌疑。她母亲清乃,好像是在和一位住店的客人说话。而琴子和小川滨一起在厨房准备午饭。浅井说是在自己房间看书。冬子感冒,在后屋的和式房间睡觉,而笛子则独自在家中玩耍。小川清二说,自己去了镇子边上的农户家,案发时正在赶回家的路上。

"所以,除去两个孩子,只有浅井没有不在场证明。当然,清乃、琴子和阿滨,谁都有可能短暂离开所在的地方。清二也有同样的嫌疑。"

"案发时，和滨一起站在玄关的小女孩，是笛子姨妈喽?"兰子问道。

中村警官点点头："没错，那孩子看到弦子和阿滨两人发现死人时大惊失色的样子，非常害怕。"

兰子伸出右手食指，轻轻点了几下腮帮子。

"警方有没有调查过荒川神社那个叫橘醍醐的人?"

"没有。警方当时并没有把他列为嫌疑人或证人。"

中村警官下意识地掏出一支烟，摇了摇头。

"当时和清乃谈话的，就是开车来住店的军人喽?"

"没错。他们是来'久月'住宿的客人。可这两人仗着自己是军人，仅仅亮了一下身份和姓名，连证词都没有录，就匆匆离开了。"

中村警官目光炯炯，显得有些惋惜。

"他们的地位很高吗?"

"其中一人是陆军的将校。说老实话，这个人似乎是雅宫清乃当时的情夫。另一个人是下士，大概是长官的司机或者秘书什么的吧。"

兰子微微颔首，换了问题。

"那么，有人认出来死者究竟是什么人了吗?"

"没有，至少没有人当场承认认识死者，但后来我们发现，有人撒了谎。除了浅井重吉，其他所有的人，都知道死者的身份。"

"为什么?"

"理由很简单。"中村警官语气坚决地说，"其实，雅宫家的大女儿弦子，在嫁给橘大仁之前，有过喜欢的人。井原一郎正是她的恋人。你们或许也知道，弦子十六岁时曾和人私奔过，私奔的对象，就是井原一郎。"

听闻此言，我和兰子都惊讶地瞪大了眼睛。

"欸？弦子姨妈和人私奔过？！"

兰子全身紧绷起来。

"原来你们不知道啊？"中村警官看看兰子，又看看我，"——这是真事。昭和十三年（1938）三月，雅宫弦子十六岁，井原一郎二十一岁。这两个年轻人，手牵着手，向着远方的梦想，一起私奔了——但这次勇敢的尝试，仅仅三天就宣告结束了。"

"具体是怎么回事呢？"

"弦子的母亲清乃，强行拆散了他们。雅宫清乃，是代表了整个'久月'意志的女王，她绝不容许女儿自由恋爱。于是，清乃指派小川清二追踪离家出走的两人，一直追到关西，找到弦子，强行把她带了回来。当然，这件事完成得秘密且迅速，没有对外声张。"

"弦子被小川清二带回家后，清乃便带着她，躲到了小川夫妇在伊豆经营的旅馆。当然，这一方面是为了让弦子远离井原，另一方面也是为了掩盖女儿的丑事。当时清乃正怀着小女儿笛子，于是对外宣称，是带大女儿弦子去伊豆静养……"

"我完全不知道这回事……"

兰子毫不掩饰自己的惊讶。

"——你们明白这意味着什么吗？兰子，黎人？"

中村警官用试探的眼神盯着我们。

兰子默默地摇了摇头。

"弦子和橘大仁之间，早有婚姻之约，这桩婚事还是清乃一手安排的……"

中村警官的话让我们都为之一震。

"橘大仁不仅是荒川神社的神主，同时也是伊泽村的大地主。'久月'所在的土地，就是橘家的。很久以前，清乃就期望并谋划着把女儿嫁给橘大仁，自然不会允许弦子和井原自由恋爱。"

"只要弦子姨妈和橘大仁成婚，当初建造'久月'时向橘家租借的地，就顺理成章地归雅宫家所有了——这就是清乃的如意算盘，对吗？"

兰子立刻明白了中村警官的言外之意。

"完全正确。第二年，也就是昭和十四年（1939）二月，弦子和橘大仁举行了婚礼。三年后，也就是昭和十七年（1942），橘大仁病逝。根据他的遗嘱，橘家的土地几乎全部归了遗孀弦子和女儿冬子。"

我忍不住咕哝了一声。

中村警官抱起胳膊，补充道："而小川夫妇至今还能留在雅宫家，大概是因为在这件事上，为雅宫家出了大力吧——"

我曾经听说，小川清二和阿滨是雅宫家的远亲，但他们为何常年住在"久月"，我一直也不明就里。说是用人吧，又显得过于颐指气使了。现在听了这番话，一切就都得到了合理的解释。

"据我调查，小川清二过去曾在八王子的花街做人贩子。跟踪或恐吓之类的勾当，对他来说大概是家常便饭吧。"

"人贩子？难道是说那种……"村上刑警不安地问道。

"没错。就是到乡下花钱买下年轻女孩，然后卖到妓院的人。那时大概是久月楼的爪牙之一吧。过去，小川家也曾在八王子的花街经营一家叫青宝楼的妓院，但听说那里遭了两次大火，最后倒闭了。"

"您有没有调查过橘大仁病死的详细情况？——比如死因之类的？"兰子问道。

中村警官点点头："嗯，查过，但只是出于好奇心，简单地查了一下。当时，表面上雅宫家的事件已经告一段落，无法公开搜查，只是请最后看顾橘大仁的医生给我看了看病历。根据病历，橘大仁死于破伤风恶化，据说他出门打鸟时受了伤，最终伤势恶化而死。"

"雅宫清乃的丈夫秀太郎，是昭和十五年死掉的啊？"

兰子问道，同时翻看着摊在桌上的资料。

"对，是昭和十五年——"

中村警官也跟着翻起了资料。

"我记得他是因为肺病去世的，对吧？"

"嗯，就是所谓的肺痨。战前还没有抗生素之类的特效药，得了这种病，几乎就是绝症。"

"他的死因有没有可疑之处？"

"完全没有，毫无可疑之处。"

"不知为什么，雅宫家的男人都死得很早……"

很久以前，我曾听雅宫笛子笑着说，这恐怕是雅宫家祖先某位公主的诅咒。

"中村警官，雅宫清乃是什么时候去世的?"村上刑警问道。

兰子回答他说："我知道。听弦子姨妈说，是昭和二十二年(1947)。据说她用针筒注射希洛苯①时，不小心把空气注入了血管，导致猝死。"

"你说的'希洛苯'，就是那种兴奋剂?"村上刑警惊讶地问。

"嗯，希洛苯在战后流行过一段时间。"中村警官说道，"当时食物短缺，很多人营养不良，注射这玩意后短时间内会感觉精神焕发，所以有人把它当成廉价维生素一类的东西。但是很多人因为搞错使用方法或注射剂量而死亡，后来就禁止发售了。"

"真是可怕。"

兰子想了想，问道："——话说回来，弦子姨妈私奔之前，清乃难道不知道她有个叫井原的恋人吗?"

中村警官若有所思："我想她应该早就知道了。按照清乃的指示，小川清二的追踪非常迅速，且私奔一事完全被压了下来，没有被世人所知。"

"既然她想把女儿嫁给橘大仁，那为什么不能让琴子姨妈嫁过去呢?"

---

① 希洛苯(ヒロポン)，即甲基苯丙胺(冰毒)。在日本二战期间及战后初期被广泛使用，用于消除疲劳和提神，被称为"觉醒剂"。但由于其严重的成瘾性和副作用，后被严格禁止。——译者注

"什么意思？"

"我只是在想，这桩婚事只不过是清乃的计谋而已，如果弦子姨妈不行，那么让二女儿琴子姨妈嫁给他，也未尝不可？"

中村警官想了想，答道："唔——当时琴子还不满十五岁。她可能是觉得，无论如何，年纪都太小了吧。而且，在清乃的蓝图中，二女儿琴子的培养方向是各项才艺。当然，这也是因为琴子才色兼具，在十二还是十三岁时，就已经完成日本舞蹈的授名①仪式了。"

"那么，井原一郎与待字闺中的弦子姨妈，又是在哪里认识的？"

"他们两人，其实是表兄妹关系。井原的母亲与弦子的父亲是亲姐弟。井原家在八王子当地经营一家大型造酒厂，家境富裕，弦子的姑妈嫁到了他们家。因为这层亲戚关系，井原的父亲因公因私，常有机会带儿子到'久月'吃饭。此外，两家举办茶会等社交时，有时两人也会相邻而坐，或许这就成了两个年轻人互相吸引的契机。"

兰子又摆弄起她耳边的一蓬卷发。

"昭和十三年，他们两人私奔的时候，井原还是学生吗？"

"当时井原已经从旧制中学②毕业，在帮忙打理家里的生意。

---

① 授名，即"名取"（なとり），是授予弟子专业艺名的仪式。弟子需通过严格考核，证明其技艺精湛，方可由师父授予艺名，标志着其成为被认可的专业舞者。——译者注

② 日本的旧制中学是指二战前日本教育体系中的中等教育机构，学制五年（12—17岁）。战后被新制中学取代。——译者注

他比弦子大五岁，听说是个非常帅气的小伙子。"

说到这里，兰子突然换了个话题。

"——关于死在'久月'前庭里的那个人的身份，你说是士兵，是通过他当时穿的军服来判断的吗？"

中村警官对兰子跳跃式的提问有些摸不着边，但还是答道：

"嗯，没错。于是我们向陆军查询，轻而易举就弄明白了他的身份。同时也知晓了，井原一郎确实是一个逃兵。"

"他是什么时候入伍的？"

"闹出私奔事件后，井原立刻被征召入伍了。这是我的推测啊：说不定，是清乃玩了点手段，拜托某位出入'久月'的军方高层，想办法让军队把井原收去了。"

"清乃拜托的对象，会不会是昭和二十年事件发生当天，出现在'久月'的人？"

中村警官鼓起腮帮子，怒形于色地说道：

"嗯，就是他。那名将校好像叫秋山什么来着。总而言之，这起杀人案最后会被当成事故结案，全是因为此人通过宪兵向警方施压。事件发生两三天后，一名面生的宪兵，突然出现在三多摩警署，声称逃兵问题归他们管辖，要求我们立刻停止调查。"

"他为什么要做这种事？"

"我猜，从秋山这个背后保护人的角度看，一来是帮清乃处理麻烦，出于对'久月'的保护；二来，那天他在'久月'的事情万一曝光，说不定也会惹来麻烦。"

"那这个叫秋山的陆军将校，有什么可疑之处吗？"

"这倒没有，他连嫌疑人都算不上——这起事件的所有相关人员里，只有他是左撇子。从尸检和解剖的结果都可以推知，凶手是右撇子，所以他绝不可能是凶手。而且，秋山与井原一郎素不相识，当时他随行的下属也一样——我再补充一句：三个月后，这两人都死于东京大空袭。"

我不禁对中村警官缜密的调查能力钦佩有加，兰子也相当满意，继续问道：

"井原一郎为什么要从部队逃出来？"

"因为不想死吧。"中村警官淡淡地说。

"话是这么说没错……"

兰子语调中仍带有一丝疑问。

"直接的理由，是井原隶属的部队，即将被派往冲绳。当时日本笼罩在败退的愁云惨雾中，塞班岛、天宁岛和关岛全军覆没，以及莱特湾海战遭遇惨败一事，也都成了半公开的秘密。即将战败的传言甚嚣尘上，井原一定是认为，一旦离开本土，就无法生还了。"

兰子对此表示认同，又接着问道："还有一个问题，为什么井原没回自己家，而是去了'久月'？当然，他可能是去见曾经的恋人弦子姨妈，此外还有什么特殊原因吗？"

"关于这一点，确有一个明白无误的理由。当初我就这一点问询了陆军情报局，还去井原所属部队的驻扎地跑了一趟。我见到了井原的朋友山村，从他那里得到一则大有帮助的消息。我这才明白了井原当逃兵的真正理由。"

中村警官的脸上浮现出一种难以名状的表情，看样子，他似乎还掌握着其他惊人的事实。

"是什么理由呢?"兰子间不容发地追问道。

中村警官身体微微前倾，压低声音，说道：

"井原知道部队将被派往冲绳的消息后，便问山村，要不要一起逃走？但山村说，自己就算死了，也没有家人会为自己难过，便回绝了。于是，井原下定决心独自逃走。就在两人分别之际，井原吐露了他要逃离的真正原因。"

"是什么目的呢!?"

"他想在临死之前，与被拆散的恋人再见上一面，同时，看看恋人生下的自己的女儿……"

2

这就是握在中村警官手里的底牌。

这么多年，他一直将雅宫家的这个陈年秘密深埋于心。

"——您是说，冬子姐不是弦子姨妈和橘大仁的女儿，而是她和井原一郎的孩子?!"

兰子惊讶得几乎尖叫出来。

我也震惊不已，哑口无言。这一晚，我们听到了太多令人震惊的事，而这一件无疑是最具冲击力的。

我们做梦都没想到，雅宫家那位病弱而美丽的冬子，身世竟然隐藏着如此不可告人的秘密，而且还被隐瞒了这么久。

中村警官眼中流露出一丝同情。

"我从山村口中得知此事时，也是无比震惊。我立即向他确认了有关人士的名字，他不仅记得'雅宫'这个姓氏，还知道弦子的名字。据说，井原曾给他看过弦子的旧照，并说这就是自己的恋人。

"山村是在井原逃走前才首次听闻孩子的事，他也十分惊讶。山村说，那个孩子的名字他只听过一回，所以不大想得起来。我问他，是不是叫'冬子'？他立刻想起来，说就是这个——他记得是个纯朴而古雅的名字。"

"……这真是让人难以置信。"兰子轻咬下唇，喃喃道。

"事实就是如此。不久之后，我再次拜访'久月'，将我查访的结果告诉雅宫清乃，并质问她是否属实。我耐心地等啊等，但她始终保持沉默，坚决不松口。最后，在我再三追问下，她最终承认了女儿的不贞，坦白了弦子直到结婚后，都还偷偷溜出去，和井原见面。"

有兰子这样一个年轻女性在场，中村警官多少有些难以启齿。我们没说什么，默默地等他说下去。

他紧紧阖上双眼，陷入了回忆。

中村警官说："根据这些线索，我基本上掌握了凶手杀害井原的动机。假如橘大仁的弟弟醍醐发现，侄女冬子根本不是他哥哥的亲生女儿，那会怎么样？结果必然是雅宫家要被迫归还橘大仁死后留下的全部土地和财产——至少，私生女冬子的那一份财产，肯定会被醍醐追讨回去——他肯定会这么做。"

兰子沙哑着嗓子，说道："所以为了这个，井原这个年轻人的性命，就必须从这个世界上抹去……"

"没错。他的死，就是杀人灭口的结果。"中村警官睁开眼睛，断言道。

橘醍醐这个人物，我只见过两次，对他印象不佳。他瘦巴巴的，寡言少语，倒是很适合神主这个职业。他年纪不到五十，却显得垂垂老矣，给人的感觉既沉静又阴险。我曾听笛子提过，说橘醍醐和雅宫家的关系一直不好。

"那个人啊，到现在都还认为他哥哥的财产，也就是原本该属于他的那份财产，是被我们雅宫家抢走的。怎么说呢，属于一种嫉恨吧。"

笛子苦笑着说。如果他们之间互相憎恶真的是因为争夺财产，那的确是个根深蒂固的问题。

兰子说："可是，难道雅宫家的人早就知道井原一郎要从部队逃出来吗？如果是事先计划好的蓄意谋杀，或是因为担心秘密走漏而灭口，那么凶手必须事先就知晓井原一郎那天会去雅宫家才行啊！"

"你说得很对。"中村警官冷静地回答，"正因如此，小川清二才会去镇上——我这么说，你会不会奇怪？"

"什么意思？"兰子盯着中村警官。

"我调查发现，井原一郎曾用假名写了一封信寄给弦子。井原从部队的驻扎地静冈脱逃后花了四天时间，才赶到八王子的'久月'。他于逃出来的当天，寄出了那封信，约弦子在八王子见面，时间就定在井原最终遇害的那天。然而，这封信在被弦子读到之前，就落入了清乃之手。于是，清乃命令小川清二赶赴井原和弦子约定的地方，还带了一笔分手费。"

"清乃为什么没有向军方报告此事？"

"因为弦子发现了清乃暗中的计划，苦苦哀求，求她不要把井原交给宪兵，条件是保证再也不与井原相见，并给一笔钱，让他逃命。最后，清乃答应了女儿的恳求。"

"可是，小川却没见到井原？"

"有可能是小川不小心被井原发现了行踪，所以他才直接去了'久月'。"

"这么说来，雅宫家的每个人都知道这件事？"兰子再次确认道。

"我想是的。"中村警官回答。

兰子转向我，低语道："这么一来，井原前往'久月'简直是自寻死路，无异于飞蛾扑火啊。"

对此，我也深有同感。

"可能涉嫌杀害井原一郎的人里面，谁的嫌疑最大？"兰子又问道。

"每个人的嫌疑都一样大。"中村警官无奈地答道，"说到底，这种没有留下足迹的杀人手法完全无法解释。我不仅无法锁定凶手，也没查明投毒犯的身份，最后还因为宪兵的阻挠，被迫停止了对案件真相的调查……"

"什么样的阻挠？"

"那个叫秋山的军人指派来一名宪兵,我的上司便突然告知我,对这起事件的调查到此为止。井原一郎的死是一起事故——是一起偶发意外事件,毫无可疑之处。同时,因为井原是逃兵,故而尸体也得交给军方处置。听到这些,我立刻意识到,这是军方在背后向警方高层施压呢。"

中村警官大概是回忆起当时的情形,仍然愤懑不平,肩膀微微颤抖。

"——明白了。"兰子低声应道,接着又问,"对了,那之后,投毒犯就再也没有现身了吗?"

"是啊,彻底销声匿迹,就好像井原一郎一死,犯人的目的就已达成……"

中村警官说着,看了看我们,随手抓起一份文件,垂下眼帘,长长地叹了口气。

"总之,如此这般,这起杀人事件最后被当成意外事故草草结案,成了一桩悬案。随着那场悲惨而轻率的战争的结束,日本迈进了百废待兴的新时代,随着时间的流逝,人们早已忘记,曾有一名男子惨死的过去。然而,二十多年后的今天,却有人试图唤醒我们对那起不可思议的杀人事件的记忆……"

"——关于这一点,"村上刑警转向我们,"那个在'紫烟'出现的女人不是说,'久月'最近会发生杀人事件吗?最近,雅宫家有什么异常的征兆吗?"

兰子看看墙上的挂钟,轻快地起身,扭动了音响的广播旋钮,把音量调大。

　　"确有征兆。"兰子回头说道："现在七点钟，正适合说明。请先欣赏接下来播放的音乐——"

作者原注

❶ 指的应该是收录于短篇集《布朗神父的怀疑》（*The Incredulity of Father Brown*）中的《狗的神谕》（*The Oracle of the Dog*，又译《猎犬的预言》）。

第七章　奇迹讲义

1

广播里传来七点整的报时。短暂的静默后，音箱中流淌出一阵哀婉的长笛声。乐曲带着悲切，又有一种庄严的冷漠。乐声起先轻柔纤细，仿佛一触即碎，随后逐渐变得尖锐而狂乱，这段旋律相当标新立异，令人印象深刻，同时也让人心情沉重。

这首主题曲播放到一半时，播音员报出了"新古典"❶这个音乐节目的名称，兰子随即把音量调小了。

"中村警官，我记得您很喜欢古典乐，知道这首曲子的名字吗？"

中村警官深深颔首：

"嗯，当然知道。这首曲子叫《恶魔之笛》，是音乐家泷川义明创作的镇魂曲。刚才播放的是其中最著名的第二乐章独奏部分。"

"那么，您也知道泷川和雅宫家的关系吧?"

兰子和中村警官交换了一个意味深长的眼神。

"那是自然——"中村警官缓缓答道，"泷川是雅宫家二女儿琴子的第二任丈夫。在浅井重吉之后，琴子又和泷川义明结了婚。"

兰子点点头，纠正道："没错。但更准确地说，泷川曾经是琴子姨妈的丈夫。琴子姨妈已经和他离婚很久了。"

"兰子，这位音乐家有什么问题吗?"村上刑警不明就里，询问道。

"泷川义明这个人，本是日本传统乐曲雅乐的演奏家，同时还精通能乐和歌舞伎，才华横溢。而琴子姨妈则是雅宫家女性当中在艺术方面尤其突出的一位，她很早以前就以日本舞的舞者身份，在那个领域闻名遐迩。泷川和琴子姨妈两人，是在一间神社的式乐①奉纳表演中相识的，两人一见如故，之后便结了婚。"

"琴子小姐还会跳神乐的舞蹈?"

"对，只要有人邀请。"

"嗬!"

村上刑警感慨道，露出佩服之极的神情。

兰子换了个姿势跷起二郎腿，坐直身体。

---

① 式乐，古代日本用于贵族或武家仪式的表演艺术，包括平安时代宫廷的雅乐，以及寺庙神社仪式活动中的音乐等，以展现庄严、肃穆的气氛。——译者注

"昭和三十年代（1955—1964）初，也就是泷川义明刚刚和琴子姨妈结婚时，可以说是他音乐创作的巅峰时期。他将西洋音乐和雅乐巧妙地融合在一起，创作出许多极富野心的实验音乐作品。他尝试的全新乐器组合，以及在音乐上的前卫挑战，得到了专业人士的交口称赞。

"刚才广播里播放的那曲《恶魔之笛》，正是他那个时期的代表作。尤其是第二乐章后半段的演绎，长笛和尺八合奏的部分最为知名，听起来如同两条蛇相互交缠。泷川凭这首曲子一举成名，之后又在全国举办了好几场前卫音乐的演奏会，大获好评。"

中村警官对村上刑警说："我曾经听过一次他的音乐会。舞台左侧是雅乐乐团，右侧是管弦乐队，可谓是和洋音乐的大合奏，那种深幽的旋律和演奏完美地结合，产生的升华真的非常感人。"

兰子补充道："我也听说过，泷川的演奏会非常精彩。可就在那个时候，他开始沾染毒品，吸食鸦片。他正以制作人的身份四处奔波，积极筹备邀请伦敦著名的交响乐团来日本演出时，却遭到警方逮捕，这么一来演出只得被迫取消，他因为经济赔偿问题而倾家荡产、声名扫地。"

"好像有人讲过，《恶魔之笛》是泷川吸食鸦片后创作的。"中村警官好像突然想起来，补充说道。

"嗯，泷川天赋异禀，行为举止本就异于常人，自从染上毒瘾后，就越发不可收拾了。这件事之后，泷川便一蹶不振。虽然他曾住进医院专心戒毒，但再也没能东山再起。琴子姨妈也因此和他离了婚。此后，泷川便销声匿迹，音乐界再没人听过他的名字。"

"不过，"村上刑警不解地问道，"这个男的，和这次事件有什么关系呢？"

"我这不就要说到重点了吗？"兰子眨眨眼，意味深长地说，"昨天，我碰巧获知了泷川的消息。听弦子姨妈说，他最近再婚了，并以此为借口，久违地打电话到'久月'寒暄了一番。而且，好像他再婚的对象不是一般人，而是从事特殊职业的。"

"特殊职业？"

"我也不知是真是假，但据说那位女性具有某种特殊的灵能力——你们听过大权寺这个名字吗？"

听到这里，中村警官和村上刑警不禁惊讶地对视了一眼。

"兰子，你说的莫非是那个叫大权寺瑛华的灵媒术士？"中村警官皱着眉头问道。

"没错，就是她。"兰子微笑着点点头，似有嘉许。

"这女人的名声可不太好啊。如果没记错的话，她好像雇了一对双胞胎当巫女①，宣称自己能通灵，欺骗一些无知的人。听说她最近在关西一带卷了不少钱呢。"

"弦子姨妈说，她打算请她们到家里来举办一场净灵会。"

中村警官更惊讶了。"净灵会？为什么要搞这种事情？"

"大权寺通过泷川接近雅宫家，并吓唬她们说冬子姐是被恶灵缠身了，这才会时常出现'降神'的现象。她还夸下海口，说只有她才能驱除那个恶灵。"

---

① 巫女，日本神道教中侍奉神灵的女性神职人员。她们通常身着白色上衣和红色裤裙，负责神社的清洁、祈祷、祭祀、占卜，以及表演神乐舞等。——译者注

"再怎么说，这也未免——"

"弦子姨妈一直为冬子姐挂心，冬子姐的病对她来说是头等大事。姨妈大概也有些病急乱投医的心情吧。"

"话虽如此——"

"而且，也许是因为雅宫家的女性成长在这种传统而守旧的家庭之中，她们对《易经》、风水、黄历，还有社会上流行的占卜方式都极感兴趣。我们以前受笛子姨妈和冬子姐姐邀请，还去她们家玩过两三次'灵应盘'和'扶乩板'呢。"

这时，窗户突然发出嘎吱嘎吱的声响——大概是外面起风了。不知从哪儿钻进来一股妖风，煤气暖炉的火苗猛地向上窜了一下。

"你说的那个灵应盘，又是什么？"村上刑警一脸狐疑。

"也就是西方式的碟仙①啦——你知道碟仙吗？在灵学中，它被归类为自动书写。"

"大概知道一点。"

村上刑警的眼神似乎有些怯意。

"雅宫家的人——包括弦子姨妈和琴子姨妈——每个人都极其热衷这种占卜游戏。每当这种时候，她们仿佛被狐妖附身一般，性情大变，连我们都难以理解她们的这种热情。"

"喂喂，这不可能是真的吧？"

村上刑警双目圆睁，伸手摸着喉咙，一脸痛苦。

"这是真事，村上刑警。"兰子故意肯定地说。

"那扶乩板又是什么？"

---

① 碟仙，起源于中国的一种民间通灵占卜游戏。——译者注

"是一块类似油画调色盘的小木板，木板下面有三支圆脚，板子尖端嵌着一支铅笔。占卜时，在桌上铺一张纸，然后放上板子。占卜方法有很多种，雅宫家的方式是两人伸手交叠，按着扶乩板，然后在心中默默祈祷。祈祷时，扶乩板就会自行移动，在纸上写出各种文字或画出图案，有时写出来的东西或画出来的东西难以辨识，但有时也能辨认出某些信息。"

"不至于吧——"

"这是事实。我和黎人都亲眼见过。"

兰子断言道。

"嗯，确有其事。"

我也点点头。

兰子接着说："据她们说，雅宫家里最适合占卜的地方，是那间比较靠里、阴气森森的和式房间，在那里点起蜡烛，在暗中进行。占卜几乎都在晚上，因为她们觉得这样才能让厌恶光线的灵体降临。

"扶乩板不依照占卜者的意志运行，而是通过降临的灵体在纸上传递灵界的信息。当灵体被请来时，被按在手底下的木板会像活物一样轻轻抖动，然后这种抖动会越来越剧烈，直至移动，并在纸上写下文字或画出图案。又或者，在纸上事先准备好文字表，假如有人提问，扶乩板就会依次移动，指向一些特定的、出人意料的文字作为回答。

"弦子姨妈、琴子姨妈、笛子姨妈和冬子姐都很喜欢玩这种游戏。她们会向灵应盘或扶乩板提出各式各样的问题，比如婚姻、家族的未来、健康、财产、旅行计划、明年的运势……林林总总，不一而足，问完后便兴致勃勃地等待回应。"

兰子描述雅宫家女性的这项特殊爱好时，语气非常平淡，却反而让听者感到心里毛毛的。虽然房间天花板上的日光灯亮堂堂的，我却觉得房间似乎比平时暗了一些——可能是我的错觉。

"也就是说，她们相信——这世上存在超自然现象？"

村上刑警挤出一个苦笑。

"是的吧。"兰子平静地点点头。"不过，真正让人觉得有些毛骨悚然的，或许是这些成年人像孩子一样，诚心诚意地等待灵界信息的模样吧。"

"嗯，确实啊。"

"总而言之，雅宫家即将举办净灵会，还邀请了我和黎人。"

"这么说……"

村上刑警压低嗓音，仿佛怕被灵体偷听去一般。

"没错。"兰子面无表情地回答，"出现在'紫烟'的那个神秘女子是特意来告诉我们，下周举办的净灵会上，可能会有人被杀死——"

空气一下变得冰冷而凝重，众人的神经紧绷了起来。

2

"——正因如此，"兰子转向中村警官，"我有一件事想拜托您。"

"什么事啊？"

中村警官挪了挪屁股，仿佛坐得不太自在。

兰子一脸严肃地说道：

"我想请您查一查灵媒术士大权寺瑛华最近的活动，以及她的信徒的情况。这些蛊惑人心的缺德新兴宗教，还有真真假假的通灵术，其目的几乎都是敛财或是精神控制。他们最惯用的伎俩，就是宣扬灵魂的存在，对人们的内心和生活横加干涉，这是最卑鄙的手段。

"冒牌通灵术士的惯用伎俩大同小异，不外乎催眠术，伪造的通灵体验，恍惚作态，自我催眠……也有一帮自称并非伪科学，而是有科学依据的通灵'学者'，妄图套用某种理论来解释降灵现象。但归根结底，这些全都是无稽之谈。"

这些人打着宗教或通灵的幌子，堂而皇之地欺骗那些痛失至亲爱侣的伤心人、一心为子女医病的忧心父母，利用受害人深情导致的弱点牟利，可谓是卑鄙之极。"

"唔。"

"我希望首先了解一下，大权寺究竟有多少信徒。我猜，应该有相当数量的人对她迷信不已，深陷其中难以自拔。"

"应该是吧。"

"同时我对泷川义明和大权寺的相识过程也颇感兴趣。毕竟泷川曾经那么一蹶不振，如果能弄清楚他们是如何成为夫妇的，相信对我们会有所帮助。"

"好的，我明白了，马上就去查。"

中村警官一口应承下来，并向村上刑警交代了一些工作。

我感觉到房间里气温下降了，便起身把煤气暖炉调旺。兰子去了一趟厨房，端来了新泡的红茶和蛋糕。趁她没在，我简单地画了一张雅宫家的家谱。

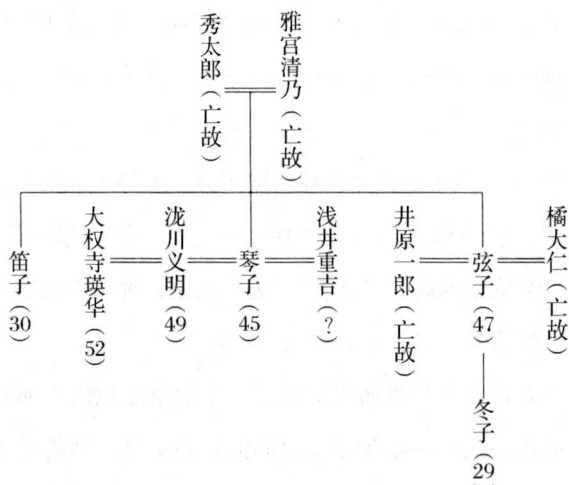

秀太郎（亡故）＝＝雅宫清乃（亡故）

笛子（30）　大权寺瑛华（52）＝＝泷川义明（49）＝＝琴子（45）　浅井重吉（?）　井原一郎（亡故）＝＝弦子（47）＝＝橘大仁（亡故）

弦子——冬子（29）

括号内为现在（昭和四十四年一月十二日）的年龄

稍事休息，我们继续议论起案情。

"——黎人、兰子，你们有什么意见？你们热爱的推理小说里面，有没有什么启示，能解开二十四年前的这起井原一郎死亡事件之谜？"

中村警官啜饮了一口红茶，望向我俩。

闻听此言，兰子表情为之一亮，好像终于回归了平时的样子。

"在推理小说中，这类诡计被称作'无足迹杀人'，属于不可能的犯罪的范畴。整体而言，与密室杀人、人物消失，以及死因不明的离奇死亡有重复部分，但为了方便讨论，还是将定义收窄一些为好。也就是说，应该将讨论的重点放在'凶手足迹为何没有留在犯罪现场'。"

"这类故事很多吗？"

"嗯——，其实可能没有一般人认为的那么多。"

兰子答道，将手中的茶杯放回桌上。

"杀人事件发生之后，尸体留在现场，但周围的雪地、沙地或是柔软的泥土上面却完全没有留下凶手的足迹。就算有足迹，也仅有被害者的，而凶手的足迹则怎么都找不到——这就是广义上的'无足迹杀人'这一诡计的定义。但在实际操作中，正因为其状况非常单纯明快，反而更难解决。举例来说，推理小说黄金时代的阿加莎·克里斯蒂、艾勒里·奎因，以及迪克森·卡尔这三大名家中，作品涉足无足迹犯罪的，唯有卡尔一人而已。只有他写了一部长篇小说，对这个问题进行严肃探讨。"

"克里斯蒂暂且不论，连奎因也没写过？"

我有点意外，不禁问道。

"是哦。虽然他有一篇写醉汉的离奇密室杀人事件。❷"

"啊，你是说'莱维尔'系列里面的那篇嘛？"

兰子转向中村警官："——先不谈这个问题。推理小说史上，第一篇作为印刷品面世的'无足迹杀人'作品，据说是塞缪尔·

亚当斯创作的《飞翔的死亡》①一文，好像是1903年刊载于《海滨》杂志❸上。但很遗憾，这部作品尚未被翻译成日文，我也没读过。听说是关于一起沙滩上的命案，沙滩上的尸体旁除了死者的足迹之外，没有其他任何人的足迹，非常有趣。"

"原来如此啊。"中村警官思忖着说，"要是能读一下那篇小说，说不定就能解开'久月'事件的谜了——其他还有吗？"

兰子肯定地点点头："嗯。从我最喜爱的江户川乱步说起，可归类于此的有《黑手组》《梦游者之死》与《何者》❹等短篇。此外，莫里斯·卢布朗的短篇集《钟敲八点》里❺收录了《泰蕾兹与翟梅娜》与《雪地脚印》两篇名作，其中的足迹诡计是公认的经典。"

"那个小说里是不是有怪盗亚森·罗宾？我也很喜欢的。"

中村警官一脸认真，兰子也点头示意，接着说道：

"还有其他一些里程碑级别的作品——国外小说，比较知名的有G.K.切斯特顿的《带翅膀的匕首》❻、弗雷德里克·布朗的《微笑的屠夫》❼、赫伯特·布里恩的《威尔德家失踪谜案》❽、鲍德温·格罗尔的《奇妙的踪迹》❾，以及迪克森·卡尔的《三口棺材》、《白修道院谋杀案》❿、《女郎她死了》⓫、《铁笼之谜》⓬、《退潮的女巫》⓭等。而日本作品呢，则是楠田匡介的《妖女的脚步声》⓮、大阪圭吉的《寒夜晴》⓯、天城一⓰的《为了明天的犯

---

①《飞翔的死亡》(*The Flying Death*)是美国作家塞缪尔·霍普金斯·亚当斯(Samuel Hopkins Adams)创作的惊悚小说。这篇作品最早发表于月刊《麦克卢尔》(*Mc-Clure's Magazine*)杂志，两个月后才发布于《海滨》杂志。——译者注

罪》、高木彬光的《魔弹射手》❶和《白雪姬》❶，以及鲇川哲也的《白色密室》❶、海渡英佑的《柏林1888》❷等较为人所知。"

听到这里，村上刑警忍不住插嘴道：

"鲇川哲也，是不是你上次推荐我看的那本《死亡的风景》❷的作者？我记得，书后面的解说部分讲，他是个制造不在场证明的高手呢。"

"对。战前的江户川乱步，战后的横沟正史，经济高度成长期的鲇川哲也，这三人是日本成长起来的三大本格推理小说作家。高木彬光虽然也有众多优秀作品，但他曾一度倒向社会派❷，所以从我个人角度，要给他扣点分。"

"呵，那么严格啊。"

这时，我脑海中突然灵光一闪："啊，等一下！——中村警官，关于二十四年前的杀人事件，我突然有点头绪了！"

"是什么？"

"是这样……"

我一面说，一面假装暖炉前方就是命案现场，站在那里比画起来。

"——命案发生地点，是在玄关前的前庭中央吧？那么，藏身于久月宅邸里的凶手，完全可以假装上前迎接从大门外走来的井原，将其刺死，接着原路返回屋里；然后，和警官说完话的雅宫弦子，踩着凶手的脚印，走到尸体旁边，然后折返。这样一来，凶手的脚印就在命案现场消失不见了。

"我斗胆问一句，警官您会不会仅仅仔细观察了被害者的足迹，却没仔细调查发现者的足迹？"

中村警官又点起一根香烟，吸了一口，说：

"你还是欠考虑啊，黎人。我刚才不是说了吗，弦子穿的不是平底鞋，而是'木屐'，其齿痕不可能盖住其他脚印。而且，她是小跑着往返于死者身边的，若是照你说的，她要将地上的足迹盖掉，岂不是要挪动得非常小心？"

"说得也是……"

经中村警官一提点，我丧气地垂下了脑袋。

"这起事件的现场，也不可能使用利用吊绳犯案的手法。因为我抵达'久月'时，地上已经有积雪了，若在前庭拖动钢索或绳子，必然会留下痕迹。就算凶手杀人后将其回收，也一定会留下线索。而利用热气球从空中接近被害者，更是天方夜谭，普通人就不可能搞到那东西。用绳索，用气球，被人看见的风险都太大了。"

我试图挽回颜面。

"也可能是自杀或意外呀。"

兰子拨拨刘海，接过我的话头，继续阐述道："伪装成他杀的自杀，以及伪装成他杀的意外——很多时候，由于现场没有发现凶器，故而看起来就像是杀人事件。显然，这种情况之下，现场通常都只有被害者的足迹。当然，还有自动杀人的例子，比如定时喷出毒气的机关，但那种手法已经过时了。还有可能是远距离杀人，亦即凶手在没有靠近被害者的情况下，从远处动手杀人。当然这必须下点功夫，让人误以为，被害者是在近距离被杀害的——"

村上刑警大感钦佩："兰子，这些手法还真是不少啊。你差不多都列举完了吧？可是好像都无法完美解释这起案子呢。"

兰子挑起秀眉："其实呢，有一则故事与这起案子的状况极其相似。"

"欸？真的吗？"

"对。那就是卡尔的《铁笼之谜》。故事讲述一名男子被勒死在被雨水浸湿的网球场中央，然而，现场只有被害者的足迹——就是这么一桩不可思议的谜案。

"而现场虽然还有另一行脚印，但那不是凶手留下的，而是案件的第一发现者看到有人倒地，上前查看后又返回时留下的——"

"哎哎！你说什么？"

中村警官突然大叫，激动得差点跳起来。

"这不是和'久月'事件几乎一模一样吗！那个叫井原的士兵遇害的情状，简直和你说的故事如出一辙！"

"是啊。"兰子轻描淡写地回答。

"那这本书里的足迹诡计，是不是可以成为解开这起案件之谜的关键?!"

兰子摇摇头，否定了中村警官的想法。

"可惜，这恐怕办不到。这部作品的原名直译过来，是'铁丝笼问题'。也就是说，网球场四周的铁丝网，是完成这个诡计不可或缺的道具。"

"可惜，'久月'的玄关前没有那种东西，顶多只有大门和树篱。"

中村警官的语气中充满了失望。

兰子转向我说道:"黎人,能帮我把所说的内容记下来吗?我想整理一下'无足迹杀人'的相关诡计。"

"嗯,好的。"

我在笔记本上翻开新的一页,将兰子所述分条目记录如下。

一、混淆方向(多为倒退行走):

    1.根据现场情况,进出的足迹看起来完全相反。

    2.倒退逃离犯罪现场。

二、伪造足迹:

    1.在现场制造非人类足迹。

    2.穿上他人鞋子留下足迹(常与其他手法结合)。

    3.沿原有足迹行走,再次制造足迹。

    4.利用其他众多足迹,掩盖自身足迹。

    5.留下极其微小、难以察觉的足迹。

三、不留足迹:

    1.利用热气球、绳索或缆绳等工具,从空中进入现场。

    2.将不引人注意的物体垫在脚下,进入现场。

    3.作案后,采用某些方法消除足迹。

四、涉及被害者移动:

    1.被害者在别处遭受致命伤,自行移动至现场,使得死亡现场看起来是案发现场。

2.被害者在别处遇害，为伪造案发现场，尸体被转移至另一地点。

五、凶手躲在犯罪现场，等到案件被发现后才逃离。

六、时间错觉：

1.令他人误以为行凶早于实际时间。

2.令他人误以为行凶晚于实际时间。

七、现场不存在凶手：

1.看起来像是他杀的意外，或自杀。

2.看起来像是他杀的动物袭击，或自然原因造成的死伤。

八、远距离杀人。不接近现场，在远处实施杀人，但看起来有如近距离作案。

九、自动杀人（多为机械机关）。

"这只是简单罗列，肯定还有其他分类方式，但我想大部分的诡计应该都涵盖在内了。"兰子说道。

中村警官问道："所谓'令他人误以为行凶晚于实际时间'是指什么？"

"好比说，杀人案在下雪前就已发生，但死亡时间的推定出错，让人误以为杀人是在下雪后发生的，那么就会被当成无足迹杀人。"

"原来如此。"

"那么，我们就来整理一下，在雅宫家的案件中，根据事实推导出的事项吧。"

兰子示意我继续将她的话记下来。

一、案发现场积雪上的足迹，依次为中村警官、井原一郎和雅宫弦子所留。

二、三人留下足迹的时间间隔，均为十分钟到三十分钟之间。

三、所有足迹均非伪造。

四、在尸体方圆十多米范围内，除以上三人足迹之外，雪地上没有任何其他被弄乱的痕迹。

五、那把凶器，即短刀，不能用投掷的方式刺入。

六、凶手是右撇子。

七、短刀上涂有剧毒，被害者几乎是当场毙命。

八、尸体没有死后被移动过的迹象。

"只要将这八点与我刚才整理出的诡计列表仔细对照，我相信，一定可以解开谜底。"

兰子说罢，看向两位警官。

"但是，"村上刑警一脸不满，"就算凶手使用了某种诡计，雪地上也不可能只留下被害者的足迹啊！我觉得这是不可能完成的。"

村上刑警这番泄气的话，令兰子露出一丝讥嘲的笑容：

"村上先生，我刚才强调很多次了——'遇难题则分之'——

这是解谜的窍门所在。将案件分解成若干个独立环节，是最重要的步骤。"

"兰子，道理大家都懂，但实际解起来还是太难了。"

村上刑警耸耸肩，做无可奈何状。

中村警官充满期待地问："那么，兰子，你有什么发现吗？"

兰子却摇了摇头：

"没有。目前我脑袋里还没有任何决定性的想法，需要多一些时间进行推理——"

我看了一眼她端丽的面庞，不失时机地指出：

"这可真不像你会说的话。"

兰子却并不以为意，回答说："我们面临的问题可不止一件啊。你们别忘了，不是还有在'紫烟'预言杀人案的那位神秘女子吗？推理，必须将所有线索整合起来才行。"

那天，我们的谈话接近尾声时，已经快到午夜零点。中村警官看看手表，正色说道：

"——今天就先告一段落吧。距离净灵会的日子，又近了一天。时间不早了，我们也该告辞了。"

我们几人走在走廊上的脚步格外沉重。每个人都有些无精打采。走出屋外，夜晚的寒气扑面而来，我们呼出的气息在黑暗中遇冷液化，形成了团团白雾。

中村警官和村上刑警上车之前，我们谁也没有说话，心头沉甸甸的，全压着这起离奇、诡异和复杂的案件。

中村警官坐上汽车后座，关好车门，兰子似乎突然想起了什么，走上前敲了敲车窗。中村警官抬头看了看我们，摇下车窗。

兰子说："中村警官，我想最后向您确认一件事。您对出现在'紫烟'的那位神秘女子，有什么看法？您相信她的预言吗？——我们好像一直没有问过您的感受，而这很重要。"

中村警官闭上了疲倦的双眼，然后又睁开，直直地注视着我们。

"我相信她说的每一句话。这件事绝不能等闲视之。因为我目睹了那场发生在雪地里的奇异魔术。直到此时此刻，我都还隐隐感到不安，生怕来自过去的那股神秘力量复苏。我相信，'久月'恐怕会再次发生可怕的杀人事件……"

作者原注

❶ "新古典"是NHK（日本广播协会）播送的FM广播节目，播送时间为昭和四十二年（1967）四月至昭和四十五年（1970）三月。此节目于每周日晚上七点开播，播出时长为一个小时，主题曲是泷川义明的《恶魔之笛》。节目中有时会播放当时刚开始流行的穆格电子合成器演奏的古典乐曲。

❷ 参照艾勒里·奎因的《国王死了》（*The King Is Dead*）。

❸ 《海滨》（*The Strand Magazine*）杂志，因刊载福尔摩斯故事而闻名的英国杂志。

❹ 《何者》，横沟正史《百日红之下》的结尾模仿了这部作品的结局。

❺ 《钟敲八点》（*Les Huits coups de l'horloge*，1923，又译《八大奇案》），即便以现在的眼光来看，也依然是一部杰出的短篇集。

❻ 《带翅膀的匕首》（*Dagger with Wings*），收录于短篇集《布朗神父的怀疑》中。卡尔的《孔雀羽谋杀案》（*The Peacock Feather Murders*）中，隐藏尸体的场所即受到本作的影响。

❼ 《微笑的屠夫》（*The Laughing Butcher*），收录在弗雷德里克·布朗（Fredric W. Brown）的短篇集 *Mostly Murder*（日版译名：《纯白谎言》）中。

⑧《威尔德家失踪谜案》（*Wilders Walk Away*），1948 年出版。本作绝版已久，因为被乱步的《续·幻影城》提及而为人所知，最近（此处指 1991 年 9 月）重印了。但诡计的解答与故事有点平淡。

⑨《奇妙的踪迹》，收录于创元推理文库的《世界短篇杰作集 2》。

⑩《白修道院谋杀案》（*The White Priory Murders*），1934 年出版，描述无足迹杀人诡计的经典作品。故事中每个可疑人物皆被当作嫌犯，逐一遭到指控，实为一部开创性的作品。

⑪《女郎她死了》（*She Died a Lady*），1943 年出版。为呈现出一个现象，组合了三种不同的足迹诡计，非常高明。这部作品和《犹大之窗》的厉害之处在于，揭露犯罪方法之后，还有寻找真凶的情节，出乎读者意料。

⑫《铁笼之谜》（*The Problem of the Wire Cage*），1939 年出版。本书最早的日文版译名为"无足迹杀人事件"，开门见山。

⑬《退潮的女巫》（*The Witch of the Low-tide*），1961 年出版。读者一定会被这个诡计骗到。同时，兰子在讨论中将《瘟疫庄谋杀案》（*The Plague Court Murders*）排除在与足迹有关的作品之外。

⑭ 楠田匡介首次将雪引入密室杀人案件，值得赞赏。

⑮ 在《寒夜晴》中对脚印形状的处理上，大阪圭吉逆向利用人们的既有观念，想法非常出色。大阪圭吉是一位战前罕见的本格推理小说作家，其作品虽然几乎都是短篇，但不乏杰作，如《疯癫机关车》《坑鬼》《灯台鬼》《石塀幽灵》等。

⑯ 天城一是《宝石》杂志出身的作家，虽然作品不多，但很多故事设计精巧，因此经常被收入选集。短篇作品《冬天的犯罪》讲的就是无足迹杀人的故事。

⑰《魔弹射手》这部作品将卡尔某部长篇小说里的诡计应用于无足迹杀人，但由于误导读者的手法不怎么高明，不能算太成功。

⑱《白雪姬》，是高木彬光及其笔下名侦探神津恭介登场的第一部短篇作品。

⑲《白色密室》，鲇川哲也以名侦探星影龙三为主角的杰作。它与《红色密室》《蓝色密室》共同构成了三部曲。

⑳《柏林 1888》，昭和四十二年，第十三届江户川乱步奖的获奖作品。从广义上讲，海渡英佑的另一长篇《白夜密室》里的密室案件，也可视为无足迹杀人案件。近年来的佳作，还包括鲇川哲也的《墨丘利之靴》、高木彬光的《狐之密室》、岛田庄司的《斜屋犯罪》、法月纶太郎的《雪密室》，以

及折原一的《丹波家杀人事件》，等等。

㉑《死亡的风景》，日本悬疑俱乐部"SR会"选出的昭和四十年的年度十大佳作第一名。

㉒松本清张的《点与线》开启了社会派推理小说之先河，此类作品通常被归入"中间小说"范畴，其主旨在于描摹社会风俗，与以享受故事、在作者与读者间进行智力格斗（即推理）为目的的纯粹推理小说，有着明确的分野。

第二滴血
咒缚净灵

きゅうけつのいぞ

"人是不可能钻过去的。"

——阿瑟·柯南·道尔《斑点带子案》

第八章　沉睡的女人

1

接下来的一周，凛冽的北风始终呼啸不止。阳光难得一见，地面上不时有寒风卷起的涡流，枯干的行道树叶子凋零殆尽，只剩光秃秃、扭曲的枝丫戳向天空。早上四处结霜，到了晚上玻璃窗就冻成一片白蒙蒙的。

这段时间，我每晚都饱受噩梦袭扰。只要在被窝里闭上眼睛，刚要睡着，脑内便会泛起一团黏腻的乌云，伴随那个眼窝深陷、形同骷髅的女人现身，她口中念念有词，发出骇人的诅咒。

不光如此，她还穿着一袭和服，严严实实地戴着一顶紫色头巾，茕茕独立于一片白皑皑的雪地里，手握一把沾血的短刀。她的嘴角有一道鲜红的血液，一直流到下颌。

她用沙哑的声音低语："我要鲜血……让我吸你的鲜血……"并缓步朝我逼近。

最后，我跌倒在冰冷的雪中，而她则手持短刀，反复刺向我的背部！

梦中的我尖叫不绝，继而于黑暗中惊醒，吓得大气都不敢出。

一时之间，我陷入茫然，分不清这到底是现实还是梦境。过了好一会儿，我才逐渐调匀呼吸。我不由想起以前听过的某个令人不寒而栗的怪谈：

据说世上最可怕的事情，莫过于空无一人的雪地上，凭空出现一串脚印，一步，又接着一步……

——昭和四十四年一月十八日，星期六。

这一天，天空中厚重的铅云低垂，仿佛是我那场噩梦在现实中的延伸。这个阴沉沉的早晨，似乎随时有可能飘起雨雪。前几天的刺骨寒风已经完全止歇，但寒意却有增无减。

兰子今天仍然自主规避课业，在被窝里暖暖和和地睡了一个上午。我去了一趟学校，但中午就回来了。因为下午一点钟，村上刑警要开车送我们去"久月"。

雅宫弦子昨晚就回了八王子，为迎接出席净灵会的客人做准备。

午饭后，我在客厅喝着热可可，突然听到外面传来汽车喇叭的声音。走到玄关一看，发现村上刑警摆出一副与平时截然不同的严肃表情，站在门口。看他那副凝重的样子，想必这周他也为过去的那个案件费了不少心思。

"——真是的，早知道就不该听那些怪事。"村上刑警一见到我，立刻抱怨道，"我一直在思考那个足迹的谜题，根本没心思干其他什么事情了。"

"我也一样。"我伸手套进大衣袖筒，答道。

"兰子呢？她对那个奇怪的案子有什么头绪了吗？"

"好像还没有。她说，这种涉及亲人的案件令人很头疼。因为平时的直觉完全派不上用场。"

终于，兰子也换了一套出门的衣服，来到了玄关。她穿了一件领口和袖口都带有厚实流苏的俄式短大衣，双手插在兜里，下身搭配了一条与毛衣颜色相配的黑色及膝窄裙。头上戴的毛线帽子将一头蓬松的卷发遮住了大半，脚上穿着厚厚的灰色丝袜，看起来非常暖和。

"走吧。"

兰子简单招呼了一声，便出门上了车。

村上刑警发动引擎，汽车开动了。一开始，他没有说话，谁都没有主动提起那个案子。

车子驶上甲州街道，朝着八王子的方向开去。兰子探身，将脑袋探到前排座椅靠背中间：

"村上先生，关于大权寺瑛华这个女人，你们查到什么没有？"

村上刑警紧握着方向盘，没有回头，口中答道：

"我们从警视厅那边拿到一些调查报告。大权寺的宗教活动，比我们想象的还要活跃。她自称教祖，大力推广一个名叫'天辉教'的新兴宗教，应该是属于神道教的体系。她们教团的规模不大，资金也有限，目前还难以法人化。于是，她就对外宣称自己是通灵者，在一些上流阶层的家庭之中招摇流连，为他们进行净灵或是驱魔仪式，挣点不义之财。"

"有人出面指控她吗？"

"除了一些小案件之外，几乎没有。但关于她的负面传闻却不少。大概就像你说的，在净灵仪式的背后，很可能还存在精神控制或者敲诈勒索等行为。"

"如果她选择的目标都是上流阶层，那么受害者最害怕的恐怕就是丑闻了。那些平时装腔作势的家伙，最无法忍受自己的家丑被公之于众。所以只要不是特别巨额的费用，他们大概都会乖乖地交给大权寺。"

"我也这么认为。"

"你们查到泷川义明和大权寺是怎么认识的了吗？"

"目前还不清楚，但他们两人直到前不久，都还受到地方上一些头面人物的庇护——据说是在山阴地区①。"

"所谓'头面人物'，是指那些通过倒腾土地一夜暴富的人吗？"

"嗯，好像是。类似那些变卖山野林地发财的黑心政客。这种家伙挺多的吧？他们自以为当上泷川或者大权寺这类名人的出资

①山阴地区，泛指日本本州岛西部、面向日本海的地区，包括鸟取县、岛根县和山口县北部。名称源自古代五畿七道中的"山阴道"。——译者注

人，就能混充文化人了，真是俗不可耐。"

"对这些人来说，拉拢大权寺，可是好处多多啊。等她日后名气越来越大、教团信徒越来越多时，就能在选举中利用她来争取选票了。"

"嗯。说实话，这种地方议员真的不少——但这次的情况可能稍有不同。大权寺和泷川搞到一起之后，两人一起在关西抛头露面，可能是因为他们发现了用通灵术赚钱的好法子。"

"所以，这回他们是打算来东京拓展事业了？"

兰子拨了拨有些凌乱的刘海，语带讽刺。

"或许如此吧——"

村上刑警一面开车，一面陆续告诉我们一些调查的结果。

不到一个钟头，我们就抵达了"久月"。一路交通非常顺畅，只有甲州街道的日野桥路口以及八王子市区内略微有些堵车。

从国道十六号线拐入野鹿街道，沿途景色顿时带上了乡村气息。雅宫家所在的荒川山，其实近似一片地势稍高的丘陵，山林都已经枯萎凋零，透过稀疏的枯木枝干，几乎可以看到铺满褐色落叶的山坡。这萧瑟的荒山景色，更加深了我心中的寂寥。

"——哎，黎人，你知道我在担心什么吗？"兰子望着窗外，问道。

"不知道。"

我摇摇头。

"我之前说过，雅宫家里的人，血缘关系很近，对吧？"兰子斟酌着用词，缓缓说道。

"嗯。雅宫家的人，确实都美貌惊人。但你也说了，讲得直白些，这是俊男美女长年通婚造成的结果，——不是吗？"

"没错。过去，在花街制度庇护下，这种类似奴隶贸易的人口贩卖并不鲜见。而卖淫业就是在这样极严苛的规矩下运作的。这个行业里存在各种不能为外人所知的铁律，这就必然导致，从业者无论结交对象还是成婚，大多选择在花街内部进行。

"然而，多代近亲结婚，导致血缘过于接近，从优生学的角度而言，对后代非常不利。在这种情况下出生的小孩，无论是优势基因还是劣势基因，都会比普通人表现得更加明显。"

"你的意思是，雅宫家里可能曾经出现过，或者说——现在仍然存在—— 一些异于常人的人喽？"我有些惊讶地问道。

兰子用手指缠绕着耳边的发丝，说道："嗯。听了中村警官上次讲述的案件，我无法排除这种可能性。说不定，这个家族存在缺乏罪恶感的人——也就是说，天生就缺乏正常人应有的关于罪恶的意识的反社会人格者。最可怕的是，这种人的内心没有任何的道德约束。因为他们无法分辨是非，从而可以毫不犹豫地剥夺他人或者动物的生命，根本不觉得自己做错了什么。"

"你的意思是，这种疯狂的行为无法用常理来推断？"

我难以掩饰内心的震惊。

兰子缓缓点了点头。

"一点不错。而且对他们而言，甚至杀人可能都算不上是坏事——"

说到这里，兰子便陷入了沉默。接下来的路程中，她提出的这种令人不安的可能性一直回旋在我脑中。

沿着通往山腰的窄路行驶片刻，村上刑警终于将汽车停在了"久月"的大门前。那栋古老的宅邸静静地伫立在缓坡之上。

我们下了车，村上刑警神情严肃地看着我们：

"——兰子、黎人，你们一定要小心。对方是何方神圣，有什么目的，我们都一无所知。所以千万不要逞强。记住，你们的行动必须格外谨慎。就像兰子你刚才说的，如果对方真的是完全没有道德感和是非观的怪物，我们根本无法预测他会做出什么事来。"

他是真心实意地担忧我们的安危。我和兰子答应他，一定会小心谨慎，并感谢他送我们过来。

村上刑警一直站在原地，目送我们走进"久月"的大门。

2

尽管我们曾多次造访"久月"，但在听过中村警官讲述的可怕往事后，这桩宅邸在我们眼中似乎变得截然不同了。我一边走，一边四下打量。

上土门的两扇厚重门扉和往常一样敞开着。左侧门柱上钉着一块天然木材做的门牌，表面用火烤制过，写着"久月"两个墨笔字，如今已有些污渍。大门两侧种植着高大的小叶青冈组成的茂密树篱，四周的树林纷纷伸出枝丫，仿佛想要越过这道屏障。

玄关前的前庭，与二十四年前中村警官来访时相比，几乎没有变化。雅宫家每年都会延请园艺师傅修剪植物，打理庭园，院子里的一草一木都被照料得非常周到。

用条石隔出来的小径上，铺满了细沙。小径左手边是一个古色古香的池塘，一条小溪注入其中。而右手边的草木中则摆放着一些观赏用的松树盆景。

走到前庭中央，我和兰子不约而同地停下了脚步，环顾四周。这里距离前庭左右两侧各有五六米，距离大门和玄关则各有十米左右。撇开树木不谈，正是一片平坦的空地正中。

我的脑海中，不禁浮现出中村警官讲述的二十四年前的那起事件。就是在这个地点，那个叫井原一郎的士兵在一片雪地上遇刺，倒地身亡。一个没有留下足迹的、虚空中的幻影，用短刀刺中了他的脖子……

这时，我突然感到似乎少了点什么。仔细一想，这才意识到，原来没看到那只名叫"小不点"的狗。那是一只杂种柴犬，养在院子里，可以自由跑动，每次我们来玩，它都会从某处奔来，汪汪地叫着，在我们脚边打转。

我们正前方是一栋坚牢的木结构房屋。

这是一栋由三栋建筑组合而成的数寄屋式①建筑，铺着铅灰色本瓦的屋顶交错着（请参考第五章的"久月"结构图）。最前面的平房右端呈直角弯曲，与后面两栋房子的边缘相连，于是三栋建筑合围出两个较小的中庭。

———————————

① 数寄屋式，一种运用茶室建筑手法的日本传统建筑风格，以简洁质朴和贴近自然为特点。——译者注

正中间的房子略微向左偏，而后面那栋房子则有两层。曾用于料理旅馆的那一栋中，有房间安着纸拉窗和窗前栏杆，不难看出，曾经作为客房使用。房子所有的窗户都上着挡雨板，整座宅邸有一种寂静而沉重的感觉。

玄关稍稍凸出于前庭，气派的破风屋檐下，悬挂着一块字迹漫漶的大匾额，和门柱上的牌子一样，也写着"久月"二字。

"——好了，黎人，我们进去吧。"兰子对正心潮起伏的我招呼道，"已经看够了吧。"

我们拉开拉门，走进玄关，便是一片宽敞的三和土地面，左侧的墙是一整面鞋架。伞架中插着一根粗壮的天然木制手杖，进门处摆着几双女用拖鞋，还有两双男士皮鞋。右侧的墙壁上有一扇横向的长条窗口——以前，这个窗口后便是账房，便于接待客人。

窗口前的架子上摆放着一盆插花作品，以一根带有跃动感的松枝为主体，搭配的花器颜色如同拂晓的朝霞，华美之极。

"真漂亮。"

看到这盆插花，兰子不由得赞叹道。

进到这里，我仍然觉得似乎少了什么。

这时，雅宫家二女儿琴子，刚好端着一盘茶具从走廊经过。她穿着一件带有紫色条纹的棕色和服，头发用一支发簪盘在脑后。

"琴子姨妈!"

兰子挥手招呼道。

这位名叫琴子的中年女子与她的姐姐弦子一样，都拥有雅宫家女性突出的特质——美貌惊人。她的五官精致得有些不真实，甚至可以说异于常人，带着某种人工雕琢般的华美。

琴子平时就惯于厚施粉黛，她的面庞轮廓比姐姐弦子更加立体，给人一种略显凌厉的印象，但她端庄秀丽、宛如京都玩偶的五官却完全弱化了这一点。姐妹两人的性格截然不同，弦子待人处世温厚和善，而琴子则更加坚毅果决。

"——哎呀，兰子，黎人，你们来了。"

琴子面向我们，一抹红唇上浮现出优雅的微笑。

"怎么这么晚才到？你们俩别站在那儿了，快进来，外面冷得很吧？"

"好久不见。"

我鞠了一躬，脱下鞋子。

"打扰了。"

兰子也一并脱鞋。

琴子眯起细长的眼睛，点点头："你们来得正好。大家正准备在中间的客厅喝茶呢。你们去房间放下行李就过来吧。"

"我们还是住以前的客房吗？"兰子脱下短大衣，问道。

"啊！对了，真是抱歉，今天那里住了其他客人，你们住冬子房间跟前的那两间房吧。"

"其他客人——是来主持净灵会的通灵者吗？"兰子在走廊追问道。

琴子的脸上流露出一丝不悦，但很快恢复了平静。

"不是的。是笛子的未婚夫，成濑先生来了。"

弦子在我们家时，我们就从她口中听说过这个人——雅宫家的三女笛子和一个叫成濑正树的人正式订婚了，并定于今年的六月举行婚礼。

"还住了一位客人，是年纪比较大的麻田先生。"琴子补充道。

"冬子姐出院了吗？"

"嗯，昨天上午终于出院了——是了，如果她起床了，你们可以叫她一起过来吗？一直卧床也不好。"

"我知道了。"兰子答道，扭头望向身旁，"——对了，琴子姨妈，以前养在这里的那只松鸦去哪儿了？"

听到兰子这话，我的心头不由得一震。我刚才就一直觉得少了什么，原来是那只松鸦不见了。这里摆放插花的架子上，原本还有一只竹制鸟笼，里面养着一只会学舌的松鸦。

琴子秀丽的眉毛再次拧在了一起："前天死掉了。早上来喂它的时候，发现它躺在鸟笼底下，身子都冰冷了。说不定它是在水盂里打湿了羽毛，天气又冷，发了心脏病吧。"

"另外，我们今天也没看到小不点。是被拴起来了吗？"兰子继续问道。

我心脏猛地一跳。

琴子直直地注视着兰子，长长的睫毛颤动，肩膀微微起伏，似乎在调匀呼吸。

"……最近倒霉的事情一件连一件。五天前，小不点不知在哪里弄伤了脚，结果伤势恶化，当天晚上就死了。这只狗在我们家养了八年，说死就死了，真让人难过。"

"原来如此。"兰子也很难过，压低了声音，"它给埋葬了吗？"

"我们把它埋在了南边树篱的角落里。你们待会儿没事，可以去看看它。"

"好的——"

我们答应了一声，便沿着走廊，朝琴子的反方向走去。弦子的女儿冬子的房间，在中间那栋房子的尽头，刚才琴子提到的喝茶的客厅则在最前面那栋房子的最里面。

"兰子，弦子姨妈之前是不是说过，笛子姨妈的未婚夫，是八王子的成濑纺织公司的少东家，对吧？"

在走廊上，我问兰子。

"是啊。"

兰子心不在焉地回答。

走廊里光线昏暗，静得出奇。和式房屋夏天很宜居，但到了冬天，四处漏风，木地板寒气逼人，让我这个畏寒的人感到很不舒服。

"他好像很有钱呢，而且是个运动健将，擅长骑马和网球，听说还经常去轻井泽度假。"

"年纪多大了？"

"嗯——说是三十五岁。"

我把从弦子那里打听来的信息告诉兰子。

"……话说回来，黎人，"兰子冷冷地说道，"你不觉得很诡异吗？小不点和松鸦，都在这几天突然死去。"

"诡异？你是指？"

我讶异地问道。

"我的意思是，它们真的是自然死亡吗？"

"莫非，你是说……"

我停下脚步，看向兰子，呼吸不禁急促起来。

"不错。"兰子表情严肃，眼中闪现光芒，"那个投毒犯说不定又在这个地方出现了。如果有时间，我们最好挖开狗的坟墓，把它取出来交给警方进行解剖……"

3

"久月"占地宽广，据说是由过去的庄屋①宅邸改建而成。前栋和中栋分别在战前、战后进行过两次改建，房间数量比初时有所增加，而后栋则基本保留了原貌。

绕着中庭的空间，中栋的走廊在大约三分之二处突然向右弯去，紧接着又向左弯曲，转弯处有三级低矮的台阶，通向增建的部分——这部分的地板略高于原先的建筑。

走廊的木头天花板上，各式木纹惹人眼目，经年累月的风吹雨打令窗框扭曲变形，缝隙增大，凛冽的寒风便从这些缝中钻了进来。

从走廊尽头开始数，最里头是冬子的房间，第二间和第三间就是琴子分配给我们的房间了。

一进房间，我们就安置下行李。每间房的入口都是木格子拉

①庄屋，日本江户时代的村官，同时也是地方上的地主豪绅。——译者注

门，一进门首先踏足的是半帖①大小的木地板，里面才是榻榻米。三间房的格子门上分别挂着写有"枫""桐""松"字样的木牌。

顺带一提，弦子、琴子和笛子三姐妹，住在后栋的二楼。

"——我们去喊冬子姐吧。"

没过一会儿，兰子就来找我了。

走廊上，兰子站在冬子的门前呼唤道，但没有任何回应，侧耳倾听，房间里一片寂静，四下鸦雀无声。

兰子又叫了一声冬子，然后轻轻拉开格子门，又打开里面的纸拉门，向房中探望。

就在这时，我突然感到一阵耳鸣，仿佛周围的气压骤然升高了一般。

和其他房间一样，冬子的房间中央也有一道纸拉门，将整个房间隔成两个小间。如果将纸拉门全部卸下来，便是一个十六帖大小的房间。里面一间是冬子的卧房，现在四扇纸拉门中间的两扇稍稍留着一道缝。

我们在木地板上脱下拖鞋，走进了外侧的榻榻米房间。

房间里收拾得十分规整，称得上家具的，只有一个桧木小衣柜、一面梳妆用的三面镜、一张书桌和一个书架而已。除此之外，房间中央还摆着一张不大的暖桌②，铺着厚厚的被子。房内没有暖炉，空气中弥漫着一股阴湿的臭气和湿冷的寒意。原本为了采光

---

① 帖，日本传统面积单位。一般尺寸为长约1.8米，宽约0.9米，面积约1.62平方米，正好是一张榻榻米的大小。——译者注

② 暖桌，日本的一种室内取暖用具。——译者注

而设的纸窗，采用了优美的书院式结构，反而阻碍了光线，容易落下阴影，让这本有八帖大小的房间显得局促了。

"冬子姐，是我，兰子——你在里面吗？"

兰子再次出声问道。

从纸拉门的缝隙向里看去，或许是挡雨板紧闭的缘故，寝室里几乎一片漆黑。然而在那如同无底深渊的黑暗中，却隐约可见两团青白色、磷火般的微光。

我吓了一跳，但随即意识到，那是一团与黑暗融为一体的人影上半身轮廓，一个面向着我们、一动不动地坐在被褥上的人。

兰子轻轻拉开了一扇纸拉门。

坐在被褥上的正是冬子，在黑暗中隐约出现的光芒则是她身上白色睡衣的反光。冬子双手交叠在身前，笔直地跪坐在被褥上，丝线般的黑色长发披洒在肩头，低垂的脸上异常苍白。

"……冬子姐？"

兰子轻声呼唤她的名字，她却毫无反应。

起初，我甚至怀疑冬子是不是没有呼吸了。因为她脸上没有任何表情，仿佛一具上了妆的蜡制或铅制的玩偶，只有一双美丽的眼睛闪烁着青白的光芒，牢牢地吸引着我的视线。

冬子的皮肤白皙得近乎透明，甚至能看见皮下淡淡的青色血管。纤瘦的躯体仿佛一触即碎，让人不敢轻易靠近。秀气脸蛋和她的母亲弦子非常像，刘海修剪得整整齐齐，如同市松人偶一般。也因为这个发型，她的娃娃脸看起来稚气未脱。我见过她小时候的照片，那时候就是一个秀丽的美少女，现在虽然已经二十九岁，但看起来顶多二十岁上下。

"冬子姐……"

兰子在冬子面前坐下，再次轻声呼唤。

说起来，冬子为何如此憔悴？今天的她比上次见面时更加瘦削，这无疑也让她原本的美貌黯然失色。

"……这是怎么了？"我也弯腰跪下，小声问兰子。

兰子坐在冬子的脚旁，伸出手遮在她眼前，轻轻地挥了挥，然而冬子的脸上依然没有任何反应。

"她好像进入了某种催眠状态。"兰子说。

"这就是所谓的'降神'吗……"

我看着半睡半醒般的冬子，喃喃道。

追根溯源，首先发现冬子身上这种神秘天赋和敏锐感知力的人，是她的叔父，也就是荒川神社的橘醍醐。冬子小时候，他就多次声称：

"这个孩子是天生要成为巫女的，'降神'现象就是最好的证明。只有我们这个从神代①延续至今的古老家族，才有可能诞生这样的孩子！"

这或许与橘醍醐一直未婚、没有子嗣有关。由于涉及神社的继承问题，橘醍醐曾多次向雅宫家提出，要求她们将冬子过继给橘家。

我不知道橘醍醐的话有几分可信度，但冬子身上确实散发着一种与普通女子截然不同的幽远气场。就好比现在，仅仅是注视着

---

① 神代，是指日本神话传说中，从天地开辟到神武天皇即位之间，由众神统治世界的上古时代。——译者注

她半睁眼睛、凝然不动的姿态，我就产生了一种莫名的敬畏之心。

"'降神'？"兰子重复了一遍，说，"也有可能吧。她看起来似乎完全没有意识。"

"兰子，快看，她的眼睛——"

"嗯，我知道，她的瞳孔放大了。所以外间照进来的光线，才会在她的视网膜上产生乱反射。"

兰子抓住冬子的手腕，摸了摸脉搏。接着，她用自己的双手握住冬子的手，轻轻搓揉着。

"冬子姐？冬子姐……快回来……冬子姐。"

兰子一遍又一遍呼唤着她的名字，仿佛念诵某种咒语。

"……冬子姐……"

渐渐地，我感觉到自己的耳鸣消失了。

"……冬子姐……"

兰子轻轻摇晃着冬子的手，继续呼唤道。

突然，冬子两肩微震，眼眸中妖异的光焰瞬间消失，苍白的脸颊微微红润起来，原本空洞的眼神找到了焦点。冬子茫然地眨了眨眼，长长的睫毛微微颤动。

"冬子姐？"

这一次，对方终于有了反应。

"……是……谁？"

冬子的声音极小，有气无力。

"我是兰子，黎人也来了。"

冬子的意识仿佛一支快要报废、闪烁不止的日光灯，摇摆于沉睡和清醒之间。她那只没被兰子握住的手无力地从大腿上滑落，使衣服发出窸窸窣窣的细微声响。

兰子拿起冬子身旁的棉外套，披在她瘦削的肩膀上。

"——黎人，你去点一下暖炉好吗？大概在纸拉门后面，火柴在枕头旁边。"

我将摆在房间角落的煤油暖炉拖到被褥旁。不知是油芯受潮还是我的手抖得厉害的缘故，我费了好大力气才点着炉子。

"冬子姐，我可以打开挡雨板吗？……你刚才一直在睡？"

兰子不等冬子回答，就站起身将纸拉门完全推开。

寝室被有如傍晚的冷寂光线照亮。只见冬子的枕边铺放着一件印有红梅图案的美丽和服。

似乎是觉得光线炫目，冬子闭上了双眼，低下了头。她的嘴唇发紫干裂，如死人一般。她抬起左手遮住日光，那支手腕也瘦得皮包骨头。

"你还好吗？"

兰子担心地问道，重新跪坐在冬子的被子旁。

冬子仍然双唇紧闭。

"冬子姐？"

兰子注视着冬子的脸，唤道。冬子终于微微抬起了脸。

"欸……什么？"

她的声音轻得仿佛来自遥远的地方。

"你不舒服吗？"

冬子依旧闭着眼睛，苍白的脸颊明显凹陷。

兰子指挥我打开窗户，收起了挡雨板。

窗外的廊檐低垂，近在眼前的山上树木凋零，看起来一片褐色。铅灰色的天空中乌云逐渐群聚，颜色越发浓厚，冰冷的空气仿佛能刺痛皮肤。

我赶紧关上玻璃窗和纸窗，将暖炉挪得离她们更近一些。

冬子的状态好像是在做梦。她的身体几乎保持不动，憔悴的样子让人心痛。不经意间，我瞥见了她衣襟下瘦骨嶙峋的胸膛，连忙慌乱地移开了视线。

"我去开灯——"

我站起身，尝试咔嗒咔嗒拧动电灯开关。

"……灯，不亮了……"冬子的声音传来，像微弱的耳语，飘忽不定，"……灯泡，坏掉了……"

我一惊，低头看向她。

兰子坐在冬子对面，轻轻地将她两鬓弄乱的发丝拢到耳后。冬子一动不动地任她摆弄，像一个精致的人偶。

"冬子姐，你感觉怎么样？真的不要紧吗？"

兰子凝视着她的脸，语带关切。

冬子以几乎看不见的幅度点了点头。

"嗯……没事的……我……没事……偶尔……会这样……我刚才，在睡觉。"

冬子断断续续地回答道，微微抬起眼皮，轻轻回握住兰子的手。

"……我一直在睡觉。很沉，很沉……自由地，很沉……在明亮的黑暗里，静静地，睡着……"

我和兰子面面相觑。冬子的话听起来如同梦呓。

"……飘起来，离开，沉重的身体……我能看见，睡着的自己……我可以，俯瞰自己……在空中……是的，好轻，就好像，长出了翅膀……我在睡觉……"

冬子继续小声、静静地说着。她闭上眼睛，脸上不知不觉地浮现出某种恍惚的神情。

"另一个我……被什么人给叫出来了……那个人在叫，快来，快来……一直在叫，我的名字……然后，我丢下身，就去了……我能看见，所有东西……白色的梦……漂亮的，和服。我看见了……我知道……那是血……"

接着，冬子的脑袋突然无力地垂了下来。兰子和我慌忙扶住她向前倾倒的身体。

"让她躺下吧。"

兰子提议。

她掀开被窝，我小心地将冬子横抱起来，安放在褥子上，再帮她盖好被子。

我俩没说一句话，注视着沉睡的冬子，过了好一会儿，兰子伸手摸了摸冬子的额头：

"——有点发烧啊。"

我说："兰子，我总觉得她这种'降神'，不像是普通的梦游。"

兰子熄掉暖炉的火，站起身来：

"我们先走吧。我看冬子姐睡得挺香的，应该不会有事。如果不放心，等下再过来看看。"

我虽然有些放心不下，但还是跟着兰子离开了房间。

"——黎人，"我们朝玄关走去，兰子突然说道，"我想到了一种解释，或许可以解开井原一郎——也就是那个士兵的遇害之谜。"

我不由停下脚步，紧紧地盯住兰子，问道："你说真的？"

"对，至少是可能的方法之一。"她转过身面对我，漆黑的眸子里闪着光芒，信心十足地说，"冬子姐的情况，并非梦游——那很可能是'灵魂出窍'的现象。"

"你说什么？"

"灵、魂、出、窍——"兰子加重语气，重复道，"是一种超自然现象。灵魂脱离肉体的束缚，人体陷入类似催眠的状态，而灵魂则保持人形，在空中自由活动，就像一个没有实体的影子。

"所以她能感觉到自己飘浮在空中，还记得清楚地看到自己的肉体——她刚才话里的含义正是如此。

"假如这种现象真的存在，那么二十四年前那起离奇的杀人事件就能得到一个合理的解释。

"雪地上之所以没有凶手的足迹，是因为冬子姐灵魂出窍后，以人形的状态飞到空中，悄无声息地接近了被害者。她用短刀刺杀对方后，又神志恍惚地在空中飘荡，最后回到躺在家中沉睡的躯体里。

"也就是说，冬子姐完全有可能在不踏足雪地的情况下，犯下那起杀人事件……"

第九章　吸血者

1

"你是说'灵魂出窍'?"

我反问道，调门尖锐了些——这个陌生的词语带有某种不适感，让我感到一丝本能的抗拒。我的声音在安静的老宅中回荡着。

兰子带着一丝难以形容的挑衅笑容，伸出右手将肩头的长发拨到身后。

"——没错，就是'灵魂出窍'，也有人称之为'体外游离'或'幽体离脱'。超常现象研究界有人认为：人类在睡梦过程中，包含人魂魄和情感的幽体，可以脱离肉体，前往更高的维度寻求某种'治愈'。虽然大部分人会忘记灵魂出窍时的体验，但有些人会记得其中一些片段，就像梦境的残片一样。

"此外，还有一种类似的超自然现象，叫作'星体投射'。但那是通过训练，通过有意识的控制，使灵魂脱离肉体，实现自由飞翔。所以冬子姐的情况应该更接近于'灵魂出窍'。"

"真是太荒唐了。你不会是认真的吧？"

面对我的质疑，兰子坚决地摇了摇头。

"我当然是认真的。黎人，你刚才不是也看到了冬子姐的状态吗？她和我们说话的时候，几乎完全没有意识。"

"但总不能为了解释杀人事件，就随便套用一种未经证实的灵异现象啊！"

"你是觉得我不切实际喽？——我理解你的想法，但我不想轻易排除任何可能性，甚至包括超自然现象。"

我实在不知道该说什么了，再次问道："那么，你是真心相信这些的吗？"

"不是。我只是一个比任何人都坚定的现实主义者。我内心所认为的事实，只有通过现代科学和逻辑证明的事物。但我无意因此完全否定其他人的想法、信念或研究。"

"你真的认为，冬子姐的幽体脱离肉身飘到半空中，然后飞到前庭，并杀害了井原一郎？"

"我只是强调，存在这种可能性。这是一种可以自圆其说的解释，仅此而已。"

兰子若无其事地答道。

我低声咕哝道：

"——可是，冬子姐当时只有四五岁啊。"

"黎人，你应该听说过吧？所谓的'骚灵现象'或者说'吵闹鬼❶'之类的灵异事件——屋子里下雨一样掉石子，或者餐具、家具等物品在空中剧烈舞动的怪异现象。这些超自然现象，大多发生在有小孩的家庭中。很多情况下，都是由一些感知力较强的孩子，无意识中通过精神作用引发的。

"冬子姐从小体弱多病，几乎没接触过雅宫家以外的人，也极少出门，这令她的心灵纯朴得如同林中仙子，同时也没有学会抑制自身的感情。弦子姨妈以前不是说过吗？冬子姐经常能听到普通孩子听不见的声音，看到常人看不见的东西。"

"就算是这样吧，但无论是灵魂还是所谓幽体，怎么可能对一般人造成伤害？既然没有实体，当然无法持刀行凶。"

"话虽如此，但似乎是可行的哦。根据某些研究报告，还有不少案例呢。据说只需满足某些特定条件，灵体就能通过念力，对外界物体施加强大的精神作用。"

"兰子，我再问你一次，你真的相信自己说的这些话吗？"

"我只是说，存在这种可能性。"兰子说完，扑哧一笑，"不过黎人，我的一些幻想就让你惊讶成这样，那后面岂不是更难熬了？我们还要亲身体验大权寺瑛华主持的净灵会呢，你还能保持冷静吗？"

"应该，没问题吧……"

我含糊地说道，脸红到了脖子根。

兰子回头朝冬子的房间望了一眼：

"——算了，没关系。我们先去喝茶，待会儿再回来看看。如果冬子姐醒了，我们就直接询问她便是。如我刚才所言，有些人从那种类似睡眠的状态中醒来，还会记得那段时间发生的事情，我们直接问她当时的感受就好。"

兰子总结完毕，便自顾自地顺着走廊走去。

从这里循来路前往客厅，需要绕过大半个建筑。途中经过厨房附近时，我好像听到某个地方传来低沉的喃喃声，我感觉十分诡异，以为自己出现幻听了。

"是什么声音？"

我放慢脚步，小声说。

"好冷，快走吧。"

兰子却充耳不闻，径直向前走，我只好作罢，跟了上去。

客厅位于前栋的东侧角落，由两间房间组成。雅宫家将里面那一间称为上厅，另一间则称为中厅。两间房都面朝走廊和檐廊，明亮通透，上厅也常用作茶室。

中厅的纸拉门关着，里面传来两三个人谈笑的声音。

"——各位好。"

我们打了声招呼，拉开了纸拉门。

房间中央摆着一张长条形的暖桌，厚厚的暖桌被上又架了一张矮桌，桌上摆着各式菜肴、茶碗、茶壶，还有好几只温着日本酒的酒铫。房间右手边点着一只煤油炉，室内温暖如春。壁龛上挂着一幅中国古画挂轴，行云流水的水墨画，一望即知是名家手笔。

"哎呀，这不是黎人和兰子吗？"

这快活的声音，来自坐在主位的雅宫家三女儿笛子。屋里除了她之外，还坐着她姐姐琴子和两个陌生男人。

"你们终于来了。"

背对着纸拉门的琴子一边说，一边伸手去取暖水瓶，准备重新沏茶。

"抱歉，我们刚才先去看望了冬子姐——"

兰子走进上厅，正打算解释我们迟到的原因，话头却被心情大好的笛子打断了。

"来来来，快，你们两个别站在那了，快进暖桌来烤烤。黎人，把纸拉门拉上，外面冷得很——这点心很好吃的哦——对了，冬子怎么样了？估计还是在睡吧？真是没办法，多起来活动活动身体才会好呀。那孩子的脾气，真不让人省心。"

笛子快言快语地说了一大通，她脸颊泛红，可能刚刚喝了些酒。

笛子比两个姐姐年幼十几岁，外貌动人，性格开朗。她常在时装杂志与和服展示会上担任模特，是世间公认的美人。今天，她穿着一套与周遭有些格格不入的大红天鹅绒套装，但这出挑的颜色却将她西洋风的五官衬托得恰到好处。笛子刚满三十岁，和姐姐们不同，她更喜欢西式服装，平素极少穿和服。连头发也染成茶色，剪成欧洲最时髦的款型。相较于琴子，笛子俏皮的表情和略圆润的脸型反而更像大姐弦子。

"——黎人、兰子，你们就坐这儿吧。"

琴子用眼神示意自己身边的位置。

"弦子姨妈不在吗?"兰子把脚伸到暖桌下，问道。

"一个朋友请她去帮忙穿和服了，傍晚之前会回来的吧。"

笛子身旁是一位年纪三十五六、身材高大的男子。这位应该就是成濑纺织公司的少东家成濑正树了。他眉目俊朗，英俊潇洒，大背头用发蜡固定得一丝不乱。一身藏青色西装，一看就是在高级裁缝店定制的。

成濑正忙着为坐在他身旁的一位胖老者斟酒。

那位老人背对着檐廊，可能是腿脚不便，坐下时一条腿平伸着。他的脑袋光滑锃亮，脸庞晒得黝黑，年纪估不准——说五十岁也好，说七十岁也像。他面露精悍之色，双目炯炯有神，手上戴着的几枚大戒指、脖子上的项链，还有腕子上的手表，无不金光灿然，毫无疑问，这是个有钱的家伙。

琴子将茶杯递给我们，为我们引见了这两位男士。她先朝那位老人点头示意，说:

"黎人，兰子，这一位是麻田先生。他在巴西经营一间大农场，是一位成功人士，也是我和弦子姐的老朋友。他之前一直生活在巴西，最近才回到日本。"

笛子在一旁插话道:

"然后呢，这边的这位帅哥，就是我的未婚夫成濑，说起来，你们之前都没见过吧?"

"是的，今天是第一次见。"

兰子灿烂地微笑道。

"请多指教。"

我们二人正式向两位男士施了一礼。

麻田老先生手里握着酒杯，微微颔首。

成濑爽朗地露齿而笑，说："不敢，还请多指教。"

他看起来平易近人，我对他顿生好感。

"——哎，兰子，你觉得我们俩怎么样？是不是很般配？"

笛子炫耀似的挽住未婚夫的手臂，紧紧依偎在他身边。

"特别特别般配！笛子姨妈，恭喜你们订婚啦。"兰子开心地说。

成濑被闹了个大红脸："哎，笛子，别这样，怪不好意思的。你突然说这些，别把年轻人吓到了。"

"又有什么关系？黎人和兰子，和我的亲弟弟亲妹妹一样。"

"你不介意，我可介意啊。而且琴子姐也在。"

成濑手足无措，挠了挠后脑勺。

"没关系的吧，我们彼此相爱，这又没什么好隐瞒的，对不对？"

笛子微笑着望着成濑，她这样热情直爽的性格，确实是一以贯之的。

我们听了，都不禁窃笑起来。

成濑清了清嗓子，试图转移话题，掩饰自己的羞赧。

"——那个，黎人，兰子，我常听雅宫家的人提起你们的事迹，说是你们经常协助令尊调查各种罪案，是吗？年纪轻轻，就当上了侦探，真是了不起啊。"

"您过奖了。"兰子谦虚道，"只是班门弄斧而已。成濑先生，您才是真正的网球高手吧？我听弦子姨妈说，您在运动会上拿过好几次冠军呢。"

"唔，怎么说呢，我这个人说起长处，拿得出手的只有网球和滑雪而已。我喜欢体育运动，所以从大学时代一直坚持到现在。"

听到这话，笛子一脸柔情地盯着他的脸，说：

"哎呀，正树，我不是说过吗，可不光是因为你会打网球，经营公司也好，工厂管理也罢，你都得心应手，我这才答应和你结婚的，对不对？"

"哎？是这样吗？但我好像没什么经商的头脑呀，要是聊这个，我可就露马脚了。"

"你总是这么说，可成濑纺织不是八王子数一数二的大企业吗？"

笛子向成濑贴得更紧了，两人四目相对，洋溢着幸福的微笑。接着，她向我们宣布了一则新闻：

"——对了！黎人，兰子，你们大概还不知道，正树呀，他为我们在能乐堂后面建了一座网球场哦！"

"啊，网球场？你是说房子西边，原来是田圃和花坛的地方吗？"兰子瞪圆眼睛，反问道。

我也诧异不已，因为一来，"久月"这座老宅和新潮的网球场实在格格不入。二来她说的那块地方，正是小川滨的药草园曾经所在的位置。

"没错。"笛子得意扬扬地说，"正树，那座球场是什么来着？

硬地还是泥地?"

"是泥地球场。就是将土地压实造的。"

成濑露出如同长辈般的温和笑容，告诉笛子。他突然用拳头朝掌心一拍，问道:"——正好提醒我了! 黎人，兰子，你们打过网球吗?"

我摇摇头:"没有，我没打过硬式网球。"

"是吗? 那正好，我来教你们，如何? 你们俩，明天早上一起去打网球吧。"

我们大喜过望，欣然应允。

笛子却提出异议:"正树，早上不行，那里就算十点钟都晒不到太阳，实在太冷啦。"

"啊，确实是啊。那我们就下午再去，下午应该可以了吧——黎人，明天上午帮我一起平整一下场地吧。球场刚建好，地表还有些砂石。"

成濑兴致勃勃地说道。他今晚和明晚都会住在这里。

"有滚筒吗?"我确认道。

"当然。打网球需要的各种工具全都齐备。"

"那顺便把白线也重新画一遍吧。"笛子伸出手，叠在成濑手上，"我记得，清二把石灰收在仓库里了。"

她所说的清二，自然是住在她们家的小川清二。

于是，我们继续讨论了一会儿关于打网球的准备工作。

2

"对了，琴子姨妈。"过了一会儿，兰子问道，"我刚才在玄关附近，听见走廊尽头传来一些奇怪的声音，那是在干什么呢？"

原来兰子也注意到了那诡异的低语。

我有些紧张，正等着琴子回答，但笛子却抢先开口，语气中带着一丝揶揄：

"——噢，你说那个啊，那是来帮我们开祈祷会的大妈搞出来的，说是为明晚举办的净灵会做准备，现在正在练习什么的。"

"喂，笛子！"琴子责备道，"怎么这样说话？什么大妈？没礼貌。"

笛子被姐姐呵斥，像个孩子一样吐了吐舌头。

"对不起，姐姐。"

"兰子，那位呢——"琴子不动声色地解释道，"是明天要为冬子进行净灵的老师。她名叫大权寺瑛华，是一位通灵大师，据说能力非常强大。她说，净灵会开始前，为召唤家中的守护灵，必须先净化守护灵降临的场所，所以今天早上她和弟子一到这里，就立刻找了 间方位合适的房间，开始祈祷了。"

"是那间后面连着仓库，现在用作储藏室的房间吗？"

"久月"前栋的东北角，有一间十五六帖大小的储藏室。雅宫家做生意时，那里曾被用作仓库，被称为纳户。

"没错，就是纳户那里。大权寺老师说，那里是这座宅邸的关窍所在，而且现在也没有存放什么东西，稍作整理，就能腾出足够的空间，所以就决定在那里举行净灵会。"

"琴子姨妈，我听说，那位净灵术士是姨妈的前夫、音乐家泷川先生介绍的，是真的吗？"兰子一脸认真地问道。

"这……兰子……你是从谁那听说的……哎，哎，是真的。"

琴子脸上流露出一丝困窘，但还是如实回答道。

"是琴子姨妈请来的吗？"

"啊，其实是我提议的。"笛子笑着说，"前段时间，泷川大哥打电话到家里来，碰巧是我接的。他说，他认识一位非常优秀的通灵者，我便把净灵的事情告诉了弦子姐，她听了高兴极了。

"兰子，你也知道的，只要是和冬子有关的事情，弦子姐的耳根子就特别软，这才最后决定请他们过来。当然，那时候我可不知道他们两人竟然是夫妇——"

这时，兀自喝酒、默默旁听我们谈话的麻田突然挑了挑眉毛。从刚才起，我就觉得这位胖乎乎的老头有些奇怪，他异常寡言少语，只是偶尔简单地附和几句，给人一种一直在偷听我们谈话的感觉。

"那么，泷川先生也住在这里吗？"兰子追问道。

"那是自然。"琴子的回答中带着一丝不快。

笛子笑嘻嘻地说："为什么弦子姐这么现实的人，会那么喜欢占卜之类的东西？"

"我看你比弦子姐更热衷吧！"琴子略带责备地说。

"没有啦，我才没有那么喜欢。话说回来，琴子姐，你不是也很享受现在的这个状况吗？"

"我可没有。"琴子正色回应道。

"不好意思。"成濑插话道，"请问，弦子姐真的相信这个世界上存在幽灵吗？"

琴子斟酌着措辞，说："这个呢……准确的事情，谁都说不好啊。我是持怀疑态度的。但正因为如此，才想亲眼见识一下真正的幽灵，哪怕一次也好。相对而言，弦子姐则比较迷信，属于真心相信的。"

"我可是相信的哦。"笛子带着一丝戏谑的表情说道，"亡灵，幽灵，还有妖怪，我全都相信。"

"为什么呢？"成濑苦笑着问道。

"正树，因为我们家有一个很可怕的传说啊。之前没跟你说过吗？雅宫家的男人都活不长。我的父亲，还有和弦子姐结婚的橘大仁去世得都很早，就是明证。"

"真的吗？"

"你是说我父亲早死这件事？"

"不，我是说，雅宫家的男人会早死的这个传说。"

"不能算是骗人吧。这是某种'诅咒'——我们家的一位祖先的诅咒，笼罩着整个家族——所以你也要小心为上哦。"

说完，笛子欣赏着未婚夫惊惶的表情，轻笑起来。

"笛子姨妈，这个传说的完整故事是怎样的？我以前只是略有耳闻。"

兰子眼睛一亮，表现出浓厚的兴趣。

"关于诅咒的传说，琴子姐应该比我更清楚呀。"

笛子把话头抛给了姐姐。

"你是说翡翠姬的故事吗？"

"嗯。"

"算了，还是你来说吧，成濑还没听过吧？"

琴子一副事不关己的样子，示意妹妹来讲。

"好吧，但我不知道能不能讲好。"笛子调整了一下坐姿，讲述起来，"——正树，笼罩雅宫家的这个诅咒，其源头是一位号称翡翠姬的名媛。记得我之前跟你说过的吧，我们家曾经在八王子的花街，经营一家屋号叫久月楼的妓院？"

成濑点了点头。

"翡翠姬是久月楼中人气最旺的妓女，后来和当时的少东家发生了争执，被关在家中的私牢，最后还被残忍杀害。她后来被人们称为'吸血姬'，其冤魂不散，一直在久月楼徘徊，不仅在八王子引发了一场瘟疫，还导致花街地区发生了大规模的火灾。据说，到了明治时代，政府将妓院全部迁走，改在田町设立红灯区，也和她的诅咒不无关系呢。"

接着，笛子将这个在雅宫家和八王子花街流传多年的血淋淋的"吸血姬"传说，原原本本地讲述了一遍。

成濑听完，咽了口唾沫，问道："——所以，你说雅宫家的男人会早死，都是'吸血姬'的怨念作祟喽？"

笛子严肃地点点头："一点不错。我们家族中本来就很少诞生男孩，就算有，在娶妻生子之后，也活不长久。"

"那我岂不是不要和你结婚为好?"

成濑故作严肃。

"哎? 为什么啊?"

笛子不满地噘起嘴。

"因为我还想多活几年啊!"

成濑不好意思地笑了。

笛子深情地望着他,露出了灿烂而迷人的微笑。

"别担心,又不是你入赘我们家,而是我嫁过去。所以你不会受'吸血姬'诅咒影响的。"

"是吗? 那我就放心了。那我们还是按原计划结婚吧。"

成濑装出大为轻松的样子,众人觉得滑稽,哄堂大笑起来。

这个话题暂告一段落后,兰子问琴子:

"琴子姨妈,我待会儿可以去参观一下您的能乐堂吗?"

能乐堂是琴子幼年刚开始学习能乐时,她的母亲清乃在宅邸西侧为她加盖的一间木地板铺地的房间。

"嗯,可以啊——对了,现在应该没有上锁。想看就自己去吧。不过,那里很久没打扫了,可能会有些脏哦。"

"哎? 兰子,你去那里做什么?"笛子问道。

"我很久没观摩能乐的面具了,想去看看。我有个大学同学,非常喜欢能乐和狂言,等我回去后正好可以和她聊聊。"

兰子答道,抬手拨了拨刘海。听她一说,我这才想起,能乐堂里确实装饰着许多能面和传统的和式乐器。

琴子温和地问:"你有什么特别想知道的吗? 如果有的话,我都可以教你，不必拘礼。"

"不用了，谢谢!"

兰子低头致谢，一头卷发也随之轻摆。

之后我们又闲聊了一会儿，直到成濑正树提出，想去换一套便装，茶会才借此机会散场。

结束后，兰子和我便直奔能乐堂。尽管我十分留恋温暖的客厅，但还是不得不和她一起行动。

3

来到走廊，只剩下我们两人时，我忍不住问兰子：

"你看能面做什么？大学同学什么的说辞，也是编的吧?"

兰子兴致昂扬地将垂在前胸的长发朝身后一拂，说："你乖乖跟着来就是了。我带你看点好玩的。"

能乐堂紧邻后栋西侧，成濑正树造的网球场就在它旁边。

回廊拐弯处是浴室，打开浴室入口旁边的拉门，就是能乐堂了。今天天气阴阴的，光照不足，整座宅邸都有些晦暗，而这间靠蜡烛照明的能乐堂，则更加阴森。这里已经很久没有人用过，陈腐的木头气味无孔不入，空气浑浊，弥漫着一股霉味。

这是一间足有十六帖大小的正方形房间。必须说明的是，这并非真正的能剧舞台，所以室内既没有真正的能乐堂那种画着一棵松树的背景板，也没有左方通往后台的"桥挂"①，说白了，只是一间练习用的木地板房间而已。四周的墙板没有任何图案，墙壁上端有嵌着笔直木条的格子窗。

兰子头也不回地径直往里面走。

我问道："——你要去哪？"

"能面都放在里头的准备室。"兰子言简意赅地回答。

我们踩过榻榻米的地面，走进长条形的准备室。这房间墙的上方挂了一整排能面。

房间里的空气凝重，冰凉彻骨。我没穿外套，差点要冻僵了。

"看，是能面！"兰子有点激动地说道。

众多面无表情的假面，一语不发地俯瞰着我们二人。房间对面墙脚摆放着装"作物"❷的藤盒和木柜，以及一些放乐器的箱子。角落里一只四角形木框中，插着几把练习剑道用的竹刀和薙刀②。旁边还散落着一些弓箭和箭靶。所有的物品都蒙着一层薄薄的灰尘，足以证明这里很久无人问津了。

墙上挂着的能面中，不乏一些年代久远的佳作。尽管有些已经陈旧污损，但每一张都带着别具一格的表情，仿佛静静地等待着下一个演员取下它们……

看着那一张张冰冷而滑溜的面具，我不由产生一种错觉，疑心它们是具有生命力的，随时可能活动起来。

---

① 桥挂，指连接能舞台和镜之间(后台)的细长走廊。它是演员登场和退场的通道，也是表演空间的一部分，象征着连接现实世界和异世界的桥梁。——译者注
② 薙刀，日本的一种长柄刀。江户时代的女性经常用其习武。——译者注

兰子抬起头，沿着墙壁边走边看。微弱的光线自墙顶的小窗外透进来，照亮这些白白的面具，令它们看起来好像浮在半空。

最前面两张，是形如老人面庞的"翁"面——表情严肃的"白色尉"和"父尉"。接下来，是三张形象狰狞的鬼神面，兰子告诉我，它们分别叫"大飞出""黑髭"和"天神"。再过去，就是各种各样的女面了。排在第一个的叫作"小面"，是一张额头饱满、两颊圆润的年轻女子，细长的眼睛中清晰地画着两颗黑色眼珠，一瞥之下，似乎面带微笑。它在众多女面中，代表最年轻的少女。后面的面具则依次是"若女""增女""深井"和"姥"，依照年龄摆设。

兰子在最后一张面具下方停下了脚步。那张面具挂在长条形房间最阴暗的角落，只能看出是一张女面。其左半边脸被阴影吞没，我走到兰子身后，抬头端详起来。

面具的头发从额头正中向两边分开。五官精致美丽，眼睛细长柔和。但由于光线昏暗，我看不清其瞳孔的样子，只能判断这是一张年轻女性的面具。她薄薄的嘴唇微微开启，似乎带着一丝淡淡的哀伤，如果变换角度，看起来既可以像是微笑，又可以像是哭泣。

兰子从裙子口袋里掏出来一只火柴盒。

她擦燃一根火柴，一团小小的火，一眨眼就热烈地燃烧起来。火焰周围形成一个圆形的光晕，反而衬得周围更加黑暗。兰子轻轻地伸出手，将火柴移近那张面具。火光在那张苍白的女子面具上投下摇曳的阴影，能面仿佛被注入了生命，变幻出种种不同的表情。

就在那一瞬间，我忍不住啊地大叫一声，陷入一股冰冷的恐惧。

我看到了那张能面的嘴角。面具的嘴唇左端有一道细微的龟裂，一直延伸到下颔，这道黑色的裂缝，看起来就如同一道鲜血，从嘴角流淌而下！

"如何，黎人，你现在明白了吧？"

兰子低声说道，同时将拿着火柴的手在空中一挥，火焰噗地熄灭，我们再次身陷一片晦暗。

"上周出现在'紫烟'的神秘女子，戴的就是这张面具。三峰老师在女子头巾下面，看到的是这张能面的脸——所以他才会描述，那女子的眼窝看起来黑洞洞的。"

我屏息凝神，试图再次定睛看看那张面具。

"那么……那个女子果然是这家里的某个人……"

兰子微微点头，平静地说道："琴子姨妈告诉过我，这张能面叫作'班女'❸，是能乐中用来扮演疯女人的面具。'班女'，是著名的能乐作家世阿弥①的作品，讲的是一个被妓院放逐的妓女，一直拿着从男人手上换来的信物——扇子，最终陷入癫狂，在荒山野岭间徘徊的故事。

"而且，你知道这张面具是以哪个女性为原型的吗？就是被称

---

① 世阿弥，日本室町时代(1336—1573)前期的能乐师、剧作家。他继承并发展了父亲观阿弥创立的观世座，形成了后来的"观世流"，确立了能乐的表演形式和理论。——译者注

为'吸血姬'的翡翠姬。传说，当初为了祭奠其灵魂，面具师倾注心血，按照她的容貌制作了这张面具……"

作者原注

❶ 吵闹鬼，英语为Poltergeist，其语源为"吵闹的鬼魂"。常发生于青春期的少男少女周围。

❷ 能乐的舞台通常是空无一物的，不使用背景或大型道具。但根据剧情需要，有时会在舞台上放置一些小道具。这些道具基本都是用竹子编成骨架制成，被称为"作物"。

❸ 实际上，并没有名为"班女"的能面，这是琴子特别为这张面具取的名字。

第十章　教祖的笑

1

"人，为什么要讳谈死亡？每个人的容颜都不过是皮相，下面只不过是丑陋的骷髅罢了。"

一个粗犷而充满激情的声音说道。

泷川义明夸张地比画着，得意扬扬地高谈阔论。他的观点有些强词夺理，他也完全不在意其他人是否听得进去。他松弛地坐在椅中，还不时用一块软布擦拭着放在膝头的银色长笛。

我们是在晚餐时才见到泷川的。不消多说，这位就是雅宫家二女儿琴子的前夫。

这间宽敞的餐厅与厨房相连，是完全的西式设计，在"久月"

这栋日式建筑中显得有些突兀。餐厅内摆着一张厚重的长条形黑檀餐桌和八把高背椅,地面铺着厚厚的波斯地毯,天花板中央悬着一盏精致的玻璃吊灯。事实上,出主意将餐厅改造成西洋风格的,正是泷川义明本人。

泷川与琴子婚后没有搬出去,而是继续住在"久月"。毕竟这里的房间足够多,对于当时忙于演出和教授乐器的两人而言,另置办一套新居也有些浪费。

泷川是雅乐演奏家,但在西洋古典音乐方面也造诣颇高。他是东京城里富裕人家的独子,对西方文化本就知之甚详。成为雅宫家的一员后,他便依照自己的喜好,着手对宅邸的一部分进行了重新装修。

我实在不想听泷川那些无聊的来世观,便将注意力转移到他的外表上。

他穿着一件厚厚的毛线长袍,外面罩着白衬衫,腰间用条绳子束着。他没有打领带,领口的扣子敞着,几乎袒露胸膛,蓬乱的长发已经有些斑白,从额头正中分开。他对身上的饰品似乎颇为用心,脖子上挂着一条细细的金项链,左手则戴着一块造型特别的手表,表盘周围镶着一圈细碎的红水晶。

从他滔滔不绝发表高见时脸上抖动的肥肉不难看出,这是一个性情波动剧烈的人。就像许多天才一样,他说话也带有极大的跳跃性。

眼下聚在餐厅的众人,只是提前来等候用餐而已,却被泷川抓住机会,发表了一番长篇大论,从音乐、戏剧、绘画等艺术理论开始，直至宗教、信仰、超自然等话题，他都能口若悬河地评点上一番。我也是被卷入这次讲演的牺牲者之一，不得不耐着性子倾听他为何致力于研究灵异现象，以及他的妻子大权寺瑛华是一位多么优异的通灵者。

泷川当仁不让地坐在餐桌的主位，我对面是卿卿我我的成濑和笛子——成濑已经换上了轻便的高尔夫球衫和白色 V 领毛衣。而坐在我左手边的兰子，则一直在和她对面的麻田老先生讨论剑道和弓道。麻田老先生看起来已经洗过澡了，换上了一套崭新的蓝色和服。我听见他们在谈论巴西风物，以及在旧制中学学习武道的经历。

今天负责上菜、提供酒肴的是琴子，她的姐姐弦子和小川滨则在厨房准备饭菜。其他人已经就着开胃小菜，开始饮用葡萄酒或日本酒，我和兰子喝的则是掺了水的梅子酒。

泷川望着坐在成濑身边、正为成濑斟酒的笛子，说道：

"——笛子也出落得越发漂亮了啊。成濑老弟，我刚认识笛子的时候，她还是个十几岁的小丫头呢。"

泷川语带讥刺。他似乎就喜欢说一些让人不舒服的话，以此为乐。

"那不是当然的事？我都已经三十了。"笛子轻描淡写地回应，"泷川大哥，你不也上年纪了吗？"

"你说我？我倒不在意这些。随着年龄的增长，男人会变得更加气度不凡。但女人就不一样了。女人的好日子啊，还得是年轻的时候……"

难为成濑好脾气，一直忍受着泷川没完没了的冷嘲热讽。我实在听不下去了，找准机会打断了他的话。

"不好意思，泷川先生。大权寺小姐和两位巫女，不必用晚餐吗？"

刚刚我去厨房拿杯子时，又听到走廊尽头的纳户传来类似念咒的怪声。

谈兴正浓的泷川被我打断，有点不高兴，他眯起眼睛，斜睨了我一眼。

"你大概对'祓禊'一窍不通吧？准备降灵仪式时，灵媒术士和灵媒是绝对不可以吃东西的。这样她们才能净化身心。"

成濑一脸不解。

"那么，泷川先生，她们现在在那里做什么呢？"

"唔，我还没跟你们说明？瑛华正在将灵力注入那个房间，构筑'结界'。"

泷川眼睛端详着长笛的反光，故弄玄虚地说道。

"结界？"

"没错。为了防止恶灵入侵，必须构建一个神圣的灵场。自古以来，修行者为磨炼自身的超能力，往往都会在天然灵场进行闭关修炼。因为修行中的人宛如一匹白布，很容易沾染污秽之恶念。瑛华正在这栋宅邸中最恰当的地方构筑结界，将其转化为容易吸引善灵、守护灵降临的状态。若非如此，在进行净灵仪式时，反而会对我们造成危险。"

"危险？谁会带来危险？"

"那还用说吗？当然是来自恶灵的危险。"泷川用嘲弄的口吻说道，"虽然都叫恶灵，但恶灵也分很多种，比方说地缚灵、因缘灵、家灵、地狱灵、婴灵、枉死灵——诸如此类。所有恶灵的共同点，就是会给人类带来灾祸，使人陷入不幸。成濑，你听好了，那些恶灵无时无刻不在觊觎着我们体内的灵魂，它们千方百计想要将我们拖入地狱，所以你平时一定要多加小心，千万不能让它们得逞。"

说罢，泷川将长笛放在桌子上，左手抓起桌上的葡萄酒杯。他手腕一伸，从袖口中露了出来，于是那块扎眼的手表也映入我的眼帘。

这时，我才注意到：泷川的手表比暖炉上方的挂钟慢了大约二十分钟。挂钟正指着七点十分。

"泷川先生，不好意思，您的手表好像慢了点。"我提醒道。

泷川不悦地瞪了我一眼。

"啊，什么？黎人——哦，是说这个吗？我早就知道了。我刚才来的时候，不小心撞上了门口的柱子，可能是碰坏了吧。本来说是瑞士名表，我特地花了大价钱买的，没想到这么不经用。要说性能，还是日本的手表好啊。"

泷川话音刚落，成濑就伸出手，展示了自己腕子卜的表。

"确实，我这块表就是日本制的，戴了十年了，一次都没坏过。最近几年，日本造的东西质量赶超上来了。"

成濑手上那块设计大方、做工精细的手表，一看就知道价值不菲。

泷川颇感扫兴似的抬起下巴，没有搭茬，只是轻蔑地哼了一声。

"——泷川大哥，要是您方便的话，可以把车借给我，我明天帮您拿到八王子去修理。"

笛子好心地提议道。

"不用，那没必要，反正我也不打算在这里待太久。"

泷川毫不迟疑地拒绝了。

"……抱歉，问个无关的事情，泷川先生，明晚的净灵会，我们具体会看到什么呢？"我问道。

泷川撇了撇嘴，扬起一边的眉毛回答说：

"哼哼，据瑛华说，她要请出这家的守护灵。所谓守护灵，就是这家的上一辈，你晓得吗？也就是弦子和琴子她们的母亲，雅宫清乃。然后，瑛华会与守护灵齐心协力，驱除附在冬子身上的那个叫'吸血姬'的家灵，也就是给她带来灾祸的恶灵。"

"原来是这样。"

"怎么样，笛子？想到可能与日夜想念的人再会，是不是很期待？"

"是啊。"笛子对着泷川露出微笑，"想到明天晚上也许就能和妈妈说上话，我可开心了。"

"没事，没什么好担心的，一切交给瑛华就好。只要驱散恶灵，冬子的病就会痊愈，弦子也就可以安心了。"

"但愿如此啊。"

"——对了，麻田先生。"不知为何，泷川突然调转话题，转向正和兰子交谈的老人，"你我是不是以前在哪里见过？总觉得有些面熟。"

麻田先生大约觉得泷川目中无人，对其问话竟充耳不闻，继续和兰子谈论着马术。

"麻田先生！我在问你话呢！"泷川激动地大喊，用拳头重重地敲了一下桌子。

兰子冷冷地看了一眼泷川，然后麻田老先生也带着不耐烦的表情，慢悠悠地转过了脸。

"泷川，你不必那么大声，我也听得见你的'公鸭嗓'。"

麻田老先生不紧不慢地说道，隐隐透着一股不容置疑的威严。

"什、什么？"

"很遗憾，我们今天应该是第一次见面。二战结束后没多久，我就去了巴西，时隔二十年才回到日本。我不觉得我有幸和你碰过面。自然喽，我倒是听说过你的大名。即便身在巴西，移民们也依然关注日本发生的大事小情。日本的报纸杂志，通过海运大量送到巴西，所以我们对这边的流行趋势、各类社会事件和丑闻等，都一清二楚。你作为音乐家，声名也非常震耳，我曾在画报杂志上看到过关于你这位曾经风头无两的宠儿的报道呢。"

麻田老先生的最后一句话，带有明显的讽刺意味。

泷川敏锐地察觉到其中含义，恼羞成怒，脸涨得通红。

"你说我是什么？"

"好了好了，冷静点，泷川。你可真是个'暴脾气'。"

听到这话，兰子忍不住扑哧一笑。

这时，笛子用清脆的声音中断了这场争执。

"泷川大哥，别再闹了。饭菜已经上齐了哦。吃饭的时候应该高高兴兴的才对。"

如她所言，我们面前的桌子上已经摆满了刚出锅的、热气腾腾的各色菜肴，令人胃口大开。琴子正忙着为不喝酒的人端来米饭和味噌汤。

泷川一下子泄了劲，板着脸，悻悻地转过头去。

"——嗬，那我就不客气了！"

成濑盯着眼前色香味俱全的炖菜和烤鱼，由衷地感叹道。

"他这个人呀，其实是个大胃王哦！"

笛子喜滋滋地凑到兰子耳边，小声说。

"古话说得好，民以食为天，不吃饭哪来的力气？"成濑对大家笑道。

"各位，请慢用吧！"

琴子将饭碗分发完毕，恭敬地劝道。

"姐姐，你们呢？"笛子问。

"我等一下和阿滨她们一起吃就好。你们先吃吧。"

接下来，晚餐终于在和睦的气氛中开始了。泷川也好容易安静下来，独自啜饮着葡萄酒。

兰子转过头，小声告诉我她刚才和麻田老先生聊的内容。

"——黎人，据说这位老先生，年轻的时候是非常有名的弓道家，还在全国运动会上拿过冠军呢。"

"真的吗？"

我放下筷子，望向麻田老先生。

"唔，确实有这回事，但都是几十年前的事情了。"

麻田老先生笑眯眯的，平易近人地答道。

"刚才您和兰子还聊了剑道，是吗？"

"对，我是剑道六段。对了，听说你学过柔道什么的？"

"是的，学过一些皮毛，因为将来说不定会像家父一样投身警界，所以才学习柔道和剑道，自我提高一下。"

"不过呢，黎人其实不爱运动哦。就拿柔道来说吧，他已经练了三年了，水平毫无进步，到现在都还是初段。"

兰子毫不留情地向麻田老先生揭了我的短。

"没关系，相比成就，锻炼的过程才是更重要的。"麻田老先生说，"因为'磨炼精神'正是自古以来日本武道的精髓所在嘛。"

我本人厌恶那些被渲染过头的"大和精神"，也不想成为头脑简单、四肢发达的莽夫。同时，我的脾性天性不擅团队合作的竞技，更适合个人项目，这才会选择柔道和剑道。

这顿晚餐看样子会持续很久，我和兰子早早吃饱，便打算先行告退，去洗个澡。最终决定我先洗，于是我便回房间去拿换洗衣服。

2

一踏入走廊，静寂和寒冷便包围了我。厨房的灯已经熄灭，走廊电灯光线昏暗。我刚要往前走，只听见即将举行净灵仪式的屋子的方向传来一阵空灵悠远的金属声，有如击打佛龛法磬，断断续续。仔细分辨，还能听到一个低沉的女声念念有词，如同某种野兽呜咽，听不清是祈祷还是诵经，总之让人心里毛毛的。

我洗完澡回来，还没走到餐厅，又听到了念咒的声音。本来洗完澡身上暖烘烘的，但长长的走廊令身体完全冷却了下来。虽然听不清楚祈祷词的内容，但那阴沉的语调听起来充满了怨恨和恶意，我不禁起了一身鸡皮疙瘩。

"——黎人。"

走廊拐角处突然有人叫我，吓了我一跳。

兰子警惕地四下张望着，悄无声息地从黑暗中冒了出来。

"兰子，别吓人！"

我长出一口气，抱怨道。

"嘘，小声点。"兰子竖起一根手指放在嘴唇上，示意我安静，接着指向走廊的尽头，"不用回餐厅了。去参观一下纳户吧。"

"你是说要举行净灵会的地方？"

我转脸望向她。

"没错。就算是事前调查吧。"

我们尽量不发出任何声音，小心翼翼地向前走。渐渐地，隔墙传来的模糊祈祷声越来越响亮。偶尔，还夹杂着类似杀鸡般的尖锐惨叫。

"她们到底在搞什么……"我跟在兰子身后，低声说。

"不过是装神弄鬼罢了。"兰子一口断定，"只是一种包装手段，故意弄得大张旗鼓，好让人相信她的灵力高深。俗话说，戏法人人会变，巧妙各有不同。我觉得那些古怪的祈祷词，大概也没什么实际含义。"

"我记得助手——是两个巫女，一对双胞胎，对吧?"

"今天傍晚，我趁机瞥了一眼，两人脸蛋长得并不像。就算真的是双胞胎，大概也是异卵双胞胎，要不然就是假扮的。"

我们在那间平时用作储藏室的房间门口停了下来。走廊在半路分成了两条岔路，这间纳户就位于其中一条岔路的尽头。没有可以躲藏的地方，我们只好分别紧贴在门左右两侧的墙壁上。周围的空气中弥漫着一股线香的味道。

"好像是中国的香。"兰子轻声说。

门口左右两侧，摆放着类似门松①的奇怪装饰品，以及点着粗大蜡烛的烛台。两扇厚重的拉门上贴着墨笔符文的白纸，纸上除了怪异的符号之外，还有一些"天"和"日"等文字组合而成的玩意儿。门框上方的横梁上悬着系有纸垂②的注连绳。走廊里没有灯，红色的烛光摇曳着，将这一片映照得有如一个被鲜血染红的洞窟。

——南无、三曼多、伐折罗赧、战拏、摩诃么攞、娑颇吒也、吽、怛罗迦、憾、曼③——

① 门松，日本新年期间摆放在家门口的传统迎新年装饰，由松、竹等三种植物扎制而成。——译者注
② 纸垂，日本神道教仪式中使用的一种"之"字形白色纸条。它们通常挂在后文提到的稻草编织而成的"注连绳"上，或系在玉串、祓串等祭祀用具上，用以区分神圣空间、驱邪避秽。——译者注
③ 此处大权寺念诵的咒语部分出自密教的真言，夹杂少量神道教的祈祷词。——译者注

一个粗嘎嘶哑的声音从房间里传出来，吟唱的不知是祈祷词还是咒语，忽高忽低，有如海潮拍岸。

"兰子……"

这时，祈祷声突然停止了。

我本能地摆出了防御的架势。

只见两扇门扉悄无声息地向左右两侧徐徐拉开。或许是因为轨道打了蜡，拉门没有发出任何声响。

房间里的光线照亮了走廊，蜡烛的橙红光线蠢动不已，光线中出现了一条细长的影子，蜿蜿蜒蜒，向我们的方向伸过来。

"……在那里的是谁？"

房间里传来一个低沉的女声。

拉门完全敞开，只见两个穿着白上衣红裤子的年轻女子分站门口两侧。她们就是大权寺瑛华的助手巫女，但刚才说话的并不是她们。

我心中暗想：她是怎么知道我们在外面的？

两名巫女脸上涂着厚厚的白粉，头发在脑后梳成高高的发髻，一语不发。因为服装的缘故，看不出她们的年纪。两人都微闭双目，毫无表情地面对我们。

"来……尔等……进来！"

这一次，我们清楚地听到声音是从房间里头传来的。那声音冰冷而平板，带着一种不容抗拒的压迫感。

我们一步一步，试探着挪进屋里。就在即将跨入门槛时，两个巫女向后一退，让开了。

房间中央摆放着一张盖着白布的大圆桌，四周垂挂着黑色的天鹅绒布幔，布幔距离墙壁有一段距离，从地板一直延伸到天花板，围出来一片大约十二帖大小的空间。房间南侧的角落里，摆放着两座细长的银烛台。圆桌上放着一个巨大的彩绘瓷盘，里面铺着细沙，插着三支烧得正旺的粗蜡烛。

正面右手边，设置了一座很大的祭坛，上面摆着曼陀罗图、宝袋等各式物品。左手边则是通灵术、降灵会中常用到的"灵柜"，也就是用黑色布幔围成的一个方形小空间，但正面的布幔被掀了起来，所以现在呈一个"匚"字形。

一个全身素白装束、披着长发的女子背对我们，跪坐在祭坛前的一个金色垫子上。毫无疑问，她就是净灵术士大权寺瑛华了。她穿着下摆极长的白色和服，束着腰带，造型和气场都异乎常人。

"不必畏惧，靠近些。"

她泰然自若地站起身，转过脸来。

她五六十岁年纪，表情狠戾若鹰，皮肤晦暗如铅，眼神锋锐似兽。额头郑重其事地绑了一根红布带子，脖子和手腕上，都戴着带有金银纹样的玉饰，叮当作响。她手中握着一根带有圆环的锡杖，杖柄上刻着许多骷髅浮雕。

"尔等，缘何靠近此地？"

她说话带着一种古板且陈腐的调子，瞪视着我们的眼神充满敌意，眼睛下方的黑眼圈看起来如同两块淤青。

我们还没来得及开口，她又恶狠狠地说道：

"尔等就不怕恶灵作祟吗!?"她涂着紫色口红的嘴唇咧着,像蛇一样血口大开。

"此间宅邸,灾祸藏身!我能感受到其间妖气。恶灵在暗中徘徊,磨砺利爪,死者之血蠢蠢欲动。我向天神祈祷,勉力驱除恶灵,拯救尔等,免受恶灵的作祟与诅咒!我乃尔等的守护者,乃尔等的救命恩人,尔等何故扰我祈祷?"

大权寺像连珠炮一样一口气说了一大堆,用她那浑浊的眼珠,将兰子从头打量到脚。

我猛然发现,身后的门已经关上了。两名巫女也不见踪影,四周浓烈的焚香气味,熏得我几乎呛咳起来。

兰子微一颔首,表达了歉意,一头浓密的卷发,在烛光照射下光泽灿然。

"——对不起,我们不是故意来打扰您的。我们就是对这里的仪式有些好奇,因为我们是第一次参加净灵会。"

"哼。这样吗?"

大权寺的目光从兰子身上挪开,手中的锡杖重重地戳了一下地板,发出咚的一声,锡杖顶端的圆环随之发出哗啦哗啦的撞击声。她走到我面前,同样从头到脚打量了一番——我感觉自己像一只被巨蟒盯上的青蛙。

"我不知尔等好奇何事,但若不想自讨苦吃,明晚之前,绝不许再靠近此处。我在灵场布下强大结界,普通人一旦误入,精神便会被结界所缠,万难轻易脱身,无法得救,也未可知。"

净灵术士傲慢地说道。

兰子听罢，很干脆地点点头：

"明白了。我们不会再靠近这里了。不过，我想请教您一个问题，可以吗？附在冬子身上的，真的是被称为'吸血姬'的恶灵吗？"

大权寺没有立刻回答，只是紧紧盯住兰子的脸。

"……那是自然。尔等也见识过冬子那丫头之疯狂，若不快快驱除恶灵，恐怕就会造成难以挽回的后果。要赴死的，岂止她一人？此间家宅中人，统统都会遭遇灾厄。能出手拯救的，只有我一人而已。

"明日，尔等自会明了，可怖之事即将发生！我可告诉尔等：雅宫家至今仍处于守护灵庇护之下。此灵与本家有缘，心愿未了，这才不断地将慈爱之雨倾注而下。

"我可感知此灵之强烈意志，却也嗅到其身上之死亡气息。因此必须争分夺秒，若是守护灵神形俱散，则万事休矣。"

"会发生什么事呢？"

"待到明晚，一切自会真相大白。在此之前，尔等最好安分守己，绝不许再靠近此处——明白了吗？这是为了尔等着想！"

兰子点点头："知道了，我们会照您说的做。那我们就告辞了。"

兰子说完，便催我一起从门口退出去。

不料，身后传来一声大喝。

"且慢！"

大权寺叫住我们，夸张地举起锡杖，用杖头对准我们。锡杖顶端的圆环相碰，哗啦啦响成一片。

"尔等心中，疑虑尚存！尔等不信神灵存在，对否？——不容置疑！猜疑之心令人心软弱，恶灵便有隙可乘！——不，否认亦是徒劳，我能看穿尔等可怜而肮脏的内心！"

"那您说说看，我们在怀疑什么？"

兰子嘴角露出一丝嘲讽的笑容，挑衅地问道。

大权寺威严地逼视我们，说："罢了，我就让尔等见识见识。尔等站在大门之前，不得开口说半个字。我要让尔等亲身体验灵之降临！"

大权寺用锡杖将我们逼到门前，接着靠近桌子，吹灭了蜡烛，房间里顿时变得昏暗无比，氛围似乎也变得闷热而躁动。

房间里唯一的光源，只剩下我们背后的那两支蜡烛。大权寺绕过桌子，走向房间左侧的角落。她走动时带起一阵风，让仅剩的烛火左右轻摇起来。

她找到放在角落里的一只形似棺材的藤编箱子，打开盖子——看起来分量不轻。那只墨绿色的藤箱相当陈旧，绷在外边的布面颇有磨损，露出了下面的材料肌理。

大权寺用极缓慢的动作——或许是故意吊人胃口——从藤箱中取出一把脏兮兮的小提琴和一只生锈的喇叭，轻轻放在桌子边缘。接着她蹲在地上，念了一段简短的咒语，站起身，做了两次动作：看起来像是从地上捧起沙子，然后向四周撒去。

大权寺站在我们前方，背对我们，抖动锡杖，让那些圆环鸣动起来。接着，她将锡杖换到左手，张开右手手指，开始吟唱祈祷词。那抑扬顿挫的声音，好像夜晚云集在灯火下的昆虫嗡嗡扇动翅膀。

——唵镂·哦尔尼、诃罗诃际诃吒也、娑婆诃……唵镂·哦尔尼、诃罗诃际诃吒也、娑婆……唵镂·哦尔尼、诃罗诃际诃吒也、娑婆……

她不断重复着相同的咒语。

时间过去了好一会儿。

我情不自禁地屏住呼吸，目不转睛地注视着眼前发生的一切，完全无法从那诡异的景象上移开视线，好像被催眠了一般。

竟然——那把小提琴竟然自己奏出了吱吱呀呀，略带悲凉的声音！

桌旁空无一人。大权寺也没有伸手触碰。也就是说，在无人拉动琴弦的情况下，小提琴自己发出了声响。虽是杂乱无章的音阶，但琴弦却配合着大权寺口中的祈祷词，振动不已。紧接着，放在桌子上的喇叭也开始发出咔嗒咔嗒的声音，轻微颤动起来。说时迟那时快，只见它竟然以喇叭口朝上，在桌上立了起来，然后东倒西歪地向旁边滚去。

——唵、阿弥唰哆、唵、憾吒……

大权寺陷入疯魔一般，高声喊出最后一句咒语。

小提琴的声音戛然而止——

人声停歇，乐音止息，连衣服的摩擦声都消失了，室内陷入一片绝对的寂静。

大权寺转过身，缓缓睁开有些斜视的双眼。

"嘻嘻嘻嘻嘻，尔等晓得厉害了吗？此间有死者魂灵栖息！小提琴与喇叭，即是被魂灵所控。明日，尊贵之魂灵将与家人对话。那时，真相即将大白，众人都将得到救赎……罢了，速速离开，年轻人！万万不可再靠近此处！"

我吓得不轻，茫然中动弹不得。幸好兰子戳了戳我的肋骨，我才回过神。她将拉门打开一半，我们两人走出房间，到了稍明亮一些的走廊上。两人身上都浸透了线香的气味。

我听到身后再次传来吟唱祈祷词的声音。

——南无摩佉、萨曼达、伐折罗驮曩、康、唵、摩诃迦罗耶、娑婆诃、南无摩佉、萨曼达、菩提南、钵罗摩尼、娑婆诃……

3

我的喉咙干渴，话都说不出来。说老实话，我身上还有点发抖。

"——黎人，那个祈祷师，还真有两下子！"

我们回房间的路上，兰子愉快地说道，表情看起来十分欢悦。

"你怎么了？脸色有点难看啊。"

兰子看着我，微笑道。

"没什么。"我摇摇头，"不过，你刚才不是也看到小提琴和喇叭自己动起来了吗？"

"啊，你说那个啊。"兰子一脸淡然，"她变戏法的手段还是不错的。"

"变戏法？"我惊讶地反问道。

"哎呀，看来这些小伎俩已经足够唬住你这个外行人的了。"兰子毫不掩饰地笑了出来，"你稍微振作点好不好？这些都是通灵术中最常用的老套路——在不接触乐器的情况下，让它们发出声音或者自行演奏。"

"那你说说看，她是怎么让乐器发出声音的？"

"我当然知道，那不过是些简单的障眼法。"

"障眼法？"

"没错。在大权寺开始她的表演之前，那两个巫女不是离开房间了吗？你猜她们去了哪里？实际上呢，她们从玄关离开屋子，然后绕到纳户后面的仓库去了。"

"去了仓库？"

"对。巫女她们穿过前院，去了仓库。"

"——欸？啊，我明白了！"

我这才恍然大悟。

这间纳户和外面的仓库相连，两间房只隔着一扇木板门。那扇木板门正好就在灵柜的后面，被黑布幔遮住了。

"大权寺一直念诵着那些奇怪的祈祷词，是为了给巫女们争取时间。她念的好像是不动明王的真言之类，总之完全不着调，害我忍笑忍得好辛苦。我猜，灵柜后面的那扇木板门应该是开着的，这样巫女便可以很方便地潜入布幔和墙壁之间的空隙。"

"可是，当时没有人靠近桌子啊！"

"这个把戏的关键在于钓鱼线，那种透明又结实的线。因为它非常细，房间里又暗，从我们站的位置根本看不见。"兰子解释道。

"钓鱼线……"我喃喃自语道。

"没错。"兰子点点头,"你回想一下,大权寺蹲在地上又站起来,不是做了一个类似撒盐的动作吗?她就是趁那个时候,把事先放在地上的线拉起,压在小提琴的琴弦上。线的一端大概系着铅锤之类的重物,另一端则穿过布幔下方,牵向仓库方向,由躲在那里的助手巫女拉动。"

"为什么要系铅锤?"

"有重物悬在桌子的另一边,与琴弦交叉的钓鱼线才能绷紧。这样,巫女就能拉扯钓鱼线,摩擦琴弦发出那种声音。"

"那么,喇叭自己动起来,也是用同样的手法喽?"

我由衷地佩服兰子能看穿这些伎俩。

"当然了。她放喇叭的时候,故意让吹口略微突出桌面边缘,就是为了让钓鱼线可以钩在上面。只要拉动那根钓鱼线,喇叭的吹口就会以桌面边缘为支点向下倾斜,喇叭口就会翘起来,看起来就像喇叭自己立起来了一样——这个把戏简单到根本无须解释。"

兰子眯起眼睛,窃笑起来。

我们各自回房,不知是谁帮我们点燃了暖炉,房间里暖融融的,我们各自换上了睡衣。兰子的被褥旁边放着一张暖桌,而我的被窝里则放了一个用毛巾包好的脚炉,这让我喜出望外。

兰子房间的暖桌上有几个橘子,我们便边吃边聊。刚才那种阴森的气氛一扫而空,然而,整栋建筑的静谧却始终包围着我们。

只听走廊上的挂钟远远地敲了十一下，我甚至觉得自己都能听到钟摆和时针走动的声音。

"——今天早点睡吧！"

兰子眨了眨清澈的大眼睛。

反倒是我，对下面事情的发展感到忧心忡忡。

"没什么需要讨论的了吗？"

"反正我已经知道明天谁会被杀了，其他也没什么要做的了。"兰子若无其事地说。

我听到这话，吃惊得说不出话来。

"哎？这不是明摆着的吗？"

兰子看到我脸色大变，微笑道。看起来她很享受我的惊讶。

"目前唯一可以确定的，就是谁会遭遇死亡的命运。"

"你、你说谁会死……"我胸中苦闷，艰难地开口问道，"难道是雅宫家的某个人……"

"当然不是喽。如果是雅宫家的人，我怎么可能这么从容不迫？"

"可……"我刚想抗议，兰子就收起了玩世不恭的表情，用充满自信的语气宣布：

"会死的是那个祈祷师大权寺瑛华。正如我所料，大权寺此行，是为了恐吓雅宫家的某个人，目的是勒索钱财，那么，这个隐藏在暗处的凶手的动机也就显而易见了。"

"什么？"

"起因要追溯到二十四年前那起不可思议的事件。凶手杀人，其实是为了自卫——那个假通灵师大权寺，注定会成为牺牲品。"

"你的意思是？"

我感到一阵寒意从背脊升起。

兰子拨弄了一下刘海，点点头，语气变得热切起来。

"不错。反过来说，想要杀害大权寺的，就是雅宫家的某个人……"

第十一章　死期将至

〔上午七点〕

昭和四十四年一月十九日，星期日。

昨晚我睡得很不安稳。梦中，昨天看到的毫无表情的能面一直纠缠着我。只要稍有睡意，那张"吸血姬"的能面便清晰地浮现在我眼前：嘴角扭曲，露出诡笑，薄薄的嘴角有鲜血滴落，淌了一地。四周一片漆黑，万籁俱寂，我的尸体的脖子上插着一把刀，缓缓沉入血海。

我惊恐地睁开眼，似乎听到大权寺瑛华念诵咒语的声音远远地传来，如波涛般起起伏伏——不，我无法确定自己是否真的听到了，总之是一种感觉。那声音极轻，宛如耳语，念诵着莫名其妙的咒语，在我耳中打转，令我辗转难眠。

我被兰子叫醒时，脑子昏昏沉沉的。看看手表，指针正指着早上七点整。房间里的空气带着一股冬天的气息，寒冷刺骨。

跪坐在我枕边的兰子说道："说是八点钟吃早餐，要不要出去跑个步？这样能暖和一些。"

今天她穿着一件紫色的马海毛针织衫，还有一条质地柔软的长裙，也是同色系的。

"这衣服是谁的？"我揉着惺忪的睡眼问道。

"是冬子姐的，我借来穿一下。大小正合适。"

我一鼓作气，掀开被子，翻身起床。

"兰子，你跑不跑？"

"我要在厨房帮忙呢。而且一大早就劳动身体，很容易生病的。"

兰子丢下这些不负责任的话，便径自离开了房间。我懒得再去点炉子，便打着哆嗦，迅速换好了衣服。屋外寒气逼人，窗玻璃上结了一层薄薄的冰花。

我打开玄关大门，正要跑向前庭时，却遇到了从外面急匆匆赶回来的雅宫家长女——弦子。

"哎呀，黎人，起这么早啊？有什么事情吗？"

今天的弦子穿着一件胭脂色的结城绸①和服，腰间系一条肉色的袋式名古屋和服带②，上面印的是瓦片纹样。她脸上化着一如往

---

① 结城绸，日本茨城县结城市一带出产的、用以不规则的结节和粗细变化为特色的"绅线"织造的高级丝绸织物。——译者注

② 袋式名古屋和服带，日本和服名古屋带的一种，相比于正式和服带，名古屋带更短、更轻便，而袋式名古屋带仅有背部打结的部分呈双层袋状，介于普通名古屋带和正式袋带之间。——译者注

常的淡妆，手中拿着一份报纸——应该是刚从大门口取报纸回来。

"——早上好。我被兰子叫醒了，想出去慢跑一圈再回来。"我答道。

"那你可早点回来，再过一会儿就要开饭了。"

弦子抬头微笑道，长长的睫毛似乎有些湿润。

"我知道了。"

我答应了一声，便跑动起来。出了大门，沿着下坡的小路跑去。我不经意间抬头望向天空，通常来说这个钟点，周围应该已经天光大亮，但今天阴云低垂，山里天色如同薄暮，四周风景泛着蓝幽幽的色泽。天气越发不好了，砖石边缘和树篱的落叶上，都结了一层亮闪闪的霜。

〔上午七点三十分〕

我沿着通往荒川神社的小径跑去。这条路顺着"久月"东侧的树篱铺设，我顶着寒风，在光秃秃的树林中穿行。

当我跑到能望见神社的地方时，一抬头，不禁一惊。只见一个穿着和服的高瘦男子，正站在石阶下面，拿着竹帚扫地。人影刚刚进入视野，我就产生了一种不祥的预感，结果不出我所料：那人便是荒川神社的神主——橘醍醐。

橘醍醐也发现了我，他停止扫地，抬起头来，纹丝不动，静待我上前。他天生有轻微的斜视，身体微微向着斜前方，好像一直在侧耳倾听什么似的。

老实说，我从小就不大喜欢这个人，所以不想和他说话，可又不能装作没看见，只好硬着头皮，靠到近前问候了一句：

"橘先生，早上好。"

"噢，早啊——"

橘醒醐答道，双手搭在扫帚顶端，脸上没有什么情绪。他戴着的眼镜镜片本身就已够厚，加上光线的反射，变得更不透明，遮住了他的表情。

他的头发剃得几乎贴近头皮，短短的发楂中夹杂着一些白发，年纪四十多接近五十，瘦巴巴的，刀条子脸。此人最引人注目的特征，就是他仿佛老年人一样迟缓的动作。他穿着一身纯白，外面罩一件深绿色的上衣，下半身是裤线笔直的和服裤子，全身装束一丝不苟。

"好久不见你了——你是二阶堂家的，叫黎人，对吗？"他问道，脸上没有一丝笑纹。

我故意继续原地踏步，想找借口尽快脱身。

"对，没错……"

"是了，今天，雅宫家有什么活动吗？"橘醒醐问道。

我知道雅宫家和橘家向来关系不睦，一时不知道该不该说实话。两家不睦的原因，一是橘醒醐认为他哥哥橘大仁的财产被其遗孀弦子夺走，二是因为醒醐没有子嗣，故而提出荒川神社继承的问题：他希望由哥哥的女儿冬子继承神社，但遭到弦子的断然拒绝。

我正不知如何作答，他自己先开了口：

"我听说，她们好像又要举行降灵会，还是通灵术什么的，总之就是那些有的没的，是不是？"

原来他早就知道了。

"那几个女人该不会叫冬子也去参加那种傻里傻气的活动吧？"

"这个，我就不清楚了。"我敷衍道，"冬子姐姐好像身体不太舒服，大概不会参加吧。"

"总有一天，那孩子会来到这间神社，从事巫女这一神圣的职业。绝不能让那种低俗的通灵术玷污她纯洁的身体！"

橘醍醐用一种不容置疑的语气说道，我不由自主地缩了缩脖子。

"你给我听好了——"

他恶狠狠地盯着我，眼镜片后的双眼闪烁着偏执的光芒，好像恨不得在我身上烧出一个洞：

"你回去告诉弦子和琴子，不准让恶灵的诱惑玷污冬子，不准用她们低俗的邪念污染那孩子纯洁的灵魂。我的侄女冬子，是橘家顶顶重要的继承人。我绝不允许她被雅宫家任意摆布！我绝不允许那些女人碰冬子一根汗毛！听清楚了吗？"

醍醐激动地喊道，唾沫星子横飞。

我默默地点点头，赶紧跑开了。我离开时，仍然能感觉到他冰冷的目光在背后注视着我，仿佛一根带着憎意的尖刺。

〔上午八点〕

我重新洗了把脸，便去了餐厅。桌上已经摆好了丰盛的早餐。一起用餐的共有七人，包括雅宫家的四位女性，麻田老先生，兰子还有我。

令我惊讶不已的是，昨天看起来身体那么差的冬子，稍晚一点竟也若无其事地出现在餐厅。她完全不记得昨天和我们见过面一事。她坐下后，兰子问她身体如何，她轻声而含糊地回答说今天感觉还不错，所以就起床了。

"……谢谢你，兰子。我已经……不要紧了……我……没事的……"

弦子、琴子和笛子似乎已经对冬子的这种状况习以为常，并没有流露担心的神色，而是继续用餐。

冬子只动了一两下筷子，然后便默默喝起茶来。她单薄的身影，让人联想到脆弱的玻璃工艺品。

不一会儿，笛子好像突然想起了什么，对和自己年纪相仿的外甥女说："哎，冬子，你每天都在睡，身体真的没关系吗？你应该能参加我的婚礼吧？在婚期之前，可得把身体养好啊。"

冬子好像慢慢想了想，说了句奇怪的话。

"……嗯，应该没问题。我比较担心……笛子姨妈……你要，好好地活到，那个时候……"

一瞬间，笛子的脸上闪过一丝怒色，桌上的气氛有些紧张，但弦子默默地瞪了她们两人一眼，冲突才没有升级。

〔上午九点三十分〕

泷川义明穿着睡袍坐在餐厅里，喝咖啡，读报纸。

"——你不吃早餐吗？"兰子问道。

泷川眼中布满血丝，他一脸不高兴地回答：

"对——。胃口不好。昨天我和成濑喝到很晚，喝大了。"

他头发乱蓬蓬的，衬衫也皱巴巴的，看起来似乎没换衣服。他的腮帮子上长出一片青黑胡楂，左手仍戴着那块时间不准的腕表。表盘周围的一圈水晶反射晨曦，泛着红光。

"——有什么有意思的新闻吗？"我问道。

泷川不知为何怒气冲冲的，说道："有意思的新闻？没有，倒是有些让你觉得没趣的新闻。昨天，警察机动队进驻了东京大学。就算全共斗①，也敌不过八千五百名机动队队员呀。"

昭和四十四年一月十八日，警方机动队进驻被全共斗占据的东大校园，十九日解除了安田讲堂的封锁。这场运动对于同为大学生的我来说，的确是挂心之事，但我一点都不想和此人展开讨论。

"泷川先生是棒球迷吗？"

"是啊。你支持哪支球队？"

"巨人队。"

"是吗？我也是。"

"不知道王贞治②今年能不能拿下全垒打王。"

"嗯，应该没问题吧。不过，你喜欢王贞治，而不是长岛茂

---

① 全共斗，"全学共斗会议"的简称，是20世纪60年代后期，在日本各大学兴起的学生运动组织。他们以反体制、反战、反美为主要诉求，积极组织和参与社会运动。——译者注

② 王贞治（1940—　　），旅日华侨，职业棒球运动员及教练。他是世界职业棒球本垒打纪录保持者，球员时期效力于日本职棒读卖巨人队。——译者注

雄①？现在的年轻人里面像你这样的，还真少见。"

"对。"

我点点头。泷川这时目光离开报纸，环视四周，自言自语道：

"对了，成濑还没起床吗？"

兰子答道："还没呢，成濑先生还在睡。笛子姨妈说的。"

穿着围裙的小川滨从厨房走了出来。我许久没见到她了，她驼背似乎更加严重了，今年该有六十四五岁了，瘦骨嶙峋，加上有些驼背，昂着脑袋，让她看起来仿佛是会在柳树下出没的幽灵。她年纪大了，头发花白了一半，但脸上的厚妆倒是丝毫未改。

"二阶堂少爷、小姐，你们喝点什么吗？"

小川滨微一躬身，问道。她对我们总是低声下气，谦卑得有些过分。

兰子要了两杯红茶，小川滨恭敬地答应，便回到了厨房。

"——对了，泷川先生，净灵会是今天几点钟开始？"兰子问道。

泷川哗啦哗啦地折起报纸，有些不耐烦地瞥了兰子一眼：

"晚上七点前后吧。具体我也不清楚。"

兰子不以为意，继续问："净灵会进行的时候，泷川先生主要做什么呢？"

"喂，你说什么鬼话？那是瑛华的事，和我没关系。净灵是瑛华和巫女的工作。你把我当成什么人了？我可是个音乐家！"

---

① 长岛茂雄（1936—2025），日本职业棒球选手、教练。日本职业棒球中央联盟读卖巨人队终身名誉总教练。日本职业棒球史上首位大学毕业后打出400支本垒打与2000支安打的选手。——译者注

一下子，泷川就被激怒了。

"是吗？真是不好意思。"

兰子一笑，向他微一颔首。

"——反正，我今晚是不会参加净灵会的，你们玩得开心就好。"

泷川似乎也觉得自己刚刚大叫大嚷有些失态，将脸别到一旁。

正在这时，小川滨端来了两杯热气腾腾的红茶。

"喂，阿滨太太，现在几点了？"

小川滨正要走开，泷川叫住了她，看都没有看一眼自己的手表。

小川滨眼珠子一转，看了一眼墙上的挂钟，答道："刚过九点半。"

"这附近，有钟表店吗？远不远？"

"要到八王子市里才有噢。车站前有一家叫'金峰堂'的，比较大，也很有名。"

"是吗？"泷川喃喃道，"那我再睡一会儿好了。"

他打了个哈欠，离开了餐厅。

兰子拿起他丢下的报纸读了起来。

过了一会儿，她告诉我："黎人，报上说，今晚可能会下雨或者下雪哦。"

〔上午十点二十分〕

"——是这里吗？"

我看着树篱下的灌木丛。柔软的土地上插着两块小木牌。这里是"久月"院子东南角两棵灌木后面。

"大概是。"兰子点点头,"黎人,快,趁没人过来。"

我拿起一根大约半米长的棍棒——刚才在路上捡到的——挖起土。没挖多深,就发现了一个被草草掩埋的纸板箱。

我用手拨开纸箱上面的泥土,将纸箱从坑里搬了出来。撕开封箱的胶带,打开一看,只见里面躺着一具红棕色毛发的小型犬尸体,鼻尖对着腹部,蜷成一团。旁边还有一只已经僵硬的黑色松鸦尸体。

两具尸体都已经开始腐烂,散发出一股恶心的味道。虽然是动物尸体,但仍然让人很不舒服。

兰子掏出手帕覆在手上,仔细抬起并检视狗尸的各个部位。狗的后腿根部,有一道长约三厘米的伤口,伤口很深,甚至能看到带有红黑色血污的肌肉。

"伤口旁边的毛发,好像被剪刀剪过似的。"

"你觉得是被锐器刺伤的?"

"很有可能。"

接着,兰子提起那只松鸦,变换角度仔细观察。

"它倒是没有什么明显的外伤。"

兰子的口气,似乎有些失望。

"是不是被下了毒?"

"不解剖可搞不清楚。"

"这尸体要怎么办?"我看着她问道。

"先藏在我的房间里。我待会儿就打电话给三多摩警署，让村上先生趁明天一早没人的时候过来一趟，悄悄取走。拿回去做个解剖检验。"

兰子轻轻将松鸦小小的尸体放回纸箱。

〔上午十一点〕

不久前，天空飘起了小雨。看天色，很有可能会转为下雪。富含水汽的厚重云层低垂着，将整个天空染成一片沉重的铅灰色。

我和麻田老先生坐在餐厅看电视，兰子则在笛子的房间，跟她学习和服的穿法。

这时，睡眼惺忪的成濑正树终于一步三晃地出现了。

"成濑，你昨天喝了不少吧?"麻田老先生端详着他的面孔，问道。

"泷川先生硬拉着我陪他喝，喝到早上四点! 我也是服了。"

成濑拉开一张椅子，回答道。没多久，小川滨就端来了成濑要的咖啡和烤面包片。

"黎人，可惜啊，天公不作美。这天气看来是打不成网球了，真遗憾。"成濑一脸抱歉地说。

"没关系，下次有机会再教我好了。"我笑着说。

"碰上这种天气，我这种只懂运动的人就没有用武之地了。要不，请笛子教我们插花好了。"

"那也很好啊。净灵会晚上才开始，傍晚之前时间富余得很。"

"对了，今天早上好像没怎么听到那个奇怪的念咒声了。"

确实，经他这么一说，我才注意到。刚才我去厨房还咖啡杯，纳户的方向鸦雀无声，既没有大权寺瑛华的念经声，也没有宫廷音乐似的乐器响动。就连那里飘出的焚香气味也淡了一些。看来，我早上起床时，那场演戏似的闹剧已经告一段落了。

我正琢磨着，成濑又提出了一个建议。

"对了，麻田先生，你会打麻将吗？"

麻田老先生苦笑着摇了摇头。

"真抱歉，成濑先生。我可不太会。以前住在日本的时候算是玩过几次，但像听牌啊、算牌之类的我就不懂了。战前的规则和现在比好像差很多吧？"

"不，差不离的，虽然规则确实增加了一些，但很快就能记住的——黎人呢？你会玩麻将吗？"成濑问道。

我点点头："不太精通，但偶尔和大学同学玩玩。兰子也会打。"

"那就算兰子一个。黎人，我们下午开始打牌，你等下告诉她——哎，怎么样，麻田先生？午饭后我们一起打几圈吧！"

成濑兴致勃勃地邀请道。

"那，到时候再说吧。"

麻田老先生不置可否。

成濑说："离晚上还有好几个小时呢。不知道今晚的净灵会上会出现什么样的幽灵，但我们都还有大把时间，不必急得要死要活。"

〔下午一点三十分〕

午饭后，我碰到了久违的小川清二。

这天下午仍是按照成濑的提议，大家一起打麻将，但麻田老先生坚决推辞，于是雅宫琴子建议我们去请小川清二加入。也不知为什么，去邀请的任务落到了我的头上。

说老实话，我对清二这个人一直抱有戒心。他身上散发着一股江湖气或者说匪气，尽管待人接物彬彬有礼，但总是带着一副没来由的笑模样，让人不敢小觑。

清二已年过六十，但皮肤白皙，脸上皱纹并不明显，看起来只有五十岁上下。五官端正，有点像早年的电影明星，可以想见年轻时必定很讨女人喜欢。他平时大多穿着日式的家居和服。

小川夫妇的房间位于"久月"的最西侧，有两间屋子相连，分别是六帖和四帖半大小。他们房间的后门连着主屋的西走廊，屋子的檐廊外是铺着碎石子的停车场（这个停车场是以前泷川义明建的），现在停着成濑和泷川的车。屋内的家具不多，外间只有一张盖着红色薄被的暖桌，孤零零地杵在屋子中央。

阿滨没在，只有清二一个人待在里屋。房间中央放着一只老式的箱型火盆。清二将和服下摆撩到腰间，坐在榻榻米上，支起一条腿，悠闲地抽着长烟斗。

"——哎呀呀，真是稀客。这不是二阶堂家的小少爷吗?"

清二用烟杆敲敲火盆，将一小块烟灰敲落盆中。

我站在屋门口，稍一欠身，说道：

"小川先生，好久不见。是这样的，我们几个人想打麻将，不知您能不能一起？"

清二转过身子，说："哦？打麻将？这敢情好啊，好久没打了。其他还有谁啊？"

"有兰子，我，还有成濑先生。"

"嗬，不错不错，人才济济啊。二阶堂家的小姐虽是女流之辈，猜牌却很有一手，当对手绰绰有余。另外成濑先生，可是大财主，赢财主的钱，想必也不会有报应——哦，对了，既然要打，不如就在这里打吧？这房间里的暖桌是下沉式的，方便伸脚，打麻将再合适不过。"

这个提议确实高明。这房间虽然不大，但有下沉式暖桌，长时间坐着也不会感到疲累。若围着普通暖桌打麻将，坐久了容易腰酸背痛。我接受了清二的提议，回主屋喊人。

在中厅，笛子叮嘱我们："净灵会七点开始，你们要在那之前结束啊——刚才一位巫女来通知过了。"

笛子今天难得一身清丽的和服装扮。她身上的结城绸和姐姐弦子的是同种纹样，略带黑色的红色布料显得成熟而稳重，头发在脑后梳成发髻，插着一支玳瑁发簪。

听笛子这么说，兰子说："现在就开始的话，应该可以打两到三圈吧。"

成濑笑着问未婚妻笛子："到时间了，要去哪里集合？"

笛子也温柔地一笑："琴子姐说，大家先到餐厅集合。"

"知道了。"

"我等下送些三明治之类的到清二先生的房间去。晚餐要等净灵会结束后才开始，估计你们会饿的……"

〔下午两点三十分〕

第一局，兰子获胜。她在南风西局时，连和了三次满贯，以微弱的优势赢了小川清二，我则不幸垫底；

第二局，我是第二名，清二获胜，但第三名的兰子按点数算也赢了，所以其实只有成濑正树一个人输了。

成濑的打法太过老实，他几乎只顾看自己手里的牌。相比之下，清二的牌技就高超得多，稳扎稳打，猜牌功力也十分深厚，他擅长根据牌局变化调整策略，所以即使有人做成了大牌，也很少会点炮。

我喜欢做大牌，常常以混一色或清一色为目标。兰子常说，我这样打，永远赢不了。

而兰子打麻将的方式就像在打她钟爱的桥牌❶，胆大心细。假如我手上有很多单只幺九，几乎都会打出去，但她却会尝试做成十三幺。她猜牌非常准，只要给她足够的时间，几乎都能赚到足够的点数。

当我们决定再打两圈就结束时，笛子如约端来了食物：一大盘堆积如山的综合三明治。

"——都是用现成材料做的。"笛子说道。

成濑立刻扑上去，抓起一个就嚼起来："哇，很好吃啊！"

笛子掀开暖桌的被子，坐到兰子旁边。

"她们又在那边开始念诵经文还是祈祷了。"

"你说大权寺老师吗?"成濑一边嚼一边问。

"对,巫女们也和她一起,精神饱满的大合唱,搞不好比昨天还要吵,在餐厅都能听到她们的声音呢。说是要从现在一直唱到净灵会开始。"

"嘿嘿嘿,那可真是隆重啊。"

清二脸上笑着,嘴上却也不客气。

"对了对了,清二先生,您今晚要不要也一起参加净灵会?肯定不会无聊的。"笛子邀请道。

清二似乎有些不好意思,低下头,抬眼望向笛子。

"不用不用。我就不参加了。那种装神弄鬼的东西呢,向来和我性格不合。"

"欸?为什么啊?"

"呃,为什么呢?我反正就是这么觉得。还不如和阿滨一起喝点小酒开心。"

"是吗?那就算了吧。晚餐已经准备好了,等下您可以请阿滨太太热一下,先吃吧!"

"啊,好的,多谢了,笛子小姐,那我就恭敬不如从命了。"

说完,清二将左腕的袖子豪放地卷到肩头,继续刚才被打断的牌局,哗啦哗啦地洗起牌来。

我们也赶忙跟着洗牌。

清二一面砌麻将牌,一面转向成濑:

"对了,成濑先生,昨天傍晚,泷川先生跑到你修的网球场去了,不知道在忙什么。"

"泷川先生？他去那里做什么？"

成濑很奇怪。

"我只是瞥了一眼，也不清楚他在干什么。不过，我看到他从仓库里把画线器拿出来了，推着它走来走去呢。"

"难道他是特意去帮我画线的？"

"那，我就不知道了，没看仔细。不过，昨天中午的时候，有个巫女匆匆忙忙地跑出来，一副鬼鬼祟祟的样子。你们几个——"清二说到这里，郑重其事地环视我们一圈，"最好别太相信那个男人的话哟。那家伙就是个诈骗犯，谎话精。"

〔下午四点二十五分〕

小雨变成了雨夹雪。

〔晚上六点〕

雅宫弦子、琴子和麻田老先生，围着中厅的暖桌烤火聊天。我们打开纸拉门，坐在里面的琴子抬头向我们招呼道：

"——哎呀，现在就来了？时间还早呢。"

"再玩麻将，净灵会就要迟到了。"成濑笑着回答。

我们三人走进房间，也钻进了暖桌。

"弦子姨妈，你们刚才在聊什么呢？"兰子问道。

"随便拉拉家常。"弦子脸上和蔼地笑着回答。

接着，麻田老先生淡淡地补充道：

"其实呢，兰子，我们刚才在谈论雅宫家的长辈清乃夫人的掌故。听说今天的净灵会上，那位叫大权寺的通灵者，要将清乃夫人从另一个世界请来呢。"

我觉得这位富态老人悠然自得的风度，像个风雅的俳句或和歌诗人。

这时，穿着围裙的笛子也来了，她问未婚夫："正树，你喝不喝咖啡？"

成濑摇摇头："不，我不用了。刚才我在清二先生那里喝了啤酒，现在不渴——黎人，兰子，你们要喝点什么？"

"我不用了。"

"我也是。"兰子也答道。

"是吗，那如果等一下想喝，再告诉我。"

笛子轻轻抚了抚成濑的肩膀，在他身边坐下了。

接下来的一段时间，我悄悄观察着这群谈笑风生的人，完全感受不到半点紧张或杀机。如果兰子所言非虚，大权寺瑛华是潜在的受害者，那么凶手或许就藏在这群人中间。要是有可能，我多么希望能提前发现那个潜在的犯人，阻止杀人计划啊！

坐在我对面的，是两位年过四十，却风韵犹存的女性——雅宫弦子和琴子。妹妹琴子身材稍矮，五官更立体，但额头和下巴硬朗的线条反而衬托出她独特的美。姐姐弦子的美与琴子形成鲜明对照，更加温柔娴静，不熟悉她们的人，恐怕很难分辨出谁是姐姐，谁是妹妹。

与她们年龄差距较大的妹妹笛子，其美貌也不输姐姐们，她周身笼罩着一层绚烂的光环，散发着热情洋溢的青春气息。

成熟婉约的弦子。

沉静勇毅的琴子。

热情奔放的笛子。

看到传说中的雅宫家三姐妹齐聚一堂，不禁令人感叹万分。她们那令人屏息的艳丽容貌，或许正是源于"久月"这个古老家族代代相传的神秘血脉，这，大概就是所谓的血统吧……

"——哎呀呀，各位，怎么还在悠闲地排排坐？演出即将开场，请好好欣赏吧。"

循声望去，只见泷川义明杵在敞开的纸拉门边。他一只手插在焦褐色的长袍口袋里，居高临下地看着我们，脸上似笑非笑，另一只手则拿着他心爱的长笛。

"泷川先生，有点冷，请进来把拉门带上。"

离他最近的弦子回头说道。

琴子板着面孔，挪开了视线。很明显，她对前夫的无礼举动感到很不高兴。

"哦哦，弦子小姐，抱歉。"

泷川听话地走了进来，关上了门，却仍站在那里，并不落座。

"看来，我好像来得不是时候？"

他大概是睡足了，看起来心情不错。

"对了，泷川，听说你不参加净灵会？"麻田老先生开门见山地问道。

我看到琴子悄悄地对麻田老先生使了个眼色，示意他不要再说了。

"是啊，我就不参加了。"

泷川语气中带着一丝轻蔑。

"为什么呢？那些人不是你带来的吗？"麻田问。

听到这句话，泷川脸上浮现出他那特有的、略带嘲讽的笑容。

"我今晚和别人有约。而且，参不参加，是我的自由吧？"

"好吧，没事的。泷川先生，您要出门吗？"弦子问。

泷川脸色和缓了一些，向前妻的姐姐说：

"对，要出去一趟，就一会儿工夫，很快回来。"

"弦子姐，他和橘家的醍醐先生有约。"笛子故意补充道。

"啊，没错，我也不知道有什么事，他打电话叫我去一趟。我打算七点多开车去神社。"

"要谈什么呢？"

弦子警惕起来，脸色变得有些苍白。

"这个，具体谈什么，我也不知道。"泷川慢条斯理地回答，然后问道，"呃，琴子……"可是琴子完全不搭理他，他只好改口道："……那，笛子，我肚子饿了，有没有什么吃的？晚餐应该已经准备好了吧？"

"抢先偷吃可不行，泷川大哥。晚餐要等家中的恶灵驱散之后，大家一起享用。不过，好像还剩下一两个三明治，我去拿给你。"

笛子笑着站起身，替不作声的二姐答道。

"啊，什么都可以，能填肚子就好。"

"那我们过去吧！"

笛子像哄小孩一样，带着泷川离开了房间。

琴子的表情冷若冰霜，嘴唇紧紧地抿成了一条线。

〔晚上六点三十分〕

从纳户传来的祝祷声停止了。

大权寺瑛华似乎回了一趟自己房间，大概是去换衣服了。

〔晚上六点四十五分〕

我们聚在餐厅，等待净灵会的开始。

就在我们快要失去耐心的时候，一名手持烛台和香炉的巫女走了进来。

她来到餐桌前，默默向我们行了一礼，将香炉置于桌上，点燃。一道细细的淡紫色烟雾袅袅升起，一股阴恻恻的气味如雾霭般笼罩了所有人。

巫女又施一礼，垂着眼帘轻声说道：

"大权寺瑛华大人稍后便到。驱除恶灵的准备工作已经完成，请各位平心静气，稍候片刻。"

"——笛子是在厨房吧？我去叫她过来。"

弦子对兰子低声说道，悄悄离开了房间。

冬子已经被带到纳户，进行驱灵前的准备，所以不在这里。

四五分钟后，大权寺跟在另一位巫女身后，走进餐厅。她目光低垂，迈着小碎步，双手虔诚地将玉串①捧在面前。

---

① 玉串，日本神道教仪式中向神灵奉献的供品。它由一根常绿树枝和纸垂扎制而成，象征着敬意和祈愿，由参拜者或神职人员敬献于神前。——译者注

这时笛子也匆匆赶了过来，手里还拿着卷起的罩衫①。

——唵、阿毗罗、吽、伽沙罗、唵、阿毗罗、吽、伽沙罗……

大权寺喃喃地吟诵着祈祷词，用玉串在我们面前快速地左右挥动了几下。

"好了，诸位，尔等准备好迎战恶灵了吗？"

她用布满血丝的双眼看着我们，脸色如铅，没有任何表情。

"现在，召请此方守护之灵。愿神灵之威，昭然显赫，庇佑尔等。接下来，纵有异象纷呈，尔等亦当坚守心志，勿使邪魔外道，侵夺尔等之魂魄。否则，必将堕入无间之狱火……"

大权寺瑛华的声音，回荡在鸦雀无声的房间。

作者原注
❶ 兰子喜爱桥牌一事，在《百合迷宫》之《剧药》的事件中有详细记述。

---

① 罩衫，此处日文原文为"割烹着"，一种日本传统的长袖围裙，背后系带，用于厨房或家务劳动。——译者注

第十二章　黑暗中的净灵会

1

通灵术士大权寺瑛华那番故弄玄虚的讲演持续了好一会儿，但事后回想起来，大概也就五分钟左右。其内容大部分都是为了在我们心中种下恐惧的种子，几乎没有什么实际意义。她那夸张的动作、造作的服饰、不知所云的言语，还有线香营造出的神秘氛围，全都带着一种做戏般的气氛。

我们跟随着一身白衣的大权寺，鱼贯而出，走向纳户。在走廊上，不知从什么地方传来了挂钟敲响七点钟的声音。等我们全部进入准备好的净灵会会场，两位巫女便恭恭敬敬地拉上了两扇大门。房间四角的香炉焚着香，烟气缭绕，几种不同的香混在一处，弥漫在整个室内，浓得有些呛人。

环顾四周，我发现房间布置和昨天略有不同。沿着墙壁垂挂的黑色布幔依然保持着原样，祭坛被挪到了最右边，和左侧那个像小更衣室一样的灵柜之间，隔着大约一个人的身位。

祭坛上摆放着许多奇特的祭祀用品：以曼陀罗图、供品丸子和宝袋等为代表，此外还有贴在木牌上的符咒，喇叭之类的乐器，以及水壶等小玩意，似乎各有寓意。几支蜡烛安插在这些物品之间，红光摇曳，散发着妖异的光芒。

冬子已经换上了一套白色的和服，坐在指定的位置。不知她是又一次进入了"降神"状态，还是被催眠了，面朝我们的脸上没有任何表情，眼神空洞而茫然。她坐在圆桌前的椅子上，一名巫女陪在她身边。

桌子上铺着白色桌布，放着一只盛有沙子的彩绘瓷盘。旁边还有两只点着火的小盘子，烧蜡的气味缓缓飘散开来。

大权寺面朝前方，背对着我们，低着头。她把玉串供奉在祭坛上，拿起一支御币①。接着，她面对祭坛拜了好几次，开始祈祷，口中念出一连串不明其意、念经一般的诡异咒语。

——远津祖神笑给赐、远津祖神笑给赐。西福弥尤亦唰、那始、珂多摩绮罗哪奈、曦岐庬尤亦赐、娲奴娑沃拓哈堀縻咖、乌耦哀伲挲力黑忒、傩魔思呵涩赫肪姟……

---

① 御币，日本神道教的神体象征，通常为挂有纸垂的竹木棒，为祭祀道具。——译者注

我百无聊赖，只能茫然地看着她的动作。纳户里没有暖气，寒气自脚底往上升起。但可能是大家肩并肩挤在一处的缘故，似乎并没有想象中那么冷。众人的期待和不安，仿佛散发着无形的热量。

我环顾左右，凑到兰子耳边小声问：

“弦子姨妈怎么还没来？”

兰子把视线移向门口，说：

“太好了，正好赶回来了。”

弦子进门时，我听到远远地传来了长笛的声音。正是泷川吹奏的那首悲伤的《恶魔之笛》。他可能是在餐厅或者其他什么地方吹奏吧[1]。弦子轻轻地关闭拉门，并拉上黑色的布幔后，笛声就完全听不见了。

弦子向背对着她的大权寺瑛华默默行了个礼，然后站到了桌旁。

如此，从正面看，圆桌左侧依次是雅宫弦子、琴子和笛子；右侧是成濑正树、兰子和我，麻田茂一站在最后方。

——布瑠部、由良由良止布瑠部……

“这是让死者复生的咒语。”兰子轻声对我说。

咒语声停了，通灵术士抬起持有念珠的手，在虚空中横竖各划一道，又对着祭坛躬身施礼。

大权寺缓缓转过身，用粗哑的声音说道：

"接下来，吾将开始驱除附在雅宫冬子身上的恶灵。在吾之庇护下，此室将不受邪祟侵扰，尔等尽可放心许愿，祈求愿望达成。尔等务必由衷地相信自身守护灵，祖灵必将伸出援手。"

大权寺抬起右手示意，站在门口的两位巫女便走到她身边。大权寺说道：

"此二位巫女修行尚浅，灵力微弱，一人之力尚不足担任灵媒，然则二人合力，则足可胜任。善灵将附于其一之身，另一则传达善灵之言语。"

在通灵师的示意下，两位巫女走进那个"匚"字形布幔后，背靠背地坐在准备好的椅子上。坐在前面的巫女名叫冲美，另一人叫明美。大权寺拿出一块极大的白布，走进灵柜，将背对我们的明美全身盖住。

面对我们的冲美双目紧闭，双手放在膝头。大权寺走出灵柜，对着她们念了一串咒语，将御币举过她们的头顶，冲美的头渐渐垂了下去。

"——原来如此，是达文波特式的把戏。"兰子窃笑道，"说是净灵，结果完全是一场降灵术表演嘛。"

达文波特，这个名字连我都知道，是一对兄弟通灵师的名字，以表演灵异现象著称。这两位巫女据称是双胞胎，兰子大概因此联想到了他们。

准备就绪，大权寺走到圆桌前命令道：

"好了，尔等可与身畔之人牵手。——切记，纵使守护灵降于巫女之身，抑或恶灵现身，尔等之手亦不可松开，务必守住圆圈，

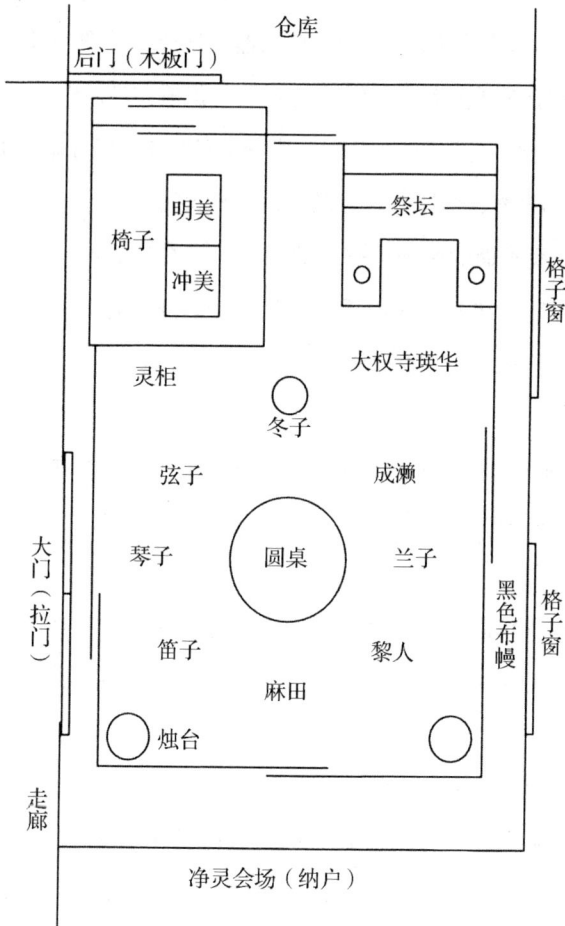

维系结界，如此灵场方可平安无事，尔等亦绝无危险。"

我按照她的指示，牵起了兰子和麻田老先生的手。

"闭上双目，诚心默念尔等心中所愿。"

大权寺靠近祭坛，用一个金属器逐次熄灭了祭坛上的蜡烛，房间里黑暗渐渐扩大，首先消失的是天花板，最后整间屋子里只剩下圆桌上两束摇曳的火光——其中一束也被大权寺熄灭了。

"灵不喜光，但留一烛之微光，亦是无妨……"

站在我对面的弦子等三人的面庞，在红色的烛光映照下摇曳不定。独自坐在前方的冬子，以及坐在垂幕中的两位巫女，都只能看见一个影影绰绰的轮廓。

——唵、摩咖伊、湿婆罗耶、娑婆诃；唵、摩咖伊、湿婆罗耶、娑婆诃……

大权寺再次吟唱起来。我突然发现，站在冬子身后的大权寺口中竟然发出磷火般的黄光，密闭的房间里焚香的味道也变得越来越浓，令人窒息。

冬子的脑袋——实际上只能看见她的影子——慢慢垂了下去。不过她的肩膀还在微微起伏，所以能确定她还活着。

大权寺持续发出抑扬顿挫的怪异声音，她念诵的咒语中，不时夹杂着她想要召唤的雅宫清乃，以及她想要驱除的翡翠姬的名讳。我们半闭着眼睛，试图集中精神。

——唵、摩诃迦罗、巴扎罗、修尼夏、跋折罗萨特巴、伽库嗡磅坷堀……

有好一阵子，什么都没有发生。但紧接着，却响起类似击磬的轻微声响。在大权寺的吟唱声中，逐渐开始夹杂愤怒的调子。我好像听见某个人的痛苦呻吟声从上方传来，起初还以为是自己听错了。

——这时，有人倒吸了一口凉气。

前方出现了一团模模糊糊的东西——灵柜的布幔中，出现了一团荧光。垂首而坐的巫女冲美的脸上——从她的口中——流出了一道白色的发光物质。

是灵媒外质！

惊讶和恐惧让我动弹不得，兰子握着我的手的那只手也似乎加大了力道。

灵媒外质顺着巫女的身体流到地面，接着像烟雾一样袅袅升起，升到与坐着的巫女同高。

那东西看起来就像一片低矮而轻飘飘的绢布。一个像野兽低吼，又像人类喊叫的奇怪声音，断断续续地从那个方向传来，回荡在天花板和墙壁之间，而飘浮在半空中的灵媒外质呈白色，半透明，散发着微光。

我和兰子事先查过通灵术士制造所谓灵媒外质的方法。一般来说，都是用白布、薄纱制成的，多半还会使用涂布后发光的药物。但看到大权寺竟然能制造出如此清晰的形状和视觉效果——

实在超出我的意外。

难道说，这是真正的灵媒外质？

——唵、卡卡卡、比桑摩耶伊、娑婆诃……

大权寺吟唱的语调低了下来，她挥动御币，突然双目圆睁：

"各位，尔等期盼已久的灵魂降临矣！请看吧，此乃自上界降临于尔等面前之守护灵，雅宫清乃之魂魄！"

说罢，大权寺露出诡谲的笑容，站在纹丝不动的冬子身后，张开双臂，如展翅高飞状。

"问吧！以各自之口提问吧！祈愿吧！"

巫女冲美的身影融入布幔之中，只能看到一个幽灵似的白色物体，气球一样上下浮沉。有时在微弱的烛光映照下，我们这些人以及室内诡异的景象也会随之显现出来。神情陶醉的弦子，还有琴子和笛子三姐妹，正全神贯注地紧盯着这奇异的景象。

不知从哪里吹来一阵冷风，差点把小盘子上的微弱烛火吹灭。

大权寺叫道："回答吾！降临于此之守护灵，回答吾之问题！表明汝之身份！如实道出汝之名姓！"

大权寺每结一个手印，房间里就响起一阵狂风的呼啸，听起来有点像狮子的咆哮。突然，所有声音都消失了，房间里陷入一片寂静。紧接着，一个女子惨叫般的声音从黑暗中传来。

"回答吾！回答吾之问题，表明汝之身份！道出汝之名姓！"

在桌上小小的红光映照下，半透明的灵媒外质不停地微微颤动。我瞪大眼睛，想看破这个把戏的真相，可意识却逐渐模糊，眼皮开始打架，身体也在前后摇晃，仿佛受到睡魔侵袭一般，感觉自己在缓缓地旋转。

风声、翅膀扇动的声音、令人不寒而栗的尖叫，以及诡异的低语——这些融为一体，回旋不已，形成一个可怖的旋涡，让我们动弹不得。

接着……

"……是……谁……呼……唤……我……是……谁……将……我……叫……醒……叫……醒……"

一个沙哑的老妇的声音传来，伴随着风声，说出了一些有意义的句子。

"是吾在呼唤汝！正是吾！看吧！吾在此！"

大权寺喜不自胜地答道。

"……看……得……见………看……得……见……"

大权寺的眼睛像两颗闪烁着蓝白色光芒的宝石，口中也发出金色的光芒。她竖起食指，大声喊道：

"灵呀！报上汝之名讳！告知吾，汝之真实姓名！"

"……我……我……我……清……我……清乃……清……

清……乃……"

雅宫家的长女弦子闻言，顿时万分紧张，紧紧地咬住了下唇。

"灵啊！回答，回答吾！汝是雅宫清乃？若汝为其等之母，便回答吧！应吾之召唤而来之灵！"

此时，突然有人发出了啊的一声惊呼，不知是麻田还是成濑正树。

我也好像被兜头浇了一盆冰水，心脏停跳了一下。

祭坛上的喇叭与玉串竟无声无息地浮到了半空，近在眼前，圆桌上的彩绘瓷盘也微微抖动起来，发出咔嗒咔嗒的声响，烛火摇曳欲灭。

若按兰子所说，这些异象皆是通灵术士大权寺的障眼法，可我却看不出半点端倪。若以超自然之力解释，反倒可能简单易懂。

借着微弱烛光，我注视着兰子的侧脸。她美丽的卷发仿佛燃烧的火焰，双眼有如盯紧猎物的野兽，熠熠生辉。

"……对……没错……清乃……我是……清……乃……雅……宫……"

"母亲？真的是母亲大人吗……"

率先发问的是二女儿琴子，带着冷淡和怀疑。

笛子的眼神则充满恐惧。听到母亲名字时，她面露惊恐，发出一声干燥的尖叫。

"……对……琴子……我是……清……乃……时……间……我……时……间……"

"时间?"琴子探出身子,追问道。

"……没……有……时……间了……没有……现在……"

大权寺高声喝道:"雅宫琴子!尔可向守护灵发问,以解心中疑惑。"

"好、好的。我知道了……那,母亲,这个问题对现在的您来说应该很容易。您能不能告诉我,我弄丢的那只玛瑙戒指在什么地方?"

"……雕……刻……雕……"

"对,就是底座雕有纹饰的那枚玛瑙戒指。"

"……桐……柜子……后……面……在……它的……后……面……"

"我房间的吗?"

"不……在……里面……的……上……厅……"

"欸？里面的上厅？是吗？我去找找看，谢谢您，母亲——"

琴子话音刚落，站在最前方的弦子正要开口，那白色半透明的灵媒外质突然兜起了圈子，吓得弦子赶紧靠近妹妹。

"弦子小姐，不必惊慌。"大权寺抬起拿着念珠的手，"亦无须畏惧。尔亦可提问！问毕，吾等再与守护灵同心协力，合力驱散附于汝女之身的恶灵。"

灵媒外质的异动立刻停下了。

在大权寺的催促下，弦子提了一些和迁墓、即将在春天举办的古琴演奏会，以及冬子的健康有关的问题。

灵体以微弱、断续的声音一一作答。但在我听来，那些回答如同寻常占卜结果，尽是些无关痛痒的空话。

——随后，轮到三女儿笛子提问时，灵体开始变得躁动不安起来。

"……要……小心……恶灵……小心……"

灵体开始说些无关的话。

一直在喃喃念诵祈祷词的大权寺，突然开始犹豫，脸上露出狐疑的表情。

"……死亡……会……降……临……死亡……死……亡……"

灵媒外质再次颤动起来，仿佛变得愈加透明了。

大权寺念咒的声音中带上了怒意，变得狠戾起来，神情甚至有些惊惶。

"……已经……到……要……走的……时间……到……了……时间……没有……没……有……没……"

一股寒意从我背脊升起，如触寒冰。我几乎无法忍受内心的强烈恐惧，感到四周弥漫着尸臭味，空气在皮肤上留下黏稠而沉重的触感。

同时，我本能地感觉到，有某种异质的东西存在于这空间里。

灵媒外质像被吹散的气体一样倏忽不见，黑暗中仅能听到莫名的凄厉尖叫。

……一片死寂突然笼罩了房间。

小盘子里的烛火微微作响，燃尽熄灭，房间陷入了彻底的黑暗。

"是什么……发生了什么事？"

我压低嗓门问兰子，声音带着颤抖。

"……恐怕是出了什么意外。"她答道。

伸手不见五指的黑暗。我的耳鸣越发严重，呼吸也变得困难起来。好像有什么东西，在黑暗中悄无声息地移动，悬在半空俯瞰着我们，窥伺着我们。我害怕得浑身起了鸡皮疙瘩。

"……去……死……要去……死……"

那粗哑的声音再次传来，不知来自何方，其语调与之前相同，但其中明显蕴含着憎恶之意。

"……去死……死……所有……人……都……会……所……有人……都会……死死……死、死、死……去、死……去……死……"

弦子和琴子发出痉挛般的惨叫，声音还没出口就哽在了喉咙里。

我则震惊无比，根本无法发出声音。

"谁？是谁！回答吾！汝乃何人？回答吾！"

大权寺疯狂地喊叫着。我听见扇动空气的呼呼风声，估计她正狂乱地挥动手中的御币。

"……骗人……人……者……去……死……会……死……汝……等……骗……人……者……必、须……去……死……"

"汝乃何人？回答吾！速速回答！"

等眼睛逐渐适应了黑暗后，我隐约看见大权寺充满恐惧的侧脸——嘴边的磷光映出了她的脸庞。大权寺几乎神经错乱一般，疯狂地进行着驱魔的仪式，但她明显吓得魂不附体，几近歇斯底里。

"回答吾！汝乃何人？回答吾！离去！速速离去！"

其余的人都仿佛遇到鬼压身一般，丝毫无法动弹，身上筋骨僵直，不听使唤。我想去打开房间的灯，故而想挣脱兰子和麻田的手，却连手指的一根关节都动不了。

"……是汝……将……吾……召……来……汝……将……吾……将……吾……"

"不是！非吾所为！吾未曾召唤！吾不知道！"

漆黑一片中，大权寺背靠桌子，仰头嘶喊，声音近乎呜咽。

——唵、摩咖伊、湿婆罗耶、娑婆诃；唵、摩咖伊、湿婆罗耶、娑婆诃；南无三曼多伐折罗赦、战拏摩诃么攞、娑颇吒也、吽、怛罗迦、憾——曼……

大权寺几乎全身趴伏在地，拼命地吟诵着祈祷词。

一旁的兰子忽然窃笑起来，吓了我一跳。

"看来，有真正的灵出现了。大权寺这种程度的水货通灵师，恐怕难以应付喽！"

我一时没有跟上她的思路。

"——你是何方神圣？"

取代狼狈不堪的通灵师，兰子朗声对着黑暗中的存在问道。兰子从大权寺手中夺过了降灵仪式的主导权。她又重复了一次：

"你是何方神圣？请说出你的名字！"

灵体的声音顿时消失了，仿佛正躲在一片墨黑中，仔细窥伺着这个新的提问者。

"我们，想知道，你，是谁。请告诉我们！"

"……死、人……吾……死……是……死……人……"

灵体的回答声从四面八方传来。

"请说出你的名字！"

"……死人……翡……翠……翡……翠……翡……"

我简直难以置信，这个从天花板上传来的声音，难道真的是"吸血姬"传说中的那个翡翠姬？

"你来这里干什么？你为何而来？"兰子追问道。

"……是……被……召唤……来……的……"

这个灵体似乎颇为乖僻，不肯正面回答。

"不对，我问的是，你为什么来这里，你有什么目的！"

"……传、达……传达……死……讯……为了……传、达……死……"

"是谁？谁要死？"

"……不……能、说……吾、要杀……死……不、能……说……还……不能……"

"为什么要杀人？"兰子耐心地追问道。

我想起她曾说过，被降下来的灵，其实就和小孩子差不多。

"……为……毁……灭……雅、宫、家……复、仇……毁、灭……毁……"

趴在地上颤抖不已的大权寺，忽然发出如同乌鸦般的哀嚎声，猛地站起身，冲向那个看不见的东西，全身撞在了祭坛上。猛烈的撞击下，我听到祭坛木头断裂和瓷器碎裂的声音。布幔撕裂开来，大权寺被巨大的力量反弹回桌旁，仰面摔倒在地。接着，不知道是什么物体飞向空中，坠落地面，又发出了巨大的碎裂声——

接着，前所未有的、真正的寂静降临了。

2

我们终于从僵直中解放了。

"可恶!"

成濑正树骂了一句,点着了打火机。一朵小而明亮的火焰闯入我们已经适应黑暗的眼中,令我们感到一阵刺痛。

我借助这火焰的微光跑到门边,摸索着打开电灯开关。黑暗瞬间消退,众人在明亮的强光下不停眨巴眼。

"到底……这……这是怎么回事?"

首先开口的是麻田老先生。

灯光大亮之后,眼前是一片狼藉。祭坛被压扁,垮了一半,上面供奉的东西翻倒、碎裂,滚得到处都是。装着供品团子的陶瓷器全都摔成碎片,桌上的彩绘瓷盘大概是大权寺扔出去的,弄得地板和祭坛上到处是沙,瓷盘碎成三块,散落在房间的右边角落里。

至于灵媒的两位巫女所在的灵柜,也变了样。靠近祭坛那一面的布幔从顶端撕开了,天花板上用于固定的铁丝,因为一处部件松脱,整个围挡完全变形。坐在前面的巫女冲美连着椅子一起倒向左侧,后面的明美则瘫倒在地。两人好像都昏过去了,一动也不动。

大权寺瑛华手里抓着破裂的布幔,倒在偏离原处的圆桌前,全身脱力,有如一块破布。她手中抓着撕下来的灵柜布幔,伏在地上，头上盖着一块垂下来的白布。

幸好，冬子并无大碍。她似乎完全没有察觉周围发生了什么，只是坐在椅子上，低头沉睡着。

"——简直是一塌糊涂。"成濑正树抱怨道。

"正树！"

笛子惊恐地跑向他，从背后抱住了未婚夫。

弦子和琴子两人脸色苍白地依偎在一起。

兰子迈步上前，蹲在昏过去的灵媒身旁，依次检查大权寺和两位巫女的面孔。

"情况怎么样？"麻田老先生在兰子身后问道。

兰子将大权寺翻了个身，让她仰面躺下，然后从桌布边缘撕下一块布条，塞进她嘴里。

"两位巫女只是昏过去了。但大权寺好像有点歇斯底里或者癫痫的症状，也很可能是药物中毒。"

大权寺失去意识，翻着白眼，口角淌着白沫，还发出类似打鼾的声音。

"药物中毒？"

"服药是通灵师常用的伎俩之一。他们为了上演奇迹，会想方设法让脸周围发光，这样信徒在黑暗中看到光芒时，就会以为那是神佛的背后的光焰，或是圣灵之类的发光体。

"所以有些人为了演出这种神迹，会把磷含在口中，以此发出微弱的磷光。

"可有些人弄巧成拙，就会导致自己磷中毒。听说磷中毒的人，呼出的气体都会带有黄色的光芒——"

"兰子，是不是最好叫医生来？"

弦子不安地问道。兰子想了想，说：

"是啊，如果头部受到撞击，最好还是不要随便移动——我们先问问两位巫女，再决定怎么办吧？"

琴子用打破的水壶里剩下的水沾湿手帕，擦拭巫女们的脸。过了一会儿，她们就像睡醒了一样，恢复了意识。可两人惊恐之极，冲美一睁眼，她的眼睛就在虚空中寻找着什么，瞪到不能再大，然后似乎想起了什么，尖叫一声，又昏了过去。

明美则完全陷入精神错乱的状态。她看起来像个小女孩，紧紧抓住抱起她的麻田老先生，身子不停颤抖。

"没关系，你可以先冷静一下，等一下再告诉我们发生了什么……"兰子安慰明美道。

然而，明美靠在麻田老先生怀里，抽抽噎噎起来，用含糊不清的声音说出一些莫名其妙的话，什么妖怪、黑血、断掉的骨头之类，听起来让人很不舒服。

直到这时，我才发现自己还在发抖。但我不知道，那是因为寒冷，还是因为恐惧。

看着神志不清的明美，我总觉得刚才那场黑暗中的噩梦又要重演了……

作者原注

❶ 多疑的读者或许会认为，这段笛声来自雅宫家原有的，或凶手带来的录音带或唱片。但这种想法并不对。之后兰子也考虑到这种可能性，请村上刑警进行调查，但在"久月"并没有找到《恶魔之笛》的录音带或唱片。我希望各位不要进行错误的推理。

第十三章　日本刀杀人事件

1

……昏暗的灯光照出这场黑暗中的闹剧留下的残局，燃尽的蜡烛和线香那令人作呕的气味，仍弥漫在房间里。

"这都是什么事。所谓的净灵会，都会发生这种傻事吗?"

我扶正一张翻倒的椅子，麻田老先生一边埋怨着，一边让啜泣的明美坐好。

"笛子，你说你们家举行过不止一次的降灵会之类的吧，以前也都搞得乱成一团吗?"

成濑叹了口气，搂着未婚妻笛子的肩膀，安抚她激动的情绪。笛子仍然浑身发抖，上气不接下气地答道:

"……没有。大部分都只是听到怪声或人声，或者在黑暗中被某种软软的东西触碰到……像今天这么乱，还是第一次……"

"——成濑先生，"兰子检查了一下灵柜的后面，说，"看起来，这应该算是突发事件。发生这种事，恐怕也出乎这位教祖的意料。"

"出乎意料？"

"是的。就比如说，出现了一个靠她自己的力量无法控制的恶灵。"

"那，兰子，你的意思是说，那是真的灵？"

"成濑先生，你觉得呢？"兰子嘴角浮现出一丝讽刺的微笑，反问道。

"这个嘛，我不知道……我不知道……"成濑茫然地喃喃道。

弦子正蹲在女儿冬子身前，观察她的情况。兰子小心翼翼地对弦子说：

"弦子姨妈，现在似乎还没法向两位巫女询问事情。能麻烦您请一位相熟的医生过来吗？还得请他帮忙看看教祖的伤势。"

"嗯，说得也是。是得叫医生……笛子，麻烦你去打个电话可以吗？拜托了。"

弦子有些手忙脚乱地托付了妹妹。

"知、知道了。"

笛子答应了一声，便离开成濑，快步走出纳户。

这段时间，兰子帮着弦子，唤醒了冬子。她的下巴仍然无力地垂在胸前，睡得很沉。

"冬子、冬子。"弦子一脸忧色，轻轻摇晃着女儿的肩膀。

"——什……什么……发生什么事了……"

冬子眼睛睁开一线，用做梦似的神情看着面前的我们。她脸上毫无血色，肤色苍白无比——不，应该说几乎透明。她好像什么都不记得。

弦子简单扼要地把刚才的事向她说明了一番。

冬子一脸虚弱，默默听着。

而这一边，经过一番商议，我们三个男人决定把昏迷的大权寺抬到和式客厅去。但一抬起来，才发现她比想象中胖不少，费了不少力气。

我们一行人走到走廊上，明美害怕自己被单独丢下，像个孩子一样哭着跟了过来；而兰子则背起失去意识的冲美，由琴子帮忙搀扶；弦子架起冬子，两人慢慢挪动。

总之，终于离开这间让人毛骨悚然的纳户，我也安心了不少。

在走廊转角附近，不知何处传来了人声。不一会儿，才发现是厨房收音机的声音。大家逐渐走近厨房，清楚地听到它正在播送主持人采访一位音乐家的内容。

"——是谁打开了收音机没关？"

可能是因为心浮气躁，琴子扬起一道柳眉，没好气地问。

"啊！是我。"弦子一脸尴尬，"对不起啊，刚才急着赶过去，慌慌张张地忘记关了。琴子，抱歉，能请你把它关上吗？太吵了。"

弦子正搀扶着女儿无法脱身，只好央求妹妹，琴子皱着眉头走进厨房，关掉了收音机。

"真没办法，下次注意点啊。"

我们在和式客厅里面铺了三床被褥，扶大权寺和两位巫女躺下。意识模糊的冬子，则由弦子带回房间休息。琴子叫来小川夫妇交代了一番，吩咐阿滨在医生到达之前负责照看大权寺三人。

"——对了，泷川呢？"琴子忽然想起此人，问道。

清二苦着脸回答："那位老兄，好像还没回来呢。我七点前后听到他开车出去的声音，之后就一直没回来，应该还在荒川神社吧。"

小川夫妇的房间在宅邸西侧，窗外就是铺着砂石的停车场，只要听到发动机响或踏上砂石的脚步，就知道有人出入。

"是吗——"

琴子的眼中满是气愤，似乎是为他不负责任的态度而生气。

"要不要打电话叫他？"

"不用。那种人，就随他去吧。"

兰子问道："那个，琴子姨妈，你有那间纳户的钥匙吗？我之前好像看到门上有一把挂锁。"

"嗯，有的。"

琴子有些讶异。

"可以借我一下吗？"兰子向琴子讨了钥匙，转头对我说，"——黎人，不好意思，你能不能去把纳户的门锁上？最好谁都不要再进去。你顺便再确认一遍，看蜡烛是不是都熄灭了。"

我从琴子那里拿到钥匙，回到纳户。现在这里安静得吓人，感觉比刚才还要可怖。我马马虎虎检查了一下室内，便关上拉门，扣上金属扣，锁上了挂锁。

回到大家所在的地方之后，兰子悄悄对我说：

"黎人，明天我们再仔细检查一下那个房间吧。一定能找到很多大权寺一伙人用来装神弄鬼的机关。"

终于，各项事宜都处理停当，我们回到餐厅，一屁股坐在椅子上。身体固然有些倦怠，但远不及精神上的疲惫。兰子点着暖炉，但房间里过了好一阵子才暖和起来。窗外正飘洒着雾一般的牛毛细雨。

"——黎人、兰子，"过了一会儿，啜饮着咖啡的成濑开口道，"我是第一次参加这种净灵会，对刚才发生的事不太明白。但我觉得，这其中，应该有所谓表象和现实之分吧？你们能解释一下吗？你们不是在学校参加了一个研究推理小说，还有各种奇妙现象的社团吗？"

"唔，这好像挺有意思的，我也想听听。"

麻田老先生附和道。他已经在一旁喝起了日本酒。

雅宫家的女人们终于歇了一口气，准备起推迟的晚餐。

"可以啊。"兰子放下手中的红茶杯，"那么，我就简单说明一下基于自己想象的推测——应该说是'虽不中，亦不远'，八九不离十吧。"

"嗯。"成濑点点头。

兰子将垂在胸前的卷发拨到颈后，正襟危坐。

"我认为，刚才发生的事有三种可能的解释。第一种：这一切都是按照通灵术士大权寺瑛华的剧本进行的，而最后的混乱，只是她激动过头的后果——这在原始部落的法师或萨满巫师身上也经常发生。大部分进行降灵或通灵的人，精神状态本来就起伏较大，常会出现歇斯底里的症状，比一般人更容易发生强烈的移情作用。也就是说，更容易被自我暗示。"

"原来如此，怪不得她刚才那么狂乱不已。"

"没错。——第二种可能是，中途有人捣乱。"

"有人捣乱？"

兰子没有正面回答，只是眨了眨眼睛。

"这些假通灵术士的最终目的是从信徒身上诓钱。通过降灵仪式，让灵说些取悦信徒的话，或反其道而行之，说些威胁之语，即可达成目的。比如说'这个家里有恶灵栖息，一定要驱散才行'或是'只要肯拿出多少多少钱，我就可以替你们解除诅咒'，等等，各种花言巧语——我想这次事件，极有可能也是这种情况。"

"也就是说，"麻田老先生愤慨道，"大权寺她们是想从这家人身上骗钱喽？"

"对。她们将冬子姐的病，作为行骗的突破口。"

"原来是这样——"

"你们想想看，电视上常有那些号称有通灵能力的人登台，但是，他们可曾找到过一名失踪者，或是在人群中识别出一名凶残的逃犯？——这种所谓的神迹，从未发生过。他们顶多能猜中节目主持人的家庭成员，或是主持人住处的楼梯在玄关的左边还是右边，诸如此类无关紧要的细节。而家庭成员的信息，只要事先调查节目组全体工作人员的信息，或是聘请私家侦探就能轻易掌握，根本算不上秘密。而楼梯的在左在右，则可以根据对方站立的方向灵活解释，无论如何都能自圆其说。这些冒牌通灵术士或占卜师，正是靠着这种诡辩技巧，招摇撞骗，愚弄大众……"

兰子的话一点不错，这就是自称通灵者的骗子的常用伎俩。他们真实的目的，便是通过揭露他人家中的丑闻、家族的隐私，牟取私利。大权寺瑛华盯上"久月"，无疑也是出于同样目的。

不过，今天成濑和麻田老先生在场，兰子便没有提及雅宫家的往事。

兰子继续说道：

"——大权寺本来的计划，是召唤弦子姨妈她们的母亲清乃的灵，然后让那个灵说出对自己有利的言辞。所谓灵的话语，无非是某个巫女的假嗓子，或是腹语术。高明的腹语术，可以制造出声音来自远方的错觉。至于那些悬浮的物体、震动的盘子，则是巫女明美躲在布幔后用细线操纵的。

"大权寺一开始就用白布盖住了明美，对不对？但净灵会开始后不久，趁着房间一片漆黑，她就从里面溜出来了。"

成濑有些半信半疑：

"但那个巫女明明一直披着白布坐在那里啊？虽然烛光很微弱，但是我亲眼所见啊。"

"那只是个简单的戏法技巧而已。"兰子微笑着耐心解释，"她们用铁丝扎了一个人形的框子，然后用白布盖住，明美则趁机躲到灵柜背后去。这样前面的观众就会以为，她仍旧坐在那里一动不动。明美和冲美背靠背而坐，也是为了造成一个视觉死角。当然，黑暗是欺骗观众视力最好的手段。

"另外，房间四壁虽然用黑色布幔围了起来，但布幔和墙壁之间其实有一条夹层通道——你们可能没有注意到吧？从灵柜中脱身的明美，就是通过这条通道来回移动，针对观众施展各种伎俩。"

成濑对兰子的分析佩服不已。

"原来如此啊！我还以为是真有幽灵出现呢。"

"大部分通灵者都是骗子，在欺骗普通人这方面，她们得心应手。"兰子断言道。

"那这么说，兰子，泷川义明和这个叫大权寺瑛华的女人，肯定是一伙的喽？"麻田老先生问道。

"那是自然。净灵会从最初的筹备，一直到中途，一切都是按她们的剧本上演的，泷川肯定也参与了准备工作。然而，净灵会却因为一个意外而中断了。我猜想，是有旁人利用她们的骗局，中途篡改了剧本。"

我颇为吃惊："兰子，你是说那个灵变成'吸血姬'的时候？"

"正是。"兰子点点头，卷发也随之轻轻晃动。

"可是，谁能做到这一切？我们所有人，当时不是手牵着手围成一圈的吗？"

麻田老先生对这个解释有些不满。

"麻田先生，您真的确定，自己一直和旁边的人牵着手吗？您能肯定吗？"

兰子的话让麻田老先生脸色为之一变。

"欸？你是什么意思？"

"麻田先生，您当时握着谁的手？"

"我握着的手，是笛子小姐和黎人两位。"

"但是，房间里一片漆黑，我们只能依靠触觉来判断，对吧？您以为自己握住的是笛子姨妈的手，实际上说不定握住的是琴子姨妈的手。黑暗中大家手牵手围成一个圈，即使其中少了一个人，也很难被发现，因为我们的注意力都集中在前方蠢蠢欲动的灵身上。"

"是吗？"麻田老先生若有所思地点点头，"那么也就是说，我们之中的某个人，想干扰大权寺的通灵术？"

"当然，也可能是身处房间外面的人。"

"不管是哪种情况吧，那个人干扰净灵会，有什么目的？"成濑问道。

兰子遗憾地摇摇头："说老实话，现在我还不清楚。"

"那第三种可能性呢？"

麻田老先生迫不及待地催促兰子继续说下去。

兰子美丽的双眸望向麻田老先生："你们或许会觉得第三种解释很荒谬，那就是：大权寺真的召唤出了'吸血姬'的鬼魂。当然，你们可以不相信这种近乎无稽之谈的说法。

"然而，因为大权寺自己好像被这种事态吓了一大跳，她没想到会出现这种情况，所以才会昏厥，差点背过气去。"

这么说来，大权寺教祖当时的狂乱之态，确实异乎寻常。

成濑想了想，严肃地问道："兰子，那么你更倾向于哪种说法？"

"我吗？如果用常理来推断，应该是第二种……"

兰子答道，但语气有些犹豫。

等大家终于吃上晚饭，医生也正好赶到了"久月"，开始诊治病人。大权寺疑似癫痫发作，并且确有磷中毒的迹象，医生建议静卧到明天。巫女之一的冲美，没过多久就完全清醒了，但对净灵会上发生的事闭口不谈，别人再怎么问，她也只是茫然地摇头。

最终，众人无不心绪沉重，因此吃得也很慢。

时钟指向九点半，小川清二来厨房，拿了些下酒菜，顺路来餐厅看了一眼。他看起来喝了不少酒。他站在门口，好像在和弦子商量明天的事情。接着，弦子走进厨房，用托盘端了一人份的餐食走了出来。

"弦子姐，那是给谁的？"琴子注意到了，便问道。

"我听清二说，泷川先生回来了，拿点东西给他吃。反正你也不想管他的事。"

尽管被姐姐话里带刺地埋怨了，琴子却处之泰然：

"不错，很了解我，不愧是你。"

"弦子姐！"反而是笛子激动地提高了声音，"有必要对那种人服务那么周到吗？"

她怒容满面，神色严峻地看向姐姐。我想，她大概已经忍无可忍了吧——包括泷川迄今为止的任性妄为，以及大权寺的欺骗伎俩。

然而，她却受到了弦子一顿冷言冷语的呵斥：

"笛子，你给我闭嘴。别废话，一切交给我办——"

说完，她便快步离开了餐厅，留下和服下摆摩擦的细微声响。

这是我第一次看到弦子如此动怒。

过了一会儿，琴子从和服的衣襟里掏出一块叠得小小的棉手帕。

"——兰子，你看看这个。"

"这是什么？"

琴子没作声，打开手帕，里面是一枚脏兮兮的戒指。戒指上镶嵌着一大块玛瑙，白金底座上刻着穗子似的装饰。

"呀，这难道是净灵会上，守护灵告诉你丢在哪里的戒指？"成濑惊讶地问道。

琴子的脸色有点难看，回答道："没错，成濑先生，就是这个。刚才我去了和室的上厅，抱着试试看的心情用裁缝尺在衣柜后面拨了拨，结果真的找到了。"

"嗬。看来灵的开示，也不全是骗人啊！"

成濑瞪大眼睛，一脸佩服。

这时，兰子忍不住低下脑袋，轻笑了起来。

"怎么了，兰子？"

"成濑先生，您还真是出乎意料的单纯。这也是大权寺耍的花招之一，她一开始就知道戒指在哪里，仅此而已。"

琴子反驳道："可是，兰子，我弄丢这枚戒指，已经有十年之久了！"

兰子微微一笑：

"琴子姨妈，您别被骗了。橱柜等家具后面，本来就容易掉东西。大权寺一伙人大概在净灵会开始前，已经搜寻过那些地方。别说教祖大权寺了，泷川先生本人就对这栋房子了如指掌，他来做这件事再合适不过。而且，最有可能的是——那枚戒指在泷川先生和姨妈结婚时就被他拿走了。然后，为了增加这次降灵的可信度，他昨天偷偷把戒指丢到了柜子后面。"

"可是，他们怎么知道我会问到戒指的事？"

琴子仍是半信半疑。

"大权寺或者巫女，有没有让您事先把要问的问题列出来？"

"哎？啊，有的！"琴子用力点点头，"她们确实要我事先把想问的问题写在纸上。说是可以做好心理准备，以免灵出现时不知所措……"

"噢，那好像确实，她也对我说过类似的话。还有弦子姐。"笛子插嘴道。

兰子露出了满意的表情："那就对了。大权寺或者巫女，一定偷看了你们写下的字条。而且就算你们没问到戒指，大权寺肯定也会主动说出戒指的下落。总而言之，她们有多种选择，以应付各种情况。❶"

成濑双手环抱胸前，心悦诚服："原来是这样啊。真让人惊讶，兰子。有你在，世上似乎就没有什么不可思议的事情了。无论如何，你都能找出合理的解释。"

兰子莞尔一笑，看起来心情不错：

"那是因为，成濑先生您只看到了怪异事物或异常现象之结果，而我呢，则惯于将注意力放在事情发生的原因和过程上。假如你一直紧盯着魔术师的手指，就永远无法看穿戏法的关窍。最重要的是，绝不能把无法用逻辑解释的暧昧现象，误认为是真实本身……"

总之，经过兰子的一番逻辑推理，我们被净灵会弄得一团糟的情绪总算是平复了。

2

翌日早上。昭和四十四年一月二十日，星期一。

刺骨的寒气让人直打哆嗦，我洗了把脸，便去了餐厅。窗外天气不错，昨晚的阴雨已经不见踪影。

昨晚的净灵会闹得我没什么食欲，吃得不多，现在早已饥肠辘辘。麻田老先生和兰子已经坐在餐厅喝茶，没多久，成濑正树和笛子也一起出现了。成濑提议稍后去打网球，我们同意了。

我们关心冬子姐，弦子说她昨晚太过疲惫，现在还没起床。但冬子低烧的症状已经有所好转，情况不算太差。

用餐完毕，喝完红茶，兰子向我提议："打网球之前，我们先去调查一下纳户吧。"

成濑听到了，表示也想一起去看看。

"我对大权寺一伙人布置的那些机关很感兴趣。反正现在是大白天，也不必怕幽灵什么的。"

"也好。"兰子点点头，"——那就麻烦您和黎人先过去开锁吧。"

于是，趁兰子收拾茶具的时间，我和成濑两人去了纳户。越靠近走廊尽头，离窗户就越远，光线也越发黯淡下来。纳户的两扇拉门，几乎与黑暗融为一体，附近还残留着浓烈的焚香味道。

我掏出昨晚就保管在身边的钥匙，插进老旧的挂锁。锁孔有些生锈，不花点力气，根本打不开。门上的门闩，也是固定住的，卸不下来。

我将门拉开一道仅容一人通过的缝隙，先迈了进去，伸手在墙上摸索电灯开关。

就在灯光大亮的瞬间——

"成濑先生！快去叫兰子过来！快！"

灯亮的同时，我就大叫出声。强烈的恐惧几乎将我全身的血液冻住。

"怎么了!?"

我的激烈反应吓了成濑一跳，他探头往门里看，我本想阻止，却为时已晚。他看到房间里的景象，也发出一声大喊。

"我去！"

"成濑先生，我在这里守着，你快去叫兰子过来!"

我竭力控制着音量。

"知、知道了!"

成濑慌乱地点点头，急忙跑向餐厅方向。

恐惧令我身心发麻。我尝试调整急促的呼吸，接着鼓起勇气，再次站在门槛处，仔细环视房间的状况。

——但这不是梦境。

这是一场血腥的惨剧——

房间左侧，靠北边的墙角，倒着一具男尸！

房间四周的布幔，只有尸体倒卧的正面从左右掀开。尸体位于祭坛和用于灵媒仪式的灵柜之间，背靠木板墙，向西面倒卧，头部紧挨着灵柜，弯腰抱膝，如一只蜷缩的大虾。他的双脚被半毁的祭坛挡住，看不见。

我的视线紧紧盯着尸体的脸。我想走进去，却双腿发软，动弹不得。然而即使站在这里，也能清楚地看到尸体的脸。

那是大权寺瑛华的丈夫，泷川义明。

一把日本刀深深地刺入泷川义明的左胸。这把锋利的长刀就是凶器。

他身上穿着的长袍从胸口到上腹部都被流出的血染红，大量的血顺着衣服淌下来，在地上积成一汪血泊。整个尸体仿佛一只被大头针钉住的昆虫标本。

尸体的脸部肿胀、紫中带黑。双眼因恐惧而瞪得大大的，半张的嘴里垂下一条干燥的舌头。

我感到一阵恶心，差点吐出来。

我强忍不适，将视线从尸体上挪开，开始观察房间的其他部分。原本摆在房间中央的圆桌四脚朝天，翻倒在门口附近。祭坛的损坏状况比昨晚离开时更加严重。房间污浊的空气里，混着刺鼻的香火味和血腥味……

"——黎人。"

有人叫我的名字。我回过神来，回头一看，只见兰子和脸色铁青的成濑已经来到身后。

"是谁死了？"兰子冷静地问道。

"是泷川先生……"我答道，口干舌燥。

兰子走上前，把堵在门口的我推进了室内。

"——真的啊，确实死了。"

兰子看到室内的状况，脸色有些发白，但语气依然很冷静。

她转向茫然无措的成濑，说："成濑先生，麻烦你守在门口，不管有谁来，都不许进来，可以吗？"

"知道了。"成濑咽了口唾沫，艰难地答道。

兰子抱起双臂，提议说："报警之前，我们两个人先简单检查一下这里如何？"

"——兰子，你不是预测，会被杀死的是大权寺瑛华吗？"

我脑中一片混乱，冒出一句没头没脑的话。

"差别不大吧？他们是一条线上的蚂蚱，说不定只是死亡的先后顺序不一样而已。"

兰子听起来有点不高兴。

听到她这么说，我更害怕了。

"你的意思是，这之后还会发生别的杀人事件？"

"有可能噢——假如这起杀人事件，是雅宫家受恐吓或威胁而采取的自卫行为所导致的话。"

兰子一边说，一边看了看拉门内外两侧，然后问我说："黎人，除了门和挂锁，你碰过其他东西没有？"

"没有。只碰了电灯开关。"

"挂锁的钥匙在哪儿？"

"这里。在我身上。"我摸摸裤子口袋。

"入口内侧的黑布幔，原本就是这样打开着的吗？"兰子指着敞开的布幔问道。

"对，打开着的。"我想了想回答道，"……应该是昨天大家离开纳户时，就把这边的布幔拉到两边了。"

"祭坛和灵柜之间的布幔呢，也是那样子？"

正中央的黑布幔，现在是向两边敞开的。

"是的，就是那样。所以我才一眼就看到那个人死了。我和成濑都只站在门口，没有进去。"

"你的判断是对的——你过来。"

兰子带着我，按顺时针方向在房间里走了一圈。我们尽可能地避开散落在地上的东西。不过，就连她也把对尸体的勘验留到了最后。

——难不成，凶手和被害者曾在这里进行过激烈的搏斗？

在坏掉的祭坛和掀翻的圆桌之间，散落着摔碎的瓷盘、陶器碎片和玉串等物。昨晚大权寺摔碎的彩绘瓷盘里的沙子，薄薄地洒在了祭坛和地板上。我一开始没注意，现在才发现翻过来的桌底上有一把日本刀刀鞘。刀鞘涂着黑漆，估计和刺在尸体上的刀是一套。

"泷川先生遇害前，应该激烈反抗过吧！"我低声问道。

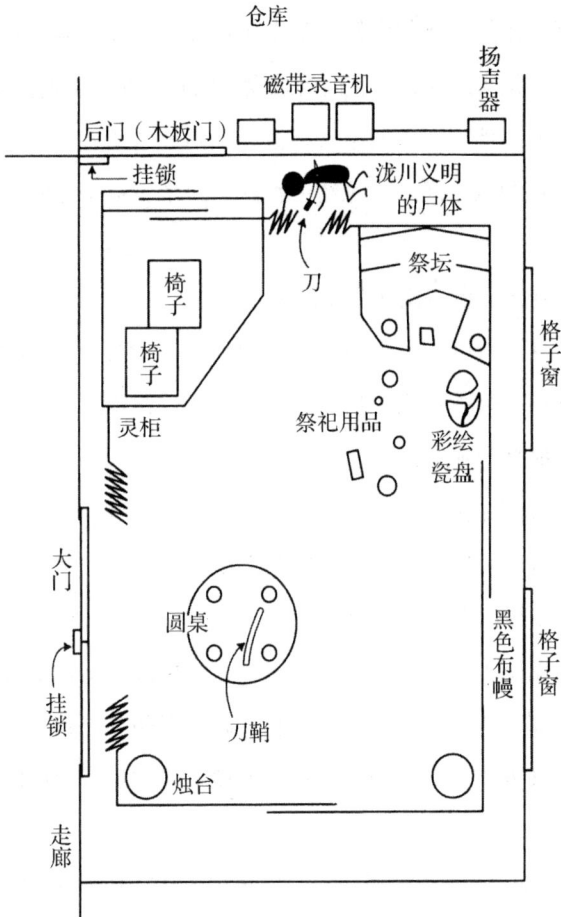

仓库

磁带录音机

扬声器

后门（木板门）

挂锁

泷川义明
的尸体

刀

祭坛

格子窗

椅子

椅子

灵柜

祭祀用品

彩绘
瓷盘

大门

圆桌

黑色布幔

格子窗

挂锁

刀鞘

烛台

走廊

"谁知道呢?"

兰子歪了歪脑袋,走到三面墙壁围着的布幔连接处,逐一掀开,查验后方情形。

门口所在的西侧与南侧都是木质板墙,布幔与墙面间放着两三只大瓮和花瓶,这原是室内的陈设,因布置净灵会而挪至此处。正对入口的东墙,嵌着两扇直棂窗,挡雨板紧闭着,窗框离地约一米半,长约六十厘米,宽约一百六十厘米,棂条之间间距约十厘米。

兰子踏入灵柜,掀开背面帷幔。

"——后面就是仓库的木板门。"她让开一些,让我也能看见。

巫女们坐过的灵柜正后方,如兰子所言,正对着通往仓库的出入口,那是一扇木板门。

"——这扇门打不开啊。"

因为这个发现,兰子显得有些激动。

——木板门上有一把与入口拉门一模一样的挂锁,上着锁。

西侧墙壁上钉着一枚舌形金属片,木板门的门把下方则有一个环状金属圈。上锁时,需要先将环状金属圈穿过舌形金属片上的孔,旋转九十度,再将挂锁的U形锁梁穿过环状金属圈,这才能锁上。

"原来如此,如果这里没上锁,就能轻易出入后面的仓库了。不过这把挂锁的钥匙去哪儿了?"

我草草看了看脚下,什么也没找到。

"钥匙会不会在弦子姨妈那里?还是在大权寺手里?或者,在凶手那里……"

"只能等勘验人员来帮我们找了。"

"黎人，你有铅笔或圆珠笔吗？借我一下。"

我递给兰子一支圆珠笔，她将笔插进挂锁的U形锁梁，以笔为撬棍，试着扳了扳。

"——确实锁上了。"她说完，看向门口，若有所思地说，"大门上的挂锁，是黎人昨晚锁上的对吗？"

"对。"

"那把挂锁，上锁打开都很容易吗？"

"不太容易。因为生锈了，连转动钥匙都很费劲。"

"这么说，这把旧挂锁应该也差不多吧。也就是说，不大可能用线或大头针之类的东西，从外面——也就是仓库那边——上锁。"

自然，旁边的墙壁上，也没有任何大头针或钉子留下的孔洞。

兰子终于钻出灵柜，走向尸体。她站在惨不忍睹的尸体前仔细观察着，一面伸手拨弄着垂在耳边的卷发。

"这不太像是自杀……他应该早就被杀死了……"

尸体的伤口已经不再流血，地上的血泊也几乎干涸，呈暗黑色。从死人肿胀而泛着青铜色的脸判断，他显然已经死去好几个小时了。

"……从凶器来看，肯定是当场死亡的吧。"

兰子蹑手蹑脚绕到尸体脚边，观察他的背部。利刃从正面刺穿了尸体的胸膛，其刀尖甚至穿透到了背部。刀柄附近闪着银色的光芒。

我咽了口唾沫，强忍住胸口泛起的不适感。

"凶手应该是男性吧。要刺得这么深，得很大的力气。"

"那可不一定吧。如果把刀稳稳地夹在腋下，利用浑身的力量冲过来，女性也能做到的。"

兰子转到另一边，从上方俯视尸体的侧脸，右手轻轻碰了碰尸体的脸颊。

"已经完全冷掉了……根据昨晚的温度……推定的死亡时间应该是……"

她低声说着，视线移向地面：

"咦？"

地上散落着一些细小的玻璃碎片。

兰子拉起尸体衣服左手的袖子，泷川那块造型奇特的腕表映入眼帘。

"原来是这里的碎片……"

手表表面的玻璃碎裂了。

兰子仔细端详着手表。

"指针停在十点十分。手表不走，已经坏了。一定有某种尖锐的东西撞到表盘中心，玻璃才会碎裂。"

"这就是案发时间吗？"我问道。

"有可能，但更有可能，是凶手为了混淆案发时间，故意拨动了指针。"

"为什么？"

"你仔细看表盘周围镶嵌的水晶，是不是略微凸出表盘？所以如果只是撞击某个平面，在水晶的保护下，这种高硬度的蓝宝石玻璃应该不会破裂。而且金属表盘中央有些微的凹陷，所以肯定是有人用某种棒状物，刻意敲碎了玻璃。"

兰子四下一看，立刻发现了一根鼓槌大小的金属棒。

"凶手肯定是用这个砸坏了表面。"兰子推测道，"虽然不知道是在砸碎表盘之前还是之后，但指针也被动过手脚——这么想比较符合常理。"

接着，她抬头看向天花板，指着固定黑布幔的铁丝：

"黎人，你看，那里有好几根钓鱼线。"

我顺着挂在铁丝上的几根钓鱼线看去，发现其线头垂挂在已经毁掉的祭坛上方。有好几根线已经断了，但还有一根，绑在掉落在地上的喇叭柄上。

"她们就是利用这些钓鱼线，让喇叭、玉串之类飘浮在空中的。"

"钓鱼线的另一头连在哪里？"

我再次看向黑色布幔的上方。

"连在巫女所在的灵柜后面的布幔上。"

兰子说道，掀起垂在地上的布幔，下面露出·条淡绿色的东西，好像是女式丝袜。

"这是什么？"

我用圆珠笔尖轻轻戳了戳。那东西散发着一股怪味。

"这条薄纱，也就是所谓灵媒外质的真相了。薄纱上涂抹了荧光染料，或者其他化学药品——比如磷或是硫黄。灵媒将其叠起来，藏在衣服下面，然后趁着房间一片漆黑时偷偷拿出来，把它含在嘴里，看起来就好像是灵媒外质从身体里流出来的样子了……"

我们将室内简单检查了一遍，便离开了房间。

兰子让我给房间上锁，然后和成濑一起回到了客厅。

3

兰子用玄关的电话联系中村警官，告知"久月"发生了命案。电话那头传来响亮的怒吼声，连站在旁边的我都听得一清二楚。兰子简单说明情况，将该传达的说完后，便挂断了电话。

"——我们去外面看看。"兰子穿上鞋往外走。

"啊，去哪里？"我跟了上去，却因为没穿外套，被冷风吹得直缩脖子。

"去检查一下纳户后门的仓库。在警方的勘验人员抵达之前，反正闲着也是闲着，去外面看看。特别是那扇格子窗。仓库里也得看看。刚才纳户那边上着锁，不是没能进去吗？"

我们走出玄关，绕到池塘另一侧。大门外的远山还笼罩着一层晨雾，玄关出口向右，一条人踩出来的小径顺着树篱蜿蜒而去。不知为何，兰子特意走在小路边缘。我学着她的样子走，却总是不小心碰到树篱，碰落树枝上不少雨水。

"不能走中间一点吗？"我忍不住抱怨道。

"黎人，你仔细看看地上。"兰子停下脚步，把我拉到她身边。

我依言看向地面，只见地面因为昨晚的雨变得泥泞不堪。

"有一串脚印，从玄关一直延伸到这里，你看到了吗？我在沿着这些脚印走。"

我吃了一惊，仔细一看，地上果然有一串清晰的脚印，像是一个穿雨鞋的人走过的痕迹，步幅看起来不大，有来有回。

"所以，是有人在雨停后走过这里？"

"没错。"

兰子继续向前走，我也格外小心，尽量不踩到这些可能成为证据的脚印。由于一路上的垫脚石几乎都埋进了土里，这才恰好留下清晰的脚印。

仓库建在池塘对面，像是主体建筑突出的一部分。我们在仓库入口前停下脚步，只见刚才的那道足迹走进了仓库，另一串离开仓库的脚印拐了个弯，消失在仓库的左侧。那个角落里靠着几根看起来是用来晾衣服的旧竹竿，有些还是断的，我差点被绊倒。

"——哎，你看那里。"

走到仓库旁的屋檐下，就能清楚地看到，雨鞋的脚印延伸到了哪里。

"唔，那是纳户的窗户吧？"

紧挨着茂密树枝的窗户下，放着一个装橘子的大箱子。上面沾着泥土的脚印清晰可见。纳户有两扇窗户，两扇窗外的地上，都有放置过箱子的痕迹。

"看来有人曾站在箱子上，打开挡雨板，查看里面的情况。"

我思忖道，"——但是，这和里面的杀人案有关吗？"

"至少人是钻不过窗棂的缝隙的。"

我小心翼翼地用脚尖踩在箱子边缘，注意不要破坏上面的脚印，支起身体，推开挡雨板。但里面有布幔挡着，什么也看不见。我尝试将手伸进窗棂木条的缝隙，但宽度只够伸进手腕。

我们绕回到仓库前面，打开了仓库的夹板大门。这里没有上锁。

门槛内侧堆放着三层大米袋似的东西，最上面一袋的袋口敞开，洒出一些雪白的石灰。袋子后面立着一只小学学校常用来画白线的画线器，让我倍感亲切。

走进仓库，兰子打开了从天花板垂下来的白炽灯开关，灯泡发出昏暗的黄光。四周仍然很晦暗，灰扑扑的，同时地面是压实的泥土，所以非常潮湿。仓库里乱七八糟堆满了各种农具和家具，空气中还弥漫着一股好似米糠味噌的酸臭味——这里有一些盛放味噌和腌菜的木桶，和所有东西一样，都蒙了一层薄薄的灰尘。

兰子对我说："看样子，泷川就是先从这扇门进入隔壁的吧。"

仓库的后门，位于比地面稍高出一个台阶的地方，即是与举行净灵会的纳户相关联的后门。那门口脱有一双男人的皮鞋。

"很遗憾，这里地面比较硬，没有留下足迹。"我检查了一番地面。

"喂，黎人。别管那个了，你快过来。"

我循声过去，只见兰子正在木板门旁边，窥伺着几个大行李箱的背后。

"——这不是录音机吗！"

藏在巨大行李箱后面的，是用于现场录音的开盘式磁带录音机、一台功率放大器和两只扬声器，扬声器紧贴着墙壁。我刚才就觉得有什么东西发出咔嗒咔嗒的声音，原来是开盘式录音机的电源一直没有关，一直在转动。

"这下真相大白了。净灵会上那些音效，就是靠这个装置弄出来的。大概，那时我们听到的风声和惨叫都是这盘磁带里的。他应该是配合着大权寺的祈祷词，用这个播放声音的吧。原来他们把这里用作祈祷法术的后台了呢。"

"原来如此。于是，等到夜深了，泷川就偷偷来到这里，想把这套玩意回收了。可是正当他想收拾灵柜和祭坛背后的机关时，被人袭击，遇刺身亡。"

"是啊——"兰子应了一声，眼中却浮现出一种奇怪的神色，看着我，"对了，黎人，根据几个事实推断，是不是可以认为，泷川是昨晚十点多来到这里的？"

"嗯。"我回答道，"是在晚饭后吧。"

根据雅宫弦子给他送餐的时间，还有他那块坏掉的手表所显示的时间——尽管有些可疑——来看，兰子的推论应该没错。

"那么，那个时间段，这扇通往纳户的木板门，应该是开着的喽？"

"当然是这样。他是在隔壁的纳户里被杀的。走廊一侧的两扇大门被我锁上了。所以，从物理层面上来说，谁都不可能进去，只能从这里去隔壁房间。"

"黎人，你整晚都带着走廊那边挂锁的钥匙吗?"

"是啊。而且，钥匙只有一把。"

"那么，在净灵会之后，如果有人想进入纳户，应该怎么办呢? 像我们一样先到屋外，再穿过这个仓库?"

"当然了。所以泷川肯定也是这么做的。"

我有些不安，回答开始变得犹豫。但是，既然他的鞋子在这里，那就肯定不会错。

"那么，凶手自然也是打开这扇板门，进入隔壁的纳户，然后杀了泷川?"

兰子接着问道，我没说话，犹犹豫豫地点了点头。

她的眼中闪过一道寒光。

就在这时，我心中隐隐的不安突然变成了深深的战栗。我终于意识到她想说什么——以及这件事的严重性。

兰子把刘海往上拨了拨，凝视着我。

"这么一来，凶手杀害泷川之后，究竟是从哪里离开纳户的? 通往走廊的拉门从外面锁上，装有木条的窗棂连一只手臂都伸不过去，而这扇木板门，现在也从纳户一侧被挂锁锁着——纳户里空空如也，别说大活人了，连个小猫崽都没有。"

我被她问得哑口无言。

"——黎人，这实在是太诡异了，用日本刀刺死泷川义明的凶手，究竟是如何从纳户这个密闭空间里逃脱的?"

这是一起名副其实的密室杀人案。

作者原注

❶ 各位读者请不要忘记，雅宫琴子也有可能说谎。也就是说，她或许是这些通灵术士的眼线。

第十四章　窗外魔影

1

正午刚过，天空阴沉下来，早晨的晴朗有如短暂的幻梦。外边起了风，屋外树林的枝杈不断敲击窗户，咔嗒作响，室内空气似乎也随之清冷稀薄起来。

对纳户的现场勘验仍在继续，但已有一些初步报告出炉。众多现场人员忙忙碌碌，打闪光灯拍照片的，提取指纹的，测量现场数据的……警方正准备将泷川义明的遗体移出现场，进行尸检。

兰子、我和中村警官三人站在角落，一边看着大家忙活，一边讨论案情。兰子再次向中村警官描述了发现尸体时的情形，我则将其速记在了笔记本上。

我们身旁就是被扶正的圆桌，桌面上铺着一块塑料布，上面放着血迹淋漓的凶器——那把日本刀、刀鞘，还有锁住木板门上挂锁的钥匙。钥匙是从尸体的裤子口袋里找到的。

一位穿着白大褂、个头不高的年长男子示意几名警员合力抬走泷川的遗体，接着朝我们走来。

"哼！真是一具毫无趣味可言的尸体——"

他阴着脸，自言自语道。

"波川医生。"兰子叫出了他的名字，"尸体的情况怎么样?"

此人名叫波川六太郎，是三多摩警署的法医权威。他以难以取悦和爱抱怨闻名，但其实是个心地和善的老爷子。兰子每次碰到案件，都会从他那里得到许多宝贵的法医学建议。

波川医生摸摸光秃秃的脑门，抿起下唇："什么叫怎么样?"

"那还用说吗，当然是指推定的死者死亡时间啦——波川医生，您认为死者大约是什么时候遇害的?"

波川医生眼睛一瞪，说："在进行解剖之前，什么都说不准。"

"当然，之后我还会跟您要详细报告的，但您现在应该有初步的判断吧?"兰子满脸堆笑地说道。

波川医生的表情总算缓和了一些。

"凭目前仅有的线索推断，死者大概已经死亡十四到十七个小时之间吧，但这不是最终定论。"

兰子用手指玩弄着垂在领口的头发，说道："倒推一下，也就是说死亡时间大概是昨晚七点到昨晚十点之间喽?"

"从尸斑和尸体僵硬的程度来看，差不多应该是了。目前尸体正处于尸僵最为明显的阶段，但死者疑似有轻微糖尿病，这可能会加快僵化的进度。另外，这房间里的气温应该也影响到了尸体保存，但目前没有对比数据，尚不清楚影响有多大。"

听完波川医生的说明，中村警官向兰子确认道："你刚才说，杀人发生的时间是昨晚十点十分左右，对吗？"

"嗯，目前有一个间接的证据指向这个时间。我刚刚说了，泷川的手表就停在这个时刻。但手表表面的损坏方式有点不自然，很可能是凶手有意为之，做了手脚。若是这样，就必须留神了。"

接着，兰子详细地描述了她对那块手表的看法。

中村警官伸手摩挲着黑色的胡须，问道："这家里其他人的不在场证明呢？昨晚十点前后，有明确不在场证明的人，或者相反，没有不在场证明的人都有谁？"

"我还没来得及核实。这种需要稳扎稳打的调查，就拜托警方来做啦！"兰子直截了当地说道。

"那么，最后一个见到被害人泷川的人是谁？"

中村警官没有理会兰子的调侃，换了一个问题。

"应该是弦子姨妈。净灵会结束后，大家都聚在餐厅。晚上九点半左右，听说外出的泷川回来了，弦子姨妈就用餐盘端了晚饭送到他房间，然后很快就回来了。然后大约十点钟，我、黎人还有笛子三个人去了冬子的房间。因为冬子正好醒着，我们四个人就一起玩了会儿'花月'①。我们在她房间里至少待了一个小

---

① 花月，日本茶道"七事式"之一，参与者抽取代表"花"与"月"的牌，抽中"花"牌者点茶，抽中"月"牌者饮茶。——译者注

时吧。"

"所以，你们两人，加上雅宫笛子和雅宫冬子，晚上十点十分左右有不在场证明。"

"——前提是目前推定的死亡时间正确。"兰子苦笑着说。

"'花月'是什么？"

"是茶道'七事式'之一，也是一种修行方式，在游戏的同时，学习茶道的各种仪礼规矩。"

中村警官抱起双臂，想了想，问道："那么，泷川出门前，有谁见过他？"

兰子瞥了我一眼，答道："包括我们在内的很多人都见过。当时大概是晚上六点半前后。我们坐在中厅聊天，他跑过来说想吃东西。于是笛子姨妈就拿了些三明治之类的给他。

"在那之后，泷川大概去拜访了荒川神社的神主橘醍醐，他应该可以作证。小川清二说，他大概是净灵会刚开始时出去的——他听到了泷川开车出去的声音。"

"有具体时间吗？"

我想起昨晚泷川义明吹奏的那曲不祥的乐曲。净灵会即将开始时，正好响起了那首寂寥的镇魂曲《恶魔之笛》。我告诉中村警官，听到笛曲时恰好是晚上七点整。

"那么综合大家的说法，也就是说：泷川出门的时间是晚上七点零五分到七点十五分之间，回来的时间是晚上九点十五分到九点三十分之间，对吧？"

中村警官接着问波川医生："——医生，死者的死因是什么？"

波川医生鼓起腮帮子，瞪了他一眼："你这说的是什么蠢话？你没看到尸体吗？死因当然是被日本刀刺杀——几乎是当场死亡。刀刃从肋骨间穿入，刺穿心脏，直透背后。如果有人这样还不死，我还真想认识一下。"

"我以为刀刺入的位置，要比心脏低一些呢。"

"唔，刀刺入时垂直于肋骨，被骨头阻挡后稍向右偏，最后令骨头碎裂，贯穿身体。直接死因，应该是心脏和大动脉被切断造成的出血性休克。"

"被刺后一点存活时间都没有吗？"

"完全没有。"

兰子插嘴问道："从伤口的状态，是否能推测出凶手的身高或惯用手？"

波川医生用他胖胖的手指摸摸下巴，思忖了片刻。

"这个嘛，恐怕不行。目前只能知道刀刃几乎是垂直刺入被害者身体的。而且刀刺得那么深，单靠手臂挥动不可能办到。所以，我推测凶手应该是把刀柄抵在自己腰间，向被害者冲去，靠全身的力量刺进去的。"

"但这样，不就刺不到对方的胸部高度了吗？"

"是的。那样的话，伤口位置肯定会更低——大概在侧腹部。但是，假如被害者在被刺前的一瞬间，刚好摔了个屁股蹲儿呢？这样伤口就刚好在胸部了。我想被害者可能是想向后退却，却不慎滑倒，失去了平衡。"

兰子对这个回答似乎还比较满意。

"被害者死后，尸体有没有被移动过的痕迹？"

"从尸斑的情况来看，应该没有被移动。即使被移动，也顶多是调整姿势。"

"尸体的脚，塞进了祭坛后面，对吧？"

"没错。凶手或许想将尸体藏在祭坛后方的黑色布幔里。但后来放弃了——至于为什么，那就不知道了。"

"我也考虑过这种可能性。"

"而且，尸体尚未出现腐败迹象。天气这么冷，也属正常。总之，基本可以断言，杀人现场，就是他躺倒的那片墙板前方位置。"

"也就是说，绝不可能是先在别处被刺，然后自己走到这里的，对吗？"兰子再次确认道。

波川医生沉着脸说："绝对不可能。我不是讲过了吗？是当场毙命。而且尸体所在的地方有那么一大摊血，而其他地方完全没有沾到血迹——勘验人员也这么说。"

"确实。"

兰子再次审视了一遍尸体周围的地板。浓黑色血泊没有被人碰过的痕迹。

"——好了，差不多可以了吧？"

波川医生长长叹了口气。

"可以了。"

中村警官点点头。

"那我就和尸体一起回去了哦。解剖结果出来后，我会马上打电话通知你们。"

"有劳您了，医生。"

波川医生转向我，问道："……对了，黎人，我让你记的笔记呢？"

"在这里。"

我把一张写着昨天晚餐菜肴的纸递给波川医生，内容是从弦子那里打听来的。这样，医生就可以比对泷川胃里的食物残渣与晚餐菜色。此外，我还问了弦子昨晚他在自己房间吃了些什么。据搜查过泷川房间的勘验人员说，他用过的餐具还在房间里。

"……还有，村上呢？"

波川医生环顾四周。

"村上在另一间房间里给相关人员录口供。"中村警官说，"您找他有事？"

"哦，是吗。那就没事了。我只是想问问他把我的车停到哪去了。我自己去玄关看看吧。"

波川医生说完便甩动了一下白大褂，离开了房间。

兰子对着他的背影喊道："请别忘了狗和小鸟的尸检报告！"

中村警官环抱双臂，盯着置于圆桌上的日本刀。刀鞘通体涂着黑漆，靠近刀镡的部分有一个金色的家纹，是圆形内嵌十字。刀镡是正圆形，镂空雕出桐叶纹样，握柄是紫色，缠绕着粗粗的编织绳，防止打滑。刀身上沾染的血液与脂肪，让银色的刀刃呈雾蒙蒙的白色。

兰子对中村警官说："我听人讲，这种平目地①的黑漆，是比较常见的日本刀漆绘手法。而且刀刃有锈迹，还有豁口，可见并非什么名贵的刀。"

确实，仔细观察刀刃，可以看见刀尖和刀身各有一道纵向的微小裂痕。

"你怎么会懂这些？"中村警官惊讶地问道。

"前段时间因为其他一些事情，请教过我男朋友——他是大学美术俱乐部的。"兰子轻描淡写地答道。

中村警官点点头，接着问道："这把刀是这户人家里的东西吗？"

"不，应该不是。我让弦子姨妈检查了保管日本刀的地方，她说雅宫家收藏的刀全部都在。这把刀肯定是大权寺瑛华带来，用在净灵会上的道具吧。"

"是吗？看来，等下要花功夫好好盘问一下那些冒牌通灵师了。"

中村警官一脸苦涩地说。他瞥了一眼房间入口，犹豫地问道："——话说回来，这个房间在你们发现尸体时，真的是密室状态吗？你们能肯定吗？"

兰子眼睛望着祭坛上的东西，说道："根据事实和目前掌握的证据，凶手在杀害被害人后，确实是从这间密闭的房间里消失的。但在通常情况下，这是根本不可能完成的任务。"

---

① 平目地，日本的一种漆器装饰技法。在漆器表面洒上金银粉末后，涂上一层清漆，进行研磨和抛光。——译者注

"能具体地再说明一下吗？"

"如您所见，这间屋子有两个出入口。一处是通往走廊的双扇拉门，另一处是通往仓库的木板门。这两扇门，都上着挂锁。拉门昨晚被黎人从走廊侧锁上，钥匙整晚一直由他保管；而我们发现泷川的尸体时，灵柜后面的木板门从纳户这侧上着锁，所以，凶手也不可能经由这扇门逃到仓库。窗外的挡雨板，虽然可以自由开合，但你看，窗户上嵌着木头窗棂，窗棂之间的缝隙很窄，连手臂都塞不进去，更别说人的脑袋或身体了。可以说，凶手究竟如何从这个房间逃脱，'只有天知道'啦。"

中村警官一脸难堪，他扫视着兰子和我，继续说道：

"但是呢，这两扇门都只是普通的推拉门吧？门板和墙壁之间，肯定存在缝隙，就不能用线或者大头针，制造那种俗套诡计吗？❶"

兰子耸耸肩，答道："您可以尝试一下啊——这种挂锁又大又重，而且生锈了，钥匙孔里的结构生涩，如果不用手直接操作，根本无法扣紧锁梁。转动钥匙也一样困难。这把挂锁虽然旧了但很结实，而且据弦子姨妈说，也没有备用钥匙。"

"那，挂在仓库那扇门上的挂锁，也是这户人家的吗？"

"是的。那些巫女说，为了布置场地，需要把纳户的东西收拾到仓库，于是净灵会前一天弦子姨妈把锁借给了她们。"

"——能不能在锁着门的情况下，把整个门扇卸下来？"中村警官沉吟道。

兰子遗憾地摇摇头，一头卷发随之轻轻晃动。

"不可能的。您看这里。通往走廊的两扇拉门，每扇宽约九十厘米，挂锁锁住连接两扇门板的金属闩后，单凭一个人的力量根本无法将其卸下或装回——而且，门的滑轨在房间内侧，不可能从走廊一侧把拉门安回去。"

"那通往仓库的门呢？"

"那扇木板门的金属锁片固定在纳户的墙上，难度更大了哦。"

"这么说来，最可疑的还是窗户了？"

中村警官满脸疑惑，眼睛望向窗户。

"我刚才不是说过，室外的泥泞上有脚印吗？这说明，确实有人走出玄关，来到纳户的窗下，接着进入仓库，最后又回到了玄关。因此，鞋柜里才会有一双沾满湿泥巴的男式橡胶雨靴——雨停之后，有人在这趟路上来回走过。"

"这么说……"中村警官垂头丧气地喃喃道，"难道凶手化成了一股蒸汽或者气体，从窗棂的木条缝里施施然钻了出去？"

"哎。"兰子不置可否地应了一声。

"我想起以前看过的一部恐怖电影，叫《吸血鬼德古拉》①，讲的是吸血鬼可以变身为蝙蝠，自如地穿行在狭窄的地方，还能振翅高飞。"

"若是这次的凶手和二十四年前杀害士兵井原一郎的凶手是同一个人，那么这个密室就毫无惊人之处了。既然上次凶手能在雪

---

① 关于吸血鬼德古拉有过多部改编电影。根据时代背景，这里应该是指1958年彩色电影 *Dracula*，彼得·库欣和克里斯托弗·李主演，被誉为经典恐怖杰作。——译者注

地上杀人不留脚印，那么对这个人来说，从上锁的房间逃脱，更是小菜一碟。"

兰子半开玩笑的语气，弄得中村警官脸色更难看了。他清清嗓子，平复了一下情绪，问道："昨天，这里是几点钟开始下雨，几点钟停的？"

"大概是下午四点半左右开始下的……黎人，你记得雨是什么时候停的吗？"

兰子看向我。我回忆了一会儿，答道："——这个嘛，我也说不好，大概是半夜吧？"

中村警官叫一名年轻警员打电话到气象厅查询，得到的答案是：昨晚的雨到凌晨两点便完全停了。

中村警官抱起胳膊，再次陷入沉思。

"这么说来，窗外的脚印就是凌晨两点之后留下的。而泷川——因为地上没有他的脚印——是在雨还没停时去了仓库，进到纳户之后遇害。"

"他的手表停止的时间，正好符合这个时间段。"我补充道。

"唔，可是——"兰子拨弄了一下刘海，提出了疑问，"假设凶手晚上十点多杀了人，为什么要等到雨停之后，半夜三更再跑到仓库和纳户外面徘徊呢？"

"是啊，真奇怪。"中村警官低声自语道。

我也搞不明白这里的缘由。这事情委实奇怪。难不成，那些脚印和凶手根本无关？

中村警官看向窗户，说道："对了，凶器——那把日本刀，能穿过木头窗棂的缝隙吗?"

我向勘验人员借来卷尺,量了量日本刀的刀镡直径,还有木窗棂条之间的间距。

"——不行啊。刀镡的直径比窗棂间距宽了大约五毫米,塞不过去。"

"是吗?我还在想,凶手有没有可能在外面,隔着窗户刺死了泷川……"

中村警官显得失望至极。

"是啊,很遗憾……"

"那样的话,这个窗户和脚印,是不是就是兰子你之前说过的,那麦什么芬?❷"

"啊。请稍等一下。"兰子眼睛一亮,走到窗边,"中村警官,请仔细看这两扇窗户,窗棂的下面,是不是有些凹陷?——就是靠近屋内侧的木条棱角,这里被压变形了吧?"

她一面说,一面将那些地方指给中村警官看。

每扇窗户都嵌着七根宽约三厘米的直木条,其中几根木条的棱角似乎被某种坚硬的物体压过,留下了弧线形的凹痕。而且两扇窗上都有这样的痕迹。

"真的啊。而且这些压痕看起来很新……"中村警官看完后说道。

我努力回忆在《犹大之窗》《太多个魔法师》❸以及《恶魔吹着笛子来》❹等推理小说中读过的密室杀人案,希冀能找到与眼前状况对应的诡计。

然而，我一个都没想出来。

兰子对中村警官说："在密室杀人这种不可能犯罪中，想要找到突破口，有时只需要找出凶手将现场伪装成密室的理由。有时候，伪造密室的理由，甚至可以提供比杀人动机还要重要的侦破线索。"

"凶手千方百计布置这一切的理由？"

"没错。凶手刻意制造这种匪夷所思的状况，一定有充分的理由。因为对凶手而言，制造密室所冒的风险，比单纯杀人高得多。"

"经你这一说，确实如此。看来有必要认真思考这个问题。"

中村警官点点头，紧紧闭上眼睛。片刻后他睁开眼，再次缓缓地环顾房间。

"等事件情况再清晰一点，我会先确定一个方针，明确从何处开始搜查。我说这话，不是示弱，只是，如果这起案件真的和二十四年前那起离奇的凶杀案相关，我真的不知该如何处理。我脑子都转不动了——兰子，你有什么好主意吗？"

"确实很难啊，首先，我们可以重新梳理一下这起案件的经过，然后将这些信息与村上先生正在整理的关系人等口供进行比对。这样，或许就能发现一些线索。"

"有道理。"

"我们先找个地方喝喝茶，然后再开始吧。"

兰子说道——她的语气听起来似乎游刃有余。

2

餐厅被记录口供的人占用了，我们三人便去了会客室。兰子请小川滨送来了热气腾腾的红茶。万事俱备，她开口对我指示道："——黎人，你能不能根据笔记，把事件经过念给我们听听看？"

我花了点时间，将速记下来的内容整理成一份时间表，念道：

〔一月十九日〕

· 下午两点半前后：　　　大权寺瑛华和两位亚女在纳户开始祈祷仪式。

· 下午四点半前后：　　　开始飘起小雨。

· 晚上六点前后：　　　　众人聚集在中厅（弦子、琴子、笛子、麻田、成濑、兰子、黎人）——泷川也出现了。

· 晚上六点半前后：　　　祈祷仪式结束。

· 晚上七点前后：　　　　净灵会开始。泷川义明在某处吹奏长笛。

· 晚上七点零五分前后：　泷川开车外出——这是小川清二的证词。

· 晚上八点前后：　　　　净灵会中断。黎人锁上了走廊的拉门。

· 晚上九点前后：　　　　大家在餐厅用晚餐。

- 晚上九点二十分前后： 泷川外出返回。
- 晚上九点四十分前后： 泷川吃晚餐。
- 晚上十点十分前后： 泷川可能被害的时间（即手表显示的时间）。

〔一月二十日〕

- 凌晨两点前后： 雨停。
- 凌晨两点以后： 有人在纳户和仓库外徘徊。

我念完，抬起头："——就是这样了。"

"像这样按时间顺序列出来之后，不自然之处就显而易见了。"兰子快言快语地说，"最奇特的一点是，泷川竟然踩着净灵会开始的时间外出了——按理说，他应该也参加净灵会才对，毕竟大权寺是他带来的。我们必须首先仔细核实这一点。"

"该怎么核实？"

中村警官一筹莫展。

"这个嘛，我们去荒川神社找橘醍醐，直接向他确认泷川是否真的去找过他。"

"打电话问不行吗？"

"别净想着省事。"兰子苦笑道，"坐您的警车过去，花不了多长时间。等我们回来，差不多村上先生也录完口供了。"

我们依照兰子的提议，走出宅邸，朝小川夫妇的住所走去。停车场周围的树木枝叶上，还挂着不少雨珠。

停车场里，成濑正树的那辆红色保时捷，停在中村警官的警车旁边。

我们坐上警车，驶出停车场，刚要驶出大门，兰子突然大喊："车停一下！"

司机吓了一跳，连忙踩下急刹车。

"看，那是什么？"

我顺着她指的方向望去，只见在门口路旁的老停车场里，泷川的车赫然在目。

我们下车检查泷川的车。那是一辆崭新的茶色日产公爵。兰子把脸贴近驾驶座的车窗，我站在她身后向车内张望。只见座椅罩着白色蕾丝椅套，驾驶座上还放着一个厚厚的坐垫。

"车门呢？"中村警官关心道。

"能打开。"

兰子拉开车门。只见车钥匙还插在方向盘下面。

"为什么不把车开到里面的停车场？难道他打算立刻就回来吗？"

兰子眯缝起眼睛，自言自语道。当然，这个问题现在没有人答得上来。

车里没有放什么行李，我们打开后备箱一看，发现了两个好似水泥袋的东西。其中一袋已经空了，袋子上印着"氯化石灰"❺。

"这是毒物吗？"

我有些担心，问中村警官。之前他说起的投毒犯浮现在我的脑海里。

"我不太清楚，但听说，有人做豆腐时会用氯化石灰代替卤水。"

兰子把空袋子倒过来，里面洒落下一些近乎透明的白色粉末。

中村警官有点不情愿，但还是无奈地说："虽然不知道泷川用这个做了什么，但还是交给勘验人员比较好。"

兰子关上后备箱，提出了一种假设："说不定是某种行骗用的材料？用来制造降灵现象什么的。"

我们再次坐上了中村警官的巡逻车。

3

荒川神社内，古木参天，晒不到太阳的阴影处，还堆着不少上周残留下来的积雪。草木荒凉，建筑脏污，四下灰蒙蒙。

神主橘醍醐在家。他住在社务所后方，一栋有宽敞走廊的平房。

出现在玄关的橘醍醐满脸通红，看起来正在喝酒。

面对我们的来访，醍醐丝毫没有掩饰他的厌烦。他拉拢敞开的衣襟，从眼镜片后面用一对斜视的眼睛瞥着中村警官。

"我现在有点忙。对不住，能不能麻烦你们改天再来？"他用沙哑的声音说。

"抱歉，我们轻易没法回去。"

中村警官语气坚定地回答，接着简明扼要地说明了发生在雅宫家的案子。

"原来如此。"醒醐瘦削的脸上不动声色，"好。你们进来吧。这太冷了，到里屋慢慢谈。"

他不情不愿地将我们让进屋内。透过走廊上半敞的纸拉门，我看到房间里摆着暖桌和火盆。

"有客人在。将就一下吧。因为其他房间没有生火。"

一位盘着发髻、穿着和服的中年妇人坐在六帖大小的起居室里。她身形丰腴，四十岁上下，颇具风韵。她一看到我们，立刻慌乱地转过脸去，整理起散乱的发丝。她随意地坐在榻榻米上，白皙的腿在和服下摆间若隐若现。

醒醐一屁股坐在这名妇人身边。暖桌上摆着没吃完的生鱼片，还有几只瓷酒瓶，一片狼藉。

醒醐一抬下巴，指了指那名妇人，说："——这位，是山下村子小饭店的老板娘，找我有点事情。各位不必拘礼，进暖桌烤火吧。我想听听事情的详细经过。"

我们依言在他对面规规矩矩地坐好。

醒醐伸手抓过烟盒，说道："开门见山，我可不是凶手噢。我今天早上一直和这娘们儿在一起。"

"案发时间是昨晚。"中村警官补充道。

"昨晚，今天，都一样。"

"明白了。橘先生，我们只想向您请教一件事。只要您给出回答，我们立刻就回去：昨天晚上七点前后，泷川义明先生有没有来拜访过您？"

醒醐脑袋一歪，马上回答说："没有，他没来。"他回答的速度快得过分，"——是谁这么说的?"

"是泷川先生自己，他亲口告诉的黎人。"

听了这话，醍醐垂下头，肩膀微微颤抖起来。他抓起桌上的温酒器，往酒杯里倒了些酒，抿了一口，然后突然放声大笑起来，连他身边的女人都被他吓了一跳。

"有什么问题吗?"

中村警官有点不高兴。

"哈哈哈哈哈! 这真是太好笑了!"醍醐仰头摘下眼镜，用手背擦拭着眼角笑出的泪水，"这真是我这辈子听过的最好笑的事情! 泷川? 那家伙说，要来见我?"

"是的。"

"哈哈哈哈哈! 这，警官先生，这怎么可能呢? 我和那小子，很久以前就水火不容，说我们之间有不共戴天之仇，也不为过! ——啊，荒谬之极! 泷川那家伙来找我? 说破天了也没人信啊!"

"为什么呢?"中村警官耐着性子问，"请问您和他之间有什么过节?"

"警官先生，你听好了。那小子也是参与蚕食本属于我哥哥的财产的人! 雅宫家的财产? ——不，那原本是我橘家的东西，应该是我的产业! 哈哈哈哈哈! 真痛快。我再说一遍好了，这十年来，我跟他一面都没有见过——"

醍醐仍然止不住地狂笑，笑出眼泪。

"您肯定吗?"

"千真万确。"

如果橘醒醐所言属实，那就意味着，出于某种原因，泷川对我们撒了谎。

"——橘先生。"旁边的兰子插话道。

"嗯？"

醒醐透过镜片瞥了一眼兰子：

"什么事？二阶堂家的小姐。"

"我有个问题。"

"什么？你说吧。"

"有传言说，冬子姐并非橘大仁先生的亲生女儿，而是别人的孩子，这是真的吗？"

醒醐脸上的笑容霎时消失，面如寒冰，紧紧地盯着兰子的脸。

"你是从谁那里听来的！"

"只是一些传言。"

兰子面不改色心不跳，毫不畏惧。

醒醐瞪了兰子一眼，恨恨地说道："……这个问题，当真蠢得无与伦比！冬子毫无疑问是我哥哥的孩子，是我的亲侄女！如果凭那些风言风语，就要把冬子从我这里夺走，休想！——你给我听好了，我会不惜一切代价，把那孩子带回我们橘家！"

作者原注

❶ 密室杀人中使用的古典、典型的诡计。以埃德加·华莱士（Edgar Wallace）

和范·达因的构思最为知名。

❷ 此处应该是指电影导演希区柯克所说的"麦高芬"（MacGuffin）。麦高芬比喻一个故事的起源，是一种实际上不存在或不重要的东西。但是中村警官在这里把这个词和导向错误方向的线索"红鲱鱼"（Red Herring）一词搞混了。

❸《太多个魔法师》（*Too Many Magicians*），1966 年作品。兰德尔·加勒特（Randall Garrett）以科幻场景为舞台设定的名作。

❹《恶魔吹着笛子来》，横沟正史的代表作。在横沟正史的作品群中，这部小说的推理框架十分完整，非常难得。被认为是凶手的角色喜欢在杀人时吹奏长笛，这个设定大概是出于对江户川乱步《魔术师》一作的模仿。

❺ 氯化石灰，即氯化钙，分子式为 $CaCl_2$。在石灰石中加入盐酸，浓缩并加热，即可制备的白色结晶体。大量存在于海水中，工业上则是在用氨碱法生产碳酸钠的过程中的副产品。易溶于水，也溶于酒精。可用作干燥剂、融雪剂、水泥促凝剂等。另外，在此特地为那些多疑的读者作个说明：在本故事中，氯化石灰并未被用作毒杀的凶器。

第十五章　诅咒复活

1

结束与橘醍醐的谈话，我们回到了"久月"。村上刑警对相关人士的口供讯问也已接近尾声。我们在餐厅门口的走廊上遇到了小川滨。她是最后一位向村上刑警提供证词的人。

瘦弱的小川滨微微颔首，一言不发地从我们身边走过。就在那一瞬间，我恰好看到她用充满怨憎的眼神瞪了我们一眼。我感到脊背一阵发凉，只能安慰自己，她或许只是对警方执拗的盘问感到不满。但即便如此，她的表情中依然饱含了某种丑恶、残忍和扭曲的东西，让我无法释怀……

餐厅里除了村上刑警，还有其他两位警员。其中一位是身穿藏青色警服的女警，坐在离餐桌稍远处，负责速记。另一位则坐在村上刑警旁边，整理讯问笔录。

"——啊，警官。"村上刑警发现我们回来了，说道，"你们来得正好。所有人的口供都已经记录完毕，刚才那位妇人是最后一位。"

他们正要起身，中村警官抬起手，示意下属不必多礼。我们几人分别找了张空椅子坐下。

我们离开的这段时间，现场勘验也已接近尾声。村上刑警向我们简要说明了勘验结果，他说，案发现场没有任何凶手遗留的物品，凶器上也没有验出指纹。

"通往仓库的木板门挂锁上，有兰子小姐和巫女明美的指纹，只有这两个是比较新的指纹。金属的门把手上，则有明美和被害者泷川义明的指纹。看样子他之前在那里协助净灵会的准备工作，纳户里到处都是他的指纹。"

中村警官深深地点了点头。

"下面，村上，你简明扼要地说明一下从这家人口中问到的证词内容吧，不必事无巨细，一会儿我会详读。"

"好的。"

一旁的男警员立刻递给村上刑警一份手写的资料。

"讯问的重点，主要集中在两个方面：一是推定的被害者死亡时间，也就是晚上十点前后，各人分别在哪里；二是是否知道，谁有杀害被害者的动机。"

"结果呢？"

"几乎所有人都能为其他人提供不在场证明。小川清二和小川滨夫妇俩，说他们晚上十点前后在自己的房间里；麻田茂一和成濑正树，在中厅的暖桌旁喝酒；雅宫弦子和琴子则在收拾厨房，给麻田和成濑准备下酒菜；雅宫笛子和冬子说，她们当时和兰子小姐、黎人先生在一起。"

兰子点了点头，表示同意村上刑警的陈述。

中村警官抱起胳膊，抬头仰望天花板。

"都不能算是万无一失的证明啊。每个人都有可能在不被起疑的情况下，短暂抽身离开几分钟。"

"的确。"村上刑警附和道。

"小川夫妇俩在自己屋里做什么？"

"说是在看电视。电视上在放电影《大冈越前》①。"

"噢，我昨天也看了。"

喜欢古装戏的中村警官微微一笑。

村上刑警将视线移回到手中的资料上。

"接下来就是关于杀人动机了。这部分也没有什么值得特别留意的证言。没有人表示知道有人对泷川怀恨在心，或者可能想杀害他。麻田和成濑都说，这次是自己第一次见到泷川。而雅宫家的人，自琴子和泷川离婚后，就再也没有和他见过面。所以大家众口一词，都表示不了解他最近的生活和人际关系。"

"——我倒是不太担心杀人动机这一块儿。"兰子露出意味深

---

① 电影《大冈越前》，指以江户时代著名官员大冈忠相的事迹为题材拍摄的电影作品。——译者注

长的表情，插话道。

"为什么呢？"中村警官问道。

"动机是明摆着的。凶手的意图一清二楚，正如被害人的行动一样。如同安东尼·布彻在《第七骷髅地谋杀案》❶中阐述的那样——杀人动机可以分为六大类，即爱恨、金钱、攻击、自卫、意识形态和心理异常❷。江户川乱步也在他著名的评论集中尝试过类似的分类法。而这次事件中，我猜想凶手是为了免受讹诈才杀害了泷川，同时不想让过去犯下的罪行曝光，所以可以归类为自我防卫。"

"那么，你的意思是说，凶手不是外人，而是雅宫家里的某人？"

"这是显而易见的结论——二十四年前，井原一郎遇害时，您不是就已经明白了吗？"

中村警官轻声哼了一声，板起脸，望向村上刑警。

"大权寺瑛华和两个巫女的口供，也录完了吗？"

"还没有。她们一直把自己关在房间里，声称教祖身体不适，说什么都不肯出来。她们还用木棍从里面抵住了门。我让雅宫弦子送了些餐食过去，但出面应对的都是那两个巫女，大权寺完全不肯露面。我们没办法，只好派了两名警员在走廊上监视她们。"

"那两个巫女也没有提供任何证词吗？"

兰子似乎有些不满。

"是的。她们说，没有教祖大人的允许，一句话都不能说。我本以为她们只是两个小女孩，便稍稍出言恫吓了一下，结果一点用都没有。"

"对了。"兰子向上捋了捋刘海，问中村警官，"关于泷川和大权寺是怎么结婚的，你们有什么消息了吗？"

"唔，查到了。他们只是所谓的事实婚姻，并没有正式登记。大约三年前，两人就开始联手在关西一带行骗，但具体是在哪里认识的，还没有搞清楚。大权寺一开始在某个新兴宗教团体负责宣传工作，积累了一定经验和手段后，就脱离了那个团体。她和泷川合作，创立了所谓的'天辉教'，自称教祖，开始进行一系列引人注目的活动。"

"泷川曾经是一名知名音乐家，以他文艺人士的交际圈，现在在东京周边一些上流家庭里还有点面子吧？"

"一点不错。他们的受害者大多是泷川以前的朋友或熟人。如你所言，泷川会首先利用自己音乐家的身份接近这些人，然后再把大权寺介绍给他们，以通灵或净灵等名义，揭露这些家族的隐私、丑闻。说白了，最后不过是为了收取封口费罢了。这就是他们的肮脏手段。"

"他们这次找上雅宫家，也是打算恐吓勒索吗？"村上刑警颇感兴趣地问道。

兰子点头称是："当然。他们可能想利用二十四年前的凶杀案来勒索雅宫家。结果没想到，凶手道高一尺，提前封了他们的口。"

"难道说，关于井原一郎杀人案，大权寺他们掌握了什么我们不知道的信息吗？比如真正的凶手的身份？"

"很有可能啊。如果想勒索，也只有这个可能性了：他们知道雅宫家的某个人就是当年的凶手。"

"那样，反倒好办了。"中村警官的语气变得强硬起来，"我们只要耐心审问大权寺，逼她把所知道的事情全部说出来不就行了？这样一举两得，连二十四年前的案子都可以破了。"

兰子态度暧昧地点了点头，不置可否。她转头问道："村上先生，我想确认一下另一件事：这栋宅子的周围，有没有外人入侵的痕迹？"

村上刑警摇了摇头。

"完全没有。是外来凶手的可能性极低。昨晚的雨让四周围地面泥泞，这替我们省了不少事。"

"这样一来，我们就能缩小调查范围了。"中村警官颇为高兴。"也就是说，有嫌疑的就是雅宫家的四位女性，加上小川夫妇、麻田茂一和成濑正树这八个人。"

兰子用纤细的手指抵住太阳穴，说道："最好把大权寺和那两个巫女也算进去。假定这起凶杀案的受害者只有泷川义明，那她们也是重要的嫌疑人——可能是团伙内部发生了冲突。现在还是把所有的可能性都考虑进去为妥。"

"你说得对。"

中村警官立刻表示赞同。

"村上先生，泷川义明死后，有没有留下什么财产？"兰子问。

村上刑警快速翻动着资料，答道："根据目前的调查结果来看，他名下的财产金额不大，反倒是大权寺创立的新兴宗教财力雄厚。泷川这一死，并没有让任何人直接得利。"

"因仇恨，还有恩怨行凶的可能性也很低……"

兰子沉吟片刻，和村上提起了与荒川神社神主橘醍醐碰面时的事。

"如果那个待在橘家的女人，是醍醐的情妇，那他的不在场证明就不足取信了。"

村上刑警听完，发表了自己的看法。

"重点在于，如果橘醍醐说的是实话，那么昨晚泷川到底去了哪里？橘醍醐强调说，自己没有见到泷川。"

中村警官用审视的目光看着我们。

兰子的嘴角扬起一丝意味深长的微笑。

"泷川去了哪儿，我大概心里有数了。"

我们几人都吃了一惊，纷纷望向兰子。

"——真的吗，兰子？"中村警官忽地探出身体，一脸专注。

兰子脸上浮现出一丝略带嘲讽的微笑，回答道："昨晚，他哪里都没去。净灵会进行过程中，泷川就在这个宅子里。他躲在纳户后面的仓库里，帮大权寺演了那一出降灵术。"

"可是，小川清二的证言说泷川开车出去了啊，难道是他搞错了吗？"

中村警官一脸不服气的样子。

兰子似乎早已预料到这个问题。

"我们之前看到，泷川的车停在门外的老停车场，对吗？也就是说，昨晚他只是把车从里面的停车场挪到了外面。清二先生听到的只不过是汽车发动的声音，却不能以此判断车子开出去多远。"

"是哦……"

"泷川把车停在门外的停车场后，立刻从前庭回到宅邸，接着便躲进了仓库。我们在净灵会上听到的那些古怪的异响，就是他用录音带播放的。他说不定还协助制造了灵媒外质，以及给巫女明美帮忙。"

"原来如此啊。"中村警官紧咬牙关，说，"怪不得他会把车丢在门外。他大概是打算等整理完仓库，或者今天早上，再把车开回原地的吧。万万没想到，自己被人杀死，导致这步没有完成。"

"先等一下。"我思考片刻后说道，"兰子，如果是这样，又该如何解释净灵会上的混乱？是泷川把什么搞砸了吗？"

"这个嘛，我也搞不清楚。可能是某个参与者进行了干扰，也可能是其他原因。"

"其他原因？"

兰子又做出了她陷入沉思时的习惯性动作——用手指轻轻卷着她那漂亮的卷发。

"……会不会是这样：那场恶灵骚动，是泷川故意制造出来的？他搞出一些剧本中不存在的环节，也许是为了震慑大权寺。"

"为什么？"

"可能是金钱上的纠纷，或者是团伙的内讧。很有可能是大权寺为了惩罚捣乱的泷川，就痛下杀手。"

中村警官脸色凝重地点点头："明白了。关于这一点，我会对那个女人详加盘问。——对了，兰子，接下来我们该调查什么？"

"村上先生，那把凶器——日本刀，已经被送走了吗?"兰子确认道。

"不，还在的。"村上刑警答道。

"那么，能不能麻烦中村警官，把刀拿给弦子姨妈看一下，确认一下它是不是这家里的东西? 能先确认凶器的出处比较好吧?"

"你说得对。"

"那么，我们现在就去请姨妈过来——"

讨论暂告一段落，兰子和我离开餐厅，去找雅宫家的长女。

2

前栋的中厅里，只有雅宫琴子和麻田老先生在。可能是我多心，坐在暖桌边的两人脸色有些发白。他们彼此凑近小声交谈着，一看到我们进来，便立刻闭上了嘴。

兰子向琴子询问弦子的所在。琴子说，她可能在冬子的房间。

"琴子姨妈，橘先生是不是非常嫌恶泷川先生?"

兰子顺便向琴子确认了他们两人不和的说法。

琴子一脸冷淡，尽量装出一副事不关己的样子:

"泷川这个人虚荣心极强，又爱夸夸其谈，而橘先生则如你所知，非常自私自利。光从个性上来讲，他们就不可能相处融洽。我和泷川还没离婚的时候，橘先生多次坚持要把冬子带回神社当巫女，当时出面阻止他的就是泷川。所以说，他们两人之间似乎积怨很深，在一起必然要吵起来的。"

听完琴子的话，我们便朝后栋走去。

然而，弦子并不在女儿冬子的房间里。

兰子打开拉门时，冬子正在换衣服。她脱下睡衣，套上一件藏青色的绸质地的和服。兰子进了房间，我留在寒冷的走廊上等候。拉门即将关上的瞬间，我瞥见冬子解开和服腰带的背影，她瘦骨嶙峋、苍白的后脖颈显得纤细而脆弱。

等冬子换好衣服，我走进房间。冬子跪坐在被子上，我们则找来坐垫坐下。不知是不是为了哀悼死者，冬子穿了一件图案淡雅的深色和服，发饰也十分朴素，脸上只化了淡妆。

房间里的暖炉似乎开了有一会儿了，室内的温度令人感到舒适。炉子上的水壶嘴里不断冒出腾腾的白色蒸汽。

"……兰子……刚才……有一个叫……村上刑警的……来……找我……"

冬子垂下眼帘，语气平静而缓慢。

我再次惊讶于她的美丽。她纤瘦的身形给人一种水墨画般的朦胧感，雪一般白皙的脸上五官端丽，又显得十分脆弱。

"……他说……泷川叔叔……被什么人……杀了……是真的吗……"

冬子的语气淡漠得仿佛在描述一件遥远之地发生的事。

兰子告诉她，确有此事。

"……那么……警察……查出来……凶手是……谁……了吗……"

"还没有。"兰子直率地回答，"什么都没有查出来。"

冬子闭上眼，沉默了一会儿。她长长的睫毛也精致无比。

"……警察……认为……谁……是……凶手……"

"他们认为，凶手就是这个家里的人。"

兰子正视着她的脸，直截了当地说。

"……兰子……你也……相信……这说法……吗？"

冬子微微睁开那对黑眼珠很大的眼睛，用混沌的目光注视着兰子。那对眸子深如古沼，呈现一片深邃的墨绿色。

兰子坚定地点了点头。

"是的，冬子姐。我和警方的想法一致，确信如此。凶手一定就在这个家里，不是家庭成员，就是与家族有关。"

"……"

冬子面无表情，纹丝不动，仿佛在怪罪兰子。

兰子首先移开视线，低下头。

"对不起，冬子姐，但这是真的。这个家里，的确隐藏着一个嗜血的、可怕的杀人凶手。"

冬子静静地闭上眼，长长的睫毛微微颤动。

"……这个家里……绝对……没有……那种人……大家……都是好人。"

"真的是这样吗？"兰子换了一种事不关己的平静语调，"冬子姐。冬子姐应该还记得二十四年前，在这里发生的那起凶杀案吧？那时冬子姐年纪还小，但一定还有印象吧？"

冬子凝望远方，轻轻眨了眨眼。她身上和服散发出的香气，带给我一种令人窒息的压迫感。

"……那只是一场意外……啊……"

冬子用略显僵硬的语调说道，目光涣散。

"……那位士兵，是……意外身亡……不是……被谁……杀害的……"

兰子流露出悲伤的表情，摇了摇头。

"不。大家都清楚，那件事并非意外。警方——没错，就是中村警官，也是这么认为的。我听了他的讲述后，也赞同他的看法。而住在'久月'的你们，不是应该比任何人都清楚真相吗？"

"……是说……我们……在……包庇……凶手……吗？"

冬子的眼睛仿佛黑洞洞的无底深渊，要吞噬掉我们所有的思考。

兰子没有回答。

"……兰……子？"

"那我就直说了。"兰子说罢，便告诉冬子，上周一个戴着能面的女子去过"紫烟"的事情，"——我不觉得那个女子是'吸血姬'的幽灵，她一定是雅宫家的人，也就是说，可能是弦子姨妈、琴子姨妈、笛子姨妈、冬子姐你，或是阿滨太太——必是其中之一。"

"……会有人……特地……去预告……自己家人……的犯罪……吗？"

"一般情况下，并不会。但打个比方，假设，冬子姐你事先发觉了凶手的杀人计划，难道你不会希望我来阻止悲剧发生，以免你的家人犯下杀人之罪吗？"

兰子试探道，但我无法从冬子空洞的表情中看出任何端倪。

"冬子姐，拜托了。如果你知道什么，请一定要告诉我，凶手到底是谁？"

冬子用小得几乎听不见的声音喃喃道："……我……本以为……你是站在……我们这边……的……"

说完，她再次陷入沉默，仿佛一尊蜡像，宁静而遥远。

我们就此告辞，离开了冬子的房间。

3

雅宫弦子是回自己房间去换丧服了，我们正好在房门口撞见她。也许是走廊光线昏暗，也许是暗色和服的衬托，她的脸色看起来比之前更加苍白憔悴。

兰子告诉她，警方需要她的协助，她便回答了我们想知道的问题。

"日本刀之类的东西都收在能乐堂的准备室里。那里面有一个桧木矮柜吧？都在那里面。"

我们一同回到餐厅，弦子见到中村警官，就深深地鞠了一躬。

"警官先生，这次真是给你们添大麻烦了，实在对不起。"

"哪里的话，这是我们的职责。碰上这样的事，你们才是最感困扰的。"

中村警官比弦子还要诚惶诚恐。

村上刑警在一旁用例行公事的语气插话问道："雅宫小姐，请看这个。这把日本刀是不是贵府的物品？"

村上刑警拿起用塑料布包着的日本刀。刀已入鞘，看不见刀刃上红黑的血迹。

"不，不是的，刑警先生。刚才兰子也问过我了。我们家收藏的日本刀里，刀鞘没有涂成黑色的。"

弦子只看了一眼，就肯定地回答道。

随后，我们请弦子带我们去查看雅宫家收藏的日本刀。

铺着木地板的能乐堂冷得像冰窖一般。只要稍微站立一会儿，就能感受到寒意从脚底直往上蹿。

事发至今，我已经是第二次来到这里。但这次的难挨和不安程度远胜上次。我对着冻僵的双手呵出热气，摩擦手掌来取暖。

准备室的门大敞着，但室内仍然晦暗不明。能乐堂的静谧与之前毫无二致。挂在墙上的能面们，露出一如既往的微笑。可我总疑心那些笑脸，莫非是恶鬼的嘲讽。

弦子开了一扇小窗，那窗户许久没有开启，有些生涩。

收纳刀具的桧木矮柜，位于左侧墙壁的顶里头，位于"班女"面具的正对面。那是一只老旧的木柜，表面因积尘而呈灰色，拉手上的金属配件也已锈迹斑斑。

"警官先生，我们所有的刀具都保管在这里。"

弦子跪在柜子前，抓住拉手。柜子一共有五层抽屉，她首先轻轻地拉开了最下面一层。

抽屉里，并排摆放着三把长刀。

两把刀的刀鞘是朱红色，另一把则是平目地的金色。光线较暗，看不清楚，但每一把刀刀身上都有华丽的装饰，看着就知道并非凡品。刀下面铺着防止刀鞘碰坏的白色平纹棉布，都叠了厚厚好几层。年深日久，白棉布都有些发黄了。

弦子合上抽屉，接着又打开了第二层、第三层的抽屉。那里面也都放着长短不一的日本刀。

"警官先生，如您所见，总共十二把，一把都不差。"

弦子舒了一口气，放下心来。

"是吗，我明白了。"

中村警官郑重其事地点点头，他映在柜子上的影子大幅晃动起来。

"最下面一层的上面那层抽屉，放着什么?"兰子越过弦子的肩膀窥伺，问道。

"第四层，放的是短刀。"有一瞬间，弦子似乎犹豫了一下，没有立刻打开抽屉，"……这里面，也存放着翡翠姬的匕首……那起事件过去之后，警方归还给我们了。"

弦子轻轻拉开那个抽屉，当拉到一半时，她发出"啊"的一声惊呼，倒吸了一口冷气。

"姨妈，怎么了?"兰子紧张地问道。

弦子转过头，一脸煞白。长长的睫毛下，一对眼睛因恐惧而圆睁，嘴唇微微颤抖。

"兰子……短刀不见了。翡翠姬的刀不见了!"

抽屉里，整齐地摆放着几把短刀，但正中央却空出了一块地方，平纹布上还有一块刀形的凹痕。

"我放在这里的，翡翠姬的短刀，不见了！"

弦子用绝望的声音，不停地重复着。

作者原注

❶ 《第七骷髅地谋杀案》（*The Case of the Seven of Calvary*），1937 年出版。安东尼·布彻（Anthony Boucher）作品。他曾以 H. H. Holmes 的笔名创作推理小说，但更以评论家的身份著称。《第七骷髅地谋杀案》一书略有炫学之嫌，同时行文故作高深，缺乏小说应有的趣味性。

❷ 兰子后来承认，这个分类是她根据江户川乱步《续·幻影城》中的"出现在推理小说中的异常犯罪动机"，自己归纳出来的。

第十六章　致病之毒

1

晚饭后，警方设在玄关旁会客间的临时指挥中心里，起了一场争执。成濑正树向中村警官申请外出，却被以妨碍调查为由拒绝，两人爆发了一番口角。

我和兰子经过走廊时，正好看见成濑和中村警官在会客间门口吵得不可开交。

"我不是已经说过很多次了?!"成濑语气强硬，"我不是逃走，也不是躲藏，公司财务突然出了点岔子，必须去处理。但现在已经过了下午三点，银行都关门了。金额虽然不大，但事出突然，财务负责人无法独自解决，我得赶紧去进行资金周转，如有必要，还得直接找客户面谈，所以我这才来请你批准我回去！"

中村警官也脸红脖子粗，极力压抑着怒火。

"我看你才是没搞清楚状况吧。这不是在过家家，这是杀人事件，杀人！这家里藏匿了一个杀人凶手，为了保障大家的安全，当务之急是尽快逮捕凶手！"

"我完全明白警方想尽快抓住凶手的心情，但我绝对不是凶手，也不知道谁有嫌疑。破案是你们警方的职责，但也不能因此限制我们的行动自由啊！为了保护我自己和公司员工的生活，我也要对公司负责啊！"

"你给我听好了！"中村警官不耐烦起来，"我的工作，是对人命负责，人命关天！为了避免出现更多牺牲者，我要尽一切手段，尽早逮捕凶手。这种时候，我就直说了吧：你也是嫌疑对象之一。说不定你是要去毁灭证据，绝不能让你擅自行动！"

这时，笛子带着弦子来了。弦子从妹妹那里得知此事，立刻匆匆赶来。

"竟然敢把我当成嫌疑犯？你还真有胆量！既然话说到这份上，想必你也做好承担后果的准备了吧？"

成濑怒气冲冲，朝中村警官逼近两步。

"正树，冷静点！"

成濑的未婚妻笛子赶紧拦在两人中间，拉住他的胳膊。

"你说什么呢，笛子！"成濑怒道，"我很冷静。失去理智的是这位警官。他对自己的无能视而不见，因为案情没有进展，就把气撒在我们身上。说什么为了安全起见，我看他根本就是想不分青红皂白，把所有人抓起来关进牢里！"

"要是真的能那么做，真不知办案会有多轻松哦。"中村警官回敬道。

"等一下，中村警官。"忧心忡忡的弦子从旁插话，"笛子把事情都告诉我了，我了解您的难处。时隔多年，我们家里竟然又发生了这样大的事情，我真不知道该怎么向您道歉才好。但成濑先生他和笛子刚刚订婚，还算不上雅宫家的一员，如果这起事件是出于我们家族内部的悲剧，那我可以肯定地说，成濑先生绝对和此事无关。所以，请您看在我的面子上，允许他自由出入，让他回一趟公司好吗？拜托您了。"

"是啊，警官。"笛子也愤愤不平地附和，"正树不是反复强调，他不会逃走吗？"

"中村警官，我再说一次吧，等我把事情处理好，一定会回来。就算今天回不来，明天一早也一定会回来，一定。我向您保证，请相信我好吗？"

成濑鞠了个躬，诚恳地看着中村警官。

"——你此话当真？"

"是的，我绝不骗人。"

中村警官最终勉强让步，毫无疑问，是因为弦子出面说合。他又朝兰子瞥了一眼，看到她轻轻点头，终于做了决定。

"知道了。"中村警官尽力保持冷静，"特别批准你出门。但是，成濑先生，回来的最终时限是明天早上，上午十点。请你务必在那之前回到这里，还有，我会派手下跟着你。"

"好啊。有人保护，我求之不得，没问题的。"成濑高兴地说。

弦子用严厉的眼神盯着笛子，命令道："笛子，你也快收拾一下，和成濑先生一起走。"

"什么？"

听到弦子的话，中村警官和笛子两人异口同声地反问道。

"为什么，连我也要走？姐姐！"笛子近乎尖叫地问道。

"你马上就是成濑先生的媳妇了。你留下来，万一有个三长两短的怎么办？我怎么向成濑先生，还有他的父母交代？"

"可是——"

笛子不服气，正要反驳，弦子提高嗓门，大喝一声："闭嘴，笛子！你照我说的做就可以了！"

看到平时温柔的姐姐态度如此强硬，笛子也不禁畏缩起来。

然而，站在一旁的中村警官却忍不住了。

"这万万不行！"

警官吼道，他面带怒色，转向弦子说道："雅宫小姐，再怎么说，我都不能在这种事上让步。笛子小姐是这个家里的成员，我绝不允许她外出！"

"但是，我们已经把所有知道的事都告诉警方了！您还要调查什么？"

弦子激动地反问，语气和平时截然不同，中村警官也吓了一跳。

兰子走上前去，试图缓和气氛。

"——中村警官，您就允许笛子姨妈和成濑先生一起去吧？——成濑先生，你们两人会住在你八王子的家里，对吗？"

"是的。家父家母都很喜欢笛子，她一起去的话，他们一定非常欢迎。"

接着，成濑转向笛子，征求她的同意。

"可以吗，笛子？"

"——呃，好。"

笛子犹豫地点了点头，接着，成濑诚恳地看着弦子，说："弦子姐，虽然这话有些冒失，但说实话，这种时候，我也不放心让笛子留在这里。"

兰子朝中村警官微微一笑，说道："如果是成濑先生一个人倒也罢了，现在加上笛子姨妈，两个人反而更难逃匿了，对不对？"

中村警官内心的不满溢于言表，他把我们所有人看了一圈，无奈地表示："好了好了，我知道了。笛子小姐可以和成濑先生一起走。不过，我要派两名警员跟着你们，以防你们分头逃走。"

协议总算达成，成濑和笛子立刻收拾好随身什物，坐警方的巡逻车离开了"久月"。

"对所有嫌疑人严密监控时，可以把他们分成几组。这样一来，如果再发生什么事，就能锁定某一组人，或者排除无关组了嘛。"

兰子这么说道，仿佛是在安慰中村警官。

2

晚上八点前后，波川医生打电话来了。

"我猜你们一定想尽快知道尸体解剖的结果。"他在电话那头说，"你们想先了解哪些方面的信息？"

"被害者的死亡时间。"中村警官毫不犹豫地回答。

"好。泷川胃里的食物和晚餐的菜单完全一致，消化过程顶多进行了三十分钟。"

"泷川吃晚餐的时间，应该是昨晚九点四十分前后。"

"唔，我知道。所以综合其他因素考虑，泷川的死亡时间，应该在昨晚九点四十五分到十点十五分之间。"

这个结论，与泷川手表上显示的时间是吻合的。

"关于死因和尸僵反应等，我在现场都说过了，没什么需要补充的。"

"兰子他们发现的小动物尸体呢？"中村警官问道。

"你是说从院子里挖出来的狗和松鸦吗？这两具尸体，都检测出了乌头类的毒物反应。也就是乌头碱中毒。只要方法得当，任何人都能轻易地从乌头根部提取乌头碱。两具尸体都有神经性麻痹症状。"

"原来如此，和兰子他们推测的一样啊。"

过去，乌头因自身的毒性常被用于制作毒箭。其植物根部被称为乌头或附子，自古以来就被当作药物使用。

"小狗体内的毒素，应该是从其后腿上的伤口进入体内的，伤口应该是刀伤。而松鸦没有明显的外伤，所以很有可能是通过注射器直接注入体内的。"

"注射器？"

"是的。注射器很容易弄到，买一套小孩子的捕虫工具就有了。"

"这真是太残忍了……"

中村警官不禁哑然。听到这些，我的脊背上也升起一阵寒意，惊异于凶手的冷酷无情。

果然，那个曾经一度猖狂作案的投毒犯，再次悄然出现在如今的"久月"。

3

"这么看来，我们基本可以确定，泷川就是大权寺瑛华实施净灵仪式的帮手。"

中村警官下意识地摩挲着自己的胡须。

我们正在播放从仓库里找到的录音带。接通录音机的电源，扩音器里便传出了我们在净灵会上听到的那些惨叫声和模拟出来的风声，绵延不绝。

"怎么会有人被这种东西骗到，还吓得要死？"中村警官恨恨地说。

仓库里非常寒冷，除了堆放得杂乱无章的东西之外，空气中还弥漫着一股老旧物品特有的霉味儿。

"这是利用了大众心理。"站在警官身旁的兰子指出，"黑暗的环境、香火的气味、摇曳的烛光，再加上大权寺不断吟唱的古怪祈祷词，这些因素重叠在一起，就营造出一种异样的氛围。我觉得，这种氛围很可能具有集体催眠的效果。"

"按照你的推理，净灵会开始后，泷川就一直在这里播放录音带，对吧？"

"没错。他开车出去，又从大门走回来，然后就躲在仓库里。"

"听说在这之前，他还吹奏了长笛，而且你们都听到了，他为什么要这样做？"

"那应该是一种信号。"兰子眨巴了一下眼睛，"净灵会的流程应该是事先就安排好的，所以，身在纳户里的大权寺和在仓库内的泷川，会遵照商定好的进程，以净灵祈祷、降灵现象……这样的顺序推进环节，制造各种效果。"

"这盘录音带里好像没有灵魂的说话声。"

"那应该是躲在灵柜后面的巫女明美，捏着嗓子学出来的。"

"这么说，从一开始，就根本就不存在什么恶灵喽？真是蠢到家了。"

整盘录音带播放完毕，中村警官立刻关掉了录音机的电源。

兰子冷静地说道："实际犯下谋杀案的大活人，比那些利用神神鬼鬼来恐吓信徒、进行讹诈的幽灵更加邪恶。大权寺瑛华那种程度的冒牌灵媒术士，不论是智力还是犯罪的凶残程度，都无法与这起事件的真凶相提并论。"

"那么，接下来，就轮到我们好好审一审那个愚蠢的女人了。"
中村警官的语气冰冷而坚定。

4

然而，大权寺瑛华一直把自己关在房间里，根本不肯出来。
无论中村警官和村上刑警如何反复叫门，她都置若罔闻，完全无
视，而且一整天都在疯狂地吟唱祈祷词。

——南无、三曼多、伐折罗报、战拏、摩诃罗刹拏、娑贺吒
也、唵、怚罗迦、憾、曼、贺唵、唵、阿弥唎帝、吽、呬吒、唵、
枳哩枳哩、伐折罗、吽、呬吒、唵、吽、呬吒——

经过仔细搜查，警方最终还是没有找到被盗的"吸血姬"短
刀。虽然讯问了所有人，但除了弦子之外，其他人都说自己一开
始就不知那把短刀放在何处。想要在这么大的宅子里藏匿一把小
小的短刀，简直易如反掌。

不安的情绪不断蔓延。最终，村上刑警和几名警员决定留在
"久月"过夜。

我们在餐厅里逗留了很久，分析案情，推演局势……可即使
我们就动机、作案机会和作案手段等问题分别进行讨论，也依然
无法看清真相。兰子还是改不掉她陷入烦恼时的习惯性动作，一
头秀发不知被搅乱了多少回。

"……不管怎么说，这起事件的起因一定是昭和二十年的逃兵杀人事件……"

她已经喃喃重复这句话好多次了。

我感到最不可思议的是，在这次事件中，兰子敏锐的直觉竟然完全没有发挥作用。诚然，她在调查过程中提出了一些让我们耳目一新的犀利见解，但以往那种决定性的灵感迸发却明显少了很多。

我毫不留情地指出她的发挥失常，她也老老实实地表示同意，回答道："黎人，你说得对。"

就连这种反应，都非常不像兰子。

"对于这次事件，我真的完全束手无策。那种能够看透事物本质的直觉完全失灵了。简直就像明智小五郎所说的'暗黑星'①——谜底分明近在眼前，却怎么都看不见——因为距离太近，反而看不清其本质。"

"会不会因为，雅宫家是我们的亲戚？"

"我觉得应该是吧！正因为这样，我才无法做出客观的判断。我的洞察力上仿佛笼着一层挥之不去的迷雾。明明只要有一个小小的契机，就能立刻解开所有的谜题，却无论如何都办不到。真是气死人了！"

焦灼万分的兰子，在房间里来回踱步。

---

① 此句中的明智小五郎，为日本推理作家江户川乱步笔下的名侦探角色。此处论述内容出自其推理小说《暗黑星》。——译者注

5

黎明到来，我们迎来了事件后的第二个早晨。

时间是昭和四十四年一月二十一日，星期二。

6

——时钟即将指向早上九点。

我和兰子正在餐厅里享用稍晚的早餐，村上刑警就慌里慌张地冲了进来，上气不接下气地推开了房门。

"黎人！兰子！大、大事不好！"

"怎么了？"

我吓了一跳，望向门口。

兰子也立刻放下了手里的筷子。

"可恶！"村上恨恨地叫道，"太可恶了！大权寺瑛华被杀了！就在刚才，有人发现了她的尸体！"

我和兰子无比震惊，互相对视了一眼。

"怎么搞的？"一脸苍白的兰子问道，"大权寺的房间门口，不是有人站岗的吗！"

"那个，那个女的趁昨天夜里，或者是凌晨，偷偷从窗户翻出来了。然后就正好成了凶手的猎物。"

村上刑警一屁股坐在一张空着的椅子上，一脸疲惫。

"——真是的，叫我怎么向中村警官交代啊！"他呻吟道。

"在走廊站岗的警察，没发现她逃了吗？"

"整个晚上，大权寺都在闹腾，一边用神器发出嘎啦嘎啦的声音，一边念祈祷词。所以站岗的听到声响的时候，也以为是她装神弄鬼的一部分。现在想想，她肯定是为了掩饰开窗户的声音才故意闹出那些动静的。"

"那两个巫女呢？"

"大权寺似乎给她们灌了安眠药之类的东西。我强行撬开门之后，她们都还在被窝里睡得死沉死沉的，怎么摇晃都叫不醒。"

村上刑警垂头丧气，耷拉着肩膀。

"那么，大权寺的尸体是在哪里被发现的呢？"兰子严肃地问道。

"啊，是在后面的网球场。她倒在网球场的正中央，后脖颈插着一把短刀。应该是被人从背后袭击，一击毙命的。

"我刚刚接到报告，从远处看了一眼现场，就赶过来通知你们了。不过呢，大权寺肯定已经死了，而且，死了至少有一个小时了。"

"短刀？"

"是啊。那个凶器，一定是昨天那把去向不明的短刀！"

"你是说'吸血姬'的短刀吗！"

兰子瞪大了眼睛。

我也震惊不已。

"发现尸体的是谁？"兰子继续问道。

"第一发现者是麻田茂一，就是那个老头。他早上散步的时候，在网球场发现了尸体。"

听到他这么说，我才想起，麻田老先生确实比我们先吃完早饭。

村上刑警惴惴不安地说："我昨晚在玄关旁边的会客室里打了个盹儿。早上起来，我去和部下换班，正好看到麻田老先生脸色煞白地从外面回来，告诉我们：大权寺死了。"

"有没有考虑过'怀疑第一发现人'？"我提问道。

"怎么说呢。案发现场还没有经过仔细调查，现在，不能轻易把他列为嫌疑人。"

"联系过中村警官了吗？"兰子问道。

"嗯，已经向他报告过了，他说会立刻带勘验人员过来。"村上刑警再次垂下肩膀，无力地回答。

"村上刑警，我想问一下，您是不是还有什么事情瞒着我们？从刚才开始，总觉得您说话吞吞吐吐的——"兰子眯起眼睛，盯住村上。

我也从他阴郁的表情中，感觉到了一丝异样的不安。

"……我不是故意瞒着你们的。"他的语调中充满着苦恼。

"那，又是为什么？"兰子追问道。

村上刑警仿佛一只胆怯的小狗。他说："你们听了，可不要惊讶。"

他接下来的话，确实令我们大大地惊讶了。

"大权寺的尸体，在网球场一侧半场的中央，脸冲下倒在那里。网球场及周围的地面，因为前天下的雨，相当潮湿。所以，只要有人在上面走过，必定会留下足迹。

"然而，尸体周围只有被害者自己，以及发现者——也就是麻田老先生——的脚印，除此之外，一个脚印都没有。所以，如果麻田老先生不是凶手，那么大权寺瑛华究竟是被谁、用什么手段杀死的?!"

第三滴血

吸血之家

きゅうけつのいえ

"你有没有发现？这里连一个脚印都没有。"

——迪克森·卡尔《三口棺材》

第十七章　杀人于无形

1

纵然兰子料事如神，也没有预料到凶手的第二次袭击竟会来得如此之快……

杀人现场是能乐堂西侧新建的网球场。这个网球场，是不久前，成濑正树拆了小川滨种花种菜的小园圃建成的。

网球场南侧是冬天枯萎的杂木林，西侧是竹林。东侧耸立着能乐堂的高高的木板墙，隔着北侧的树篱，对面就是停车场。树篱中间，有一个和网球场同时建起来的小栅栏门。因为连日来的寒冷，建筑物边缘和树木阴影处的地面，都结满了白霜。

我们背对着建筑物，站在网球场东端的金属支柱旁边，仔细观察着这个杀人现场。天空一片湛蓝，虽然比昨天稍微暖和了一点，但仍有刺骨的寒风吹来，拂动树林的枯枝，发出沙沙的声响。

大权寺瑛华穿着棕色的豪华毛皮大衣，倒在网球场中央——更准确地说，是在南侧那一半场的中心稍微偏西的地方。她趴在地上断了气，那副丑陋的样子，恰如一只巨大的蝙蝠的尸骸。她的脸朝向竹林的方向，我们看不到，一头散乱的头发呈扇形展开。

尸体的双手，像举手投降一样向前伸去。左手的前方，滚落着一个大大的束口袋。从脖子到肩膀——包括下面的地面——被流出的大量鲜血染得通红。夺走她生命的凶器是一把短刀，紫红色的刀柄部分，从她的后脖颈上突显出来。

网球场两侧的柱子之间，还没有挂比赛用的球网。石灰画的白线，也都漫漶不清，整个场地看起来就如同一片单调的空地。

用滚筒平整、压实过的地面上薄薄地铺了一层沙子。然而，这片土地，是远古时代富士山爆发等原因形成的黏土质的关东壤土层，排水性能并不好，由于前天晚上下了雨，地表变得更加柔软。

——当然，也幸亏如此，受害者和案件第一发现者麻田茂一老人的足迹才都清晰地保留了下来。

被杀死的大权寺瑛华的足迹从建筑物南侧开始，一直延伸到网球场。沿着足迹回溯，正可以回到她房间窗台下方。根据足迹的走向判断，她原本是朝着北边树篱的栅栏门前进的，却在网球场中央突然掉头，向南跑了好几步。

大权寺一开始正常步行时留下的足迹，步幅都是五十厘米左右。而折返后奔跑时的步幅，自然而然扩大到了约九十厘米。

然而她的生命也就到此为止了。没跑几步，她就被人从后面刺中了脖子，心脏永远停止了跳动。

但是，最大的问题是，凶手竟然没有在现场留下哪怕一个脚印！

历经二十四年的岁月流逝，在同一片土地上，竟然再次上演了同样诡异的凶杀案！

啊！如果这都不能算是诅咒或恶灵作祟，那应该叫什么好呢！

"……看样子，"村上刑警叙述道，像是在解释给自己听，"受害者突然在网球场中央遇到了凶手。然后，为了逃命，她向反方向跑去，结果被凶手赶上，从背后被刺中了。"

我听了村上刑警的描述，不禁浑身颤抖。因为我脑海中浮现出一个令人毛骨悚然的画面——大权寺走在网球场上，迎面遇到了一个飘浮在空中的鬼怪，这才惊慌失措地逃跑。

而麻田老先生的足迹则是从栅栏门进入院内，一直延伸到能看清尸体面目的位置。接着，又沿着原路折返了回去。他拄着手杖往返的不规则足迹，清晰地留在了地面上。左脚脚印的间隔较短，并且有些拖曳的痕迹，而左手拄着的手杖留下的圆形痕迹就在脚印旁边。

他没有进入网球场的框线内，而是沿着西侧边缘，走到距离尸体一两米远的地方。他在那里停下来确认情况后，为了报警，又沿原路返回了正门——这就是他的证词。

"真是令人难以置信。"兰子听完描述后，立刻说道，"除去场

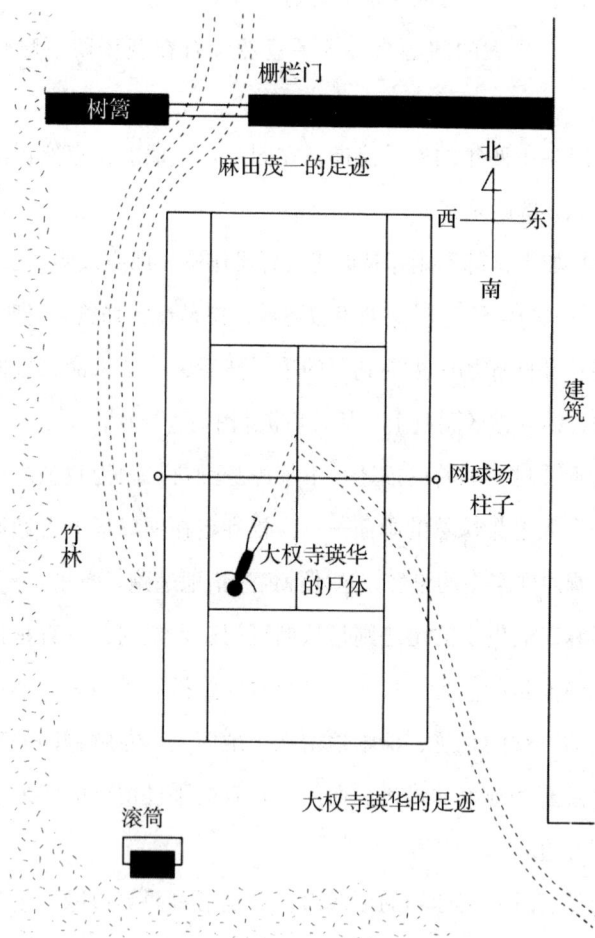

树篱 栅栏门

麻田茂一的足迹

北
西——东
南

建筑

网球场
柱子

大权寺瑛华
的尸体

竹林

滚筒

大权寺瑛华的足迹

地四周没有金属网这一点，这里和卡尔的《铁笼之谜》中描述的情况如出一辙，完全是同类型的不可能犯罪啊——"

我也深有同感。这和那部小说中描写的杀人现场简直太像了，以至于让人有点不舒服。

"幸好，麻田老先生没有踩到被害者的足迹。"村上刑警喃喃自语道。他受不住凛冽的寒风，竖起了外套的领子。

听到村上刑警这句话，兰子向他投去了冰冷的目光。

"这话怎么说呢，村上先生。这样一来问题不是反而变得更复杂了吗？按你说的情况，如果麻田老先生的脚印在网球场内，我们就可以轻易地将他列为嫌疑犯了，不是吗？因为脚印可以作为状况证据。"

兰子这番话，其实也是在嘲讽警方总是过于依赖犯人的自白。

"对了，兰子，这位教祖，当时究竟打算去哪里呢？"我抛出了自己的疑问。

兰子用凌厉的眼神瞪了我一眼，回答也不大客气：

"笨蛋，这还不够明显吗？她当然是想从这个家里逃出去。我猜那个掉在地上的袋子里，肯定装着值钱的东西。她带着财物，一心只想着自己逃命吧。所以才让巫女们服下安眠药，然后偷偷溜出房间，赶往外面的停车场。估计是打算开车离开吧！结果半途被凶手撞上，于是便被杀死了。"

我再次仔细观察四周的情况。

然而，无论我如何努力思考，都无法相信眼前这离奇而悲惨的景象。

为什么这片球场里，完全没有凶手的足迹？

凶手究竟是怎么做到，在完全不留下足迹的情况下，用短刀刺杀大权寺的？这种事情怎么可能做到呢？按常理来说，这是绝对不可能的！

我绞尽脑汁地思考着。思考如何在不踩踏地面的前提下，用某种方法移动到尸体所在位置，或者用某种方法在空中飞去飞来。

——然而，我怎么想，都觉得这是不可能的。

首先网球场本身范围就相当大，距离周围的建筑物和树木，至少还有四五米的距离……

"能不能从屋顶上，向那边的树林拉一根绳子或者钢索之类的东西，横跨网球场呢？"我回头指着建筑物说道。

"不可能的，因为另一边是竹林。"兰子摇摇头，柔顺的秀发也随之晃了晃，"竹子无法承受钢索和凶手加起来的重量。而且，如果要实施这种诡计，至少需要二十米以上的绳状物体。就算有人以搭缆车似的方式靠近被害者，悬在空中实施了谋杀吧，事后回收绳索时，无论如何都会在地面上留下拖曳痕迹。"

"如果事先在地面铺设几块木板之类的呢？只要踩在木板上，就不会留下脚印。"

"还是会留下痕迹的。木板本身，加上踩在上面的人的重量，会在木板周围留下方形的压痕。而且，如果球场里有那种东西，不可能不引起大权寺的怀疑。"

"场内没有挂球网，所以不可能像马戏团走钢丝的杂技演员一样，踩着球网走过去。球场周围也没有铁丝网，就无法使用卡尔在《铁笼之谜》里描述的诡计……"

"无论如何，如果要用那种方法，必须得用绞杀的方式才行，但大权寺死于刺杀。"

这时，我注意到了放在球场南端的铁制大滚筒。

"犯人会不会是用那边的滚筒，消除了自己的脚印呢？"

"地面上没有滚筒碾压过的新痕迹。"

兰子一口否定了我的想法，她抱起胳膊，用一只手托着下巴颏，问我："那个滚筒，一个人能推动吗？"

"只要一开始推动了，单靠一个人的力量应该也可以勉力移动。不过，因为它相当沉重，大概只有男人才能做到。"

"也就是说，老人是没法用的喽？"

于是，兰子排除了对麻田老先生的怀疑。

我和兰子又讨论了其他几种可以实现无足迹杀人的诡计。村上刑警在一旁默默地听着，生怕漏掉一个字。然而，我们还是没能想出任何一种合理推论，可以完美地解释现场的超自然状况。

2

等待警方增援期间，我们在网球场旁百无聊赖地消磨了约三十分钟，但为了保持现场的完整性，至少在勘验人员前来拍照取证之前，我们必须如此。

姗姗来迟的中村警官目睹大权寺瑛华的惨状后，久久沉默不语。村上刑警向他汇报案情，他亦一言不发。中村警官强忍着内心的怒火，静静地注视着部下们拍照、采集指纹、制作足迹模型、搜寻遗留物，有条不紊地展开现场勘查。

又过了四十分钟，波川医生才抵达现场。这段时间，我们只能在凛冽的寒风中瑟瑟发抖，眼看着勘验工作一步步进行。

直到上午十一点前后，我们才终于获准靠近教祖的尸体。尸体和足迹周围已拉起了警戒线，并放置了许多用于拍照取证的小标记。

我强忍着恶心，走向大权寺的尸体。尽管我尽量避免直视她的面部，但由于致命伤位于颈部，我终究无法回避。

被害者后颈至耳后有两处刀伤，其中一刀是致命伤。那把"吸血姬"短刀就深深地插在那里，仅露出紫红色的刀柄。伤口涌出的血液从颈部流到肩膀，将地面染成一片通红。

尽管不知凶手是何人——抑或何物——但显而易见，凶手是为了实施如此残忍的行径，才事先盗走了"吸血姬"短刀。

波川医生小心翼翼地跪在大权寺的尸体旁，将装有医疗器械的手提包放在地上并打开，随即开始验尸。他仔细地触摸尸体的各个部位，轻轻弯曲尸体的关节，翻开尸体的眼睑，甚至俯身去嗅闻血的味道。当他拔出插在尸体颈部的短刀时，黏稠的暗红色血液立刻从伤口涌了出来。

"医生，她大概死亡多久了？"中村警官询问正在检查尸体的波川医生。

"初步判断，五个小时左右。"波川医生略显不耐地直起身，摘下眼镜回答道，"现在刚过上午十一点，由此推断，死亡时间应该是今天早上六点前后。"

"早上六点……"中村警官双手抱在胸前，重复道，"真是个麻烦的时间段。通常这个时候，大家都还在睡觉，很难找到不在场证明。"

"死因呢？"兰子拨了拨额前的秀发，问道。

波川医生的视线从中村警官身上移到兰子脸上。

"应该是颈动脉被割断导致的大出血。"说着，波川医生将沾满血迹的短刀展示给大家看，"不过，凶手很可能事先在短刀上涂抹了某种毒物——你们看，刀刃表面有涂抹过异物的痕迹——"

"会是什么毒？"听到这话，中村警官神色为之一凛。

"不经过进一步化验分析，还不能确定。不过，被害者倒地后似乎没有太多挣扎，据此推测，可能是某种能麻痹身体的神经性毒素。"

"莫非是乌头碱？！"

"极有可能。你们看，尸体附近的地面并无明显凌乱的痕迹，对吧？这应该是短刀造成的物理创伤与毒素的共同作用，导致她遇刺后极快死亡。如果真是这样，凶手所用的毒很可能和小狗、松鸦中的毒一样，都是从乌头中提取的。"

"这都是什么事？"

中村警官脸色通红，双手紧握成拳，气得全身发抖。

神情凝重的兰子在一旁直言道："这简直和昭和二十年发生的那起凶杀案如出一辙。只不过——当年的受害者是井原一郎，如今则起用了大权寺瑛华教祖这位新演员，悲剧重新上演。"

中村警官的眼神阴郁得吓人，问道："这一次，凶手也是为了确保杀人成功，才先用狗和松鸦来试毒的吧？"

"没错。"兰子点了点头，"这和过去的案件太相似了。"

中村警官沉默片刻，沉着脸，对众人说道："……兰子说得没错。各位，请看这把短刀。我至今都对它这独特的颜色和形状记忆犹新。二十四年前，这个家里发生了一场惨剧，当时刺入被害男子脖子的凶器正是它——传说中的'翡翠姬'匕首，受到诅咒的不祥之物。"

"雪地上的脚印、雨后泥泞地面上的脚印、无影无形的杀人者……"

兰子一一列举道。

中村警官叹了口气，问站在身后的村上刑警："村上，网球场大约多大？"

"是。"一脸紧张的村上刑警闻言，立刻上前一步，翻着笔记回答道，"标准网球场的尺寸是长二十六米，宽十二米。不过这座网球场四周多留了四到六米的空间，因此，以尸体为中心的方圆数米范围内并无任何其他物品——除了架球网用的铁柱以外。"

"村上，你接到通报赶到这里时，地上只有被害者大权寺瑛华的尸体，和第一发现人麻田茂一两人的脚印，对吧？"

"是的，和您刚才所见到的一致——"

中村警官在提出下一个问题之前，先转向波川医生。

"医生，短刀造成的伤口是什么情况？"

波川医生指着脚旁尸体的后颈。

"凶器造成的伤口有两处。一处在右耳的左侧，可能是因为刀刃碰到了骨头，所以没有扎得很深。创口的形状和插在上面的短刀造成的第二处创口几乎一致，可以判断这两处伤口是由同一把凶器造成的。

"致命伤是第二处创口，在第一处创口下方三厘米处。两处创口的刺入方向都是由斜上而下，刀刃的上半部略微向左倾斜。也就是说，可以认为被害人是从背后遭到了袭击，凶手应是右撇子，将短刀高举过顶，挥动下来，刺入了被害人的脖颈。"

"短刀有没有可能是凶手从后面投掷过来的?"村上刑警问道。

兰子摇了摇头，否定道："村上先生，刀伤有两处啊。凶手要如何才能用一把短刀，向脖子投掷两次?"

"……啊，这个嘛，这个……"

村上刑警一时语塞，答不上来了。

波川医生清了清嗓子，继续说明。

"由于气温很低，尸体几乎没有腐败的迹象。尸体完全冷却了，在这么冷的地方，也是正常的。下颚部分已经开始出现尸僵，综合以上情况，我推断被害者已经死亡五小时左右。"

"还有其他判断依据，对吗?"兰子确认道。

"唔，眼球的干燥程度也非常值得参考。这名被害者的眼球虽然还没有出现白浊现象，但已经明显变得干燥，这表明她已经死亡三到五个小时。

"同时，尸体身上已经出现了尸斑，但还没有转移。现场勘验的结果也证明，尸体没有被移动的迹象。也就是说，死亡地点绝对就在这里。"

兰子眼中闪烁着兴奋的光芒，环视着我们。

"从结论而言，这又是一起不可能犯罪啊，而且是货真价实的无凶手足迹杀人事件。"

"——可是，这怎么可能?"中村警官干巴巴地说，"这不可能吧? 兰子? 肯定有人走到这里，然后直接杀害了这个女人。人没有翅膀，不能在空中飞翔，另外，我是绝不相信幽灵或妖精那种无影无踪的杀人鬼之说的。世上不存在那种东西!"

兰子义正词严地说:"对我们来说，目前首要的问题是——凶手究竟是用什么方法布置出这种不可思议的现场，又是基于什么必要，制造出如此离奇的状况的?"

"我倒宁可相信这是某种'超自然力量'做出来的。"我抱着丧气的心态，说道。

"你这个观点倒很新颖。"

兰子根本没有理我。

而我却因为自己的话而产生了某种疑念。

我突然想到: 这桩杀人案，会不会是雅宫冬子做的?

她故意让自己灵魂出窍，犯下了这起诡异的凶案——她的灵魂离开肉体，从宅邸飞到此处，用短刀夺走了大权寺的性命。而她的灵魂，说不定仍然浮在附近的空中，飘飘摇摇……

兰子绕着尸体缓缓走了一圈，再次向中村警官说:"无论是大权寺的脚印还是麻田老先生的脚印，都形状清晰，深浅一致。步伐没有紊乱，当然，也没有后退行走的迹象。"

潮湿的泥地上，也留下了兰子的浅浅脚印，橡胶鞋底的纹路清晰可见。

"这起杀人案和二十四年前的杀人案有几个共同点，那就是……"

兰子列举出以下几点：

一、现场只有被害者与第一发现者的足迹。

二、足迹并非伪造。

三、方圆数米内的地面，除了上述足迹之外，没有其他痕迹。

四、作为凶器的短刀并非投掷，而是由凶手握住，直接刺中被害者。

五、凶手似为右撇子。

六、短刀上似乎涂有剧毒，被害者几乎立刻死亡。

七、尸体死后没有被移动过的痕迹。

"——这起事件与中村警官您之前遭遇的案件极为相似，简直可以说是对过去案件的完美重现。"

中村警官不悦地哼了一声，没有回应。

"兰子，如果能解开这个谜团，是不是也能弄明白井原一郎当年是如何被杀害的？"一脸倦容的村上刑警问道。

"嗯。"兰子沉思着，有些心不在焉，"……不过，这次的事件有一点与之前的不同。"

"是什么？"

兰子恢复了坚毅的表情，指着地上的几道足迹说："根据现场的情况，我们无法判断大权寺和麻田老先生的足迹哪一个出现在先。然而，二十四年前的那起案件发生时因为下雪，所以能清楚地区分被害者和他人足迹的先后。这就是两起案件的差异。"

"所以你的意思是说，麻田老先生可能在说谎？"中村警官反问道，"不过，就算他的证词有假，实际上他比大权寺更早到现场，又能改变什么呢？我们还是必须面对这起不可能发生的杀人案，对解谜毫无帮助。"

兰子轻轻耸了耸肩，咧嘴一笑。

"我只是指出这两起相隔多年的凶杀案的不同之处。"

中村警官眉头紧锁，说："如你所言，上次确实是因为下雪，所以能清楚地判断出被杀害的井原一郎、雅宫弦子还有我三人足迹踩下的先后顺序，但是……"

"但这次的情况有所不同。关于麻田老先生来到网球场的时间，我们只能相信他提供的证词。"

"会不会……"我插嘴道，"是其他人故意留下一道足迹，让人误以为是麻田老先生？"

"这又是什么意思？"

中村警官颇为诧异。

"我是说，有一种可能性：有人借用麻田老先生的鞋子和手杖，模仿他拖着腿走路的姿势，往返了一趟现场。"

"哼。"中村警官哼了一声，饱含着嘲讽，"那有什么意义？就算第一发现者是别人，这个奇特的戏法还是得不到破解。更何况，那个人何苦要如此大费周章？难道说制造出疑似麻田老先生的足迹，就能实施这起令人难以置信的凶杀案了吗？"

"不……对不起。我想岔了。"

我被中村警官劈头否定，感到有些难为情。

兰子笑了，安慰我道："黎人，有些假设乍看之下好像很蠢，但在构筑正确的推理的过程中，也不是完全没有价值的，没关系。"

接着，警方终于要将大权寺的尸体运去尸检了。在波川医生的指示下，两名警员拿来担架，将尸体抬了上去。

她的遗体看上去比生前瘦小许多。痛苦扭曲的侧脸已然变成土色，半睁开的眼睛也混浊成了灰色。衣服略微有些翻起，露出了手脚部分的肌肤，骨瘦如柴、皱纹横生。看样子，这女人比我们想象中要苍老得多。

尸体被担架抬走后，兰子提出了一个建议。

"中村警官，我们去把那两个巫女叫醒吧？得想想办法，让她们开口接受讯问。说不定，能问出一些有助于破案的线索。"

"你说得对。同意。"

中村警官点了点头，便向年轻的部下确认道："村上，成濑正树和雅宫笛子回来了吗？"

"是的，他们应该已经回来了。我还没见到他们，但刚才有人向我报告过。"

"好。那你负责讯问这家人的口供。务必仔细盘问清楚。我和兰子他们一起去对付大权寺的巫女们。"

"明白了。"

我们离开网球场，朝玄关的方向走去。走在路上，中村警官对犯罪的怒火益发不可遏制，最后竟情不自禁地吼道："兰子，黎人，你们等着瞧！不管这起案子多么复杂离奇，深不可测，我都要把它侦破，亲手抓住那个凶手！"

第十八章　恐惧的巫女

1

冲美和明美——两位巫女过了很久还没醒。看样子，她们侍奉的教祖大人给她们服下的安眠药药效相当强劲。波川医生为她们注射了兴奋剂之类的药物，并在一旁观察她们的恢复情况。

我们决定在此期间，去找尸体的第一发现人——麻田茂一老人询问早晨的情况。

村上刑警则对其余的雅宫家人进行了讯问，调查了他们在推定案发时间，也就是清晨六点前后的不在场证明。然而结果可想而知——如此之早的时间段，没有一个人拥有确凿的不在场证明。每个人的回答都是，要么仍在沉睡，要么刚刚起床，待在自己房间里。

成濑正树和雅宫笛子接到紧急电话，得知又发生了新案件，就匆匆赶回，也被警方询问了从昨晚到今天早上的行踪。两人都表示这段时间根本没有离开过房间。在成濑家会客室值守了一整夜的两名警员，也证实了成濑和笛子的说辞没有可疑之处。

此外，村上刑警还派人去了荒川神社。他们带回的消息是，警员到达时橘醍醐刚刚起床，并极力否认自己与这起案件的关联。

如上所述，拥有最可靠不在场证明的，只有暂时离开了"久月"的成濑和笛子。反过来说，所有身在"久月"的人，以及荒川神社的神主，都存在嫌疑。

中村警官派人去请麻田老先生过来。

餐厅的桌上，大权寺瑛华死时手边的束口袋被打开了，里面的东西一股脑儿被倒了出来。有戒指、项链等珠宝，还有现金、存折、水晶小观音像等。

村上刑警见了，气愤至极，说道："——可恶，果然被兰子猜中了。净灵会的骗局被识破，大权寺就打算抛下两个巫女，独自远走高飞了。真是卑鄙无耻！"

兰子拿起一枚戒指，对着窗户观察着。戒指上的红宝石在光线中折射出美丽的光芒。

"这里面说不定有偷来的赃物呢，仔细查一查比较好。"兰子向中村警官建议。

我们正在端详这些物品，娇小的琴子姨妈架着胖胖的麻田老先生走进了餐厅。他连连告罪，说自己因为早上受了惊吓，一直在房里休息。琴子扶他在椅子上落座，正要离开，却被兰子叫住了。

"琴子姨妈，请您稍稍留步。"

"我？"琴子有点不高兴，"兰子，为什么啊？"

"稍等一会儿，有些事情想请教您。不过只是小事，您不必担心。"

兰子对她露出一个灿烂的微笑。

两人坐定后，中村警官开口道："麻田先生，不好意思，能不能请您把今天早上发现大权寺尸体的经过，再跟我们说一遍？越详细越好。"

麻田老先生眯缝着眼睛，抬头说道："可以。不过，再怎么详细，也就和我刚才向那位刑警先生汇报的内容差不多。没问题吧？"

"当然可以——请讲。"中村警官催促道。

麻田老先生掏出香烟放在桌上，用沉稳的语调开始讲述。

"那我就说了。老人家呢，都醒得比较早。我这个年纪，也不需要睡太长。那个，虽然昨晚我独自一人喝到很晚，但今天早上还是七点整就醒了。于是我就像往常一样出门散步。"

"您是从哪里离开房了的？"

"当然是从玄关了。当时有一名警员在那里站岗，我告诉他我想去散步，他说只要不离开这家的院子就没关系，让我出去了。"

"嗯。"

"我走出玄关，沿着小路向左拐，穿过后院的停车场，然后朝网球场的方向走去。"

"您每天都是按照这个路线散步的吗？"

麻田老先生搓搓放在桌面上的手，回答说："那倒没有固定。每天都是随意走走。"

"在去往网球场的路上，您有没有看到什么可疑的东西，或是行为可疑的人？"

"什么都没看见。"

中村警官点点头，接着问道："然后，您做了什么呢？"

"停车场的地面上铺着碎石子，像我这样腿脚不便的人走起来很费劲。我就一边观赏周围景色，一边慢慢地走着。停车场的尽头，有一排树篱将网球场隔开了。然后，就在我打开那道栅栏门的同时，看到了一个女人倒在网球场的地上。我当时吓了一大跳。虽然一开始没想到她已经死了，但她一动不动的，我心里就有一股不祥的预感。我稍微走近了一些才发现，她的脖子上插着一把短刀，鲜红的血流了一大片。"

麻田老先生说着，夸张地耸了耸肩。

"您当时马上就认出她是大权寺瑛华了吗？"中村警官问道。

"没有。她面朝下趴着，脸在另一边。我只看得出是个女人，但究竟是谁就不知道了……"

"您发现尸体的准确时间是几点钟呢？"

"这个嘛——大概是上午八点前后吧。我准备出门散步，在房间里换衣服，大概是在八点前的十五分钟左右。"

"然后，您就走到了尸体旁边，对吧？"

“没错。但我马上意识到，这可能是犯罪现场，必须保持原状不能破坏。所以，我是尽可能地从较远处绕过去的。”

“谢谢您，您的判断非常正确。”

中村警官微微颔首致谢。

麻田老人微微抬起右手回应：“总之，我是朝尸体头部那边走的。我想看看她的脸。不过，看到她那沾满血的衣服，真的感到非常恶心。”

“真是飞来横祸啊。”中村警官温言安慰道，“然后您就去通知了警方，是吗？”

“不错。”麻田老先生郑重地点了点头，“等我知道了死者是谁，就回到门口，让那里的警员把这位村上刑警叫过来，向他报告了这起案件。事情就是这样了。”

“原来如此啊。”

中村警官再次欠身表示了谢意。

“麻田先生，”兰子插话道，“就在前天晚上，这里才刚发生一起凶杀案，您一个人独自出门散步，难道不害怕吗？”

麻田老先生捧腹大笑起来：“哈哈哈哈哈——哎呀，这个，抱歉。兰子小姐，我可是一点儿也不害怕啊。因为泷川被杀的案子，和我可是一点关系都没有呀。”

“为什么呢？”兰子一脸不解地问道。

“你想啊，我和那个叫泷川的男人，以前根本都不认识。这次到这家里来才是头一次碰面呢。我也不清楚他是个什么样的人，就算他被杀，那肯定也和我完全没有关系吧？”

"麻田先生，您的意思是，您真的不知道泷川义明是个什么样的人？"

兰子用锐利的目光注视着麻田老人。

"是的。不过，我听说过，他以前曾是一名小有名气的音乐家。"

"是吗？"兰子颔首道。她嘴角微微上扬，但眼中却闪烁着犀利的光芒。那是她在追查犯人时偶尔会露出的神情。

麻田老人突然板起脸，转向中村警官。

"警官先生，您的问题就是这些了吗？"

中村警官被问了个出其不意，点点头："啊？是的，没错。多谢您了。"

"那我就先告辞了。"麻田老先生对琴子使了个眼色，要从椅子上起身。

然而兰子却抬起头，注视着麻田老先生，用阻止的口吻，尖锐地说道："恕我直言，麻田先生。我可不这么认为。"

"你说什么——？"麻田老先生一愣，瞪大眼睛问道。

"您说谎了吧？"

"说谎？"

"您应该早就知道泷川义明这个人。"兰子自信地断言道。

麻田茂一眯缝起眼睛，一脸戒备地看着兰子。

"我？认识那个男的？为什么啊？"

麻田老先生全身绷紧，又重新坐回椅子上。

"因为您的真实身份，是浅井重吉。"兰子斩钉截铁地说。

说完，兰子静静地等着对方回应，麻田老先生的脸却像蜡像一样僵住了。

"众所周知，泷川义明是在场的琴子姨妈的再婚对象。而您，则是琴子姨妈的前夫。也就是说，您的真名是'浅井重吉'，而'麻田茂一'显然是个假名——这样一来，不难想象，你们之间存在着因一位美丽女性而产生的敌对关系。对此，您有没有什么解释呢？"

我们都被兰子这突如其来的指控惊呆了，视线在兰子和麻田老先生之间来回游移。琴子也明显流露出狼狈的神色。

中村警官率先打破沉默："……兰、兰子小姐，你说这个人，是那个浅井重吉？"

他激动得声音有些嘶哑。兰子肯定地说道："是的，警官，您仔细看看，二十四年前，您应该见过这个人呀。"

中村警官额头冒汗，仔细端详着麻田老先生的脸。

麻田老先生微微低头，扑哧一声笑了出来。

"真是有意思，哎呀，太有趣了，兰子。你说我是那个叫浅井什么什么的人，有何证据？"

"首先，两个名字发音相似。取假名字时，人们往往会取一个与真名发音相近的名字。'Asai Jyukichi'与'Asada Shigeichi'，发音和文字排列都很类似吧。[①]其次，听说大战结束后，浅井重吉逃往了巴西，而您正是从巴西回来。加上年龄相符、腿脚不便等等——以及其他证据，都说明您就是浅井重吉。"

---

① 浅井重吉的日语发音为"Asai Jyukichi"，麻田茂一的日语发音为"Asada Shigeichi"。——译者注

兰子一一列举道。

"原来如此。"麻田老先生坐直了身体，神情严肃，似是下了决心。

"兰子，你说得对，我坦白。我正是浅井重吉，琴子的第一任丈夫。"

他怜惜地将自己的手掌按在身旁琴子的手上，转向中村警官，自嘲地笑道："中村警官，如何？对我这张脸有印象吗？"

"不，没有……毕竟是陈年旧事了……"中村警官面露难色。

麻田老先生指着自己的鼻子，说："实不相瞒，我在从日本逃离之前，做了一点整容手术，您认不出来很正常。当初，我本想在朝鲜半岛的纷争中捞一桶金，结果以失败告终，还欠下巨债，被警方以诈骗嫌疑追捕。我之所以和琴子离婚，也是因为不想拖累她。我逃亡的时候，用了麻田茂一这个假名字，之后还花重金买了本假护照，逃到巴西，从某人手中买下一座农场，结果意外地收获颇丰。对了，我当年的罪状，应该已过了追诉期吧？"

"那么，事到如今，您为什么又回到日本？"中村警官问道。

麻田老先生苦笑着回答："我不是自己想回国，而是来邀请琴子出国——我想带她去巴西。只要她愿意，我想和她再次结婚。"

"琴子姨妈，麻田先生说的是真的吗？"兰子向保持缄默的雅宫琴子问道。

琴子恢复了她一贯坚毅的神情，平静地点了点头。

"嗯，是真的，兰子。这个人没有撒谎。"

"我被迫与琴子分离近二十年，但没有一刻忘记她。我想，你们几位男士，应该能理解这种心情！我一生中没见过比琴子更美的女子。我爱她就如同爱着心目中的女神。我还记得迎娶她时的喜悦，真是难以言表，开心得如同飞上了天……而我这份感情，至今都没有丝毫改变。"

麻田老先生的话语真情流露，让我们真切地感受到了他对琴子深深的爱意。

然而，兰子却依旧冷冷地问道："那么，泷川义明的事情又该如何解释呢？您当然应该早就认识他了吧？毕竟他是琴子姨妈的第二任丈夫。"

"我当然知道他这号人物。我在巴西时，甚至还雇了侦探，去调查他和琴子结婚乃至离婚的经过。但是，说实话，这次真的是我第一次见到他本人。"

"等等，琴子小姐的两任前夫在此相遇，真的是巧合？"中村警官问道。

"我还纳闷呢，他为什么会出现在这个家里？"麻田老先生气哼哼地说道。

"兰子，"琴子用一双妙目看向兰子，说道，"大约三周前，泷川才和我们联系。而关于净灵会，一开始只有弦子姐和笛子知道，我是十天前才听她们说的。所有事宜都是笛子暗中安排的，想必她们两人担心我和泷川处不好关系吧。万一我极力反对净灵会，她们会觉得头疼。

"然而，远在巴西的麻田联系我，则是早在一个月前的事情。因此，麻田和泷川在这里碰面，确实是个玩笑般的巧合，没有什么可疑的。"

"是这样啊。我明白了。"兰子顺从地点了点头。

"麻田先生,"中村警官说,"无论如何,在这个案件解决之前,请您留在这里。因为您也是重要的证人之一。"

麻田老先生简洁地回答说:"没问题。把我当嫌疑犯都没问题。因为我知道自己是清白的。"

"我有两点想请教琴子姨妈。"兰子看着琴子的脸,提出了另一个问题。

"什么事,兰子?"

"是关于琴子姨妈和泷川先生结婚时的事情。泷川先生会开车吗?"

琴子眨眨眼,摇了摇头。

"不会。泷川不会开车。所以,他总是叫出租车。"

"你确定吗?"

"确定。"

"另外,昭和二十年,当时在这个宅邸里,发生了一起士兵被杀的事件吧?泷川先生知道那起事件吗?"

兰子突然提起这么久远的事情,让琴子有些猝不及防,下意识地含糊了一下,但还是说:"泷川也知道的。因为那时候,我把有关'久月'的事全都告诉他了。那件事怎么了?"

"没什么,不是什么大事情。"

兰子虽然嘴上这么说,但与她相识多年的我,却知道那是谎言。

然而当时的我们，既没有途径，也没有足够的智慧去理解她问这个问题的真正意图……

2

中村警官向麻田老先生和琴子道谢，感谢他们协助调查，并请两人先行离开。等他们的身影消失不见，他开始反思其调查工作中的疏漏。

"兰子，抱歉。"他搓着胡须说，"嫌疑人的身份调查竟如此草率，真是太丢脸了。实在是无言以对。我只看过他的护照，确认了是他本人，就没有再深入调查。"

然而，兰子并没有答话，只是一脸严肃地盯着餐厅门口。

"哎，兰子，你怎么了？"中村警官见兰子没有搭茬，担心地问道。

"黎人，你跟我来。我得确认一件事！"兰子突然从椅子上站起，高声说。

事出突然，我被吓了一跳。兰子不等我回答，就朝走廊奔去了。

"等等，兰子！"我只能赶紧跟上。

兰子从玄关来到前庭，一路跑向泷川义明停在门外的车。我气喘吁吁地追过去，她已经拉开了日产公爵的车门，正要坐进驾驶座。

"怎么回事？那么突然。"

"你稍等一下。"

兰子坐进驾驶座，双手握住方向盘，轻轻左右转动，还试着踩了离合器，拉了几下排挡。

"兰子？"

"如你所见。"兰子的眼睛闪闪发亮。

我后退几步，扶着她从车里出来。

"可以了。我心中的想象有具体画面了。"兰子一脸轻松地说。

"什么意思？"

"没什么。你不用在意。我们回餐厅吧！下面，再直接向那两个巫女确认一些事情，就大功告成啦。"

她话还没说完，就朝主屋走了过去。

3

回到餐厅，恰逢波川医生派人来通知我们，说是两位巫女醒来了。冲美和明美两人，在波川医生和另一名警察的搀扶下来到餐厅。我起身让座，让她们坐在椅子上。

二人面色惨白，脑袋好像还有些迷糊。头发凌乱，眼睛无神而呆滞。她们自净灵会后就再没有换过衣服，身上的白衣和裙裤都皱巴巴的。她们大概是穿着这身衣服直接睡过去了。

"她们怎么样？"中村警官小声问波川医生。

"我觉得她们已经完全清醒了。只是，她们被灌了相当强力的安眠药，所以时不时地，可能还会有点恍惚。"

这时，兰子上前一步，左右开弓，狠狠地扇了两个巫女一人一记耳光。

两个巫女发出"呀"的一声惨叫，向后一缩，都从椅子上摔了下去，在地上紧紧地搂抱在一起，用恐惧的眼神看着兰子。

"振作一点！"兰子用强硬的语气训斥道，"你们的同伙，已经有两个人被杀了。如果不老老实实地回答我们的问题，你们两个可能会遭遇一样的下场。你们是不是无所谓？"

其中一名巫女勉力摇了摇头。

兰子对我和村上刑警使了个眼色，我们上前扶起她们，让她们重新在椅子上坐好。

"哪一位是冲美小姐？"兰子用美丽的眼睛紧盯着她们，问道。

头发较长、个子稍微高一点的巫女用细弱的声音答道："……是我。"

"那么，你就是明美小姐了。"兰子向冲美身后的巫女确认道。两人都面有菜色，瘦得像营养不良的小孩。

"那好，首先，你们告诉我，你们和大权寺瑛华是怎么认识的？你们是什么关系？"

"对、对不起……对不起……我们，什么都没做……真的……什么都没做……请原谅……"冲美有气无力，喃喃自语般地说着。

"原来是这样啊。"兰子语气一转，变得温柔起来，"你们没有做任何坏事，对吧？所以，完全不需要害怕。我们只是想知道大权寺瑛华的工作内容……你们是在哪里认识那个冒牌教祖的？"

"在哪里……？"

冲美脸上半是恐惧，半是呆滞。她似乎不太明白兰子问的这个问题的意思。

"对，是在哪里?"兰子耐心地重复道。

"那个……我们是被她'捡'来的。是大权寺大人救了我们。"身后的明美替她回答道。她的声音虽然很小，但比冲美要清晰一些。

"我们是孤儿。"明美说道，"小时候，我们在孤儿院长大，后来进了马戏团，在那里待了很久。三年前，大权寺大人第一次见到我们，她说我们身手敏捷，可以派上用场。于是就把我们从那个马戏团要了过来，帮助她进行降灵术表演。我们也不懂，但她告诉我们，冲美的灵力很强，有做灵媒的潜质。从那以后，在净灵会还有降灵会上，我们就按照大权寺大人的吩咐，听命行事……"

"那么，泷川义明是什么时候加入的?"

"是一年后吧，大概。"

兰子眯起眼睛，继续问道："换个问题：降灵术的那些道具里，有没有日本刀?"

明美微微地点了点头。

"有的。时不时，在表演悬浮魔术的时候会用到。"

"是一把什么样的刀?"

"一把黑色刀鞘的，长的刀。"

毫无疑问，那一定就是用来杀害泷川义明的凶器了。

"净灵会开始之前，那把刀在哪里?"

"我记得应该放在圆桌上……对不起。我记不清楚了……"明美泪眼婆娑地说着。

我回想净灵会当时的情景，桌子上似乎没有日本刀。

"话说回来，你们两个真正的年龄是几岁？"

兰子突然转换了话题。明美有点难为情地低下了头。

"……我是二十六岁。冲美是二十四岁。"

我大吃一惊。根据这两个巫女娇小的身形和幼稚的样貌，我还以为她们是十五六岁的少女。中村警官似乎也一样，低声嘟囔了一句。

兰子得意地笑了。

"这么说，开车的应该是你吧——没错，就是你们乘坐的那辆日产公爵。"

"是、是的。"明美颤抖着回答，"我，一直负责当司机……"

"有驾照吗？拿给我看看。"

兰子命令道，明美说在自己的包里。中村警官命令警员去她们的房间取来。

兰子继续问道："所以，净灵会刚开始时，把车从院子里的停车场开到大门外的人是你，而不是泷川义明？"

明美战战兢兢地点了点头。

中村警官听到这番话，大吃一惊，大声说道："兰子！这到底是什么意思！？"

冲美被他的气势吓了一跳，又呜呜哭了起来。明美从后面抱住她的双肩，像是在安慰她。

"哎呀，您还没明白吗？"兰子若无其事地说，"负责开那辆车的人，一直都是这位明美小姐，而不是泷川。"

"不是他？"

"没错。刚才我试着坐进那辆车的驾驶座，结果，根本不必调整座椅的位置，方向盘、离合器、刹车都在合适的位置。"

"所以说呢？"

"也就是说，座椅的位置相当靠前。而且座椅上还铺着一个垫子。既然我都能非常贴合地坐进去，也就可以推测，开这辆车的人，身高和我差不太多。反过来说，如果是身材魁梧的泷川开车，座椅和方向盘之间的距离应该更远，座椅应该更靠后，同时根本不需要坐垫。我认为，那位高高在上的教祖大人显然不会亲自开车。综上所述，结论就是：开车的应该是这两位巫女的其中之一。"

"但是，你之前不是说，泷川为了欺骗小川清二，才故意去挪了一下车吗？"中村警官抱怨道。

"那是我太过着急下结论了。"兰子坦率地承认了错误，"而且，正如琴子姨妈所说，泷川根本不会开车。"

"但那时候，这个女孩不是正在帮忙进行净灵会的仪式吗？"

中村警官板起面孔，盯住明美。

明美立刻低下了脑袋。

"……前天晚上的计划，是我进入灵柜……等教祖帮我盖上白布，我就从布底下钻出来……通过灵柜后面的木板门……进入仓库，然后绕到外面……把车开走……我得到的指示就是这样。"

"然后呢?"

"我把车停在大门外面……就又回到了纳户。"

"等等。"村上刑警一脸疑惑,"如果是这样,关键的泷川去哪儿了?"

"按照计划,泷川先生应该在仓库等着,和我交换……换他躲在黑色布幔后面……给大权寺大人帮忙……"

明美擦了擦眼泪。她脸上满是疲惫和妆容化开的痕迹,抹得黑乎乎一片狼藉。

"可是……当我离开……灵柜时,在仓库没看到他……所以我只好……打开录音机开关……"

"那你把车停好,回来的时候,泷川在那里吗?"

村上刑警再次确认。

"不,他……没有在……我一时不知道如何是好,但是……大权寺大人,已经念了好几遍提示的祈祷词……所以我就锁上木板门,回到灵柜,代替泷川大人……按计划……操作那些机关的线。"

"就是那些让喇叭还有盘子移动的机关?"我问道。

"……对。"

根据明美的说法,她原本的任务是用假声表演降灵对话,以及穿过黑色布幔后面的通道,在观众的侧面或后面来回走动,制造出各种效果。

这时,不知怎的,兰子脸色骤变。她扬起细细的眉毛,问道:"等一下!那扇连接纳户和仓库的木板门上的挂锁,是你锁上的!?"

明美颤抖着，茫然地看着兰子的脸。她似乎不明白这个问题是什么意思。

兰子焦急地追问："你是说，你从外面回来，在进入灵柜之前，就把那扇木板门锁上了——对吗？你确定没有记错？"

明美更害怕了，点了点头，好像快要哭出来了。

"……是、是的。"

"你为什么要锁上门？"

"没、没有别的意思……只是在操作机关的时候，怕有人从后面进来，所以……"明美好不容易才答道。

"兰子，你到底想说什么？"

我一头雾水，便问了一句。中村警官等人也是一脸疑惑。

兰子横了我一眼："还不明白吗？"

"明白什么？"

"你给我听好了。这个女人，在净灵会进行期间把灵柜后面那扇木板门给锁上了。而通往走廊的拉门，则是黎人锁上的。也就是说，从净灵会结束，一直到早上发现尸体，出入纳户的两扇门都是锁着的。那个房间，是个密闭空间。那么，泷川到底是从哪里进入纳户的!?"

听完兰子的说明，我们都倒吸了一口凉气，惊得头晕目眩。这真是令人难以置信，但事实确实如她所说。

这是一个非常严重的矛盾，而且，岂不是又出现了一个全新的不可能的状况？

泷川丧命的纳户，不仅凶手无法出入，就连被害者也无法出入！

"这么一来……"我喃喃道。

"骗人的吧……这怎么可能……"

中村警官也感叹道。

"——好吧，先不管这个问题。"兰子压低声音，平复了一下情绪，"明美，后来发生了什么？"

巫女在椅子上蜷成一团。她终于开口，但嘴唇颤抖，好几次欲言又止。

"净灵会……一开始，一切都还算正常……只是，气氛沉重得有些……让人喘不过气。冲美按照指令，正常操作……趁大家不注意，她……从胸口取出用来假扮灵体的布条……叼在嘴里垂下来……这样看起来，就好像是从体内流出来的灵媒外质……那上面有我绑上的细线……让它前端能够飘起来……同时，我还在模仿清、清乃，灵魂……说话……"

听着明美对净灵会幕后过程的解说，冲美的脸上，逐渐因恐惧而扭曲起来。明美的声音也渐渐变得含混不清。

"……可是，可是，从中间开始……从中间开始，有什么东西失控了，一切都乱套了……大权寺大人也很慌张……冲美，完全不听我们的指令……"

"那是因为！"冲美突然转向明美，喊道，"是'那个'，是'那个'在捣鬼！真的是，是'那个'在捣鬼！我的身体，动不了了……脑海里，有一个恶心的东西，一个，特别可怕的东西，在操纵我的心，还有身体……那个'吸血……'……什么的……"

冲美太过激动，连哭带叫，最后几个字没有听清楚，但她想描述的那种诡异和毛骨悚然，已经得到了充分体现。

冲美将脑袋埋在明美胸前，明美紧紧地抱着她，安抚着，但她自己也害怕得厉害，大口喘着气，说："确实就是这样……"

明美用告饶的眼神看着我们。通过她的眼神，我们感受到她们的恐惧，连带着我们也不安起来。

"那是，真正的灵……真的是啊。冲美，被真的……来自地狱的……恶灵附身了……有黑影……有人影，飘浮在天花板上……我好害怕……自己也像被定住了一样……想尖叫也……叫不出声……那个时候，说话的……不是我……"

明美颤抖着，嘴唇痛苦地一张一合。

"是吗？可以了，我都明白了。"

这时，兰子打断了她的话。她似乎对鬼故事毫无兴趣。接下来的一段时间，兰子似乎沉浸在别的思考中，手指不停地缠绕着耳边的发丝，反复卷起又松开。

兰子再次将视线投向两位巫女，"——那么，大权寺真正的目的是什么？你们来这里究竟是为了什么？"

"我不知道……"

明美好不容易才发出声音。

"没关系，我不打算处罚你们，或者治你们的罪。"

"我没有撒谎……真的……我们一直……只是按照大权寺大人的吩咐去做事。但是……我什么都不知道……"明美勉力回答道。

"至少，有听到过什么吧？"兰子循循善诱，"大权寺是不是打算以净灵会为借口，讹诈这家里的某个人？"

明美紧咬嘴唇，痛苦地闭上眼睛。

"你说说看？"兰子语气一转，变得非常温和。

明美睁开眼睛，怯生生地说道："他们俩……大权寺大人和泷川先生……说过……我只是不小心听到的……"

"听到什么？"

"泷川先生说，这栋房子，很久以前，曾经有人被杀……"

"嗯。然后呢？"

"……关于那个，他说，有什么证据……"

"是什么证据？"

"我不知道……但是，他说有什么'画'……"

"'画'？什么样的画？"

兰子逼问的语气又稍微严厉了些。

"我不知道。我真的不知道……"

明美两肩颤抖，摇了摇头。接着她把脸埋在冲美的背上，两个人放声大哭起来。

"中村警官，泷川所说的那幅'画'，究竟是什么？"村上刑警小声问道。

"谁知道呢。"

一直没有说话的中村警官一脸不高兴，若有所思。他转向我们，问道："黎人、兰子，你们知道这家里有什么可疑的画吗？"

我在脑海中回想了一下，毫无头绪，我从没在雅宫家见过挂轴以外的绘画。

"这个嘛，我也不知道……"

兰子想了想，也否定了。她再次对巫女明美说："明美，你们车子的后备箱里装了氯化石灰，那是用来做什么的？"

明美抬起头，说道："……我不……不知道……泷川先生说……他要用那个，做个有趣的东西出来……"

"有趣的东西？什么东西？"

"他说……要让这家人……亲眼见识一下幽灵……"

所谓的幽灵，是指净灵会上的灵媒外质吗？

抑或是别的什么伎俩？

之后，无论我们怎么安抚和劝说，都无法再从两位巫女口中问出新的线索。她们情绪激动，号啕大哭，甚至出现了歇斯底里的症状。波川医生见状，提出了警告，中村警官决定结束对她们的讯问。

波川医生带走两位巫女，现场众人只剩下深深的倦怠和无力感，同时又焦躁不已。

凝重的气氛笼罩着房间，一时间谁都没有开口说话。鸦雀无声的房间里，只有炉子里火苗燃烧的声音哔剥作响。

兰子用手支着腮帮子，摆弄着卷发，思考着什么。中村警官抱起双臂，村上刑警不停地翻阅着记录本。我则一遍又一遍地，回想着巫女们的证言。

"……即便如此，"中村警官首先打破了沉默，我们纷纷看向他，"我是第一次遇到如此诡异，如此恐怖，让人如堕五里雾中的案子。我不是说丧气话，但总觉得这个屋子里，或许真的隐藏着什么幽灵之类的、不正常的东西。"

警官脸上阴云密布，仿佛突然间苍老了许多。

"因为没有任何线索啊。"村上刑警附和道，长叹了一口气。

兰子直视着两位警官，斩钉截铁地说："线索和证据，明明都已经摆在我们眼前。巫女明美的证言，就是最有力的证据——也就是说，在净灵会进行期间，泷川义明并不在纳户后的仓库里。这是一个非常重要的线索，是解开这个错综复杂的谜题的钥匙。"

"可是，若是如此，那个男的，那时到底在哪里呢？"中村警官皱着眉头问道。

"至少我们掌握了一个明确的事实。"兰子恢复了快活的表情，"那就是，不光是凶手，就连被害者泷川本人，从物理层面而言也无法进入那个纳户。两个出入口都上了锁——因此，可以认为，我们的调查又向前迈进了一大步。"

"你在说什么啊？"中村警官焦躁地嚷道，"这不是反而让问题变得更复杂了吗？这么一来，兰子，这就变成了一起无论是被害者还是凶手，都无法出入现场的双重密室杀人案！"

"您说得一点儿没错。"兰子从容不迫地回答道。

"真是胡说八道！"

中村警官恼火地站了起来，像一头饥饿的熊一样，在房间里焦躁地踱来踱去。

在这种因为兰子一如既往的自负导致的尴尬气氛中，我下定决心，高声打破了沉默。

"——各位!"

其实,关于这个案件,我也在脑海中进行了深思熟虑的推理,而现在,这些推理终于形成了一个完整的思路。

"怎么了,黎人?"中村警官一脸不高兴地问。

兰子也饶有兴致地瞧着我。

"大家听我说,我好像已经知道这个案件的凶手是谁了——是的,绝对没错。虽然泷川义明密室被杀之谜还没有解开,但是发生于昭和二十年的士兵井原一郎命案——当时夺走他生命的手段,以及今天早上大权寺瑛华的无足迹杀人之谜,我已经完全解开了。"

我不禁有些得意,目光在其余三人的脸上扫视了一下。

"真的吗!"

中村警官喜出望外。

"当然。"我沾沾自喜地点点头,"不会错的。下面,我就会向大家公开,杀死那两个人的恶魔的真正身份!"

第十九章　画中的秘密

1

二阶堂兰子、中村宽二郎主任警官、村上郁夫刑警三人都目不转睛地盯着我，屏息凝神。因为他们不能错过这个历史性的时刻——马上，我就要亲口说出凶手的名字。

没有足迹的神秘谋杀。

没有实体的诡异犯罪。

在八王子老宅"久月"嚣张跋扈，残忍又如同幽灵的凶犯——自从昭和二十年二月到现在，至少冷酷地夺去了三个人的性命。

"……黎人，你说说看，凶手是谁呢?"

兰子眯起眼睛，带着点旁观者的态度。

"没错，到底是谁!"中村警官则迫不及待地催促道。

我深吸了一口气，说："凶手就是麻田茂一。"我清清楚楚地说，"他在昭和二十年杀害了名为井原一郎的士兵，又在前天晚上到今天早上这段时间杀害了泷川义明和大权寺瑛华——这个叫麻田茂一的男人，就是潜伏在这栋房子里的杀人恶魔的真实身份。"

房间里众人陷入短暂的沉默。中村警官和村上刑警都瞪大了眼睛。而兰子则不动声色，只是看着我。

"——你说麻田是凶手? 有什么证据?"中村警官喘着粗气，急不可耐地问道。

"从遗留物的意义上来说，并没有物证。但考虑到凶器的特殊性，也可以将其视为证据。听完我的解释，警官您应该也会认同他是犯人。毕竟，除了他之外，那两起无足迹杀人案再没有其他人可以办到了，这毫无疑问。"

"那你说，麻田是如何犯下这些离奇的凶杀案的?"

"很简单，"我说，"在第一起案子里，在雪地中杀害井原一郎的凶器并非短刀，而是弓箭。"

"弓、弓箭!?"中村警官和村上刑警异口同声地叫道。

我信心十足地点了点头。

"不错。凶器是弓箭。只有这样，才有可能实现那起谋杀诡计。反过来说，想要在雪地上不留足迹，偷偷靠近受害者，用短刀将其杀死，从物理层面上是绝对办不到的。"

"你的意思是，凶手使用远程凶器，从远处杀害了井原?"

"麻田老先生——那个时候他还叫浅井重吉——从这栋叫作'久月'的建筑里，用弓向走在前庭中的井原一郎射出一箭，将其杀害。麻田老先生年轻时是弓道高手，这对他来说易如反掌。前天，他还对兰子夸口过自己的箭术了得。"❶

中村警官反驳道："可是，杀害井原的凶器不是箭，而是翡翠姬的护身短刀。短刀还在他的脖子上插着呢。"

"中村警官，您只看到了事情的表面。"

我模仿起兰子平时的口头禅。

"表面?"

"举例来说，如果有一具他杀的尸体，旁边掉落了一把枪，我们就能轻易断定死者是被枪杀的吗?"

"可尸检报告也证实，井原一郎是被短刀刺杀的。"

中村警官嘴上仍不肯服输。

"是的，我知道。但是，请先听完我的解释。"

"好吧——"

"二十四年前的那一天，大雪纷飞，首先是中村警官您步行来到了'久月'。过了没一会儿，井原一郎也从山下走了过来。他穿过大门，进入前院，对即将降临到自己身上的悲剧一无所知，就这样穿过大门，走进了前庭。

"这时，麻田茂一，也就是浅井重吉，正拿着弓箭站在'久月'的屋顶上，或者在里面那栋楼的二楼的窗户边，瞄准了井原，伺机下手。

"井原走到了前庭中央，不知是不是为了欣赏景色，他突然停了下来，不知怎么地背向了玄关。浅井在这个瞬间射出了箭。箭准确地命中了井原的后颈，夺走了他的生命。而且，箭镞上还涂满了毒药。井原肯定还没弄清楚发生了什么，就死掉了。

"浅井就是用这种方法完成了远距离杀人，完全不需要接近被害者，就让他一命呜呼了。自然，雪地上也只留下了被害者的脚印。"

中村警官皱着眉头问："那插在死者脖子上的短刀呢？又该如何解释？"

我提醒道："您忘了吗？雅宫弦子曾走到井原的尸体旁，对吗？"

"啊？雅宫弦子？"

警官大吃一惊，一时语塞。

"是的。弦子为了查看倒在前庭的男人情况，走出了玄关，所以她的足迹才会在玄关和尸体头部所在的位置之间来回。而井原脖子上的箭，就是这时被她取走了。取下尸体脖子上的箭，接着，弦子将那把翡翠姬的短刀刺入伤口。由于箭头很小，伤口不大，插入的短刀会撕裂周围的皮肤和肌肉。当然，短刀的刀刃上还涂了毒。这样既可以掩盖原先的伤口和箭镞上的毒药，也能确保被害者死亡。兰子经常说，要把困难分而治之——浅井重吉和雅宫玄子分工合作，完成了这起谋杀案的前半截和后半截。这，就是这起'无足迹谋杀'的真相了。"

"你是说，浅井重吉是主犯，雅宫弦子是共犯？"

中村警官小声叹道，同时感慨万分地看向村上刑警。

"一点没错。"

我点了点头。

"……可是，等等。"中村警官反驳道，"如果把插在脖子上的箭拔出来，伤口不会因为箭镞而扩大吗？"

"箭头也分很多种。有一些箭头很细，没有横向突出的部分。原始人打猎用的箭头，为了在射中猎物后不脱落，会做出石头或金属的倒钩。但是，很多弓道用的练习箭头，看起来只是把棍棒的前端削尖而已。"

"还有，脖子上的伤口是由上往下斜刺而入……"

"这是因为箭飞来的角度造成的。由于距离的关系，为了瞄准受害者，射箭时要稍微向上，让箭呈抛物线飞行。"

"那杀人动机呢？为什么浅井和弦子，要联手杀人？"

"这——有待进一步调查。"

对于自己也搞不清的部分，我只得老实承认。

中村警官双手抱住胳膊，思索着，感叹道："原来如此啊……"

村上刑警也在一旁不住点头。接着，中村警官突然面露喜色，说："黎人，的确，如果用你现在的推理，就可以解释那个不可能的犯罪了——那么，大权寺瑛华又是怎么被杀死的？你也弄明白了吗？"

"是的，大权寺这起事件的诡计，其实出人意料地简单。"

"黎人，快告诉我们吧！"

我朝兰子瞥了一眼，她正闭目养神，一心一意地听着我的讲述。

"麻田老先生称自己是命案的第一发现者，那当然是谎言。真相是，就是他本人袭击了走在网球场中央的大权寺，用那把短刀刺死了她。"

"怎么做到的？"中村警官皱起眉头，"他的脚印离大权寺倒下的地方相当远啊。"

"他腿脚不便，走路时使用手杖。他只要用一根绳子把短刀绑在手杖的顶端——手杖和短刀交叉绑成个'十'字形，就能做成一把简易的斧头。他就是用这个杀死了大权寺。"

"哦？"

"大权寺一定对麻田老先生毫无戒心。可能是因为泷川义明以为，二十四年前的杀人犯只有弦子一人。而且，麻田老先生不仅年老，又有残疾，所以即便大权寺看到他跛着脚从停车场走来，也完全不会防备。

"大权寺越过网球场中线，两人逐渐靠近，麻田老先生突然举起凶器，也就是手杖，袭击了大权寺。她赶紧回头逃跑，麻田从她背后朝她的脖子刺下了第一刀。手臂加上手杖的长度，接近两米，因此即使稍隔一段距离，凶器也能刺中。"

"那就是耳朵下面那个较浅的伤口吧？"

"嗯，不过那一刀没有造成致命伤，大权寺还凭着惯性继续跑着。紧接着，第二次攻击来了。这一次短刀深深地刺入她的脖颈，她向前扑倒在地，一命呜呼。涂了毒的'吸血姬'短刀给了她致命一击。"

"原来如此，所以她身上才有两个伤口。"中村警官激动起来。

"正是。"

"然后呢？"

"嗯。短刀和手杖用一种很容易解开的绳结固定在一起，叫作'称人结'，只要拉动绳子其中一端就能解开。大权寺倒地身亡后，麻田操纵在手杖上缠好的绳子头，解开捆绑手杖和短刀柄的绳结，这样便只有短刀留在了大权寺的尸体上。"

"唉，真是诡计多端啊！然后，麻田就大摇大摆地挂着手杖，回了树篱那一侧？"

"是的。他就是利用这个方法，造成了一起看似没有加害者脚印的不可能杀人案。"

村上刑警插嘴问道："黎人，动机呢？麻田为什么要杀死大权寺？"

"当然是为了逃避过去的杀人罪责。而在泷川的案件中，还有一个更明显的动机，那就是争夺雅宫琴子。"

中村警官佩服地连连点头，坚定地说："原来如此啊，我全都明白了。黎人，太精彩了，真是出色的推理。这么一来，我终于卸下了背负了二十多年的重担。如你所说，凶手无疑就是麻田茂一。我们马上去申请逮捕令。证据方面，我们会好好地搜集的，你不用担心。我们一定能让那家伙认罪服法！"

说完，警官迅速站起身，忽然，他转头看向兰子。

"你怎么了？兰子。"

兰子的表现看起来有些古怪，令他有些担忧。

兰子微微前倾，低着头，肩膀不停地颤抖。

"——对、对不起。"

兰子含糊不清地说道。她抬起头，眼眶里噙着泪水。明显是笑出来的眼泪。

"不好意思，黎人的推理实在是太好笑了——"她撩起刘海，强忍住笑意说道。

"哪里好笑了？"

我有点恼怒。

"对不起啦！"她一边用袖子擦拭眼角，一边微笑道，"黎人，你真的是个难得的人才呢。只要有你在身边，那些我原本可能会陷入的危险和陷阱，你总是会替我挡掉。"

"你是说，我的推理有误？"

"照这样发展下去，待一会儿你该不会要说，插在泷川尸体上的日本刀，也是麻田老人用弓射的吧？"

被她断然否定后，我大受打击，一句话都说不出来。

兰子露出了我们称之为"明智小五郎式微笑"的、如同柴郡猫①一般的笑容。她首先让站着的中村警官重新落座。

"黎人的推理，从头到尾都是错的。"她直截了当地说道。

"可是，兰子，黎人不是把两起谋杀案的诡计都解析得很透彻了吗？"中村警官替我辩护道。

---

① 柴郡猫，英国作家刘易斯·卡罗尔的作品《爱丽丝梦游仙境》中登场的角色，是一只爱咧嘴露齿而笑，可以随时消失或只留下笑容的猫。该角色以其神秘的微笑和哲学性的对话而闻名，象征神秘以及某种超脱现实的智慧。——译者注

"那是纸上谈兵，就像在沙滩上堆起来的城堡，只不过是脆弱的空想。"

"既然如此，兰子，请你具体指出，我的推理到底错在哪里。"我气坏了，不满地说道。

"在那之前，我先问一个问题：你是否认为，这三起杀人事件都是同一个人所为？"

"是啊，至少主犯都是麻田老先生。"

我果断地回答，兰子仍然微笑着，竖起一根手指。

"我要反驳的第一点——在泷川义明被害一案中，你怎么解释留在窗外的橡胶靴的脚印呢？"

"怎么解释？"

"凶手穿过的橡胶雨靴，就放在玄关角落，对吧？"

"是啊。"

"仓库外的脚印，既不是跛脚，也没有手杖留下的印记。也就是说，那是正常人走过后留下的脚印，而不是腿脚不便的麻田老先生留下的。那个脚印和他留在网球场上的脚印明显不同，对不对？"

我反驳道："那是因为有共犯。完全可能是弦子穿着雨鞋在仓库周围留下足迹，以干扰搜查。而且现在还没有确定，密室的构建是不是要有窗户的因素。"

"第二点，"兰子竖起两根手指，"你说，麻田老先生用绑上短刀的手杖杀害了大权寺。照你这么说，他与大权寺距离最近的地方，应该就是大权寺掉头逃跑的位置。可实际上，两人靠得最近的地方，却是大权寺倒地身亡之处❷。除了这个位置以外，就算利用手杖，也无法用凶器刺中大权寺。"

村上刑警特意拿出绘有案发现场草图的记事本，确认了一下。

"……真的。兰子说得没错。"

"而且，为了从身后追上逃跑的大权寺，他必须跑起来才行吧？但从他的脚印来看，他并没有奔跑，而是和平时走路一样，对吧？"

我答不上来，陷入了沉默。

"第三点，"兰子竖起第三根手指，"你关于二十四年前那起案件的推理中，最大的错误是，刀伤和箭头造成的伤口，绝对不可能弄错。前者的伤口断面是锐利的等腰三角形，后者则会在伤口周围的肌肉上形成撕裂伤，所以会呈放射状，如海星一般。就算是以当时的医学知识，也足以判断这两者的区别。"

"所以我才说，最初由箭造成的伤口，被后来刺入的短刀撑大、掩盖了……"

我重复了之前的想法。

"用弓射出的箭威力巨大，如果刺入喉咙，很容易就会贯穿。你可能会说，它会撞到骨头停下来，但我认为它击碎骨头的可能性更大。"

兰子一边说，一边抬起她漂亮的下颌，用手指做了一个刺向喉咙的动作。

"但是，被害者的颈部并没有那样的伤——所以杀害井原一郎的凶器绝对不可能是弓箭。"

中村警官耷拉下肩膀，失望之情显而易见。

"很遗憾，看起来，兰子说的好像是对的……"

村上刑警也叹了一口气："好不容易以为事情要真相大白了……"

面对两名警察，兰子说道："请不必那么沮丧。黎人的推理虽然有瑕疵，却也在某种程度上修正了我的推理。多亏黎人的错误思路，我的推理才找准了正确的方向。"

"你是不是抓住什么线索了？"

中村警官抱着一线希望，注视着兰子。

"没错，"兰子信心十足地点了点头，"解决问题的所有关键，都在于二十四年前的井原一郎遇害案。这次案件的谜团、作案手法，甚至动机本身，都围绕着那场悲剧展开。因此，我们必须首先解决这桩历史上的案件，以此为基础，再重新审视现在的凶杀案。"

"嗯，嗯。"

"……正如我常说的，遇难题则分之。任何复杂的事件，在表象之下，都必然存在着另一层真相。"

兰子这番话，似乎也是在提醒自己。她一脸严肃地继续说道："最后，也是最重要的一点，在'久月'的前庭里，存在一个我们看不见的死角。"

"兰子，你能说得更明白一点吗？"村上刑警抱怨道。

结果兰子没理他，自顾自地说："最大的线索，就是巫女明美提到的那幅'画'。"

村上刑警有些摸不着头脑，疑惑地问道："画？你说的是，泷川和大权寺提到的，可以用作恐吓材料的画吗？"

"不错。秘密，就藏在那幅'画'中。"

"但说来说去，他们说的到底是什么画呢？"

"——那幅画，不在这里。"

兰子如此回答后，轻巧地站起身，说："我去打个电话……"

说罢，她就快速跑去了走廊，留下我们三人面面相觑。

大约过了五分钟，她又回来了。

她不满地向中村警官报告："这家的电话打不出去了。好像是哪里的电话线断了。"

"你是打算给哪里打电话？"

"我是要打给报社。《多摩日报》的九段记者。我想让他帮忙紧急调查一件事情。但是，听筒里没有拨号音。"

中村警官歪了歪脑袋。

"可能是哪里在进行电信施工吧。就不能等到电话通信复原吗？"

"总不能一直放任凶手逍遥法外啊！"

"你想知道什么？"

"我想确认一件二战前的事情。如果我的猜测正确，这件事应该就是整张拼图的最后一块碎片。"

"要不，用我停在外面的巡逻车上的警用无线电怎么样？"

听到这话，兰子稍微思忖了片刻。

"……是哦。或者，村上先生，能不能借用一下巡逻车？因为多摩日报社的总部就在八王子市区，我亲自去一趟，可能还更快些。要查的是一些文艺方面的资料，用无线电大概讲不清楚。"

"明白了。村上，就麻烦你安排一下——"

得到中村警官的首肯后，村上刑警立刻站起身。

商量一番之后，我们三人赶忙走出了房间。在玄关，我们碰上了小川清二在洒扫三和土，兰子问他："小川先生，净灵会的那天晚上，您看到泷川先生回来了吗？"

清二挺了挺脊梁，朝兰子看了半晌，回答道："没呀，二阶堂家的小姐。我可没有看见。怎么了？"

"不，没什么。"

兰子不置可否地摇了摇头，我们一行便快步走向门外，去坐村上刑警的警车。我上车前去方便了一趟，回来只见兰子满脸焦急地等着我。

车子上路了，我听到身旁的兰子喃喃自语道："果然是说谎了啊。"

我想，她大概是在说泷川，或者小川吧。

如此，我们就暂时将雅宫家抛在了身后。

2

下山途中，虽然天空放晴，但温度依旧很低。车里的暖气起效很慢，我们只能在座位上瑟瑟发抖。一周前的大雪化成了肮脏的冰碴，散落在树林中树木的根部。

多摩日报社的总部紧挨着国铁八王子车站。那是一座五层高的大楼，突出在大路上的黑字招牌十分夺目。这家报社，在地方报社中论规模和发行量都名列前茅。

喧闹的办公室里，充满了忙碌声和活力，很多人都在紧张地投入工作，一刻也不停歇。我们三人刚走进编辑部，满面笑容的九段晃一就热情地张开双臂迎接了我们。

九段晃一不到三十五岁，是一名优秀干练的事件报道记者。他有着一副极富亲和力的面容，头发总是乱糟糟的，衬衫袖子卷到胳膊肘。

"哎呀，三位老友，这边请。请务必告诉我，'久月'的凶杀案现在有什么进展？兰子，你特意来找我，一定是有关于这个案子的事吧？"

九段记者领我们来到用屏风隔开的小房间。关上门后，外面的喧闹声小了不少。

"你是怎么知道的？"村上刑警听了他的话，吃了一惊。

九段记者如实说道："刚才，三多摩警署已经对外公布了，村上刑警。我也是刚从警署赶回来。"

"警方对外透露了哪些信息？"

"某新兴宗教的女教祖大权寺瑛华，及其配偶前音乐家泷川义明相继身亡。具有重大他杀嫌疑，眼下警方正在进行侦查。——差不多就这么些。"

"九段先生，你了解这两个人的情况吗？"兰子目光闪动，意味深长地问道。

"不，不算多。我正准备查呢，你们就来了。"

"泷川义明，是'久月'的雅宫琴子的前夫。"兰子说道。

九段记者吹了声口哨，又发出一声怪腔怪调的惊叹："嚯！——兰子，你们又是怎么被扯进这起案子的？"

"因为雅宫家是我们的亲戚。"兰子简单解释道。

"然后呢？"九段记者看着我们。

"我想请你帮我查一件二战前的事情。"

"什么事？"

"你知道一位叫藤冈大山的画家吗？"

"啊，我当然知道。他是深受法国印象派影响的西洋画大师，对吧？"

"不错。"兰子点点头，"我想确认一下藤冈大山的某幅画。"

"没问题。不过，这和'久月'的案子有关系吗？"九段记者盯着兰子，试探性地问道。

"现在还说不好。"兰子谨慎地回答道。

"如果进展顺利，可别忘了给我提供'久月'事件的独家报料哦。"

九段记者脸上露出一抹渴望的笑容，目光在我们三人之间游移。"其实，我都已经把报道的标题给拟好了，我从'久月'这个名字的读音得到启发，标题可以叫'吸血之家的惨剧'①。"

兰子没有理会这个标题中的文字游戏，只答应他，会向他提供独家消息。

---

① "久月"（きゅうげつ/KyuGetsu）与"吸血"（きゅうけつ/KyuKetsu）两个词在日语中的读音只差一个字，故有此双关标题。——译者注

"好了，你想让我查什么？"九段问。

"藤冈大山画过一幅很有名的画，叫作《富士美人图》，你听说过这幅画吗？"

"《富士美人图》？"九段记者双手抱胸，想了想，"等等……是不是那幅尺寸将近一百号的大幅画作，一米六乘一米三的尺寸，图案还被印成了纪念邮票？"

"对，就是那幅。"

兰子高兴地点点头。

"啊，是了，我知道了。"九段记者两手一拍，"原来是这样。我没记错的话，那幅画的模特是'久月'一位名叫雅宫弦子的女子，对吧？我之前在八王子的文艺界聚会上听人提过。"

"没错，那幅画的模特，正是雅宫弦子。"兰子微微一笑。

"那我问你，你想让我查那幅画的什么信息？"

"是《富士美人图》的创作时间。具体来说，我想知道大山是于何时以雅宫长女弦子为模特绘下那幅画的——如何？马上就能查到吗？"

"当然可以，这不算什么难事，别小看我们报社的资料库——你们稍等片刻。"

九段记者说完，火速离开了房间。我们喝着咖啡等待着，但他却迟迟不归，我感到有些无聊，兰子则拿起房间里的杂志翻阅起来。

"找到了！"

过了一个小时，九段记者终于回来了。

"怎么样?"兰子急切地问道。

"哎呀,可累死我了!"九段记者翻着笔记说,"我让文艺部的家伙帮我查,结果还被他们'敲诈'了一顿饭!"

"结果呢——?"兰子急不可耐。

"哦哦,抱歉,那我就直接说结论了。藤冈大山以雅宫弦子和富士山为主题画的《富士美人图》,创作于昭和十三年的夏天❸,据说当时是为了参加次年的'桔梗展'。"

"你确定吗?"兰子挑起右眉。

"是的,我确定。大山有写日记的习惯,因此留下了记录。当时,他在一家能望见富士山的旅馆完成了素描和草稿,那家旅馆位于西伊豆,叫作'小川庄'。"

"小川庄就是小川夫妇经营的旅馆。"兰子转过头对我说。

我和村上刑警都十分惊讶,我们完全没有料到在这里会听到他们的名字。

兰子问九段记者:"大山为什么会选择雅宫弦子当模特?"

"据说大山和弦子的母亲雅宫清乃素来关系不错,还曾以客人的身份多次拜访'久月'。当时,他为了参加次年的画展,正打算创作一幅以富士山为主题的画作。大山经清乃推荐,去了西伊豆的小川庄,据说那里还能泡温泉,这令他心情大好。当时,恰好清乃和她的女儿弦子也住在那里,所以大山就请弦子做了模特。"

"我再问一次,你确定是昭和十三年? 这个年份绝对没错?"

"绝对不会错。大山于昭和十三年八月二十日动笔,大概花一个星期画完了底稿,然后便启程返回东京的画室。这幅画在当年年底完成，但因为当时战云密布，美术展被迫取消，直到昭和二十二年，战后的第一届'桔梗展'上才与世人见面，大山凭这幅《富士美人图》荣获了当年的大奖。如果还要补充，那就是这幅画的图案是在昭和三十一年（1956）被制成纪念邮票的。"

"雅宫弦子的美貌，就是从那时开始声名远播的吗？"

"是啊，邮票发行后，这幅画也随之声名远播。"

"兰子，"村上刑警插话道，"这幅《富士美人图》，难道就是泷川和大权寺口中的那幅能成为杀人证据的画？"

"正是如此。"

兰子转向他，语气沉重起来。

"可是，这怎么能作为证据呢？我是一点儿都弄不明白。"

我和村上刑警一样，也完全搞不懂，昭和二十年的井原一郎命案和这幅画究竟有什么关联。

兰子没有理会我们的疑问，继续对九段记者说："九段先生，这件事请你暂时不要告诉其他人。多亏你的帮助，我们的调查也差不多接近尾声了，不过，还是希望你暂时保守这个秘密。"

"没问题。"九段记者爽快地答应道，"既然你说了，我自然照办。更何况，我也没弄明白是怎么回事。"

"没关系，事件解决后，九段先生一定是媒体中第一个知道真相的人。"兰子再次向他保证。

"好啊，等你的好消息！"九段记者语调夸张地回应道。

兰子拿起挂在长椅上的外套，催促村上刑警："那我们赶紧回去吧！"

　　我和村上刑警不明所以，晕晕乎乎地站起身来。

　　兰子的眼神中瞬间闪过一丝哀伤，但随即，她严肃地凝望着远方。

　　"这么一来，所有的线索都已经汇聚一处……"

作者原注

❶ 参照第十章第 1 节。

❷ 参照第十七章第 1 节的插图。

❸ 此事在第三章《警官来访》的注释❷中已有提及。

第二十章　杀人魔

1

离开报社时，冬景萧瑟的街道如同染上了墨汁，四周已经一片昏暗。厚厚的云层遮蔽了天空，早晨的晴朗仿佛只是昙花一现。气温骤降，吹来的风也冰寒刺骨。

"说不定又要下雪了。"兰子拉紧外套衣领，缩了缩脖子。

"嗯，赶在下雪前回去吧。"

村上刑警催促着，我们走向停车场。

返回"久月"的路上，兰子对案件只字未提，一副若有所思的样子。虽非愁眉苦脸，但也绝谈不上心情舒畅，一种压抑感弥漫在车内，我和村上警官也都沉默不语。我忽然意识到，这场景和前几天我们拜访"久月"时如出一辙。

"兰子，可以说了吧?"过了一会儿，我终于忍不住，催促道，"快把真相告诉我吧。到底谁才是'久月'的杀人魔?"

"黎人，你也稍微自己动动脑子。"望着窗外的兰子，缓缓转头看着我，语气有些不悦，"再怎么说，现在都还没到公布凶手名字的时候。为了证明我的推理正确，我必须回到'久月'，把所有嫌疑人都召集起来，问他们两三个问题。等我把想弄清楚的事情都确认完毕，才能负责任地指明真凶。"

"可是……"

"好吧，我可以给你一点提示。你可以仔细回顾一下过去发生的事，自然会发现雅宫家的秘密。所有一切的根由，就是二十四年前的井原一郎命案——这一点，我之前已经说过了哦。"

"我就是因为不明白，才会问你的啊!"我被说教了一通，很是不爽。

"就是啊，兰子。"负责开车的村上刑警也不满地附和道，"你不能稍微说得详细一点吗?"

兰子的嘴角浮现出一抹意味深长的笑容:

"问题的关键，在于雅宫家所有女性的生日。正是因为这样，我才会特意去多摩日报社，确认藤冈大山绘制《富士美人图》的时间。"

我从大衣口袋里掏出笔记本。将记录整理了一下，然后按照兰子所说，查看了涉案人员的出生年月日❶。

雅宫清乃　明治三十五年（1902）11 月 11 日（亡故）

雅宫弦子　大正十年（1921）5 月 11 日（47 岁）

雅宫琴子　大正十二年（1923）7 月 18 日（45 岁）

雅宫笛子　昭和十四年（1939）1 月 7 日（30 岁）

雅宫冬子　昭和十四年（1939）12 月 29 日（29 岁）

　小川滨　明治三十七年（1904）10 月 9 日（64 岁）

然而，我一点都没明白这和《富士美人图》——或者案件的真相——有什么关联。

兰子似乎还在思考其他问题，闭上了眼睛。结果，她只给了我们这些信息。

正当车子驶上国道十六号线，向郊外驶去时，天突然就变了。一开始打在车窗上的雨滴，渐渐变成了小片的雪花，而且越下越大。当我们从野鹿街道拐向荒川山时，周围已是一片银装素裹。

雪花从空中打着旋儿飘落，静静地覆盖了视野中的一切。汽车挡风玻璃上的雨刷徒劳地来回刮动，却无法增加半点能见度。村上刑警灵活地转动方向盘，勉力控制着几乎要打滑的汽车。

通往"久月"的林中山路，已经完全笼罩在浓黑的夜色之中，加上四周森然而立的树木，黑暗更是有增无减。被寒风挟裹的雪花扑进车前灯射出的光柱里，划出一道道轨迹，又转瞬消失不见。

"哇——"

突然，村上刑警猛打方向盘，我们在座位上也猛地被甩向旁边。

只见被浓密树林遮挡的弯道尖端，闪过两盏车头灯，说时迟那时快，一辆红色小汽车已经冲到了我们眼前。对方车速极快，差点和我们迎头相撞。

村上刑警用尽全力，才避让开那辆车。我们的车冲上路肩，险些撞到树上。

"搞什么啊！"村上刑警转头怒吼道，"开那么快，太危险了！差一点点就撞上了！"

我伸手打开车内的照明灯。

"刚才那辆，应该是成濑先生的车吧？红色的保时捷。"

"可恶！"

兰子一脸忧色地问道："村上先生，涉嫌案件的相关人员，不是收到告知，要待在'久月'，不能外出吗？"

"当然。连续发生命案，让嫌疑人随随便便进出案发现场，岂不是坏事了？"

"你刚才有没有看到车里坐的是什么人？"

"没有，根本来不及看清……"

说着，村上刑警便把车倒回路上，调转方向盘，继续朝"久月"开去。

就在我们即将到达"久月"时，又碰上一件怪事。这次是两辆警用巡逻车鸣着警笛，高速朝山下驶来，头一辆是中村警官的车。他们完全无视我们的存在，从旁边呼啸而过，沿着山道开下去了。

而"久月"的大门口，则停着另一辆警车，还有两辆救护车，车顶的警灯闪烁不停。

"我们不在的时候，肯定出事了！"

村上刑警赶紧转向，靠路边停了车。我们心里七上八下地跳下车，立起大衣领子遮住脸，冒着雪向前跑去。

我们跑进大门，穿过前庭，冲进了玄关。一进去，我们就发现屋子里人声鼎沸。村上刑警还来不及掸掉衣服上的雪，就直接走进玄关旁的临时指挥中心，要求一名警员报告，到底发生了什么事。

一场全新的、出人意料的悲剧发生了。

迎接我们归来的，竟是雅宫弦子的死讯。就在刚刚，她不知被什么人用短刀刺杀，丢掉了宝贵的生命。

2

弦子是在能乐堂里面遇袭的。她胸部被深深刺伤，因大量失血而陷入昏迷的危急状态。最终，她没能等到救护车抵达，就停止了呼吸。这一切就发生在不过几分钟之内。

此外，现场有一名警员目击了一切，他同样被凶手砍中，一只手臂受了重伤。

"中村警官在哪里？"村上刑警向做报告的警员问道。

"警官他们，开车去追逃走的小川清二等三人了。"年轻的巡警紧张地回答。

这么说来，刚才那两辆警车，果然是在追缉成濑的红色保时捷。

"这到底是怎么回事?"兰子沉着脸问道。

"雅宫弦子遇袭后,中村警官正准备把家里的所有人都召集到餐厅去。这时,小川清二在后面的停车场打倒了两个站岗的警员,开车跑了。我们紧急调查后,发现有三个人不见了,分别是小川清二、成濑正树,以及雅宫笛子。看来他们是一起逃走了。"

村上刑警为了尽快和中村警官取得联络,便和那个警员再次走出屋外,回到自己车上用无线电。

我和兰子留在原地,茫然无措。第三起凶杀案让我们陷入了巨大的悲痛,兰子在椅子上颓然坐下,垂下了脑袋。

"没想到弦子姨妈都会被杀,"她捂住脸,用悲痛的声音说道,"我一直以为,如果说这个家里只有一个人不会有危险,那一定就是弦子姨妈。却没想到会变成这样——都是我的错!"

我还是第一次见到兰子如此悲痛欲绝。

"不,兰子,这不是你的错。毕竟这是谁都无法预料到的事情。"

我轻轻地把手放在她的背上,让她振作一点,可她却猛烈地摇头,说道:"不,是我的错——我明明早就知道——却没有,采取适当的、预防措施——连弦子姨妈都杀 ——简直是,完全地失心疯了——"

兰子自言自语,好像说起了胡话。

"兰子!"我用严厉的语气说,"一味后悔,这可不像你的作风! 比起追悔莫及,眼下最重要的难道不是阻止更多的人遇害吗!"

兰子仍然垂着头，没有出声。她用力咬着嘴唇，眼眶里涌出了大颗的泪珠。

这时，村上刑警快步走了回来。兰子不想让他看到哭泣的样子，把头扭向了窗外。

"中村警官说，他马上就赶回来。目前八王子全市已经布下警戒线，追捕逃逸的车辆。"

"弦子姨妈的遗体在哪里？"我问道。

"说是安置在会客厅。"

玄关旁的会客厅里，有两名急救队的医护人员和三名警察，其中一名警察就是和弦子同时遇袭的那位。他的伤口已经做了紧急包扎，左手用三角巾吊在脖子上，脸色苍白地坐在椅子上。

雅宫弦子冰冷的遗体就停在靠窗的长椅上。她全身被一条白色被单覆盖，只能从被单边缘看到她乌黑的头发。胸口的部分被下面渗出来的鲜血染红，仿佛在证明这场惨剧的真实不虚。

手臂受伤的警员看到我们，想要起身敬礼，被村上刑警制止了。

"没关系，你请坐吧。我想请你说明一下，雅宫弦子遇害时的情况。"

"是。"

那名警员脸色苍白地说："我今天早上在小川夫妇的房间前站岗。大概三十多分钟前，这家的女主人雅宫弦子一脸紧张地从我面前经过，往后栋走过去。没过几分钟，她又往回走，但她没有回前栋，而是直接进了能乐堂，看起来像是在急着找什么人。

"我觉得有些可疑，便尾随着她，跟了过去。我从能乐堂的入口望去，练习用的木地板房间一个人都没有。但是，我听到旁边的准备室里传来一阵急切的说话声，还有人争斗的声音。紧接着，传来一声短促的尖叫，好像听见有人倒地的声音。

"我连忙跑了过去，那里虽然开着门，窗户却关得严严实实，里面几乎一团漆黑。

"突然，我被躲在木板门后的凶手袭击了。对方挥舞着短刀，从侧面砍了过来。由于对方是整个人撞过来的，我根本来不及躲闪。短刀的刀刃砍中我的左臂，我剧痛之下大叫一声，侧身摔倒在地。犯人就趁机逃走了。

"等我回过神来，才发现雅宫弦子被我压在身下。我用没受伤的手把她拖到木地板房间，发现她胸口被刺伤，和服都被涌出的鲜血染红了。当时她不但失去了意识，呼吸也非常微弱，已经濒临死亡。"

"凶手是什么形貌？"

村上刑警表情严峻。

"是个女人。一个穿着白色和服的女人。"

"你看清她的脸没有？"

"事发突然，我什么都没看清，只看到了她逃向走廊时的背影……对不起。"

"这也是没办法的事。后来呢？"

"我吹响哨子，叫同事过来帮忙。我们搜查了旁边的准备室，发现存放刀具的柜子锁被撬坏了，少了一把短刀。我猜那个穿白色和服的女人，是不是偷偷溜进去拿凶器的，结果被我和雅宫弦子撞上，她就袭击了我们。"

"现在的状况是，凶手还没被抓获吧？"

"而且，小川清二他们……虽然不知是什么原因……竟从这所宅邸逃走了。那个犯人有可能坐在同一辆车上——这只是我的推测。"

"明白了。我们先回到一开始的问题，你说雅宫弦子看起来很慌张，似乎在找人？关于这一点，你有什么推测吗？"

这时，站在急救队员旁边的一名高个子警员上前一步。

"关于这件事，我想我能提供一些信息。"

村上刑警转向他，命令道："你说。"

"是。今天我负责餐厅的警备。我站在通往厨房入口的墙边，能看到雅宫弦子准备晚餐的背影。后来，一脸忧色的小川滨来到厨房，用低沉的声音对弦子说：'弦子小姐，二阶堂小姐他们，好像去了八王子的报社。我在玄关听到他们讲，要去调查藤冈大山以弦子小姐为模特创作的那幅油画。'

"雅宫弦子听到这里，一脸错愕，过了好一会儿才回过神来，问小川滨：'阿滨太太，这件事你还告诉过谁？'

"小川滨面无表情，说：'不，只告诉了小姐您一个人。'

"'暂时不要把这件事告诉任何人。'弦子叮嘱道，接着便脱下罩衫，慌慌张张地离开了厨房。"

"是这样啊。谢谢。"村上刑警抱起胳膊，转头看向我们说道，"也就是说，因为兰子和我们去调查新的证据，弦子就突然担心起来？"

"似乎是这样。"我点了点头，"问题是，弦子姨妈当时到底在找什么人？为什么后来竟然会在能乐堂被穿白色和服的女子杀害？"

但是，这个问题的答案，由于兰子没有向我们透露藏在油画中的秘密，我们也无从得知。

兰子静静地走到弦子的遗体旁，轻轻地掀开盖在她脸上的白布。弦子双眼紧闭，微微皱着眉头，还残留着一丝痛苦的表情。她的肌肤光滑得如同陶瓷一般，但已经泛起青白色。杀人这种暴力行为造成的惨状，让我们再次揪紧了心。

"兰子，人死不能复生。"

虽然听起来有些冷血，但我只能这样劝慰她。她消沉的样子，令她看起来好像比平时瘦小了一圈。

兰子缓缓转过头，用泪眼婆娑的眼睛望着我。

"嗯，你说得对。"

她无力地点了点头，掏出一条手帕，擦了擦眼角。她转向村上刑警，仿佛意图甩开悲伤："村上先生，这个家里的其他人现在在哪里？"

"所有人应该都聚集在日式的客厅。"

村上刑警向刚才的警员确认之后，答道。

"是吗？那我们也过去吧。如果中村警官回来了，请立刻通知我。"

"知道了。"

兰子和我沿着走廊，向建筑物东侧的中厅走去。

一位年长的警员紧张地守在客厅门口。兰子打开房间的拉门，环视室内。只见小川滨和麻田茂一两人围坐在暖桌边取暖。

"琴子姨妈在哪里？"兰子一脸严峻地问，"还有冬子姐呢？"

面容憔悴的小川滨突然回过神来，抬起了头。她似乎听到兰子的话，才意识到其他人都不在这里了。她鬓角白发散乱，脸颊凹陷，活像日本画中描绘的幽灵。

"琴子带着警察，一起去找冬子了。"阿滨的语气冰冷，似乎带着怒意。

一旁的麻田老先生问道："兰子，凶手抓到了吗？"

"不，还没有。不过，真相已经很清楚了。所以，逮捕凶手也只是时间问题了。"

听到这话，阿滨的脸一下子难看地扭曲起来，她尖着嗓子喊道："胡说八道！你们这些外人懂什么！"

她保持跪坐的姿势，转动膝盖，正对兰子，恶狠狠地瞪着她，唾沫横飞地吼道："你们什么都不懂！你们这些外人，怎么可能理解我们家的事？统统给我闭嘴！"

兰子没有理会阿滨的嘶吼，只是简单说道："黎人，我们走。"然后便啪的一声关上了纸拉门。

我们小跑着前往冬子的房间，路上兰子一句话都没说。我不必看她的表情，也能明显感觉到事态的紧迫性。我们来到后栋的走廊，不知哪里的窗户没关严，一股冷风从我们的脚下吹过。

"——不在啊。"

冬子的房间空空荡荡，被褥掀开，没有看到她和琴子的身影。但是，房间里很暖和，所以可以肯定的是，直到刚才还有人在这里。兰子把手放在炉子上试了试，

"炉火刚熄灭。人应该还在附近——黎人，我们去找找看。"

"琴子姨妈和冬子小姐其中之一，就是案件的犯人吗？"我问道。

兰子板着脸，没有回答。

我们走回走廊，在能乐堂附近，我注意到刚才感觉到的穿堂风是从浴室方向吹来的。兰子向我使了一个眼神，说道："可能有人从浴室溜出去了，所以才会有风吹进来。"

"是杀害弦子姨妈的那个白衣女子？"

"对。"

兰子说得果然没错。浴室脱衣间的拉门半开着，冷风和雪花从洞开的门缝倒灌进来。令人吃惊的是，外面雪地上有两行不大的足迹向黑暗中延伸而去，都是女鞋留下的。

"我们追上去！"

我们急忙跑回玄关去拿鞋子。

3

这会儿的天气简直跟暴风雪一样，地上的雪积了有五厘米厚。好在有雪地反光，外面倒还不至于一片漆黑。我们打开手电筒，从大门口朝网球场走去，发现那两行从屋旁边一直延伸出来的脚

印，穿过树篱，消失在了网球场西边的竹林里。兰子一语不发，只是顺着脚印往前走，没一会儿，走在我前面的兰子的头发和肩头上就落了薄薄一层雪，被染成了白色。

只靠手电筒那点儿微弱的光，想在竹林里找到脚印并跟着走，不是一件易事。地面上的积雪异常松软，不小心碰到竹子，头上还会抖落下好多雪。

竹林的尽头是一片树叶落尽的麻栎林。若是平时，林间的能见度应该还不错，但此刻风雪交加，严重影响了我们的视野，而且我总觉得能闻到一股煤油的气味。

足迹爬上林中的斜坡，继续往前走，应该就会通往后山的悬崖了。那悬崖高约二十米，是过去山体滑坡造成的，悬崖下方有一小片沼泽。

我们气喘吁吁地在树木间奔跑，眼前弥漫着自己呼出的白气，脚步踩在雪地中，发出咯吱咯吱的响声。手和脸上暴露在外的肌肤都因严寒而冻僵了。

兰子突然在一棵粗壮的大树前停下，疑心重重地盯着脚边。

"怎么了？"我喘着气问道。

"这里的足迹很奇怪，其中一道足迹突然往回走了……"

听了这话，我也把视线移向地面。果然如她所说，原先的两行足迹变成了三行，其中一串中途折返了……

——说时迟那时快，兰子突然伸出双手，用力向我胸口猛力一推！

"危险！"

真是千钧一发！一道银光从我眼前掠过，划破了我和兰子之间的黑暗。紧接着，大树后面冲出一个人，反手握着短刀，向我们冲了过来！

我骤然被兰子推倒，仰面摔在雪地上，她则向相反方向躲闪开去。不巧，我的手电筒掉在了地上，袭击我们的那家伙，借机逃进了黑暗。这一连串事情几乎在瞬间发生，我根本没来得及看清对方的脸。兰子条件反射般地跳了起来，开始追赶袭击者。我也捡起手电筒，紧随其后。袭击者的身影在两道手电筒的光柱中多次闪现，那是一个女人，戴着紫色的头巾，穿着白色的和服。

尽管有树木的阻碍，那个女人仍然灵巧地在林中穿梭着，向斜坡上方跑去。我们的视野被风雪和树影遮蔽，始终无法追上。那个浮现在黑暗中的白色影子，在树木间轻盈地忽隐忽现，简直像一个没有实体的幽灵在低空飞翔。

穿出树林，就到了悬崖顶上。那里是一片大约有二十张榻榻米大小的平坦斜面。由于降雪和积雪，很难看清悬崖的边缘，山的脊线也模糊不清。

我们跑出树林，抵达了那片空地。寒风呼啸，雪花四下乱飞，落到谷底的雪片也不时被强风卷起。

——奇怪，那个女人哪里去了!?

我们还没反应过来，就遭受了来自背后的偷袭。原来那女子躲在我们刚才经过的大树背后。

我们闪躲不及，被某个沉重的钝器砸中了。那东西发出金属声，先击中兰子的肩膀，然后又砸到了我的右臂。

兰子大叫一声，倒在了雪地上。我则因手臂的疼痛失去了平衡，刚要回头，脚下绊了一下，后脑勺撞在了地面。

那个身穿白色和服的女人，发出仿佛撕裂黑暗的毛骨悚然的尖叫。然后，她把一个方形金属罐子扔到了仰面朝天的我的胸口上——后来证实，那是一个装煤油的一斗罐①，里面装了半罐子煤油——盖子开着，煤油咕嘟咕嘟地流在了我的身上。

"黎人，小心！"

我听到兰子的喊声。

只见那个女人丢来了一只点燃的打火机！

一股刺鼻的臭味瞬间弥漫开来。随着猛烈的点火声，一团巨大的火焰在我背后腾空而起，我虽然尽力闪躲到了一旁，身上还是着了火。我吓得惊慌失措，在雪地上滚来滚去，试图扑灭身上的火。掉在地上的一斗罐冒着黑烟，周围笼罩在熊熊的橘色火焰中。

我一边在雪地上翻滚，一边拼命脱掉着火的外套。身上四下都是烧伤，但我已经没有时间和余力去感受疼痛了。

那女人就站在剧烈燃烧的金属罐的火焰与烟雾后面。她穿着一件白色的绸缎和服，头上戴着深垂的紫色头巾。她的右手，还紧紧握着一把锋锐无比的短刀！

"——黎人！"

兰子正要向我跑来，她朝旁边望了一眼，突然脸色大变。因

---

① 一斗罐，日本的一种方形金属容器，标准容量为一斗（约18升），主要用于盛装食用油、涂料和燃料等。——译者注

为她看见左后方的树林边缘，还有另一个女人，脸朝下倒在那里。那是一个长发女子，身穿一件白色的和服……

"难不成，你把那个人给杀了吗!?"

兰子呆立不动，绝望地尖声喊道。

一阵强风刮过，掀起了手持短刀的神秘女人的头巾。熊熊燃烧的红色火焰，清晰地照亮了她的面庞。看到那张脸，我大惊失色。因为那个人脸上戴着那个能乐面具——"班女"。

"我还没有，要她的命——"

女子用嘶哑的声音说道。由于能面的一边嘴角有条竖直的裂缝，远远看去就像一道从嘴角流下的鲜血。

"那家伙，跑来阻止我杀掉你们。实在太碍事了，我只好让她睡一会儿!"

我听不出这是谁的声音。呼啸的风声，让这女子从能面下传出的声音更加模糊不清。

"你竟然，连弦子姨妈都杀了!"

兰子悲痛地喊道，眼神愤怒已极。

"没错……我，杀了她。是我亲手，杀了她……但这一切，归根结底，全都是你的错! 是你的错! 兰子! 我不是事先警告过你，'久月'即将发生杀人事件吗? 为什么你没能更早抓住我! 事到如今，一切都晚了!"

劲风吹拂着铅黑色的浓烟，将白雪染成黑浊，女子的白色和服在火焰映照下赤红如血。

兰子怒斥道："你在胡说些什么!"

置兰子的怒火于不顾，戴面具的女子发出低沉而诡异的笑声。

"——哈哈哈哈。不过，都无所谓了。反正，你们都会死在这里。一切都要结束了。你们两人死在这里，鲜血淌在白雪上，我干涸的心灵就会得到满足！"

"不要妄想了，警察的增援马上就到！"

兰子脸色煞白，我的脚也动弹不得。深深的恐惧如影随形，把我们的心攥得紧紧的。

女子在面具下狂笑着说道："是啊，是啊。他们会来的。不过，迎接他们的，将是你们的尸体！时至今日，我已经送好几个人下了黄泉，如今，你们也可以去陪他们了！——好了，就让我亲手送你们上路吧！"

戴着能面的女子，朝兰子伸出洁白而纤细的食指。

"你疯了！"兰子紧咬着嘴唇。

女子不为所动，接着又慢慢笑了起来。

"对啊。我是疯了——"她说着话，将反手握住的短刀缓缓举到面前，"——那是很久很久以前的事了。如你所知，我身上流淌着'吸血姬'那受诅咒的血液，是这被诅咒的血脉，驱使着我去夺取鲜血和性命！"

"那都是迷信！"

"她渴望着鲜血呢！"

我和兰子都紧紧地盯住戴着能面的女子，同时各自慢慢地向树林一侧靠近，靠近树林旁倒卧的另一名女子。

我不知道倒在那里的女子是谁，但是大雪正在无情飘落，在凛冽寒风中，我们都冷得牙关打战，她的体温一定正在急剧下降，再这样下去，她恐怕会被冻死的。

"来吧，到我这里来！——让这把利刃撕开你们的喉咙！"

戴能面的女人高举短刀，朝我们招招手。我们三人中间的位置上，金属的一斗罐还在燃烧。红莲般的火焰裹着散发着异味的黑烟，将周围的雪花向空中卷起。

"黎人，快去救人！"

兰子死死地盯着戴能面的女子，紧咬牙关喊道。我没说话，只是点了点头，可是……

"兰子，你自己去救那家伙不就好了？"戴能面的女子向前踏出一步，对兰子冷冰冰地说道。

面对当前局面，我实在不敢妄动。如果我转头去救倒在树林旁的女子，戴能面的女子肯定会立刻扑向兰子。

可怕的焦躁感充斥全身，每一秒都变得无比漫长。

"黎人，小心！"

兰子瞥了我一眼，脸上骤然掠过一抹惊恐。

与此同时，一个长条形的黑影闯入了我右边的视野，我的脸部瞬间感受到一阵剧烈的疼痛和冲击，气息为之一窒，我倒在了雪地上。

紧接着，一根粗大的棍棒再次击向我头部，这一次对方没有瞄准好，只击中了我的右肩，一道剧痛仍然瞬间传遍了全身。

"我绝不许你们挡那孩子的路！"

我辨认出来，这是小川滨的声音。她张牙舞爪，声嘶力竭地吼着。不知什么时候，她竟一路在我们身后尾随而来。此刻的她一头白发，形销骨立——双眼红得充血——仿佛是从古代传说故事中"爬"出来的妖婆。

"你们乖乖地，让那孩子宰割便是！"

小川滨跟疯了似的，把一根硬柴当成棍子，高高举起，又狠狠砸下。我蜷缩着身子，棍子还是砸在了我背上，火辣辣地疼，痛得好像被按在了烧红的铁板上。

"住手！"

我忍不住怒吼道，可毫无作用。小川滨手上的硬柴如同铁槌，一下下接连往我身上招呼。我只得拼命左右扭动身体，避开她的攻击。同时用自己的胳肢窝夹住戳在雪地中的棍尖，尝试用体重压住它。额头上伤口流下来的血糊进了我的右眼，半边视野都染成了血红色。

"兰子，危险！"

这次轮到我大叫起来。因为我看见，戴能面的女子越过熊熊火焰，冲到兰子跟前，手里的短刀毫不犹豫地朝兰子扎了下去。

兰子一猫腰，从袭击者手臂下钻了过去，那女人迅速转身，又接连刺了好几刀。

我这边，小川滨正在用力夺回被我夹住的棍棒，我借她的力气，支起身子，一个头槌顶向她的腹部。我们二人扭打在一起，在雪地上翻了个跟头，撞到了旁边一棵大树的树根。

小川滨把我压在身下，用她瘦骨嶙峋的手指和尖锐的指甲掐住了我的脖子。我吃痛，只得用握在手里的电筒砸向她的脸。只听到她发出一声骇人的呻吟，我趁机翻过来，将她压在身下，赶紧望向兰子，只觉一阵天旋地转……

"兰子！"

一股真正的恐惧，让我失声尖叫。只见戴着能面的女人步步紧逼，兰子在斜坡上翻滚，不慎撞上了倒在雪地里的另一个女人，彻底被堵住去路，避无可避了。

我全身的血液仿佛瞬间凝固。那戴面具的女人发出癫狂的笑声，衣角在风中翻飞，手中的短刀瞄准兰子的胸口，狠狠地扎了下去！

就在这千钧一发之际——

狂风大作，将四周一切都笼罩其中。被兰子压在地上的女人身下，一股白色的烟雾升腾而起。这雾气缠上那戴面具的女人，看起来竟仿佛让她握着短刀的手臂停滞了一瞬！

"黎人，趴下！"

我的耳边传来一个男人的嘶吼声，紧接着背部感受到一股强烈的撞击。

一声巨大的炸裂声撕裂了黑暗。

有人把我扑倒在地，然后开了一枪！

我在雪中向前扑倒，脸部撞到地面，眼前陷入一片黑暗……

4

"黎人，黎人……"

有人在呼唤我。我的脑海一片混沌，意识如同黑暗的旋涡翻涌。

"黎人，黎人……"

有人在呼唤我。黑暗渐渐消退，取而代之的是灰色的水流。我闻到了一丝煤油味。

我费力地睁开眼睛，视线中交织着白色和红色的斑点，我不得不再次闭上眼睛。白色是飘落的雪花，红色是从伤口流到眼里的血。戴能面的女子点燃的火焰还在微弱地燃烧。

"已经没事了，黎人……"

原来是村上刑警的声音。

我好像答了一句，但完全不知道自己说了什么。

"没关系，别勉强起身。你有点脑震荡，就安静地躺着吧。"

我又说了一句话，声音如同耳鸣，在我的脑壳中嗡嗡回荡。

"兰子也没事。"村上说道，"幸好我及时赶到——"

我抓住村上刑警的胳膊，撑起上半身。冰冷的雪花打在我的脸上。我睁开眼，看到村上刑警单膝跪在我身旁，左手拿着我的手电筒。

村上刑警扶着我站了起来。身后，之前被我打倒的小川滨倒在树根旁，看样子是昏过去了。兰子在树林边，照料着那个倒在雪地里的女人。

"犯人呢？"我思绪混乱地问道。

"死了。"村上刑警苦着脸答道。

兰子她们的身旁，那个戴着能面的女人仰面朝天，已经死了，半截身子埋在雪里。

"事出突然，我实在别无选择。" 村上刑警一脸遗憾，"为了救兰子，我判断光是威吓射击已经来不及了。所以——我开了一枪，射穿了那个女人的脑袋。"

村上刑警将手电筒的光柱移向尸体。只见那能面惨白的额头正中央，有一个黑色的圆形弹孔，并向上方的边缘延伸出一道巨大的裂痕。鲜血从弹孔中淌出来，缓缓流向耳边。

兰子将倒在地上的女人的上半身抱在自己怀里，将她的外套盖在了那女人的身上。我终于看清了那个女人的脸。

那是雅宫冬子。

冬子那张比雪还要苍白的脸上，双眼紧闭，仿佛已经死了。

"……没错，是冬子姐。在最后关头救了我的，一定是她的'幽体'。不然的话，就算村上先生开枪，恐怕也来不及了。"兰子悲伤地喃喃道。

我大吃一惊——居然会有这种事！？

难道我刚才看见的那团白色烟雾，是从冬子身体里出窍的"幽体"吗？

但是，眼下还有更加紧急的事。

"——那，"我嘴巴干涩，"那边的，戴能面的女人是谁？凶手，到底是什么人！？"

我脑子里一片混乱，根本无法自己思考。

兰子没有回答，将一只手伸向尸体。她轻轻取下挂在尸体耳朵上的绳子，将那不会动的女人的能面摘了下来。

村上刑警用手电筒照亮了那张脸。

"投毒犯，是笛子小姐——"

能面下露出来的，是雅宫笛子冷冰冰的脸。她双眼圆睁，已经气绝身亡。

作者原注

❶ 雅宫弦子等四名女性的出生年月日，记载于第二章注释❿的内容中。想必有心的读者都已经注意到了。

第二十一章　命案解谜

1

一个星期过去了……

即便我亲身经历了暴风雪中的殊死搏斗，目睹了雅宫笛子冰冷的遗体，我仍然不敢相信：她竟是犯下这一系列冷酷无情杀人案的真凶……

兰子从笛子的魔掌下救出了雅宫冬子。可冬子还是患上肺炎，紧急住院了。她事后一直住院接受治疗，但是病情并不乐观，近两三天一直处于病危状态。

听了事件始末，很多人对结局中出现的某些神秘事件抱有疑问。他们说冬子身上出现"灵魂出窍"这种现象脱离现实，难以认同。

但是在死亡的绝境中被拯救的我们——或者说我本人——是相信这个奇迹的。不，应该说我愿意相信。

即使是平时自我标榜为理性主义者的兰子，也没有否定我这一厢情愿的想法。对她而言，结果就是一切。既然犯人笛子已经死了，事件得到解决，那么又何必在意这个过程中是不是有未知的力量起了作用呢。

最令人遗憾的是，村上刑警完全没有看到当时的情况。在紧急关头，他一心只想阻止犯人，所以没有注意到冬子身上产生的雾状发光体——灵魂，或曰幽体。又或者，他原本就缺乏感知灵能波动的潜在能力。

对于村上刑警和大多数普通人来说，那不过是一阵强风恰巧卷起了雅宫笛子脚下的积雪，阻碍了她的进一步行凶。那不过是偶然——他们肯定会这样解释。

当然，完全也有可能是我产生了错觉——这同样是一种可能性，我不否认。

眼下，警方正在对"久月"发生的数起凶杀案进行调查取证。想要彻底查明案件真相，还有众多的疑点有待解开。比如无足迹的杀人谜团、密室杀人之谜……尤其是笛子的不在场证明——每一起凶杀案中，她的不在场证明都无懈可击。因此，最终只能期待兰子再次出场，由她来解开那些谜团。

在事件迎来尾声之际，小川清二和成濑正树驾车逃离了"久月"，但那都是出于笛子的指示。笛子恳求两人为她争取时间，小川和成濑在不明就里的情况下，盲目遵从了她的指示。他们受到警方的严厉斥责，但最终因证据不足被释放，没有被追究从犯的罪行。

自然——成濑暂且不论——清二的证词可信度是极低的。中村警官和兰子都认为，清二通过妻子阿滨，多多少少参与了笛子的罪行。此外，清二在得知阿滨被警方拘留的消息后，立刻溜之大吉，不知所终了。

在罪案中协助笛子、下手袭击我们的小川滨，在接受警方调查期间，逐渐显现了精神分裂症的症状。大概和她疼爱的笛子死了，极度悲伤也有关系吧。她那内向的性格，恐怕也促使她的心灵滑向了更加黑暗的深渊。据说，她在牢房的单人间里不停地喃喃自语，说着一些莫名其妙的话。

警方——主要是中村警官——仔细地将阿滨的零碎证言拼凑起来。摈除矛盾，修正重复，提取其中有意义的部分，经过一番整理，阿滨和笛子之间的诡异关系才逐渐清晰起来。

通过对这些线索的整理，这一系列悲剧事件的根由也明确了——这一切的根源，在于一个名叫雅宫清乃的女人——弦子、琴子、笛子的母亲。这个女人心中令人难以置信的残忍意志，才是造成一切悲剧的源头。

中村警官对我们说："雅宫清乃和阿滨为了满足自己利己的自私欲望，对年幼的笛子进行了恶魔般的教育。她们摧毁了她的正常人格，把她训练成了残忍的仆役。

"三十年前，清乃生下笛子后，出于某些原因，把她交托给阿滨抚养。没有孩子的阿滨非常开心能成为一个养母，她无比疼爱笛子，视同己出。但说实话，阿滨并不是一个有资格为人父母的正常人。她自己年轻时心智就出了问题，陷入过疯狂。

"她对年幼的笛子变态的爱，轻易地扭曲了笛子纯真的心灵。因为小川滨可怕的影响，最终笛子被养育成了一个没有善恶是非之分的病态之人。从这个意义上来说，笛子不单单是一个罪犯，同时也是这段被诅咒的关系中最大的受害者……"

中村警官通过堪称执着的努力，挖掘出了笛子的过往；再通过兰子敏锐的头脑，识破了事件的诸多秘密。终于，流淌在"久月"邪恶血脉中的因果报应，被暴露在光天化日之下。

2

这天，中村警官在三多摩警署的办公室里向我们透露了警方对小川滨的讯问情况。

"完全没有成效。她说的话全都语无伦次，基本不记得最近发生的事，只是不停重复同样的话。但是，她对过去的事情却记得很清楚，偶尔也会清醒片刻。"

"她具体都说了些什么？"我好奇地问。

"我们获得的证词包括：雅宫笛子，果然是二十四年前杀害井原一郎的凶手。但在法庭上，会如何判断小川滨目前这种不稳定的精神状态，她的证词有多少可信度，还是个问题。"

中村警官面带愁容，稍稍松开了领带。

"小川滨是笛子杀人案的共犯吗?"

"不是。除了袭击你们那次之外,她没有直接参与其他杀人事件。她说,杀害大权寺瑛华和泷川义明,都是笛子独自完成的。"

"那她有没有提到关于投毒案的事?"兰子问道。

"唔,她承认,昭和十九年的投毒案中,向笛子提供毒药的就是她。据说,笛子从小就喜欢残杀虫子和小动物。她拿到毒药,就会好奇地拿去喂附近的小动物,以此取乐……"

关于这件事,小川滨的自白如下:

"——那时候的小笛子,真的非常可爱。她特别聪明,我教给她的东西,她马上就能记住。关于毒物也是一样。她的毒物都是我给的。一开始呢,笛子只是把毒药滴入池塘和小溪里,看到小鱼翻肚子浮上来,就很开心。后来,她渐渐不满足于此,开始毒杀猫猫狗狗,还有稍微大一点的动物。我禁不住她软磨硬泡,好几次给了她强力的毒药。那些毒药,都是我在后面农场里种的药草里面提取出来的哦。"

听完这些话,我感到毛骨悚然。

中村警官用一种无可奈何、极其阴郁的表情继续说道:"雅宫笛子做出这些疯狂举动的原因,当然不止这些。她自身的心病也占了很大一部分原因。"

"这话怎么说?"

"按照小川滨的说法,笛子从小就被清乃灌输了一种思想,说她身上流着'吸血姬'的血,因此笛子一直自认为是'吸血姬'

转世。有时她的表情和态度会大变样，用老成的口吻，声称自己是'吸血姬'。"

"双重人格？"

"或许是吧。但是，阿滨似乎认为，是真正的'吸血姬'借用笛子的身体转世了。虽说这套说辞正常人是不会信的，但阿滨却深信不疑。她不仅爱笛子，同时又尊敬，又畏惧。"

"这简直是疯了！"村上刑警目瞪口呆。

"对了，中村警官。"兰子换了个话题，"那么关于昭和二十年，杀害士兵井原一郎的事情，阿滨有没有透露什么信息？"

中村警官苦着脸摇了摇头。

"没有，她完全不知道笛子是如何杀害井原一郎的。"

"为什么？"

"好像她真的不知道。笛子一直没有告诉过她。据阿滨说，她知道此事时，笛子已经身在家中，已经结束犯案。当时笛子的衣服上，似乎还沾着一些溅出来的血迹。"

"中村警官，当年你跑到玄关，在场的人是弦子、阿滨和笛子三人，对吗？❶"

"没错。笛子穿着红黑色的和服和灯笼裤，躲在弦子的背后。我没有注意到她，因为她还是个小孩。但根据阿滨的说法，那件和服上应该沾着被害人的血迹……"。

中村警官一脸怅然。我觉得自己很能理解他的内心感受。

村上刑警问兰子："兰子，你已经看穿了事件的全部真相，对吧？"

回答之前，兰子的脸上露出了一丝犹豫，但她还是闭上眼，回答说："是的。"

"如果是这样，可以告诉我们雅宫家的秘密了吗？然后，还有几件不可思议的谋杀案的真相……"

在村上刑警的热情恳求下，兰子终于同意揭开谜底，给案件画上句号。

3

为了洗耳恭听兰子的推理，中村警官和村上刑警再次到访了我们家，一众人坐在客厅。凶手已经死亡，小川滨的自白又缺乏可信度，现在，全世界只有一个人——二阶堂兰子能告诉我们真相了。

这一天，客厅的暖炉燃着温暖的火焰，空气宁静而悠闲。随着事件即将迎来结局，我们的心情也放松了不少。

和事件发生之前的那天一样，兰子和我坐在扶手椅上。她用一条鲜红的缎带将浓密的头发在脑后扎起，穿着白色衬衫，外面套了一件与裙子相同颜色、深绿色格子图案的背心。对面的沙发上，西装革履的中村警官和村上刑警并肩而坐。

我们一边慢慢喝茶，一边品尝着西点。

过了一会儿，中村警官开口说道："说起来，兰子，你发现这次事件的真相的契机是什么？"

兰子把咖啡杯搁在桌上，挺直了腰板。

"那是因为，我思考并推理了纳户密室杀人案中，手表损坏的理由。"

"你是说泷川义明的手表吧？"中村警官兴致勃勃地确认道。

"没错，就是那只镶有红水晶的手表。手表的表面是硬度很高的蓝宝石玻璃，同时位置比周围的水晶部分低，所以如果只是撞到墙上，它是不会轻易破裂的。一定是凶手行凶后故意破坏造成的。

"我仔细观察破碎的玻璃表面，发现中心碎成了粉末状，裂痕从中心向外，呈放射状扩散——你们明白了吗？只有故意用尖锐物体敲击中心，玻璃表面才会出现这种裂痕。"

"原来如此，确实啊。"中村警官回应道。

兰子转向村上刑警，说道："村上先生，你觉得，凶手为什么要蓄意破坏这只手表？"

村上刑警摸摸下巴，想了一会儿，说道：

"嗯，这个嘛，通常来说，应该是为了伪装作案时间吧……"

"在这起案件中，这也是正确答案。凶手为了在行凶时间上做手脚，杀人后故意将被害者手表上的指针拨到十点十分，然后才破坏了表面。"

"那么，实际的作案时间是几点？"中村警官讶异地问道。

"在晚上六点四十五分到七点之间。"兰子肯定地说，"更准确地说，应该是晚上六点五十分前后。这才是真正的作案时间。"

"荒谬！"村上刑警提高了嗓门，"你是说，真正的作案时间比推定时间要早三个小时？——不，怎么可能有这种事！"

"但这才是正确答案。泷川让笛子帮他准备晚餐，两人在晚上六点多离开中厅，前往餐厅或厨房❷。之后，直到净灵会开始前，我们都没有再看到笛子。在大权寺瑛华和巫女们来到餐厅时，除了笛子和泷川，其他所有人都在场❸。所以，如果说有谁能在不被任何人发现的情况下，在纳户杀死泷川，就只有这段时间了。"

"等等，你是说泷川在净灵会即将开始时，就已经在纳户被杀了？"中村警官吃惊地反问道。

"是的。"兰子点点头，"泷川在吃完笛子为他准备的晚餐后，就去了纳户，为净灵会做准备。大权寺和巫女来迎接我们的时候，纳户里只有他一个人在。笛子便趁此时进入纳户，用放在圆桌上的日本刀刺杀了他，对他的手表做了手脚，然后匆匆忙忙返回餐厅。"

"真让人难以置信——"村上刑警喃喃道。

"当时，笛子走进餐厅时拿着卷起的罩衫❹。那件罩衫上很可能沾着喷溅出的血迹。"

"但是你说的这个作案时间，与验尸报告上推定的死亡时间不符啊。"中村警官指出。

兰子撩起刘海，微微一笑，回应道："不，并非如此。波川医生最开始的估计是，泷川的尸体状态大约是死后十四到十七个小时。也就是说，行凶时间应该在晚上七点到十点之间❺。勉勉强强，刚好在误差的范围之内哦。"

"但第二天的解剖结果，从胃里食物的消化程度来看，推断的案发时间不是晚上十点前后吗？"

"胃里食物的消化程度，显示的是泷川进食后到案发大概经过了多久。这个间隔大约是进食后两到三个小时——这是相对时间，而不是绝对时间，所以无法确定实际进食的准确时刻。"

"那就很奇怪了，泷川不是晚上九点半前后才吃饭的吗？"

"那个时候，有谁看到他吃饭吗？没有吧？"

"可是根据解剖报告，泷川胃里的食物和你们晚上吃的晚餐是一样的。他的晚餐是弦子帮他准备，然后端进他房间的，对吗？"

"这一点就很简单了。其实，泷川提早吃了我们晚餐要吃的东西。"

"什么意思？"

"晚上六点前后，我们一群人在中厅等待净灵会开始，这时泷川突然出现，说他饿了。笛子说，还有剩下的三明治，两人便一起去了厨房。但那时候，泷川没有吃三明治，而是吃了我们本该在净灵会后吃的晚餐。可能他抱怨三明治不够吃之类的吧。"

"啊？我还是不太明白——"村上刑警满脸困惑。

"村上先生，事情是这样的。"兰子耐心地解释道，"就像刚才我说的，晚上六点三十分前后，泷川就吃了晚饭，然后在晚上六点五十分前后被杀了。这中间刚好有二十分钟的时间。这就是尸检解剖显示的胃内容物的消化时间了。但是，我们根据手表和其他情况，一直误以为他是在晚上九点五十分前后吃了东西，晚上十点十分前后被杀的。"

"那么，净灵会结束后——也就是晚上九点半前后——弦子准备的晚餐又去哪儿了？"中村警官问道。

"我想，她只是把托盘上的晚餐放在了他的房间里。后来那些吃的，应该是被笛子偷偷处理掉了，让人误以为泷川吃了那些东西。”

“那么，弦子为什么要帮泷川准备晚餐？当时他不是早就死了吗？”

“那是笛子通过小川清二，告诉我们泷川回来了，还说他饿了。”

“这些伪装工作，都是笛子事先计划好的吗？”

“不，我想有些偶然因素也起了很大的作用。这起事件中，凑巧有几个状况对凶手非常有利，比如，泷川的疑似糖尿病，就影响了我们对其死后僵硬情况的判断，这是造成死亡时间误判的原因之一。”

“可是，兰子，这太奇怪了。”我提出了异议。

“哪里奇怪了？”

兰子转向我，语气异常温柔。

“按照你的说法，泷川在晚上七点之前就死了。但是我们在晚上七点，还听到了泷川的长笛声。而且那肯定是他的长笛曲《恶魔之笛》。莫非你要主张，那是死人在吹笛子？”

“是啊，兰子。”村上刑警也帮腔道，“根据我们的调查，那个房子里，除了泷川为制造净灵会效果而带来的盘式录音机之外，不存在其他录音机或唱机。如果笛声不是录音，那又是谁吹的？”

“谁都没有吹。”兰子充满自信，坦然回答，“那笛声确实是泷川吹奏的，但是，那是从收音机里传出来的。”

我们好像遭了当头一棒，瞪大了眼睛。

"收音机!?"村上刑警重复道。

兰子肯定地点点头,

"没错。净灵会结束后,我们来到走廊,发现厨房里的收音机还开着。琴子注意到后,马上就关掉了❻。收音机是弦子忘记关的,在整个净灵会期间一直开着。"

我仍无法释怀,追问道:"你是说,那时候收音机里正好播放了泷川创作的曲子? ——导致我们误以为他还活着?"

兰子拨了拨刘海,意味深长地说:"黎人,回想一下这起事件发生之前,一月十二日星期日,晚上七点。我们四人正是坐在这间客厅,讨论二十四年前发生的案件时,是不是也听到了那首《恶魔之笛》?"

"可是,那是FM广播节目的主题曲……"

"我说的正是这个。每个星期天晚上七点,FM广播电台有一个叫'新古典'的节目,节目开头都会播放这首曲子❼……"

这个再明显不过的证据摆在眼前,让我哑口无言,两名警官也无话可说了。

兰子微笑着,继续说道:"我们在纳户听到的,肯定是厨房收音机的声音。而且,是在主持人讲话之前的长笛独奏部分。但后来弦子关上了纳户的门,又拉上了黑色布幔,所以我们才没有听见接下来的节目内容。"

中村警官将这段话咀嚼了好久,终于又开了口:"好,姑且先接受你这个说法,即泷川在净灵会开始前就已经遇害。但是,在次日早晨被发现之前,泷川的尸体又去哪儿了? 波川医生说,尸体没有被移动过的痕迹……"

"一点不错啊。他的尸体从来没被移动过。"兰子泰然自若地回答。

"你说尸体没被移动过……"

"对。"

"这又是什么意思？"

中村警官狐疑地望着兰子。

"泷川义明的尸体，在被杀后——包括净灵会进行期间——一直都躺在那个房间正面，拉上的黑色布幔后面。换句话说，他一直以被发现时的姿势，躺在灵柜和祭坛中间的里边，只不过因为那里拉着黑色布幔，所以我们看不到罢了。"兰子直截了当地说道。

4

"谁都没发现那里有一具尸体。"

兰子再次强调。

包括我在内的其他人，喉咙深处都发出了低低的呻吟。

我刚走进那间纳户，就觉得空气中弥漫着一股血腥味，混杂在焚香的气味里……事到如今，我才回想起来这事。

兰子环视我们的脸，继续说道："当时我问黎人，发现尸体时房间的摆设是什么样子的？黎人告诉我，房间正面的黑色布幔是打开的，所以他立刻就注意到了他的尸体❸。相反，如果黑色布幔是拉上的，发现尸体的时间就会更晚了。"

她话里有话，弄得我有些惭愧。

"请回想一下，"兰子说，"巫女明美亲口证实，她在净灵会进行过程中锁上了灵柜后面木板门的锁❾。如果她说的是实话——她说的确实是实话——那么之后，就没有人能从仓库那边进入纳户了。而净灵会结束之后，黎人把通往走廊的大门也锁上了，封死了进出的通道。窗户上装着那样的窗棂，人是不可能钻过去的。综合以上事实，结论只能是：泷川进入纳户的时间，一定在那两扇门被锁上之前，而且必须是里面没人的时候。换句话说，那只能在净灵会开始之前，也就是晚上七点之前。"

"所以，笛子并非一开始就想制造密室杀人的假象？"中村警官问道。

"是的。我之前不是提到过偶然性的问题吗？泷川的命案之所以会变成密室杀人，是出于凶手始料未及的巧合。因为我命令黎人锁上正面的拉门，而巫女明美又锁上了后面的木板门，才导致现场呈现出不可能犯罪的情况。"

兰子环顾我们的脸，好像在确认我们是否跟得上她的说明。我们几人都专心致志地倾听着。

"一开始，笛子只是想让别人以为凶杀案是在净灵会之后发生的，所以她才把被害人手表的指针拨快，并弄坏了。她原本是想等到净灵会结束，把尸体从黑色布幔后面拖出来，布置现场，伪装成发生激烈打斗的样子。但她没想到你会锁上走廊一侧的拉门，她内心一定焦急万分。无奈之下，她只能在深夜绕到后面的仓库，但是木板门也锁上了。这样一来，她只剩下从窗外破坏现场这一条路，于是就将晾衣服用的一根旧竹竿从窗棂伸进去，制造出激烈搏斗的假象。"

"她用的就是放在仓库角落的一根晾衣竿吗？"❿我想起来了。

"不错。"兰子点点头，"你们应该还记得吧，作为凶器的日本刀，其刀鞘掉落在翻倒的圆桌底部❶。这清楚地证明了一个事实，那就是凶手拔刀、丢掉刀鞘的行为，发生在圆桌翻倒之后。"

"听你这么一说，的确如此，但这又代表什么？"

中村警官有点迷惑不解。

"请想象一下，当第一眼看到纳户里的惨状时，你们会联想到怎样的行凶场面？请试着想象一下这样的场景——净灵会结束后，泷川蹲在祭坛后，想要偷偷拆掉制造灵体的机关。这时，凶手走了进来，抓起圆桌上的日本刀，拔出刀，将刀鞘扔到地上，双手紧紧握住刀柄，向泷川砍去。泷川在房间里四处逃窜，凶手紧追不舍。过程中圆桌被掀翻，祭坛被毁，布幔被划破……最后，泷川被逼到正面墙边，胸口被日本刀刺中，当场毙命——等到第二天早上，黎人他们发现了这幕惨剧……"

兰子说到这里，故意停了下来，注视着我们的脸，接着问："在这种情况下，刀鞘应该会在什么地方呢？"

"刀鞘……应该在……圆桌的下面……"

中村警官闭上眼睛，在脑海中想象着这个场景。

"没错，本该是这样。"兰子表示赞同。"然而事实并非如此。我们看到，刀鞘位于掀翻的圆桌底部。因此，被扯坏的布幔、损毁的祭坛，这些看似室内发生过的搏斗痕迹，都可以认为是凶手制造出来的。"

"你就是根据这一点，才对现场的状况产生了怀疑?"

"是的。笛子从窗户把晾衣竿伸进房间里——她可能事先将晾衣竿中段踩弯，使其呈'く'字形——她首先用晾衣竿的尖端拨开了窗前的黑布幔，然后掀开遮挡尸体的正面黑色布幔。这时，用来固定灵柜的铁丝脱落了。她用晾衣竿砸坏祭坛，并将窗台当作杠杆支点，掀翻了圆桌。最后，她把带在身边的刀鞘从窗户扔了进去——其实，如果她在掀翻圆桌之前把刀鞘扔进去，这个现场就更加自然，没有任何破绽了。"

"结果，她运气不佳，扔进去的刀鞘，正好落在了圆桌底部?"

"不错。我猜她完成了这些布置后，在关闭挡雨板之前才丢刀鞘，这时窗户前的黑色布幔已经合上了。"

"原来如此。"

"这一系列的行动，目的都是让人误以为，凶杀案发生在净灵会之后的深夜。窗台的内侧被压出浅浅的痕迹，就是因为她把那里当作了杠杆的支点。"

中村警官调整坐姿，摩挲着胡须。

"兰子，竟解开了这个诡计，真不愧是你。如此匪夷所思的密室杀人，竟然建立在如此简单却又不稳定的要素之上，真是令人震惊。"

兰子微微一欠身，说道："因为偶然因素的叠加，同时偶然朝着有利于犯人的方向发展，最终使犯人的罪行变得让人难以理解。

但是，不论是多么匪夷所思的事件，只要仔细地将证据和线索串联，最后一定能解开谜团，形成一个完整的真相。"

"照你之前说的，笛子之所以杀害泷川和大权寺，是为了报复他们的讹诈？"

中村警官提到了作案动机。

"与其说是报复讹诈，不如说，是为了阻止讹诈而采取的先发制人的行动。她刚刚和成濑正树订婚，万一过去的罪行曝光，对她非常不利。

"归根结底，泷川和大权寺最倒霉的地方，就在于他们完全低估了笛子的可怕。如果小川滨的供述属实，那么对笛子来说，杀人就好像踩死一只虫子一样简单。"

"那么，大权寺也是笛子杀的，这不会错吧？"

兰子缓缓点头，低声回答："是的，凶手正是笛子。她杀了大权寺——"

"可是那天晚上，她不是和成濑一起，回了八王子的成濑家吗？"村上刑警提醒道。

兰子闭上眼睛，用手指绕着靠近太阳穴的发丝，回答道："大概，笛子是半夜翻窗溜出卧室的吧。成濑家很大，而且当时也没有警察在她卧室门口站岗。笛子完全可以拦一辆出租车，赶回'久月'，杀死大权寺，然后再回到成濑家。但说老实话，没有任何物证能够证明她是这么做的。从时间上来看，雅宫家的任何人都有机会。"

中村警官一脸严肃地说："确实，因为杀人事件发生在黎明时分，机会对每个人都是均等的。但要在泥泞的地面上不留下任何脚印，这种像魔法一样的手法，我不认为有谁能轻易做到……"

"可是，那就是可以做到的——只要在那天早上。"

"为什么？"中村警官诧异地瞪大了眼睛。

我们都目不转睛地盯着兰子，等着她继续说下去。

兰子没有直接回答这个问题，而是用一种授课般的口吻说道："天色还未破晓，大权寺瑛华试图从那座宅邸中逃走。丈夫泷川一死，她察觉自己的生命也受到了威胁。于是，她迅速地收拾好值钱的物品，抛下两个碍手碍脚的巫女，从自己的房间里溜了出去。大权寺打算横穿网球场，穿过树篱的栅栏门去到后面的停车场。然而，也许是巧合，笛子正从停车场走向网球场，准备前往大权寺的房间去杀她。"

"然后呢？"

"大权寺和笛子相遇的地方，准确地说，就在栅栏门附近，快要到树篱的地方。大权寺看到手持短刀的笛子，大惊失色，转身就往反方向逃跑。笛子在网球场的边界线内追上大权寺，用那把'吸血姬'短刀从背后刺中了她的脖子。大权寺应该还跑了几步，但在跑到网球场中央附近时，便体力耗尽，一头栽倒在地。她倒下的那个地方，就是后来她尸体所在的地方了。"

"等一下。杀人现场，可完全没有留下笛子的足迹啊。而且，大权寺的脚印虽然有折返，但折返的地点没有那么偏北。"中村警官严肃地争辩道。

兰子放下跷着的二郎腿，整理了一下裙摆的褶皱，信心十足地说道："中村警官，您知道这是为什么吗？这是因为，凶案发生时，网球场上有一半的地面完全上了冻，如同冰面一般。所以，上面完全没有留下凶手的脚印……"

作者原注

❶ 参照第五章1节和第六章第1节。

❷ 参照第十一章。

❸ 参照第十一章。

❹ 参照第十一章。

❺ 参照第十四章第1节。

❻ 参照第十三章第1节。

❼ 参照第七章第1节。此外，我在第七章注释❶中已写明，每个星期这一天的该时间，收音机都会播放泷川义明的《恶魔之笛》。

❽ 参照第十三章第2节。

❾ 参照第十八章第3节。

❿ 参照第十三章第3节。

⓫ 参照第十三章第2节。

第二十二章　骇人的真相

1

兰子的漆黑眼眸闪烁着光芒，依次扫视着我们。我们三人都吃惊得说不出话。

"你们明白了吗?"

兰子的嘴角浮现出一抹蒙娜丽莎般的微笑。

"上、上冻……你是说……?"中村警官仍摸不着头脑，结结巴巴地问道。

"那天夜间气温骤降，导致地面结了冰。网球场的北半场，直到树篱的栅栏门都冻上了。所以大权寺瑛华和雅宫笛子即使踩在上面，也没有留下任何脚印。"

"怎么会!?"

"那天整晚都晴朗无云。在这种情况下，辐射冷却效应反而会使气温更低。同时，网球场位于能乐堂西侧，上午几乎照不到阳光，平时就比较阴冷。再加上前一天晚上下了一场雨，使得网球地上的沙子和地面间有一层薄薄的积水。经过夜间急剧降温，网球场便冻得宛如一片溜冰场了。❶"

听兰子这么一说，我才想起来。大权寺死去的前一天，我们就注意到房子后门地面因寒冷而上了冻，地面结满了霜柱。在一二月的严寒中，东京八王子周边地区的夜间气温降到零度以下，并非罕事。

兰子拿出我之前画下的网球场简略图。

"大权寺被笛子刺杀的地点，其实是在球场中线以北的位置。犯罪发生的那个清晨，这一带还结着冰。所以，即便在上面走动或奔跑，也不会留下任何脚印。而从建筑方向走过来的大权寺的脚印，在她踏入球场北侧时就中断了。"

"你的意思是，网球场只有北侧结了冰，南侧却没有?"中村警官问道。

"对。南侧的地表仍是一片泥泞。"兰子点点头。

"于是呢?"

"大权寺在球场北端遭到笛子袭击，慌忙向相反的方向逃跑。当她跑回球场南侧时，地面变得潮湿而柔软，这就是为什么从那里开始，她的脚印又出现了。她往滚筒方向逃跑，脚印与她最初朝栅栏门方向的脚印交叉，交叉点大约在球场的正中央附近。那里正好也是结冰区和未结冰区的分界线。但是，我们只看到了残留的脚印，就想当然地推断大权寺是从交叉点突然掉头往回跑的。”

“原来如此！”村上刑警佩服地说道，“早上太阳升起后，薄冰在阳光的照射下从南面开始融化。大权寺被杀的时候，冰融化到大约球场中线的位置，而浅井重吉发现尸体时，冰则融化到树篱附近。当我们赶到的时候，就只剩下一片潮湿的地面！”

中村警官皱着脸，好像在咽什么苦药，有气无力地叹道：“真是难以置信，这简直称得上是奇迹……所有的偶然，竟然都站在凶手那边。”

不料，兰子再次抛出了一个异想天开的观点。

“不，中村警官，这起案件中的古怪足迹，并非偶然的产物。”

“不是偶然？”

“对。”兰子肯定地点头，“因为凶手作案时，也就是早上六点前后，天还没有大亮，那里也晒不到太阳，所以球场地面本应全都冻着，对不对？”

“那为什么案发时，只有一半的地面结冰？”

“因为只有南半边的地面被人事先动了手脚，所以不会结冰。”

“什么！？什么叫动了手脚，不会结冰？”

中村警官惊讶万分，张大了嘴巴。

我和村上刑警也被兰子这番故弄玄虚的话弄得晕头转向。

兰子双眸中饱含深意，注视着我们。她说：“一点儿不错。中村警官，这起杀人事件从其性质上来说，与其说是‘没有加害者足迹的杀人事件'，不如说是'只有被害者足迹的杀人事件'。"

"要怎么做，才能让地面不结冰?"中村警官不服气地追问道。

"很简单。只要事先在网球场的地表撒上氯化石灰就可以了。你们应该知道，氯化石灰又叫氯化钙，这种化学品呈白色颗粒或粉末状，常被用于加快高速公路上积雪的融化❷。"

兰子得意扬扬地说完，便看着我们的反应。

"啊！就是泷川的汽车后备箱里的那种化学药品！❸"村上刑警恍然大悟，大声说道。

"正是如此。被杀的泷川，原本打算利用这个原理，制造出脚印消失的假象。按照他的计划，在净灵会结束后的第二天，网球场上应该会出现一道中途突然消失的神秘脚印，那样他就可以借机宣称，这是灵异现象。"

"然而，"中村警官反问道，"如果在球场上撒了那种化学品，我们应该能从颜色之类的看出端倪啊。"

兰子微微摇了摇头。

"不可能。氯化钙是一种极易溶于水的物质。我记得，一百克水应该可以溶解七十五克氯化钙。同时它溶解时会发热。所以，使用后既使效果能持续到第二天，又不会在地面上留下任何痕迹。

"泷川撒药的那天晚上下雨，而且降雨带东移后，冬季气压会增强，气温会下降——这些都是听天气预报可以得知的信息。也就是说，完全是可预测的，所以就可以人为地让网球场结冰。

"当然，就算那天没有下雨，泷川也可以借助水桶之类的，将水洒在地面上。"

"他是怎么把药品撒到地上的呢？"

"泷川拿出仓库里的画线器，把氯化钙灌了进去。我想，他应该拉着画线器在网球场上来回走了好几趟。当时的情形刚好被小川清二看到了❹，可当时画线器里装的不是石灰，所以球场上当然没有任何新画的白线。"

的确，我们发现大权寺的尸体时，球场上的白线都是模糊不清的。

"在泷川亲手布置的奇迹舞台上，他的妻子大权寺一命呜呼，而且还莫名其妙地形成了某种不可能犯罪的假象。虽然这并非凶手最初的计划，但也未免太过讽刺了。"

中村警官似乎终于心悦诚服。

村上刑警从旁边插嘴问道："话说回来，兰子，大权寺打算拿来作为恐吓勒索材料的那幅画里，究竟隐藏着什么样的秘密？那幅叫作《富士美人图》的油画，模特是笛子的大姐弦子吧。那不是和笛子毫无干系吗？"

此言一出，兰子霎时脸色大变，用严厉的眼神盯住了他，然后用奇怪的声音叫了他一声："村上先生。"

我仿佛受到一记出其不意的袭击，在椅子上僵住了身体。房间里再次充满了紧张冰冷的空气。

"那幅西洋画背后隐藏的真相，才是雅宫家最大的秘密。"

"雅宫家的秘密？"

"是的。"兰子严肃地点点头，"画中揭示了一个有关血脉传承的真相。也就是说，笛子这个女子，并不是雅宫清乃所生的第三个女儿——"

"笛子不是清乃的孩子?"

我们三人异口同声地惊呼出声。这个真相实在太过出人意料，我们做梦都没想过会是这样。

"那笛子到底是谁的孩子?"中村警官脸都涨红了，身体前倾，追问道。

兰子冷静地回答道："实际上，笛子是雅宫家的长女弦子所生的孩子——"

2

"笛子是弦子所生，而且出生比冬子还要早，是弦子的第一个孩子。"

兰子清晰地重复道。

中村警官震惊之余，从椅子上抬起了身，似乎想说什么，喉咙里却发不出声音。

他费了好大力气，才喘息着挤出几个字。

"……不、不，兰子，你是说，笛子并非清乃夫妇之女，而是被认为是她姐姐的人——也就是弦子——的孩子……你、你……此话当真吗?"

说罢，他仿佛耗尽了全身的力气，又跌坐回座位。

"当然是真的。"兰子一脸认真地回答，"弦子不是笛子的姐姐，而是她的生母。"

"可是，这怎么……"

"警官，您不相信也是正常的。但这的的确确就是雅宫家隐藏至今的大秘密，是她们多年来一直对外守口如瓶的惊人真相。"兰子一脸严肃地说道。

我的大脑一片空白，茫然若失。

假若笛子是弦子的女儿，那么她和冬子的关系就不是姨妈和外甥女，而是亲姐妹了。

"但是，我还是……有点，无法理解……"

中村警官掏出手帕，擦拭着额头的汗水，惶惶不安地说。

兰子沉稳地点点头，说："但是，这是无可辩驳的事实。真相其实非常简单。只要注意到《富士美人图》画中的矛盾之处，就能立刻明白。一个非常明显的证据，长年以来一直藏在那幅画中……"

我赶紧打开笔记本，重新查看了雅宫的家史。我依序确认自己制作的年表，突然，我理解了兰子想说的事情。

"难不成！"

"没错，这才是正确的。"兰子看着我的脸说道，"那幅画中隐藏的矛盾，就是弦子怀孕的时间。"

中村警官惊讶地张大了嘴巴，轮流看着我和兰子的脸。

"到底是什么意思？"

"黎人，你念一下笛子和冬子的出生年月日。"兰子说，心情看起来不错。

我咽了口唾沫，念道："笛子的生日，是昭和十四年一月七日。冬子的则是昭和十四年十二月二十九日。”

“那么，《富士美人图》是什么时候画的?”

“是昭和十三年——”

兰子转向两名警官，说：“正如你们刚才所听到的，冬子出生于昭和十四年十二月。这样的话，其母亲弦子怀上她的时间，就是十个月前。弦子和橘大仁结婚是在昭和十四年二月，所以她应该是婚后很快就怀孕了。然而，在小川庄短住的藤冈大山，以孕中的弦子为原型，绘制了那幅画。时间是昭和十三年的夏天。”

“什、什么！”

中村警官惊讶得说不出话来。

兰子点点头，继续说道：“这事真是太奇怪了：冬子在母亲弦子的腹中时，理应是昭和十四年。然而，这幅画却在昭和十三年就画出了怀孕的弦子。这在逻辑上可能吗?”

“确实，不可能画出来！”

“换句话说，如果藤冈大山笔下的油彩没有骗人，那么骗人的就是弦子怀孕的时间了；而如果这个怀孕本身也没有骗人，那么唯一能解释这个事实的，就是她在两年时间里，怀了两次孕！”

中村警官深吸了一口气，然后又徒劳地反驳道：“那么，在《富上美人图》的创作时间上，难道就不会有什么错误吗?”

兰子露出一道空虚无力的微笑。

“这不可能。因为，弦子和她的母亲清乃在伊豆逗留的时间，只有昭和十三年。而另外，弦子与橘大仁的成婚，冬子的出世等事实，都毫无质疑的余地。所以说，那幅画中弦子怀着的胎儿，肯定不可能是后来被命名为冬子的女儿，那么，除了笛子以外，世上就没有其他符合条件的婴儿了。"

中村警官哑口无言，我和村上刑警也完全说不出话来。

兰子继续说道："之前，中村警官告诉过我，弦子和井原一郎私奔的时间，是昭和十三年三月的事情吧？❺为了防止被小川清二领回来的弦子再次逃走，清乃带着她一起躲到伊豆的小川庄，并将其软禁起来。这样做当然是为了掩盖女儿未婚先孕的丑闻，对外则宣称是清乃怀了第三个孩子，需要去那里休养。"

"原、原来是这样……是对外的说辞啊……？"

中村警官抬头望着天花板，用悲伤的语气嘟囔着。

兰子喝了一口冷掉的红茶，接着说："事实上，在昭和十三年时，怀孕的不是母亲清乃，而是女儿弦子。与井原私奔时，弦子就已经怀上了他的孩子。这个孩子就是笛子，长年以来都被当作是弦子的妹妹。

"弦子和井原私奔时才十六岁，以现在的标准来看还是个少女，但在那个年代，已经是完全能够成婚的年纪。

"昭和十四年一月，弦子在伊豆悄悄生下笛子。这个孩子在户籍上被登记为雅宫秀太郎和清乃的三女儿；接着，二月，弦子与橘大仁结婚，并立刻再次怀孕，于同年十二月生下冬子。"

"所以，笛子和冬子两人，是同母异父而且同年出生的姐妹喽？但为什么，就算是有点不体面吧，雅宫清乃有必要把这事情捂得那么严吗？"

村上刑警显得非常困惑不解。

"本来，弦子在一年后就要按照父母定下的计划嫁给橘大仁，但在这节骨眼上，她与恋人井原私奔，还偷偷生下了孩子——这样的丑事无论是在社会上，还是对橘家都交代不过去，是雅宫家绝对不能暴露的耻辱。对于清乃这个女人而言，当时她计划与那个流淌着可憎血液的妓院行业诀别，开始经营高级料亭的新生意，故而迫切需要橘家的财力支援，雅宫家乃至'久月'的兴衰，都取决于这门婚事。"

"所以，清乃才把女儿弦子生下的孩子伪装成了自己的孩子？"

"是的。也正因为这样，井原一郎这个人必须死。如果因为他逃离军队一事，连带着暴露了弦子过去的这段污点，一切都将前功尽弃。泷川和大权寺打算利用这个丑闻向雅宫家敲诈，结果惨遭杀害封口。而小川清二和阿滨这对夫妇，恐怕也是因为知晓这个秘密，战后便一直借故赖在雅宫家。"

"等等，兰子！"中村警官举手示意道，"我去井原所属部队的驻地调查时，见到了井原的一个朋友，他分明说了，井原的女儿叫'冬子'啊。"

兰子一咧嘴，露出一个尴尬的笑容："中村警官，那是您当年搞错了。"

"我搞错了？"

"是的。请您仔细回想一下，井原的朋友并没有主动说出'冬子'这个名字，他只是说，井原的女儿好像有一个纯朴且古雅的名字。❻您当时听到后，就先入为主地以为井原的女儿是'冬子'，并以近似诱导的方式问出了那个名字，造成你们两人的误认。毕

竟'笛子（ふえこ）'和'冬子（ふゆこ）'这两个名字只差了一个音，听起来非常相似。"①

中村警官陷入了尴尬的沉默，连秃头上的皮肤都涨红了。

"因为中村警官混淆了笛子和冬子，一直认为冬子是井原的孩子，清乃发现后便抓住机会，顺水推舟，配合了您的误解。"

"……原来如此。"

中村警官无力地垂下肩膀，可他马上又睁大了眼睛。

"但是，如果笛子是弦子和井原的孩子，那她岂不是杀害了自己的亲生父亲？——不，她甚至还杀害了自己的生母！"

我们为这个事实感到战栗不已：笛子这个可怕的女人，竟然犯下了如此罪行！

兰子的脸上浮现出一抹阴影。

"当时笛子把我们引到后山，大概一开始就是打算和我们同归于尽的。她身上的白色和服，是她为自己准备的寿衣②。可能当她发现自己身世的秘密已经被我看破，就想拉上母亲弦子陪葬，一道离开这个世界，结束这段纠结的人生吧！"

"就算是这样，也实在太残酷了。"

"是的，弑亲可是重罪啊。"兰子用绝望的语气说道，"昭和二十年，当时还是个孩子的笛子对自己的身世究竟了解到什么程度，我们无从知晓。但是可以确定的是，将五六岁的幼女按照自己的

①笛子和冬子的日文读音，分别是"Fueko"和"Fuyuko"。——译者注
②日文原文为"死装束"，是为逝者准备的殓葬衣物。通常是纯白色的和服。——译者注

意愿抚养并操纵的，正是雅宫清乃和小川滨这两个恶毒的女人。

"清乃一生最大的夙愿，就是想尽毕生之力，抹去雅宫家曾经营妓楼的这段黑历史。对她来说，弦子和琴子这两个女儿，是将她从被诅咒的血脉中拯救出来的棋子。为了稀释雅宫家黑浊的血液，她想把两个女儿嫁到外界，而非嫁给同样经营妓楼的同行或亲戚。

"但是清乃的长女弦子，竟然和她的表哥井原一郎私奔了。自己也是和表哥结婚的清乃，为了斩断这种血缘上的陋习，为了拆散他们，不惜使用任何手段。

"可是事与愿违，弦子还是和井原发生了关系，并生下了笛子，这反而使这一血缘更加深厚了。对清乃而言，她从心底里憎恶这个违背自己意愿诞生的孩子，仿佛笛子是纠缠在雅宫家的诅咒的化身。于是清乃告诉笛子，说她是'吸血姬'转世，里面应该包含这层意思。而且，清乃因为厌恶笛子，便将她丢弃给阿滨抚养。结果，在阿滨扭曲的爱意之下，笛子被培养成了一个性格扭曲的妖女。"

"这真是太可怕了！"村上刑警浑身颤抖地说。

他说得不错，我也觉得背脊上的寒意更深了。兰子眨了眨眼，说："根据我了解的消息，清乃把小川清二和阿滨当作自己的左膀右臂。她通过阿滨，让笛子接触到了毒物和短刀，实际上，笛子杀死她的外甥井原一郎，可能也是出于清乃的指使。"

"连井原都是清乃……"

中村警官喃喃自语，他的心在巨大的冲击下似乎已经麻木了。

兰子斟酌着词语补充道："实际上，我很怀疑橘大仁的死也与清乃有关。"

"你说什么!?"

中村警官的声音有些颤抖。

兰子的语调变得更加低沉："我没有见过清乃这个人，只在发黄的旧照片中见过她端丽的容颜，还有就是从警官和雅宫家的人那里听说过她的美貌和为人，仅此而已。但我对她的特殊印象却在不断加深。一位气质高贵、美丽，且意志坚定到近乎冷酷的女性……没错，在'久月'发生的一系列事件的背后，我都感受到了她那邪恶而瘆人的恶意。就算有人告诉我，说她与阿滨合谋，杀死了自己的女婿橘大仁，并伪装成破伤风发作的样子，我也丝毫不会感到惊讶。"

"你、你有什么确凿的证据吗?"中村警官脸色铁青地问道。

兰子摇了摇头说："没有。橘大仁的死，完全出于我的想象。因此，我们在讨论这一系列事件时，可以将此事排除在外。不过，如果清乃这个女人还活着，我可能会当面叱责她是引发这些残暴悲剧的罪魁祸首。在整个事件中，我最痛恨的，是这个已经死去多年的、名叫雅宫清乃的女人。"

"清乃和小川滨她们自己，也是经过好多代近亲结婚，继承了黑浊血缘的牺牲者，难道这就是一切的根源吗?"

村上刑警叹了口气。

"我之前说过，"中村警官一脸无奈地说道，"小川家的祖先，在江户时代，与八王子花街上的雅宫家一样，也经营了一家妓院，名为青宝楼。但是青宝楼后来遭了火灾，延烧了整片花街，最终倒闭了……"

兰子注视着中村警官，深深地点了点头。

"正是进入明治时代后的这场大火，导致八王子所有妓院都不得不集中到了田町。可能是出于'吸血姬'的怨念吧——就像她当年被关在狭小的地牢中含恨而死一样，妓院的楼主们也统统被限制在了狭窄而阴暗的花街区域之中……"

3

"那么接下来，就来解开井原一郎被杀之谜吧。"

兰子提议道。

在开始之前，我们泡了一壶新的热茶，稍事休息。然后，她再次开始分析这个案件。

"关于井原一郎被杀的诡异状况，我设想过很多种可能性。但这毕竟是一个二十四年前，包括中村警官在内的警方都没有解开的谜团，所以肯定相当棘手。

"在积雪的地面上只留下了被害者的足迹，却没有加害者的足迹。然而，凶杀案又似乎是在近距离内直接进行的——这完全是超乎人类认知的事件。即使我们不像中村警官那样目睹现场，这也是一个令人震惊、难以置信的场景。

"然而，在解开纳户密室杀人案的谜题时，我脑中突然闪过一个念头。于是，我回到问题的原点，并扪心自问。"

"是什么问题?"中村警官好奇地问道。

"这个问题就是:杀死泷川和大权寺的是否为同一个人?如果这两起谋杀案是同一个人所为,那么二十四年前的谋杀案,是否也是同一个凶手所为呢?"

"嗯,这个问题很合理。"

"——如果这些罪行都是同一个犯人所为,那么,杀死泷川的又是笛子,因此我推测,夺去井原生命的,也应该是她无疑。"

"原来如此,这个推测逻辑上确实不错。但是,当时笛子只有六岁……"

"没错,当时她只是个天真的小女孩。不过,相信不必举出康斯坦斯·肯特❶的例子,你们也都知道,小孩子这种生物,天性有时是很残忍的。就好比有些孩子喜欢虐杀青蛙或蜥蜴来取乐一样,笛子也不会因为毒杀动物或刺杀人类而产生任何的罪恶感。也许,人类本能中应该具备的原罪意识,在她身上是缺失的。"

听到这番话,我感到一阵寒意沿着脊背蔓延开来。

"一个心智尚未成熟的幼儿,因为多年来的近亲结婚导致血脉黑浊,又从小就接受了扭曲的教育,无法分辨是非善恶……"

兰子眨了眨她那双漂亮的眼睛,说道:"请注意儿童身上特有的特征。在身体方面,他们比成人矮小、体重更轻。尤其是女孩子,更是娇小轻盈。我推测,也许正是这个特点,成了解开那个没有留下脚印的不可思议犯罪之谜的钥匙。假如有一个身材娇小的孩子,或许就能做到成年人无法办到的事情。"

"难道说——兰子,你该不会是要说,笛子体重很轻,所以才没在雪地上留下足迹吧？"村上刑警不满地插嘴道。

"不是，事情可没那么简单。"兰子断然否定，"请仔细考虑一下当时的情况——被害人是被人从后面刺中颈部而死的，所以他向前扑倒在雪地上。现场一共留下了三道脚印，包括被害人在内。一道是中村警官的，大约是在案发前十分钟留下的。由于下雪，在发现尸体时，这道脚印已经被埋了一半。还有一道则是最新的，是第一发现人弦子留下的。这组脚印来回于玄关和死去的男人之间。"

兰子用询问的眼光看向中村警官，警官没说话，点了点头表示同意。

"那么，如果把后面的两道脚印从现场中抹去，假设现场没有被害人以外的脚印，会怎么样呢？这样一来，在尸体方圆数米的范围内，就出现了一个没有任何污损痕迹、被洁白的新雪覆盖的'二次元密室'。"

听到这里，村上刑警大吃一惊。

"哎，等等，兰子。本来问题就够复杂的了，你这样只会让问题变得更难啊。"

"不对。分解难题最好的办法，是从不确定的现象中去除杂质哦。这样　来，剩下的就只有确凿的事实了。在这个案件里，中村警官和雅宫弦子的脚印，可以说是与那起谋杀案无关的。"

"我再强调一下，被害人是被他人从背后用短刀刺中颈部而死的。"中村警官皱着眉头提醒道。

"确实如此。而且，凶手也没有投掷凶器，而是直接挥动翡翠姬的短刀，将其刺入了被害人的脖颈。所以，在行凶的瞬间，凶手一定在被害人身畔。凶手利用这个'二次元密室'中唯一的死角，亲手杀害了被害人。"

"这真的可能做到吗!?"

"是的。这里存在一个明明大家都看得见，却没人注意到的空白死角。现在，我可以明确地告诉你们这个地方在哪里。它既不在'久月'的宅邸中，也不在玄关，不在树篱或树木上，也不在围墙或大门上方，甚至，也不存在于积雪的地面上。这是唯一的有效地点。"

"竟然有这样的地方？这个地方真的存在于'久月'的前庭吗？"

"没错，有这个地方，千真万确。"兰子坚定地说道。

"究竟是在哪里!?"中村警官激动地问道。

兰子直视着他，说道："只能勉强容许一个人容身的狭小空间——这个死角，就在被害者的背上。"

4

一瞬间，房间陷入了沉默。巨大的震惊袭来。我们目瞪口呆，茫然自失。

仿佛混沌的世界被一束光明照亮，紧接着，我们异口同声发出了无法言喻的惊呼。

兰子用一种循循善诱的口吻对我们说："凶手雅宫笛子，在犯下杀人罪行之前，一直在受害者井原一郎的背上。她从大门外开始，就一直在井原的背上了。"

"背、背上？"

中村警官眼睛瞪得不能再大了，鹦鹉学舌般重复道。

"正是。"兰子点点头，"我推测，下雪之前，笛子就一个人下了山。当中村警官走入山路时，她一定躲在附近某个树影后，或者路边。片刻之后，笛子遇到了她的父亲井原一郎。井原正要去'久月'见他的恋人弦子。他是否意识到那个女孩是自己的骨肉呢——这我不得而知，但他背起了她，继续向'久月'走去。就在他们步入'久月'大门，来到差不多前庭正中央的时候，悲剧发生了。笛子从怀中掏出带在身边的短刀，毫不犹豫地将这把淬有剧毒的利刃扎进了自己父亲的脖颈。井原甚至还没来得及弄明白发生了什么事，就瞬间毙命。他倒在雪地中，挣扎了几下，便一命呜呼了。正因为这样，整个案发现场才没有留下凶手的足迹——因为凶手是被受害者背负而来。这便是那场'银白魔法'的可怖真相。"

这是多可怕的场景啊，光是想象一下就令人毛骨悚然：一个天真无邪的孩子，像恶作剧一样挥舞着被诅咒的短刀，轻而易举地夺走了一个人的生命。

中村警官满脸震惊，气喘吁吁地说："我、我明白了……全都明白了……"

"可是——"我抢先一步替警官问了一个问题，"杀了人以后，笛子是怎么离开现场的？现场也没有留下她逃离尸体的脚印啊？"

"当时，雅宫弦子不是在场吗?"兰子面不改色地回答。

"哎? 啊? 是她……?"

我一时语塞，说不出话来，村上刑警则瞪大了眼睛。

中村警官不禁大喊道:"你说什么?! 弦子?!"

兰子双眼闪烁着睿智的光芒，点明了关键所在。

"只要和来时逆向操作就行了。笛子杀死父亲后，仍然骑在俯卧于地的尸体背上没有挪动。她可能是因杀人造成的刺激晕厥了，也可能只是单纯地不知所措。

"几分钟后，来到玄关的小川滨和弦子发现了笛子。慌乱的弦子跑到尸体旁，抱起还趴在尸体上的笛子，又返回了玄关。这样，虽然雪地上留下了弦子的往返脚印，却完全没有留下凶手笛子的脚印。现场只剩下一具倒在雪中的悲惨的男尸。中村警官在玄关目击的，正是弦子刚刚把笛子抱回来之后的情景❽。笛子作为加害者，自己的脚却一次都没有落地，就完成了这起残忍的谋杀。

"这，就是这个不可能犯罪的完整答案。年幼的笛子体重很轻，所以即使背负着她，井原和弦子的脚印也并不会陷得过深。❾"

"……是吗，原来是这样啊。"

中村警官颓然垂下头，全身虚脱一般，疲惫的神色涌上他的脸颊。但与此同时，他的脸上也隐约浮现出一丝慰藉，可能是因为他终于知晓了这起长年悬案的真相。

"原来，真相竟然只是这样……"

"所谓奇迹或魔术，原本就建立在非常单纯的欺瞒之上。只不过身在舞台下方的我们，只能看到魔术师表演时展现的奇迹表象，无法看穿真相。如果能从舞台侧面观察他的表演，就会发现，魔术师在吸引观众注意力的同时，另一只手还在为下一个魔术做着准备。"

中村警官靠在沙发靠背上，慢慢地仰起头，望向天花板。或许，经年累月的劳苦和烦恼，都在他脑海中回荡吧。屋子里只有暖炉燃烧的声音在噼啪作响。

"到此为止，"兰子用平静的语气说道，"我已经基本将发生在'久月'的三起谋杀案解释清楚了。你们几位还有什么想问的吗？"

我和村上刑警没有说话，摇了摇头。

中村警官恍然回过神，说道："还有最后一个问题。"

"是什么？"

"那个出现在'紫烟'，戴着能乐面具的女人，也是雅宫笛子吗？"

"我想是的——也许可以将此解释为，陷入疯魔状态的笛子的某种自我宣示。她意图向世人夸耀自己即将犯下的谋杀罪行，为这出大戏召集了一批观众。通过对我的嘲笑和揶揄，她感到无比的兴奋。最后，在这种兴奋达到巅峰时，她甚至妄图杀掉我和黎人……"

兰子闭上眼睛，似乎回忆着什么，然后用沉郁的口吻说："不过，或许也可以这样想：雅宫笛子也许非常害怕被'吸血姬'妄想支配的自己，希望我能阻止她的犯罪行为。说不定，她内心深处最害怕的，正是自己那病态的行为——如果真的是这样，那么很遗憾，因为我的能力不足，辜负了她的期待。"

作者原注

❶ 兰子告诉我，吉川英治的《三国志》中有一个与此类似的一夜之间筑起冰墙的情节。故事中，士兵在河滩堆起沙子，浇上水，利用夜晚的严寒使其冻结。

❷ 关于这一点，我已在第十四章的注释❺中预先说明。

❸ 参照第十四章第2节。

❹ 参照第十一章。

❺ 参照第六章第1节。

❻ 参照第六章第2节。

❼ 1860年，英国威尔特郡乡下的罗德·希尔庄园发生了一起幼童谋杀案。据称，凶手是受害者的姐姐康斯坦斯·肯特，时年十六岁。

❽ 参照第五章第1节。

❾ 事后，大概是弦子或清乃擦去了短刀的刀鞘上的指纹，并将其扔到了储藏室的阁楼上。

第二十三章　吸血之家

1

后来……

事件过去两周后，雅宫冬子因肺炎未愈，在医院与世长辞。住院期间，她的意识一次都没有恢复清醒。她的离世就像枯叶飘零一般寂寥。参加完守灵仪式回来，兰子把自己关在房间里，独自静静地流泪。

雅宫琴子，成了雅宫家唯一的幸存者。她将弦子、笛子和冬子三人安葬在了附近的菩提寺。①她在整理笛子的遗物时，找到一

①日本的墓地大多由寺院运营管理。此处的菩提寺即是一个家族世代安葬、祭祀之地。——译者注

个箱根嵌木工艺的小盒子，盒子里有一封类似遗书的东西：是笛子写给兰子的。

兰子是在雅宫家的墓前，从琴子手上接到这封信的。雅宫家那块满布青苔的巨大墓碑是天然石切削而成，墓中埋葬了多少代遗骨，已无从知晓，只知道自"久月"在田町经营妓楼时起，它就已经存在了。如今，这块墓碑在冬景萧瑟的树林环抱之中，静静地伫立在墓园的最深处。

——寒风料峭，天色近晚。

琴子在墓碑前供上一束线香，屈膝蹲下将其点燃。她弓腰驼背，看起来格外瘦小。线香上一道细细的烟雾袅袅升起，我们三人双手合十，默默祈祷。接着，琴子转过身，从和服袖子里取出一个白色信封。

"兰子，这个请你过目。"她眼帘低垂，长长的睫毛颤动不已。

"这是……"兰子伸手接过信封。

琴子眼睛红红的，好像哭肿了。她看着兰子说："是我昨天收拾笛子桌子的时候发现的，好像是笛子最后的遗言。她把它放在一个号称'宝箱'的小盒子里。因为收件人名字写的是你，我就带来了。请你带回去读一读吧。"

兰子将信封翻过来看了看——没有拆封的痕迹。她提起头来问道："姨妈，您不要读吗？"

琴子轻轻摇了摇头。

"我没必要读。我一想到那孩子的心情，只会感到悲怆不已……"

"……这样啊。"

"对了，兰子。"琴子郑重其事地说。在说出下一句话之前，她好像有些踌躇，深吸了一口气。

"有一件事，我觉得还是当面问明白比较好。作为雅宫家的新主人，有些事情，我必须了解清楚。"

"什么事？"

"你为什么没有向警方告发弦子姐犯下的罪行？"

这次轮到兰子正色，直视琴子了。琴子没有说话，静静等待着她的回答。

兰子低声说道："……你是说，杀害大权寺瑛华的凶手，其实是弦子姨妈这件事吗？"

这句话如同晴天霹雳，让我震惊得无以复加。杀害大权寺的凶手竟然不是笛子，而是弦子？！

我一句话都说不出来，只是来回注视着兰子和琴子的表情。

琴子缓缓点头。

"是的。其实我也猜到，可能是这样的。"

"琴子姨妈，一个家庭里出现一个杀人犯，就已经足够不幸的了，更何况，弦子姨妈已经被自己的亲生女儿笛子杀害。从这个意义上来说，她已经偿还了自己犯下的罪孽，对'久月'来说，这样的报应也已经足够了。"

"谢谢你，兰子——"

琴子静静地凝视兰子，然后深深地鞠了一躬。

"琴子姨妈，事情已经过去了。现在不必回顾往昔，是时候面向未来了。"兰子温言劝慰道。

琴子露出一个落寞的微笑，既没有肯定，也没有否定。

我们三人动身离开墓园，琴子提着洒扫用的水桶，走在最前面。

"琴子姨妈。"兰子对她的背影问道，"琴子姨妈不和麻田先生一起去巴西了吗？"

琴子停下脚步，转身说："是的，我决定不去了。和他在一起的那段时光，已经成为遥远的过往。而且现在的'久月'只剩下我一个人。说得自私一点，这个家第一次完完全全属于我一个人了。所以，我必须留下来看顾它……"

琴子说完，便继续向前，踽踽而行。我们跟在她娇小的背影后，怀想那些逝去的人、逝去的时光和逝去的事物，心中泛起绵长而深切的悲哀。

落日的余晖映照在天边的连绵山峦，给它们镶上了一道血染般的赤色边缘。

2

那天深夜，我在客厅问兰子。

"好了，兰子，可以告诉我实话了吧？你说，杀害大权寺瑛华的凶手是弦子姨妈，这到底是怎么回事？"

"就是字面意思啊。"兰子正在翻看杂志，慵懒地答道，"也就是说，在那一系列杀人事件里，存在两个杀人凶手：弦子姨妈与笛子。"

"可是，你不是对中村警官说，这些命案都是笛子一个人完成的吗？"

"我说谎了呗。"

兰子干脆地答道。她合上杂志，放在桌上，眼神中浮现出一抹悲伤的神色。

"快告诉我真相吧！"

"关于不可能犯罪的诡计和真相部分，和我之前的解释没有出入。只不过她们两人的分工不同罢了。笛子所做的部分，是杀害泷川义明，并准备了用于杀害大权寺的淬毒短刀。

"从某种意义上来说，我认为她是一个丝毫没有防备的凶手。正如昭和二十年，她夺走生父性命时一样，她从未想过要对自己犯下的罪行进行有计划的隐瞒。"

"那么，弦子姨妈又做了什么？"

"井原一郎被杀时，她把笛子从尸体上抱了回来，并掩盖了真相；泷川义明命案中，她把案发现场伪装成了密室杀人；最后，她还在网球场上亲手刺杀了大权寺瑛华——这三件事，都是弦子姨妈动的手。"

"能不能说得再具体一点？"我恳求道。

"你想想，净灵会开始前的三十分钟，哪些人有机会去纳户？"兰子歪了歪脑袋，反问道。

"大家在餐厅集合后，离开过餐厅的就只有笛子和弦子姨妈两人。因为弦子姨妈说笛子不见了，于是就去找她。"

"弦子姨妈为了找笛子姐，去了纳户。这时她发现泷川被杀害了，并立刻明白是笛子下的手。于是弦子姨妈便调快手表时间，加以破坏，并拉起黑布幔，将尸体挡在后面，暂时不让人发现。"

"你是说，在手表上动手脚的不是笛子，而是弦子姨妈？"

"对。"

"然后，她趁夜深人静之际，通过窗户将晾衣竿伸进屋内，伪装了纳户里发生打斗的假象？"

"是的。她之所以要杀大权寺瑛华，也是因为笛子杀了人。在当时的情况下，弦子姨妈为了保护家人，认为有必要让所有的恐吓者都永远闭嘴。

"你仔细想想，大权寺计划在黎明时分从'久月'出逃，有机会得知此事的，是不是只有弦子姨妈一人而已？大权寺躲在房间闭门不出，对警察的传唤置之不理，只有弦子姨妈送饭时，被允许入内。八成就是那时候，大权寺威胁弦子姨妈：若是不给封口费，就把包括泷川之死在内的所有关于笛子的罪行都曝光。我估计，她向弦子姨妈讹了一笔数额不小的钱。"

"这么说来，那天清晨在网球场，大权寺本打算和弦子姨妈交接钱款？"

"是的。因为大权寺只知道过去真相的一部分，心里认定杀人者只有笛子一人而已，所以才会掉以轻心。我想，她做梦都没想到，弦子姨妈会发起突然袭击吧。"

"作为凶器的那把'吸血姬'匕首呢？"

"那是笛子准备的。她应该是在刀刃上淬毒后将其藏了起来。

而弦子姨妈要么是直接从笛子手上没收的，要么是在她的房间里找到的。

"弦子姨妈认为，笛子姐很可能计划杀掉大权寺，所以她决定，绝不再让自己的孩子犯下更深重的罪孽……"

"可是，想要说服笛子是不可能的吧？"

"是的。笛子的杀人冲动，其实近乎一种精神疾病。所以弦子姨妈才会下定决心，干脆自己动手。她认为，这样做至少能阻止笛子犯下新的罪行。所以，在大权寺被杀的前一天她才会强迫笛子，跟着要回家的成濑先生一起离开，那也是为了给笛子制造不在场证明。❶"

"除了短刀之外，还有其他证据表明笛子做了杀人的准备吗？"

"还有被乌头毒死的小不点和松鸦。这两件事都发生在弦子姨妈还住在我们家的时候❷。从逻辑上来说，也不可能是弦子姨妈做的。"

"原来是这样。"我这才回过味来，"可是，在纳户杀害泷川的凶手，也有可能是弦子姨妈，不是吗？"

"当然，确实有这种可能。"兰子点点头，"不过，有证据可以证明，构建密室的手脚，不是笛子做的。"

"是什么证据？"

"是手表。你可能不记得了，泷川的表原本出故障不走了，对不对？我记得净灵会前一天晚上，你还在餐厅和他聊起过这事呢❸。"

兰子说着，往上拨了拨刘海。

经她这么一提，我才想起这事。

"唔，他的手表确实出了毛病，慢了大概二十分钟。"

兰子摇摇头，一头卷发跟着晃个不停。

"不不，手表不是慢了，而是停在六点五十分不动了。他手表上显示的，就是他走进餐厅、不小心撞到柱子的时间。❹"

"哎？是这样吗？"

"第二天早上，他怕把手表搞丢了，这才小心地戴在手上，但这表根本没法看时间，所以他才会问小川滨'现在几点了'❺。"

"啊，确实啊。"

"而且他在餐厅谈到手表时，笛子也在座，对吗？"

"是的。"我承认。

"那时候，弦子姨妈在厨房那边忙活，应该没有听到那番话。当然，她也有可能事后从别人那里听说，但是不知道的可能性更大。而笛子当时还关心泷川，要不要帮他把手表拿到钟表店去修❻。所以，她肯定知道泷川的手表坏了。"

"唔——可是，这和伪造作案时间又有什么关系？"

兰子调整了一下交叠的双腿。

"弦子姨妈发现泷川尸体的时间，是晚上六点五十分前后。而他手上的手表时间也停在了六点五十分。因为这停止的手表凑巧和现实时间一致，所以弦子阿姨根本没注意到他的手表是坏的，这才做了拨快指针的举动。"

"可是……"

我正要说什么，兰子用一种戏谑的眼神看着我。

"假如啊，假如是你杀害了泷川，你会在他的手表上动手脚吗?"

"……不，应该不会。"我抱起胳膊，"因为肯定还有其他人知道，他的手表一直停在六点五十分。万一有人想起来，调整指针的事不就败露了吗? 我不会冒这种险的。"

"完全正确。所以，这个证据正好证明，行凶时间绝对不可能是晚上十点十分。"

"原来如此。"我由衷地佩服。

"还有，我们之所以会认为泷川在十点前后还活着，是因为什么?"

"因为小川清二去了一趟厨房，告诉弦子姨妈'泷川回来了'，对吧?"

"不，稍微有一点不对。准确地说，应该是弦子姨妈告诉我们: '我听清二说，泷川先生回来了'❼。"兰子眼神坚定地说。

"那么，就在我们准备动身去多摩日报社时，你咕哝的那句'果然是说谎了啊'，指的就是弦子姨妈喽?"

我回想起了当时的情景。我们正要乘车出发，兰子问了小川清二一个问题。结果，他的回答是没看到泷川。❽

兰子把鬓边的头发拢到耳后。

"最后，在泷川房间里发现的餐食痕迹，其实是弦子姨妈自己留下的。而且，在净灵会开场时，外面传来的笛声也绝非偶然。弦子姨妈故意打开了收音机，为的就是让在场的人在走进纳户时都能听见那段长笛❾，让大家误以为泷川还活着。"

兰子从椅子上站起身，走到窗帘紧闭的窗畔。她的身影看起来格外瘦小。

"弦子姨妈通过玩弄种种欺骗手段，一直在替笛子姐掩盖罪行，甚至不惜顶替笛子，亲自动手杀人。她如此处心积虑，只是为了阻止笛子姐继续犯罪。大概，她期望笛子将她拼尽全力的努力看在眼里，能够回心转意。

"然而，弦子姨妈身为姐姐，同时又是母亲的这份苦心，终于还是没有传达到笛子的心底，一切努力都化为泡影。可能笛子体内流淌着的不祥之血，玷污了她的精神，已经将她变成了一个真正的罪犯，一个货真价实的怪物。最后，连她自己也因为那份血脉而走向了自我毁灭的道路。或许，无论她如何挣扎，都无力阻止潜藏在自己内心深处那凶残而骇人的魔性吧。"

3

二阶堂兰子啊，现在，我打算杀了你。我知道，为了揭开我母亲雅宫弦子的秘密，你去调查藤冈大山的油画了——你去八王子，就是为了这个吧。等到你回来，不是你死，就是我亡。

假如你有机会读到这封信，那自然，死了的是我。

我想你大概已经知道，杀害井原一郎和泷川义明的人，就是我，雅宫笛子。

是我亲手杀了他们。我还啜饮了他们的鲜血。

我的心里，住着两个自己，一个名叫笛子，另一个名叫

"吸血姬"。我很怕她。她很恐怖。因为她很强大，她的精神，支配着我的精神，让我不再是我。

啊，兰子。救救我。把我心中的她杀了，杀了吧——

然而若是你做不到，那就陪我一起下地狱吧！

是了，我要怎么样才能把你引到你的葬身之地呢？

当你回到"久月"，假如成濑正树和小川清二已经逃走，你一定会察觉，这是我设下的圈套。你那么聪明，一定能看穿的。

即使明知是圈套，你仍然会来追我的吧。然后——我和你，其中之一的性命就会消逝，消逝得干干净净。

我前往那家叫"紫烟"的咖啡馆发布预告，就是要向爱耍小聪明的你发起挑战。

兰子，这是我们之间不可避免的对决。

说实话，我从小就非常讨厌你。明明只是个小孩子，却总是那么目中无人。我心里一直厌憎着你。你用二阶堂家和雅宫家的亲戚关系当挡箭牌，趾高气扬地闯入我家。你这个小丫头，一直是我的心头大患。

你和我妹妹冬子关系不错吧？这也让我很是气闷。

你知道吗？我憎恨所有喜爱冬子的人，不管是谁。

因为冬子霸占了我的妈妈雅宫弦子的爱。她还抢走了我作为女儿的地位。

我的祖母——大家以为是我母亲的雅宫清乃——一丁点儿都不爱我。她还不许女儿弦子接近我，故意疏远我，把我交给那对阴险的小川夫妇。对清乃而言，我是"久月"的眼中钉，肉中刺。我的存在，差点让母亲和橘家的婚姻岌岌可危，毁了她的宏图大业。

小时候，我每天都活在恐惧之中。我惧怕严厉的清乃。我在家里总是尽力缩得小小的，提心吊胆地活着。雅宫这一家，因为清乃的存在，总是像冰窖一样寒冷。

说起来，我从没见过清乃的笑容。她的脸比能乐堂的面具还要缺乏表情、还要冷血。她伫立在阴暗的走廊喊我名字时，形貌简直如同鬼怪。

我每次看到她，都会吓得躲起来。而她只要一抓到机会，就会毫无理由地扇我耳光，殴伤我。她疯狂地毒打我，好像只是为了发泄怒火。有时候，她会在我耳边低语："你就是会给这个家带来灾厄的'吸血姬'转世！"

即便如此，我的亲生母亲弦子，还是会偷偷关心我。

但只要有清乃在，我就永远只是她的妹妹之一。

而姐姐琴子对我则是漠不关心。她关心的只有她的众多才艺。我的玩伴，就只有小川滨了。

可是小川滨，也很难说是一个正常人。她体内也流淌着污浊的黑血，是被妓楼经年累月的不祥之毒诅咒的女人。

阿滨曾经和雅宫家的女人一样，拥有令人惊艳的美貌。但是，她的美貌，年轻时代就被严重扭曲了。

我曾听人讲过，她生性放荡，没有男人就活不下去。结果年纪轻轻就染上了性病，导致脑子出了问题。她和小川清二成婚前，十几岁时就怀过两次孩子，结果一次流产，一次死胎。她在我身上倾注了某种偏执的母爱，可能也有这个原因。

自我记事起，阿滨就把从草药中提取的毒物当作玩具给我。她强迫我用那些毒药去杀昆虫、爬行动物等。起初，我也觉得恶心，很讨厌。但不知不觉间，也就习惯了。每当我把用毒药杀死的麻雀、老鼠带回去，阿滨都会奖励我一些零花钱或小零食。为了得到这些，我又会去杀害更多其他的生物。

不知为何，阿滨特别爱观看动物痛苦挣扎的样子。我将毒药滴到池塘里之后，她就会目不转睛地盯着那些鱼翻着白肚皮漂上来，陶醉不已。然而，她又很胆小，从来不敢亲自动手。

再往后，清乃和阿滨开始给我喝一种奇怪的药汁。那是一种草药磨碎制成的苦药，喝下去之后身体就变得轻飘飘的，意识模糊。恍惚之中，我只能听到清乃和阿滨的声音，还有诅咒般的语言在耳边回荡，我害怕极了，只能听命于她们。

她们还给我从长烟杆里抽一种奇怪的烟。现在回想起来，那大概是鸦片。直到前不久，阿滨的药草园子里，还种植着罂粟。

昭和二十年的冬天，那件事发生的当天，还是孩子的我接受了她们两人强烈的暗示。清乃用极其恶毒的语言威胁我，我被她的憎恨和恐怖淹没，几乎窒息过去。

清乃把短刀交到我的手中，反反复复教给我该做的事。

扎下去！扎下去！扎下去！

清乃一遍又一遍地在我耳旁低语：

这世上没有人爱你，全都是那个男人害的。那个男人是坏人。

所以——杀了他！杀了他！杀了他！

杀了那个男人，你就会得到我的爱。

就连弦子，我也会允许她爱你——

听到这些，那个名叫笛子的我拼命喊：不要。不要。不要！

但名叫"吸血姬"的笛子却舔着嘴唇，欣喜若狂。

清乃瞒着弦子，联系上了井原一郎。她骗井原，说同意让他见我和弦子。井原信以为真，毫无防备地来到了"久月"。

那天早上，我沿路下山，独自一人躲在树林阴影中，等待从未谋面的生父。我从清乃那里知道了这个叫井原一郎的男人的外貌特征。虽然还没开始下雪，但天气冷极了，我的身体快冻僵了。结果，从国道方向走来的第二个人，才是我要等的人。至于第一个人，后来我才知道，那是一个警察。

现在，我已经不记得父亲的容貌了。只记得，他个头很高，穿着肮脏的军服，是个很威风的军人。

他一看到我，好像立刻就知道了我是谁。大概，因为我长得很像母亲弦子。他对我说了好多话，我只是畏畏缩缩地点头，或者摇头。

　　我天生就胆小，加上从小被祖母清乃虐待，戒备心特别强。但当时，恐怕主要还是药物的作用，令我丧失了思考能力，根本无法好好回答他的话。

　　即便如此，他还是一脸喜色，背起我，向"久月"走去。我的怀里，揣着那把清乃交给我的"吸血姬"短刀。刀压在他的背上，硬硬地抵在我平坦的胸口。逐渐地，我的意识里只剩了一件事，那就是，杀了他！

　　杀了这个男人。大家就都会喜欢我……

　　我每天过着悲惨的日子，都是这个人害的……

　　只要杀了这个抛弃我的男人，悲惨的日子就到头了……

　　当时我的脑子里，全神贯注，想的都是这些。

　　他一步接着一步，稳稳地走在下着雪的山道上。但他却不知道，那是在向自己的棺材迈进，一步，又一步……

　　穿过院子大门，我们抵达了前庭中央。我在他背后直起身子，疯了似的掏出短刀，拔刀出鞘，反手握住。我没有任何犹豫。我照准他的脖颈，全力扎了下去。

　　手底扑哧一下，有扎中的钝感。刀刃穿透皮肤，稳稳推进。

　　他发出了一声既不像惨叫，也不像呻吟的呜咽。温暖而黏稠的鲜血，从刀柄处漫了出来。

　　他站定脚步，身体颤抖不已，我怕摔下去，死命地抓住他的背脊。

　　他伸出右手在空中虚抓了几下，好像是想拔出刀子。

　　可是他的身体，顷刻间便委顿在地了。他双膝摇晃着跪地，随即一头栽倒在了积雪之中。身体完全僵硬之前，还抽搐了好一阵子。

　　我的意识涣散了，在他的背上晕了过去。

　　当我睁开眼，只见是姐姐——其实是妈妈——弦子抱起了我。我的身上落了不少雪花。她脸色苍白，拼命替我掸去雪花。

　　弦子紧紧地抱着我，小跑回到了家里。

　　她把我交给站在玄关的小川滨，叫她带我回后边去，不要被警察看到。

　　阿滨点点头，紧紧握住了我的手。就在这时，那个警察从走廊里头的会客室里走了出来。

　　阿滨赶忙将我藏在她的身后。她的手粗糙不平，冰凉而又滑腻，我很不舒服。

　　可是，那沾满血的，却原来是我的右手……

　　啊，是了，就是这只手……这只沾满血的手，它又在寻找新的祭品了……兰子啊，我要怎么办才好？……兰子啊，请救救我……救救我……你这个，可恨的，可憎的兰子啊……

　　这封字迹潦草的信，写到这里就戛然而止了。

　　从某种意义而言，这是一篇支离破碎的文章。既可以认为是威胁，也可以认为是憎恨，同时也是凄凉的自白。但唯一确定的是，这是一篇撕扯着自己灵魂发出的忏悔与哀号。

我读完了信，兰子便点火烧了它。信纸一角凑近划燃的火柴，便轻易地烧着了。

兰子咬着嘴唇，眼睛一眨不眨地盯住在烟灰缸里燃烧的信，沉默良久。

4

八王子这座名叫"久月"的古老宅邸，如今只住着一位美丽的中年妇人——雅宫琴子。

她是那个被残酷命运捉弄的杀人魔的姐姐，同时也是她的姨妈。

同时，她也是身上流着受诅咒的家族血脉的最后一个人……

作者原注

❶ 参照第十六章第1节。

❷ 参照第八章第2节。

❸ 参照第十章第1节。

❹ 参照第十章第1节。自然，晚上七点十分的二十分钟前，是晚上六点五十分。

❺ 参照第十一章。

❻ 参照第十章第1节。

❼ 参照第十三章第1节。

❽ 参照第十九章第1节。

❾ 参照第十二章第1节。

参考文献

「悪魔が来りて笛を吹く」横溝正史　角川文庫

「血族」山口瞳　文藝春秋

「足跡のない殺人」ディクスン・カー　東京創元社（カー選書）

「テニスコートの謎」ディクスン・カー　東京創元社（創元推理文庫）

「毒のある植物」難波恒雄・御影雅幸　保育社（カラーブックス）

「新訂きものの着付」伊藤有子　保育社（カラーブックス）

「美しいキモノ」婦人画報社

「父の乳」獅子文六　新潮社（新潮日本の文学）

「占星術の世界」山内雅夫　中央公論社（中公文庫）

「世界オカルト事典」サラ・リトヴィノフ編　講談社

「狐狗狸さんの秘密」中岡俊哉　二見書房（サラ・ブックス）

「白魔術全書―亜細亜篇―」九耀木秋水―二見書房（サラ・ブックス）

「日本呪術全書」豊島泰国　原書房

「続・幻影城」江戸川乱歩　講談社（江戸川乱歩全集）

「海外探偵小説作家と作品」江戸川乱歩　早川書房

「ミステリ百科事典」間羊太郎　社会思想社（現代教養文庫）

「怪盗対名探偵」松村喜雄　晶文社

「能観賞入門」淡交社

「薪能」グラフィックス社

「日本刀の観賞基礎知識」至文堂（別冊　近代の美術）

「和風住宅」主婦と生活社

「吉原はこんな所でございました」福田利子　主婦と生活社

「春燈」宮尾登美子　新潮社

「恋紅」皆川博子　新潮文庫

「八王子の近代史」古谷博　かたくら書店（かたくら書店新書）

「江戸時代の八王子宿」樋口豊治　揺籃社

江戸川乱歩全作品

ディクスン・カー全作品

モーリス・ルブランのアルセーヌ・ルパン物全作品

コナン・ドイルのシャーロック・ホームズ物全作品

エラリー・クイーンのエラリー・クイーン物長編全作品

アガサ・クリスティーのスパイ物以外の長編全作品

その他の文中で言及した推理小説及びその翻訳

对上述诸作品致以谢意。

值此文库本发行之际，写给好事之徒的笔记

二阶堂黎人

1

这一次，发行《久月邸事件》（日文版原名为：『吸血の家』）文库本时，最终形成了这个所谓"新版"或者"完整版"的形式。之所以这么说，是因为我对文章进行了细致的修改和润饰，此外与之前版本最大的不同，在于对注释的积极处理。

以前发行的单行本和 Novels 版，注释都被集中放在卷末。而这次则按照这部作品初稿的体例，将注释放在了各章的末尾。至于为什么要这样处理呢？其实这和我执笔本作的动机与构想有关。

《久月邸事件》这部作品，是大约十年前，我写完的第一部长

篇（构思则要早得多）。那时候，我所构想的成书体裁，是创元推理文库的埃勒里·奎因"国名"系列。也就是说，将详细的注释放在各章后面。

而且，读完这本文库本的读者应该已经明白，这些注释并不单纯是为了填补空白。我想到，既然要加注释，那我是不是可以利用这些注释来玩点小花招呢？所以，注释中不仅包含了重要的线索，也隐藏了用来迷惑读者的手段。

如果各位读者连注释都肯仔细阅读，肯定能获得解决事件所需的充分线索。但是稍有不慎，就会误入我设置的迷宫——这里面有我精心布置的机关。

那么，为什么之前的版本都将注释放在卷末呢？那是在初版发行时为读者考虑的结果。当初，"新本格推理"还没有完全被大众接受，一个背景设定在二十世纪六十年代中期的故事，加上看似多余的注释，会不会给读者带来不自然的感觉？——这些都是这部作品的评论家和责任编辑所担心的。所以才采用了那种消极的折中办法，把注释全部放在卷末，想读注释的人可以自己去读。

实际上，发行当时确实有很多批评说"注释太啰唆了"。于是，我在该系列第三部作品《圣奥斯拉修道院的悲剧》中取消了注释。结果这次读者们纷纷抱怨说："为什么把那些注释去掉了？"

纵观当代文坛，以芦边拓、京极夏彦等为代表的炫学博识的作者们，创作了大量以二十世纪六十年代中期以前为舞台、充满怀旧氛围的作品，并且被读者们广泛接受。然而，仅仅十年前左右，"新本格推理"勃兴之际，出版社方面还会犹豫不决，担心作者的创作意图不能被读者接受。太难的书卖不出去,太厚的书也卖不出去;不能有名侦探登场,必须刻画人物——这种无聊的偏见,就在不久之前,还大行其道。

如今,本格推理已经得到了普遍的认可。回想当年,总有种恍如隔世、难以置信的感慨。我非常喜欢读本格推理小说,最近看到许多作者的心血之作陆续出版,感到非常幸福。这个世界真是变得太美好了。

2

好了,接下来聊聊作品的内容。

显然,这部作品是对我敬爱的迪克森·卡尔的《铁笼之谜》中的诡计发起的挑战。那部小说的设定非常有魅力,但诡计稍微有些机械化,而且只能在特殊的状况下成立。因此,我开始思考各种方案,想用某种更泛用的方式解决。有一天,我正在泡澡,突然灵光乍现,大喊一声"尤里卡!",就赤身裸体地跑了出去(假的)。

读各种各样的推理小说的时候,我经常会思考"如果是我,会如何处理""如果是我,会更巧妙地利用这种情况"。这就是我构思诡计时的思考方式了。

拿本作中的足迹诡计来说,我相当自鸣得意的一点是,针对一个不可能的情况,我想到了两种解答方法。中间的通灵术以及相关的密室诡计,毫无疑问受到了横沟正史的《恶魔吹着笛子来》

的影响，但这个诡计稍嫌生硬，有硬塞进故事里之嫌。

我在写这部作品时感到，中间的密室情节其实没什么必要。如果用更多笔墨描写三姐妹和她们周围复杂交错的人际关系，也许更能展现出横沟正史风格的阴森可怖的氛围。

另外，写作过去的事件时，如果不采取追述的形式，改为第三人称现在进行时也许会更合适。

然后，最关键的是，登场人物的原型来自山口瞳的《血族》。他家位于国立市，跟我当时住的地方，直线距离只有大约一百米。我在大学时代曾废寝忘食地沉迷于几本书，其中就包括《血族》、檀一雄的《火宅之人》以及岛尾敏雄的《死之棘》。我也部分地受到了川端康成的《山之音》的启发（各位读过《血族》后就会明白）。当然，还有谷崎润一郎的《细雪》。如果没有读过这部优美的小说，世上绝对不会诞生《久月邸事件》这部作品。

如果一定要说，本格推理中存在某种日本固有的题材，那我认为，那一定是有美丽姐妹登场、以悲剧收场的侦探故事。横沟正史的《犬神家一族》、高木彬光的《刺青杀人事件》、岛田庄司的《占星术杀人魔法》、宫野丛子的《鲤沼家的悲剧》、京极夏彦的《络新妇之理》等，都是这一领域的佳作。我希望读了《久月邸事件》的读者，也能一并欣赏这些作品。希望大家读完之后，能更加喜爱推理小说。

最后，我想稍稍透露一点"兰子"系列的秘密。在第七章中，我提到了鲇川哲也老师的《死亡的风景》，而在这部小说中出现的与某个人物的生日相关的特殊情节，在该系列的下一部作品《圣奥斯拉修道院的悲剧》中，将成为解开谜团的重要线索。就像这样，"兰子"系列的所有作品，都是通过隐秘的布局，相互联系的。

一九九九年六月

（这本书的书稿，使用了最适合电脑日语输入环境的拇指换档键盘书写）